世界科幻大师丛书
主编：姚海军

A MEMORY CALLED EMPIRE

名为帝国的记忆

〔美〕阿卡迪·马丁 著

孙加 译

四川科学技术出版社

A MEMORY CALLED EMPIRE

Copyright © 2019 by AnnaLinden Weller

Published by agreement with Baror International, Inc., Armonk, New York, U.S.A. through The Grayhawk Agency Ltd.

Simplified Chinese edition copyright：2021 SCIENCE FICTION WORLD

All rights reserved.

图书在版编目(CIP)数据

名为帝国的记忆 / [美]阿卡迪·马丁 著；孙 加 译.
-- 成都：四川科学技术出版社，2021.7
（世界科幻大师丛书 / 姚海军 主编）
书名原文：A Memory called Empire
ISBN 978-7-5727-0176-4

Ⅰ.①名… Ⅱ.①阿… ②孙… Ⅲ.①幻想小说－美国－现代

Ⅳ.①I712.45

中国版本图书馆CIP数据核字(2021)第146829号

图进字：21-2021-72号

世界科幻大师丛书

名为帝国的记忆

出 品 人	程佳月
丛书主编	姚海军
著 者	[美]阿卡迪·马丁
译 者	孙加
责任编辑	宋齐 姚海军
特约编辑	贺子恒
封面绘画	九代火影
封面设计	李鑫
版面设计	李鑫
责任出版	欧晓春
出 版	四川科学技术出版社
	四川省成都市槐树街2号出版大厦　邮政编码：610031
开 本	140mm×203mm
印 张	13.625
字 数	300千
插 页	2
印 刷	成都博瑞印务有限公司
版 次	2021年9月成都第一版
印 次	2021年9月成都第一次印刷
定 价	58.00元

ISBN 978-7-5727-0176-4

我们的记忆世界比宇宙更完美，它能复活不复存在之物。

——居伊·德·莫泊桑，《自杀》

比起与海中女仙卡里普索过世外桃源的日子，我宁愿选择生活在君士坦丁堡弥漫的烟雾里。充溢这座城市四面八方的愉悦源泉令我深深着迷：宏伟的美丽教堂，高大的列柱，宽阔的走道，还有那些房舍及其他建筑，都一同丰富着君士坦丁堡的图景。友人相聚于此，高谈阔论，以及那最伟大的——口吐黄金之人——尊口及舌尖灿出的莲花。

——安条克将军尼基弗洛斯·乌拉诺斯*，《书信·三十八》

---

* 尼基弗洛斯·乌拉诺斯（Nikephoros Ouranes，生卒年不详），拜占庭帝国安条克地区将军。

序　曲

　　泰克斯迦兰帝国中,有两样东西无休无止:一是星图,二是卸船作业。

　　泰克斯迦兰帝国宇宙以全息图的形式展示在"升天节红色丰收号"战舰的战略台上。这艘战舰与泰克斯迦兰的城市行星首都隔着五次跃迁、两周亚光速航行的距离,此刻正准备掉头回家。在制图者心目中,这幅图代表着宁静祥和:针尖似的点点闪光全是行星星系,而且全都属于我们。这样的场景——某个船长凝视着帝国的全息图,看着飞船越过世界的边缘,选定某条边境线,选定以泰克斯迦兰帝国为中心的"伟大车轮"的某根轮辐前行——会反复上演,在一百位船长身前,一百幅全息图中上演。每一位船长都曾经带领部队进入新的星系,满载着她能搜集到的所有有毒的礼物:贸易协定和诗歌,税收和保护承诺,枪口漆黑的能量武器,以及在太阳神殿万丈光芒的中心附近为新一任统治者建造的华丽宫殿。每一位船长都愿意再度踏上征途,再度将某个新的星系纳入全息星图,为星图增添一个光点。

星图是庄严挥出的"文明巨掌",在星辰之间的黑暗中伸展。每当船长们从飞船内望向虚空,并祈望不会有任何东西回望的时候,都能从星图中得到安慰。在星图中,宇宙被分为两块:**帝国与其他地方**;或者说,**世界与非世界**。

"升天节红色丰收号"和她的船长还需前往最后一站,之后就能掉头返回他们宇宙的中心。最后一站是位于帕兹拉旺特拉克地区的勒赛耳空间站:它像是一颗转动着的脆弱珠宝,直径不过二十英里①,围绕着星图上帝国的某根中心轮辐运行。勒赛耳空间站悬在附近的某颗恒星和它最近的可利用行星之间的平衡点上,是一连串采矿站当中最大的一个。这些采矿站填补了这片狭小的宇宙空间。泰克斯迦兰的"巨掌"已经伸到了这里,不过这片区域尚未臣服于它的压力。一艘摆渡艇从勒赛耳空间站飞出,行驶数小时后,与等候在那儿的金灰相间的庞大金属战舰碰头了。摆渡艇卸下"货物"——一个人类女性、几包行李,还有几条指令——接着安然返航。等摆渡艇回到出发地,"升天节红色丰收号"已经缓缓转向,沿着往泰克斯迦兰帝国中心的航线前进。战舰仍然受着亚光速物理规则的限制,在接下来的一天半当中,勒赛耳空间站里的人能看到这艘战舰渐远渐小,缩成针尖大小的亮点,最后熄灭。达吉·塔拉茨,勒赛耳的矿工议员,注视着正在驶离的战舰:巨大、笨重、不怀好意,勒赛耳议会的会议室景观舷窗的一半视野都被这悬在空中的重物占据。矿工议员觉得,眼前这幅遮天蔽日的景象,正是泰克斯迦兰对采矿站空间虎视眈眈的最新证据。或许,过不了多久,新来的战舰将不再驶离,而是将能量武器的明亮火焰对准采矿站脆弱的金属壳,逼迫

---

① 1英里约等于1.61千米。

采矿站把里头的三万条人命吐进冰冷致命的太空，就像被砸碎的水果吐出种子。塔拉茨相信，对于泰克斯迦兰这样无限制扩张的帝国，这种情形将不可避免。

勒赛耳议会会议室的战略桌上没有发光的全息星图，有的只是空荡荡的金属桌面，历经众多胳膊肘的摩擦后闪闪发亮。塔拉茨又琢磨了一会儿那个简单的问题——为什么一艘正在驶离的战舰仍能造成如此大的威胁——接着离开舷窗，回到座位上。

帝国的无限制扩张或许不可避免，但达吉·塔拉茨心中默默存着一种坚定的、阴谋式的乐观主义：接受帝国的"无限制扩张"并非他们的唯一选择，早已不是了。

"好了，这件事到此为止。"继承议员阿克奈尔·安娜芭开口道，"她走了。应帝国的要求，我们派驻帝国的新大使已经出发。我衷心希望她离我们远远儿的。"

不过，达吉·塔拉茨心中清楚：派出大使，这事儿可远远不算完。哪怕她已经收拾行李进了摆渡艇，没法再召回。二十年前，正是他派出了上一任勒赛耳驻泰克斯迦兰的大使。当时的他正当壮年，醉心于高风险工程。此时，按照二十年来的老习惯，他把胳膊肘放在桌子上，把瘦小的下巴放在更加瘦小的手掌中，"要是我们能给她装上最新的活体记忆，而不是十五年前的，就更好了。对她和对我们都更好。"

安娜芭议员本人的活体记忆装置——一种经过精确调试的神经植入器——为她带来了前六任继承议员保留下来的、代代相传的记忆。要是没有活体记忆里最近十五年经验的协助，安娜芭根本无法与达吉·塔拉茨这样的人物抗衡。要是她新进议会，而活体记忆却过时了十五年，那就跟瘸了一条腿没什么两样。尽管如此,她闻言耸了耸肩,并不怎么关心新任帝国大使情报匮乏的问题。她应道:"责任在你。阿格黑文大使是你派出去的。他任职了二十年,却只回来更新过一次活体记忆。所以我们现在才不得不派出达兹梅尔大使去顶替他,装配的还是阿格黑文十五年前的活体记忆,就因为帝国要求……"

"阿格黑文的工作完成得不错。"塔拉茨议员说。战略桌边,水耕议员和驾驶员议员赞同地点头。阿格黑文大使的任务是保护勒赛耳空间站及这片区域所有的小型采矿站,使其不致轻易沦为泰克斯迦兰扩张计划的牺牲品。阿格黑文做到了这一点。作为回报,大家选择对他的缺点视而不见。如今,泰克斯迦兰突然要求派驻新的大使,却未提及上一任大使的情况。所以,大多数议会成员不肯贸然对阿格黑文的缺点下定论,除非确切得知他目前的境况:是死了,残废了,还是沦为了帝国内部政治斗争的牺牲品。何况,阿格黑文一直有达吉·塔拉茨撑腰,受到后者的保护。而身为矿工议员的塔拉茨,则在勒赛耳议会的六位地位平等的议员中居于首席。

"达兹梅尔也会完成好她的工作。"安娜芭议员接口道。是安娜芭在几个大使候选人中选定了玛希特·达兹梅尔。在安娜芭看来,达兹梅尔跟那份过时了十五年的活体记忆是绝配:同样的能力倾向,同样的亲帝国态度,同样的对文化遗产的热爱。不过热爱的不是安娜芭守护的那种遗产,记载表明,她热爱的是泰克斯迦兰文学与语言的遗产。这样的人送走最好。而且,仅存的那一份阿格黑文的活体记忆——那一脉堕落已久且还将继续堕落的活体记忆——也会随之远离勒赛耳。说不定,还能就此一去不回——只要安娜芭那点儿手脚做得到位。

"我相信,达兹梅尔能够胜任这一职位。"驾驶员议员德卡克尔·温楚提起另一个话题,"现在,我们能否考虑一下议会此刻面临的问题——我们该怎么应对安哈摩玛门那边的情况?"

勒赛耳空间站有两扇跃迁门,安哈摩玛门位置较远,通向一片尚未纳入泰克斯迦兰星图的区域。德卡克尔·温楚对那儿的情况分外忧心:最近,她麾下损失了不只一艘侦察艇——只有一艘的话,还有可能是意外事故——而是两艘。两艘侦察艇都在安哈摩玛门外同一片未知区域出了事。而且,她还没有办法跟肇事者沟通。先于侦察艇回来的通讯器受辐射干扰,传出的声音模糊不清,满是静电噪音,让人摸不清头绪。更麻烦的是,她损失的还不只是麾下的驾驶员与侦察艇,还有他们各自继承、传承多代的活体记忆。驾驶员的躯体与脑中的活体记忆装置都已被摧毁,无法复原;因此,那一脉所有驾驶员的记忆连同活体记忆装置一同丢失,无法再被植入新驾驶员的大脑。

议会的其他成员对此不甚关心。不过,会议快结束时,温楚播放了记录器残存的影像,成功引起了众人的担忧——除了达吉·塔拉茨。达吉·塔拉茨从中看到了某种可怕的希望。

他思忖:等了这么多年,或许真有另一个帝国,比一寸寸吞噬我们的那个帝国更加庞大。或许,这个帝国终于出现了。或许,我的等待能就此结束。

但他什么都没说。

第一章

坐标 B5682.76R1 的气态大行星的弧线背后,十二太阳耀斑皇帝立于飞船船头,她光芒四射,炽烈耀眼,充溢虚空。那光芒如同她宝座上的尖刺,照射在 B5682 区人类居住地的金属外壳上,让外壳明亮发光。十二太阳耀斑皇帝的飞船探测到:此类金属居住地一共有十个,彼此相似,且居住地的数目此后一直未曾增加。壳中男女不知季节,不会成长,也不会衰老,他们在轨道中永生,而不在行星上安居。这些金属壳中最大的一个自称"勒赛耳空间站",在当地人语言中意为"倾听且被人倾听的站点"。壳中人类脾性古怪,与世隔绝。不过,他们具备语言学习能力,而且立即开始学习……

——《帝国扩张史·第五卷》,72-87 行
作者不详,一般认为作者是历史学家兼诗人伪十三河
创作时间为全泰克斯迦兰皇帝三近地点统治时期

为了保证您顺利入境我国,泰克斯迦兰要求您提供以下材

料作为身份证明:(1)一份基因记录,证明您是您基因型的唯一拥有者,没有任何同基因的克隆兄弟姐妹;或者一份公证材料,证明您的基因型至少有90%的独特性,且没有任何其他个体对此拥有法定权力;(2)一份详细清单,包括个人财物、动产、货币以及您打算携带的创意交易物品;(3)经泰克斯迦兰系统注册的雇主签发的工作许可,需要雇主签名并经过公证,注明薪资及维护信息;或者在泰克斯迦兰帝国考试中取得优异成绩的记录;或者由个人、政府机构、办公室、部门以及其他授权个体发出的邀请函,写明了您入境与出境日期;或者足以支持生活的流通货币证明……

——721Q号表单,境外区域签证申请指南

(语言种类按照字母排序),第6页

　　玛希特朝唯一市落了下去。唯一市是一座行星城市,是泰克斯迦兰帝国的首都和心脏。她乘坐一艘种子小艇,外形像个泡泡,堪堪容下她的身体与行李。小艇从帝国巡洋舰"升天节红色丰收号"一侧喷射出来,沿着轨道向行星降落,艇外灼热的大气扭曲了玛希特的视线。这是她第一次亲眼看到唯一市。之前,她只能通过信息条、全息图或者活体记忆了解。唯一市周围绕着白色火焰光环,仿佛一片闪烁着亮光的无尽海洋。一整颗行星,变成了一座大都市,满是宫廷般的城市建筑。就连其中的"暗斑"——尚未覆盖金属的旧城,倾颓破败的老区,干涸后再利用的湖区——**都有人烟**。唯有海洋没有人的踪迹,却也闪烁着亮光,油亮的、青蓝色亮光。

　　唯一市很大,也很美。玛希特去过不少行星;那些行星离勒赛耳空间站不远,对人类生命威胁不大。尽管如此,她仍然被眼

前这颗城市行星震撼了。她心跳越来越快，握着安全束带的手掌潮湿出汗。唯一市跟泰克斯迦兰历史文献和歌曲中描绘的一模一样：它是镶嵌在帝国心脏的宝石，周围的大气都熠熠生光。

<当你看着它，你就必然会想到这些。>她的活体记忆说。她舌头后部一阵微弱的静电酥麻感，视野边缘出现了一个灰眼睛、黝黑皮肤的人影。这声音从她脑袋后部出现，却不是她自己的声音。这声音属于一名男子，年纪跟她差不多，反应敏捷，自鸣得意，跟她一样因眼前的景象兴奋不已。她感觉到嘴角朝上扬了起来，露出了他的微笑：上扬的弧度和张开的宽度都比她习惯的更大。他们俩尚未熟悉彼此，他的表情对她来说过于夸张。

别来我神经系统里捣乱，亚斯康达，她在脑海中对他说道，口吻中带着温和的呵斥。活体记忆是将某个职位前任者的整体记忆植入继任者的脑中。一半的记忆存在她神经系统里，另一半则存在一个小小的金属陶瓷装置里，夹在她的脑干上。除非宿主准许，活体记忆本不该使用宿主的神经系统。不过，在这种合作关系刚刚开头的时候，"是否准许"很难清楚地划下界限。她脑中的亚斯康达有着对自己身体的记忆，有时候他会把玛希特的身体当成自己的来用。这一点让她有些担心。而且，她跟活体记忆本应亲密无间如一人，可目前两人关系还很疏远。

不过，这一次，他很听话地退了回去。他发出电子笑声，引起一阵刺痛。<如你所愿，让我看看好不好，玛希特？我想再看它一次。>

她再一次俯瞰唯一市。唯一市比方才更近了，天空港已经朝上升起，仿佛一朵网兜组成的小花，前来迎接她的小艇。她准许活体记忆通过她的眼睛注视下方，感受到他潮水般的兴奋，一如她自己的感受。

对你来说，她对他想道，下面有什么？

<世界。>活体记忆回答道。当他还是活生生的人的时候，曾是勒赛耳驻唯一市的大使，现在却只是一条长长的记忆链上的一环。他刚才用的是泰克斯迦兰语。在泰克斯迦兰语中，尤其在高等帝国语中，"世界""唯一市"与"帝国"，都是同一个词，无法区分。你一定得参照上下文才能理解。

亚斯康达刚才那句话的上下文很模糊。这一点不出玛希特的意料，她已经习惯了。她学了很多年泰克斯迦兰语和泰克斯迦兰文学，但掌握程度仍然无法跟他相比。只有沉浸泰克斯迦兰语环境中大量练习的人，才能有这样的熟练度。<世界，>他又说，<却也是世界边缘。>也可以理解为：帝国，却也是帝国终止处。

为了配合他，玛希特也大声说起了泰克斯迦兰语，反正种子艇里也没别人，"你说的话毫无意义。"

<对。>亚斯康达赞同，<当我还是大使的时候，就习惯于说各种毫无意义的话。你也该试试。这能让人愉悦。>

两人在她身体内部对话，很是隐秘，所以亚斯康达用了最亲密的称呼方式，仿佛他跟玛希特是克隆兄妹或者情侣。这样的称呼玛希特从没叫出口过。她在勒赛耳空间站里有个亲弟弟，算是最接近克隆兄弟姐妹的亲人。不过，她弟弟只会说勒赛耳空间站的语言，如果用泰克斯迦兰语中的"你"，这种称呼另一个自己的亲密词汇叫他，既没意义，还有恶意捉弄之嫌。她倒是可以用"你"称呼跟她一起上语言和文学课程的几个同学——比如她的老朋友、同班同学施嘉·托瑞尔，就能领会这个称呼暗含的重大意义。可惜，自从玛希特被选为驻泰克斯迦兰新大使并植

入前任大使的活体记忆,她们就再也没说过一句话。她们之间出现裂痕的原因显而易见,不值一提。这让玛希特想起来就后悔。后悔也没用,她已经没法回头与施嘉修好,顶多只能从这儿写一封道歉信。但几乎可以肯定的是,从她跟施嘉都想见识的帝国中心寄信回去,对求得施嘉的原谅一点儿帮助也没有。

唯一市越来越近,占满了她的视野,她仿佛朝着一个巨大的弧形坠落。她对亚斯康达想道,现在我是大使。只要我愿意,我可以说有意义的话。

<你用词很准确。>亚斯康达回答。这是泰克斯迦兰人对学前幼儿的表扬。

引力开始对种子艇发生作用,玛希特的大腿和前臂中的骨头都感受到了引力,让她觉得身体好像在转动,令人头晕眼花。在她身下,天空港的网兜张开。一时间,她觉得自己马上要掉下去,砸在这颗行星的地表上,摔得稀巴烂,变成一摊肉泥。

<我也有过同样的感受。>亚斯康达用玛希特的母语、勒赛耳空间站的语言飞快地说道,<别怕,玛希特。你不会掉下去的。只是行星引力的关系。>

天空港接住了她,几乎都没让她感到震动。

她定了定神。种子艇被转移到一条长长的传送带上,跟许多其他小艇一起沿着传送带移动,直到每艘船的身份得到确认,才能前往指定的门。玛希特发现自己正在排演要对门外帝国公民说的话,就像一年级的学生准备口试似的。在她意识深处,那个活体记忆充满警惕,激动不安,不时动一下她的左手,手指叩击着安全束带。这是另一个人紧张时的动作。玛希特真希望两人能有更长的相处时间来适应彼此。

可惜,她没时间——按照常规的活体记忆移植程序来。通常的程序需要经过一年以上的整合治疗,且完全处于勒赛耳心理治疗师的密切关注之下。而她和亚斯康达在一起的时间却只有区区三个月,就得在新环境下合力工作——一条活体记忆链加一个新宿主,得像一个人那样合力工作。

当"升天节红色丰收号"抵达并停留在勒赛耳空间站恒星同步轨道上,要求带一名新大使回泰克斯迦兰时,他们拒绝告知上一任大使的下落。玛希特确信,勒赛耳议会中必定经过好一番政治斗争,才决定该派谁、带什么东西回泰克斯迦兰,回去后该探听哪些消息。不过,有一点她很清楚:候选人年纪既不能太小,又不能太大。太年轻担不起这项工作;而超过某条年龄线的人,则全都选定了职业,移植了活体记忆,已经成为记忆链的一环。这样的人原本就不多,况且还要从中筛选具备相应外交天赋或后天训练的人。在符合条件的人中,玛希特是最优秀的。她在泰克斯迦兰帝国语言文化测试中,取得了堪与帝国公民相媲美的好成绩。她为此十分骄傲。自从考试成绩揭晓后,整整半年时间,她一直畅想着未来:等到她人到中年,做出了一番事业,积累了丰富经验,便会去往唯一市——参加当季所有欢迎"非公民"的沙龙,为将来她死后分享她记忆的后继者收集信息。

如今,她真的来到了唯一市。比泰克斯迦兰测试更重要的是:在活体记忆匹配测试中,她一连得了三盏绿灯。移植给她的是亚斯康达·阿格黑文的记忆。阿格黑文是泰克斯迦兰前任大使,不知为何,如今在帝国看来他已经不再适合——死了,或者身败名裂,或者虽然活着,但被监禁起来了。玛希特从她的政府那儿得到的命令之中,其中一条就是确认阿格黑文到底出了什么事。好在她还有他的活体记忆。他——或者说她唯一能获得的、十五年前的他——会帮助她熟悉泰克斯迦兰的宫廷。这是勒赛耳能为她提供的、最接近当地向导的帮助了。玛希特不止一次地想：等她跨出小艇，一个活生生的亚斯康达会不会就等在外头。她不确定到底那种情况更好：他就在外面，一个名誉扫地的大使，同时也是自己的竞争对手，但是或许存在延续活体记忆的希望；还是不在外面，这意味着他已经死亡，连同他这一生学到的知识一同彻底丢失，无法再传承给年轻人。

她脑中亚斯康达的活体记忆，年纪跟她差不多大。这一点既有助于两人寻求共同点，却也让人感觉不舒服——绝大部分活体记忆都是老年人，或者早夭事故的受害者——亚斯康达留下的这份活体记忆记录，却是他暂离驻泰克斯迦兰大使职位、休假回勒赛耳的时候留下的。那时离他就任唯一市的大使，才刚刚过去了五年。留下这份记录后，已经过去了十五个年头。所以，这份活体记忆中的他跟她一样，很年轻。可惜，在两人合作问题上，同龄的优势却被磨合时间太短所抵消。传令官抵达后两周，玛希特便接到通知：她将成为下一任大使。之后三周，在空间站的心理治疗师的监护下，她跟亚斯康达学习如何在原本只属于她一个人的身体中共存。接着，两人在"升天节红色丰收号"当中度过了漫长难挨的时光，以亚光速行驶，从一个跃迁门跳到另一个跃迁门。这些跃迁门如珠宝般散落于泰克斯迦兰宇宙各处。

种子艇如熟透的水果剥开果皮，缓缓地打开。玛希特身上的安全束带也松了开来。玛希特双手抓起行李，迈向天空港大门，就此进入泰克斯迦兰。

天空港大门是一座高耸的实用主义风格建筑，地上铺着耐磨的地毯，墙面由玻璃和钢铁拼接而成，上面有着清晰的指示标志。在门后连接隧道的道路中央，种子艇到天空港这段路的正中间,站着一位泰克斯迦兰帝国官员。她身着剪裁极为合身的奶油色制服,个子比玛希特矮得多,肩膀和髋部都很窄。黑色头发编成鱼尾辫,垂在左肩上。制服的袖子宽大如钟,上臂位置是火焰般的橙色——<信息部的颜色>,亚斯康达告诉玛希特——袖口位置则渐变过渡到深红色,唯有拥有头衔的宫廷成员,才有权用这样的颜色。官员左眼上佩戴着一只云钩——一种玻璃眼镜,镜片遮蔽着眼睛,不停地滚动播放着帝国信息网上的内容。这只云钩跟她全身的打扮一样,时髦考究。相比泰克斯迦兰的流行审美,她的外貌过于精致,眼睛又大又黑,颧骨和嘴巴则又太过纤巧。不过,从玛希特她们空间站人的标准来看,面前官员的外貌哪怕说不上漂亮,也称得上"有趣"。官员将手指并拢,礼貌地放在胸前,向玛希特颔首。

亚斯康达抬起玛希特的左手,做出同样的手势——结果,玛希特双手提着的两袋行李全都砸在了地上,发出让人尴尬的巨响。玛希特吓蒙了。自从两人合作一周后,这种糗事就不再有过。

该死,她想道。脑中的亚斯康达也同时说出了这个词。这种不约而同没有丝毫安慰作用。

官员小心地保持着面部表情,不动声色。她说道:"大使,我是三海草,阿赛克莱塔,二等贵族。我很荣幸欢迎您来到'世界的珍宝'。根据帝国陛下六方向的命令,我将成为您的文化联络员。"一席话毕,官员沉默良久。接着,她轻叹一口气,继续道:"您携带的所有物,是否需要协助搬运?"

"三海草"是个老式的泰克斯迦兰名字。前一半数词部分数目不大,后一半名词部分是一种植物。不过,海草这种植物用在名字里,玛希特还是第一次见。泰克斯迦兰名字当中的名词部分,可以是植物、工具或其他无生命的物体。如果选择植物,大部分人都会用某种花名。"海草"这名字让人过耳不忘。"阿赛克莱塔"的意思是,她不仅属于制服颜色透露出的信息部,还是一名拥有等级头衔的受训特工;同时"二等贵族"的宫廷头衔也意味着,她虽然是一名贵族,但地位并不显赫或者不够富有。

玛希特任由自己的双手放在亚斯康达挪动过的位置上——虽然恼怒亚斯康达自作主张,但她明白他方才的手势是完全正确的——深深鞠了一躬。"勒赛耳空间站大使玛希特·达兹梅尔,愿为您与陛下效劳。愿他的统治光芒四射,炽烈耀眼,充溢虚空。"鉴于这是她第一次与泰克斯迦兰宫廷成员正式接触,她使用了精心挑选的帝国敬语。这敬语是她与亚斯康达以及勒赛耳政府议会仔细商讨后决定的。"光芒四射,炽烈耀眼"是托名伪十三河所作的《帝国扩张史》这本书里用来形容十二太阳耀斑皇帝的。这本书是空间站所存最古老的记述帝国的材料。"光芒四射,炽烈耀眼"这组词,可以显示玛希特的博学、对六方向皇帝和朝臣的敬意;而"虚空"一词,则能避免泰克斯迦兰帝国对勒赛耳空间站所属空间拥有权利的暗示。毕竟,那里其实不算"空间"。

从三海草的表情,很难判断她是否理解了这两个词暗含的意义。她耐心等待玛希特从地上拾起行李,说道:"请抓紧您的行李。司法大楼内有人正在急切等候着您,是关于前任大使的事。这一路上,您可能需要向各种人行礼致意。"

好吧。看来三海草挖苦人的能力和她的聪慧一样都不应该被低估。玛希特点点头,跟上了轻盈转身沿通道而去的三海草。

<别低估任何一个人,>亚斯康达说,<文化联络员在宫廷当差的时间,起码是你年纪的一半。没能耐的人干不了。>

你刚刚才让我出丑,害我像个慌里慌张的野蛮人,现在倒来

教训我？

<你想让我道歉吗？>

你有歉意吗？

玛希特很清楚他此刻会有什么表情：幸灾乐祸的同时，带着泰克斯迦兰式的平静，丰厚的嘴唇（她在全息图中见过）扯着她的嘴角朝上扬起。<在那些人看来，你的确是野蛮人。这就够你受了。我绝不会雪上加霜。>

他丝毫没有歉意，尴尬倒是有微弱的可能——虽然她的内分泌系统未能识别出来。

接下来的半小时玛希特的行动全靠亚斯康达指挥，他的表现让玛希特也挑不出任何毛病。他表现得与一个标准的活体记忆别无二致，完全胜任了"本能与条件反射技巧资源库"这一职责，以弥补玛希特没时间习得这些东西的短板。他知道什么时候要弯腰过门（门的高度是为泰克斯迦兰人，而不是空间站人设计的）；当电梯沿着天空港外侧缓缓下降时，他知道什么时候应该转开眼睛，避开城市的眩目亮光在电梯玻璃上的反射；他还知道钻进三海草的地面车的时候，腿应该抬起多高。至于各种致意礼节，他做得跟当地人一样好。在行李落地事件发生后，他一直很小心，不随便动玛希特的双手；不过，玛希特允许他负责视线的接触对象和接触时间长度，致意时脑袋倾斜的角度等等细节，好让她不会显得格格不入、毫无见识，而是表现得仿佛她天生就属于这座城市一般。这叫保护色。依靠这层保护色，虽然她从未在当地生活过，却能像当地人一样行动。她能感觉到，行人的好奇目光从她身旁掠过，落在了令人更感兴趣的三海草的宫廷制服上。玛希特心里琢磨，不知亚斯康达究竟有多爱唯一市,才能学得这么像本地人。

地面车里,三海草问道:"您进入世界很久了吗?"

玛希特赶紧收回思绪,切换为泰克斯迦兰语的思考模式。三海草方才的问话,是一句标准的礼貌寒暄,意思是"您从前来过我的国家吗?"玛希特险些理解成了某个存在主义问题。

"没有,"她回答,"不过从孩提时代起,我就阅读各种帝国经典,常常在脑中想象唯一市的模样。"

看起来三海草对这个回答还算满意。"我无意让您厌烦,大使。"她说,"不过,我们正在唯一市中穿行,如果您想来一场简短的、口头展示的市景观光,我很愿意为您吟诵一首恰当的诗歌。"她轻触身侧按钮,车窗变为透明。

"我绝不会厌烦。"玛希特真诚回答。车窗外,城市中的钢铁与浅色石材建筑一掠而过,霓虹灯闪烁着爬上摩天大楼玻璃外墙又下落。他们正行驶在一条主环路上,环路呈内螺旋形,绕着市政大楼群,一圈比一圈更靠近宫廷。说是宫廷,不如说是城中城更加确切。统计表明,宫廷内居住着几十万人,从园丁到六方向皇帝,每一个都身负职责(无论多么微小),维系着帝国的运转。宫廷内的每一位居民都接入了帝国公民才有权接入的信息网,每时每刻都沉浸在源源不断的数据流中。这些数据流会告诉他们该去哪儿,该做什么,以及每一天、每一周,甚至每个时期的计划。

三海草的声音非常动听。她吟诵的诗歌名为《建筑》,是一首一万七千行的长诗,描述了唯一市内的建筑。玛希特分辨不出三海草吟诵的是哪个版本,不过这可能是玛希特自己的问题。在泰克斯迦兰经典当中,玛希特对叙述诗有着自己的喜好,而且能模仿泰克斯迦兰的文人方式随意吟诵其中任何一篇(也是为了顺利通过考试的口试部分）。但是《建筑》这首诗委实太过无聊，所以被她草草略过。不过，此时此刻，一边倾听三海草的吟诵，一边亲眼看着诗歌中描绘的建筑，感受跟从前则完全不同。三海草是个熟练的演说家，并且熟知诗歌格律，在诗中有即兴发挥空间的地方，加入了有趣的原创细节。玛希特双手交叠于膝上，看着诗中描绘的景象从车窗外一一掠过。

这儿，就是唯一市，"世界的珍宝"，帝国的心脏，语言难以描述它，五官来不及感知它。如果路过的建筑有所改变，三海草就会改动《建筑》中相应的片段。过了一阵，玛希特意识到，亚斯康达也在意识深处轻声低语，跟着三海草一同吟诵。闻此，玛希特心中一宽。既然他会背这首诗，那么她也会背——如果需要的话。毕竟，活体记忆链的目的正在于此：确保有用的记忆能够得到保存，并一代一代传下去。

车子开了四十五分钟，经过两处交通岔口，三海草才结束吟诵，让地面车停在一幢建筑那细针似的柱子旁边。这儿离宫廷中心已经很近了。<司法部门，>亚斯康达说。

好兆头还是坏兆头？玛希特问道。

<看情况。真想知道我做了什么。>

总归是非法勾当。好啦，亚斯康达，给我说个大概的可能性吧，你到底做了什么，才会坐牢？

玛希特似乎觉得亚斯康达叹了口气。她的肾上腺素也因为不属于自己的紧张情绪开始分泌，引起一阵恶心。<唔，八成是煽动叛乱。>

她真希望这不过是玩笑话。

司法部大楼的柱子旁边围着一圈灰色制服警卫，到了门边戒备更是森严：这儿需要安保检查。警卫配有细长的深灰色棍子,而不是泰克斯迦兰军团偏好的能量武器。玛希特曾在"升天节红色丰收号"里见过许多配备能量武器的士兵,但没见过这种样式的。

<电击棍,>亚斯康达说,<控制混乱人群用的电击武器。我以前来的时候,可没见警卫配备这种东西——电击棍是反暴乱的装备,至少娱乐小报上是这么说的。>

你已经过时十五年了,玛希特想道,这期间发生的变化可大着呢——

<这儿是宫廷的中心。要是连司法部都要担心骚乱,那变化确实很大,而且很不妙。好了,去看看我到底做了什么吧。>

玛希特担心司法部大门口安保措施变得这么森严,会跟亚斯康达的**所作所为**有关。这么一想,她只觉得背上和手臂上都起了鸡皮疙瘩,尺骨神经也开始发麻,让人不舒服。她还没来得及转个念头宽慰自己,三海草便已经护送她过了大门。门口,三海草呈上自己和玛希特的拇指指纹。当泰克斯迦兰安保警卫克制地轻拍着玛希特的工装外套和裤子口袋时,三海草礼貌地转过脸去。警卫态度恭敬地接过玛希特的行李,保证出来时就还给她。

在把玛希特关于个人空间的禁忌都给触犯了一番之后,警卫建议玛希特身边一定要有人陪同,因为她的身份尚未录入云钩,也没有得到进入司法大楼的授权。玛希特挑起一边眉毛,询问地看着三海草。

"是办事速度的问题,"三海草快步穿过几扇缓缓升起的拱门,进入石砖铺地的凉爽室内,向电梯走去,她解释道,"您的身份注册与在宫廷区的自由通行许可,必定会尽快完成。"

玛希特追问:"我从勒赛耳空间站出发上路已经超过了一个

月,还不够解决办事速度的问题?"

"而**我们**已经等待了**三个月**,大使,等勒赛耳空间站派来新的代理人。"

<我肯定犯了什么不得了的事>,亚斯康达说,<地下都是秘密法庭和审讯室——反正宫廷谣言是这么传的。>

电梯响了四声。"既然已经等了三个月,难道还怕多等一个小时吗?"

三海草示意玛希特先进电梯。虽然没有多解释,这姿态也算是一种回答。

两人坐电梯下楼。

等着她们的,是一间既像审判室,又像手术室的房间:蓝色金属地板,围绕着一张高高的桌子,一圈圈露天圆形剧场式的条凳依次排列。高桌上放着某个大东西,上面盖着床单。泛光灯下,站着三个陌生的泰克斯迦兰人,全都是高颧骨宽肩膀。一人身着红色教士服,一人身着与三海草一样的奶油色加橙色的信息部制服,还有一个穿着深灰色制服,玛希特觉得这种灰色跟方才电击棍的金属色泽非常相似。三人围在桌边激烈地低声争论着,挡住了玛希特的视线,让她看不清桌上究竟摆着什么。

"为了尽到我们部门的责任,我仍需要自己再做一次鉴定,趁他还没——"信息部官员有些恼火。

"我们没有任何理由把他还给他们,一个说得过去的理由都没有。"红色教士服的泰克斯迦兰人用不容置疑的口吻道,"还给他们没有任何好处,还有可能引发严重后果——"

另一位身穿深灰色制服的人提出异议:"跟你们部门的想法不同,普罗托斯帕萨,我完全确定:他们引发不了任何严重的后果,顶多就像虫子咬一口,很容易摆平。"

"妈的,老天啊,等会儿再吵!"那位信息部的人说,"她们已经到了。"

两人进门。身穿红色教士服的人朝她们转过身来,像是一直在等候她们到来。天花板很低,是拱形。玛希特觉得这儿像个被困在地底下的泡泡。接着,她辨认出桌上的物体的轮廓:那是一具尸体。

一层薄薄的床单盖在尸体上。尸体双手摆在胸前,指尖相触,仿佛正要向某个幽冥之人致意。尸体的面颊凹了进去,双眼圆睁,蒙上了一层雾蒙蒙的蓝色。嘴唇与甲床也染上了同样的蓝色。看起来是一具死了很久的尸体。或许——已经死了三个月。

玛希特听到亚斯康达带着惊讶与恐惧,<我变老了。>声音清楚得就像他站在自己身边。她全身发抖,心脏猛跳,心跳声大到连三海草如何介绍她都没听清。她的脑袋突然发晕,比往行星下落时还晕得厉害,心中充满无来由的恐慌。这不是她自己的情绪,是亚斯康达的。她的活体记忆唤起了她体内大量的应激激素,肾上腺素多到让她嘴里尝到了金属味。尸体的嘴唇松弛,但仍能辨认出嘴角的法令纹。她能够想象,亚斯康达的微笑是如何牵动嘴角肌肉,年复一年,最终形成了这样的纹路。她本人的嘴角也能感受到。

"如您所见,达兹梅尔大使,"身着红色教士服的那人说道(方才介绍时,玛希特完全没听到他的名字),"我们需要一位新大使。很抱歉我们用这种方式保存他的遗体,但我们希望尊重贵方的丧葬传统,以恰当的方式下葬他。"

她走近尸体。他已经死透了,一动不动,松弛软垂,眼神空洞。<操。>亚斯康达用快呕吐的静电声音说道。玛希特意识到自己马上要吐了，惊恐而绝望。操，这事儿我干不了。

此刻，玛希特已经无法分辨自己和亚斯康达。这不是"整合"的本意。她不该迷失在他的情绪当中，亚斯康达的恐慌所造成的生化反应根本不该劫持她的内分泌系统。玛希特——也可能是亚斯康达——想着，如今，**唯有在她脑袋里**，还有亚斯康达这么个人存在。当泰克斯迦兰要求派遣新大使时，她确实猜测过他可能死了。但那只是理性的猜测，并据此做出计划；可现在，他就在她面前，成了一具空洞腐败的躯壳，他乱了阵脚，让她也恐慌不已。突如其来的强烈情感波动最容易毁掉尚不稳固的活体记忆整合成果。这种情感波动会烧毁她脑中活体记忆装置的所有微型电路，"操，他死了"和"操，我死了"这两种情感混在一起，转化为恶心的呕吐感。

亚斯康达，她想开口安慰他，但音调离安慰人还差得远。

<走近些，>他说，<我得看看。我不确定——>

她还没拿准主意，他就先让身体动了起来。她只觉得一眨眼，自己就到了尸体旁，仿佛她的时空发生了断裂，失去了"走上前"这一段。这不对劲，非常、非常不对劲，可她没法阻止——

"我们会把死者的尸体烧掉。"她开口道。她居然还能选择正确的语言，真不知该谢谁。

"真是有趣的习俗。"身穿深灰色制服的官员应道。玛希特猜他来自司法部，这儿是他管辖下的停尸房，而红色教士服男子则是葬礼执事。

玛希特朝他微笑，嘴角比自己习惯的咧得更开，也比亚斯康达更加狂放。这种表情足以吓住任何一个平和的泰克斯迦兰人。"烧掉以后，"她接着说，努力搜寻合适的词句，以此为救命稻草，对抗一浪浪高涨的肾上腺素，"我们会把死者的骨灰当作圣物吃掉。死者的孩子或继承人优先，如果他有孩子或继承人的话。"

官员闻言脸色发白，但保持着礼貌，顽固地重复道："真是有趣的习俗。"

"你们如何对待死者？"玛希特问道。她越发凑近亚斯康达的尸体，身体飘飘忽忽。她的嘴巴似乎暂时受自己控制，双脚却属于亚斯康达，"请原谅我的冒昧询问。毕竟，我不是帝国公民。"

红衣男子回答："常见的方式是土葬。"他口吻轻松，仿佛这是每天都会遇到的问题，"您是否希望验尸，大使？"

"有任何特殊原因需要验尸吗？"玛希特一边反问，一边拉下床单。她的手心不停冒汗，摸着布料感觉湿滑。床单下，尸体什么都没穿，年约四十，全身皮肤最薄的地方都泛着同样的蓝色。看来，尸体全身都注射了防腐剂。注射部位明显得刺目，显眼的针孔周围围着一圈肿胀苍白的组织：颈动脉处有一个，双臂的尺骨动脉处各有一个。还有一处位于尸体右手大拇指根部，让整只手都变了形。她发现自己盯着尸体看，"时空断裂感"再度出现—— 一会儿盯着尸体的脸，一会儿盯着尸体的手腕，仿佛活体记忆想仔细看看身体每一处变化。哪怕玛希特作为亚斯康达的继承人，想要吃下他的骨灰（她并不确定自己会这么想），她也没法这么做：天知道红衣男子往尸体里注射的是什么东西，要是连这种东西一起吃下去，可太蠢了。三个月都没腐烂。想到这儿，在肾上腺浪潮带来的金属味之外，她喉咙里冒出了胆汁的苦味。躯体应该分解循环才对。

但在帝国，一切都会保存下来。同一个故事一遍又一遍地讲；既然如此，为什么要保存人的肉体，而不是让其派上恰当的用场？

　　她触摸到尸体的腕部。活体记忆借着她的指尖一路摸索到注射部位，再是手掌，沿着伤疤一路轻抚。尸体的触感如橡胶，如塑料，给人的信息既不够多，又让人消化不了。她的亚斯康达手上还没有这条伤疤，她的亚斯康达还没死——又是一阵令人眩晕的恶心，她视野的圆形边缘出现模糊和火花，她又想道：我们会烧掉电路的，**别——**

　　<我做不到，>亚斯康达又说。她脑中出现强烈的否定感，撕扯感，仿佛火花落在地面——接着，**他不见了。**

　　死一般寂静。就连他通过玛希特的眼睛观察世界的感觉都消失了。她觉得自己失去了重量，体内充满并非自愿分泌的内啡肽，且感觉孤独得可怕。她的舌头沉重，有金属铝的味道。

　　她从没有过这种体验。

　　"他怎么死的？"她问道，纯粹为了谈话而谈话。她很吃惊，自己的声音听起来居然完全正常，一点儿没受影响。泰克斯迦兰没人知道活体记忆的存在，没人能理解她刚刚经历的一切。

　　"窒息而死。"红衣男子说道，伸出双指训练有素地触摸尸体的颈部。"他的喉咙锁闭，无法呼吸。非常不幸的事件。不过，'非公民'的生理系统跟我们的往往很不一样。"

　　"他吃东西**过敏了**？"玛希特问道。这事听来荒谬。太过震惊之下，她已经麻木。显然，亚斯康达死于过敏反应。要不是出于谨慎，她说不定会当场歇斯底里狂笑起来。

　　"事件凑巧发生于科学部部长十珍珠举办的晚宴上。"最后一位官员，来自信息部的那位说道。这位官员就像从泰克斯迦兰古典油画中爬出来似的，长得跟画中人一个模样：无比对称的五官，丰厚的嘴唇，低额头，完美的鹰钩鼻，眼睛仿佛两潭深深的棕色池塘。"您真该看看事后的新闻报道,大使。简直像是耸人听闻的小报故事。"

"十二杜鹃花无意冒犯您,"三海草立在门口解释道,"但新闻报道仅限于宫廷区,这不适合让一般民众知晓。"

玛希特将床单拉了上去,直到盖住尸体的下巴。没用。他仍然在那儿躺着。"这是否也不适合让勒赛耳空间站人知晓?"她问,"要求我前来此地就任的官员,言辞有些不必要的模糊。"

三海草耸了耸肩——一边肩膀稍微动了动,"大使,我确实是阿赛克莱塔,但不是每一个阿赛克莱塔都有资格了解信息部每项决定的缘由。"

"您希望怎么处理他的尸体?"红衣男子问道。玛希特抬头看了看他:作为泰克斯迦兰人,他的个子挺高,绿色眼睛几乎跟她的眼睛齐平,平静而友好。她不知道该拿尸体怎么办。她自己从没焚烧过尸体;她**太年轻了**,父母均健在。再说,在她家乡,只要叫来殡葬经理就行,他们会操心的。哀悼逝者时,最好还能有你爱的人在身旁,握着你的手,一同哭泣。

她真不知拿尸体怎么办。没人会为亚斯康达哭泣,哪怕她也不会。泰克斯迦兰宇宙中也找不到懂得如何处理的殡葬经理。

她好容易才说出话来,"目前还没有想法。"说着,她狠狠地咽下一口口水,压住心头的恶心。她的手指上好像有电流,触摸过死人皮肤的地方都有刺痒感。"等我熟悉此地可用的设备,我自会做安排。这段时间内,他不会腐烂吧?"

"腐烂速度会很慢。"红衣男人道。

"您是——"玛希特望着三海草,等她提示。既然她是文化联络员,最好赶紧负起联络的责任——

"普罗托斯帕萨四杠杆，"三海草顺从地回答，"来自科学部。"

"四杠杆，"玛希特特意省略了他的头衔——普罗托斯帕萨这个头衔大致可以理解为"科学家"或者"有委任状的科学家"之类的。"什么时候会有明显的腐败迹象？或许再过两个月？"

四杠杆微笑，露出一颗银牙，"两年，大使。"

"太好了，"玛希特说，"时间还很充裕。"

四杠杆指尖相对，搭成一个三角形，朝她鞠了一躬，仿佛接受她的命令一般。玛希特怀疑他心里不屑，却故意做出尊重的态度。无论如何，她都接受。她别无选择。她需要足够的空间来思考。这儿可不行。这儿，司法部深处，只有三名官员和一名普罗托斯帕萨殡葬员，在等着她犯下某个不可挽回的错误，落得跟亚斯康达一样的下场。

他在唯一市住了二十年，吃惯了泰克斯迦兰人的食物，却因为生理结构不同过敏而死。她该相信吗？

亚斯康达，她对着大脑深处、活体记忆本该在的空白想道，你死之前，到底把我们俩扯进了什么破事儿？

他没回答。察觉到脑中的空白让她的脚下发软，仿佛正在下落——哪怕她知道自己正站在坚实的地面上。

"我希望，"玛希特对三海草说，语速很慢，语调平稳，语法正确，以此掩饰眩晕和恐惧，"前往注册成为空间站驻泰克斯迦兰的合法大使，拿回我的行李。"她想要离开这儿。越快越好。

"当然，大使。"三海草说，"普罗托斯帕萨，十二杜鹃花，二十九信息图。一如既往，与您三位交谈十分愉快。"

"您也一样，三海草，"十二杜鹃花回应，"愿您跟大使相处愉快。"

三海草又耸了耸一边肩膀，就像在说：不管谁说什么，都不会对一位宫廷中的阿赛克莱塔产生影响。突然，玛希特觉得自己很喜欢她。同时她也意识到，自己对她的喜欢不过出于绝望，想拼命抓住某个盟友的需要而已。没了活体记忆与她交流，她实在太孤独了。过一阵，等亚斯康达从震惊中恢复，等情感爆发过去，他一定会回来。一切都不会有事。她不会有事。她甚至连头晕也好起来了。

"那么，我们走吧？"她说。

第二章

各位注意！急！/新鲜出炉的重要新闻马上呈上！/八频道立即呈现！

今晚，七绿玉与四梧桐为您带来欧迪尔星系1号行星的现场报道。1号行星都城中的叛乱已经平息，"准亚奥特莱克"三漆树领导下的第二十六军团正准备脱离行星轨道。稍后，我们将会看到四梧桐从都城中央广场发来的现场连线，采访重新就任总督的九摆渡艇——途经欧迪尔跃迁门的贸易活动有望在两周内恢复正常……

——全泰克斯迦兰皇帝六方向治下

第十一纪①三年二百四十五天

八频道！唯一市内云钩网晚间新闻播报

---

① Indiction，以皇帝登基年份计算，每十五年为一个历法周期，称为一纪。

靠近跃迁门注意事项清单,第2/2页

……减速至飞船最大亚光速的1/128,以保证跃迁门另一端有非空间站飞船同时进入时,能够进行躲避操作。

17.用本地无线电广播即将跃迁的消息

18.告知船员与乘客即将跃迁

19.以1/128的速度靠近视野扭曲最大处……

——《勒赛耳空间站驾驶员训练手册》,第235页

大使套房里满是亚斯康达留下的痕迹,玛希特脑中却空空荡荡。她被活体记忆的所属物包围;原本充满脑海的记忆却消失不见,简直像里外翻了个个儿。玛希特来之前,套房已经开窗通过风——或者至少她希望如此。房间里大开的窗户,残留着的杀菌剂味道,都让她这样认为。风从窗口吹来,掀动窗帘,但也没能彻底驱走房间里的杀菌剂味道。不管怎么说,这儿总归是某人住过的地方,而且住了很久。

亚斯康达本人喜欢蓝色,也喜欢暗色光滑的昂贵金属家具。工业化线条硬朗的工作台,还有低矮的沙发,会让每一个生长于空间站或是飞船上的非行星居民宾至如归。不过,地板有点儿不同:上面铺着丝质长毛地毯,满是各种花纹。一个愉悦的渴望从玛希特心中一闪而过——在家中赤脚踩着地毯,享受地毯触感带来的纯粹生理快感——接着又想到活体记忆的继承者,就连审美倾向,也跟上一任匹配。亚斯康达喜欢赤脚踩着织物,虽然她从没尝试过,但显然也喜欢。

套房里间门后是卧室。亚斯康达在床顶上挂了一份泰克斯迦兰制作的金属镶嵌式星图,展示着空间站所属的宇宙。这份星图像是一个广告:**睡在这儿,你就能跟整个区的所有资源睡在**

一起。

这件作品挺美，几乎掩饰了它的笨拙。几乎。

头柜上堆着一小叠手抄本图书，还有些信息条，叠得整整齐齐。玛希特觉得，整理者肯定不是亚斯康达本人。亚斯康达不会在乎床头读物有没有排成直线，玛希特也不在乎。要是他在就好了，可以直接问他。如果他再也不回来，她该怎么办？她现在还没能跟亚斯康达真正合并成一个人；要是那可怕的情感爆发，烧毁了她的活体记忆植入装置与脑干的连接，怎么办？要是他们在一起时间长些就好了。时间一长，植入装置就**不再重要**。她会成为亚斯康达，亚斯康达会成为她，两人会合并为一个更加完整的新人，名为"玛希特·达兹梅尔"。她会拥有亚斯康达·阿格黑文知晓的一切，无论多么隐秘的信息，两人的肌肉记忆、积累的技能、本能乃至声音也都会融合。这才是正常情况下应该发生的事，他们会成为活体记忆链上新的一环。可现在，她该怎么办？写信回家申请维修指导？还是**直接回家**，留下一摊未完成的工作，包括解开亚斯康达的死因之谜？好歹语言问题不用他帮忙。就连她夜晚做梦的时候，有一半时间也在用泰克斯迦兰语——她经常梦见唯一市。自从两人融合后，她脑中活体记忆所在的部分一直感觉沉甸甸的。但现在，一旦她探寻这个部位，就会头晕，感受到可怕的坠落感。她坐在床沿上，盯着床头柜上一叠书棱角分明的边缘，直到确定自己不会晕过去。负责打扫房间的人肯定整理过书本，也就是说，任何跟罪案有关的明显线索，都被抹消了。

她竟然已经开始思索**罪案**的可能性。

当然应该思索这种可能性。还要考虑谎言的可能性，她对自己说。考虑谋杀和其中深意。**窒息而死**。过敏，或者吸入了某种含氧量低的气体。政治，一向如此。这儿是唯一市。这儿每个人都戴着云钩，不停地朝他们的眼睛里轻声"念叨"着各种故事，有关阴谋、酒精和毒品。从小时候开始，她就听惯了这些故事，还把它们讲给别人听——啊，只能算是苍白的模仿，用完美的节奏将这些故事带到空间站空荡呆板的金属墙之间。她小时候很受欢迎，讨人喜欢，正是因为她能讲故事，还因为——虽然这一点不重要——她会像泰克斯迦兰人那样思考。

罪案的线索早被抹消了，或者被无害化。

也有可能被亚斯康达藏了起来——如果他有预感，或确知自己将遭遇不测——只要他够聪明。（活体记忆很聪明，但毕竟是**过时**的。十五年，人可是会变的。）

玛希特想着，要是自己在这儿住上二十年，不知会变成什么样？而且，连活体记忆都没有——彻底消失了，这比**过时**的**活体记忆**更可怕。如果他不回来（他当然会回来。刚才发生的事不过是个小插曲、小差错，等她明天醒来，他肯定就回来了），除了罪案，她还得考虑**故意破坏**的可能性。她的活体记忆植入装置坏了，如果不是机械故障，就是有人故意破坏。也有可能是个体问题导致合并失败，是她的问题，是她自己的心理拒绝了他。她耸了耸肩，双手仍觉得刺痒和陌生。

"您的行李已经通过安检程序，重新回到您身边。"三海草一边说，一边穿过亚斯康达卧室缓缓升起的拱门。玛希特直挺挺地坐着，装作无事发生的样子，不希望泄露出任何自己正在经历神经系统事故的迹象。"一点儿违禁品都没有。目前看来，您还真是个无趣的野蛮人。"

"您期待有什么刺激的事情发生？"玛希特问。

"您是我联络的第一个野蛮人，"三海草说，"我什么都期待。"

"想必您以前一定遇到过其他'非公民',毕竟这里可是'世界的珍宝'。"

"遇见跟联络可不一样。您是**我的**'非公民',大使。我负责为您开门。"

她选择了古体的动词形式,让最后一句话听起来像习语。出口的话可能不如她期望的那么流畅,但玛希特还是冒着这个险说道:"开门这种工作,我以为不至于劳烦到二等贵族去做。"

三海草笑了。她的笑容牵动了眼角,比大部分泰克斯迦兰人的表情更夸张,"您没有云钩。所以有些门您**开不了**,大使。没有云钩,唯一市就不会认为您真实存在。另外,如果没有我,您要如何解码您的邮件呢?"

玛希特扬起一边眉毛,"我的邮件加了密?"

"而且已经拖了三个月未回复。"

"那些,"玛希特说着,站起身走出卧室,至少**这扇门**认得她,"是亚斯康达·阿格黑文的邮件,不是我的。"

三海草尾随在她身后。"达兹梅尔大使还是阿格黑文大使,没什么区别。"她说着,伸出一只手上下翻动,"反正是给**大使**的邮件。"

两任大使之间的区别,恐怕比三海草想象的还要细微——前提是,如果活体记忆还会回来的话。玛希特发觉自己不只是担心装置故障,还在生亚斯康达的气。这家伙几乎什么忙都没帮上,一看到自己的尸体就慌了神,害她经历了肾上腺素激增的危机,以及这辈子最古怪的头痛,最后直接消失。现在只留下她一个人,面对这一堆未回复的邮件(都是亚斯康达十五多年后的、几乎可以肯定是被谋杀的泰克斯迦兰版本的自我留下来的),和一个幽默感不错的文化联络员。

"还是加密的邮件。"

"当然。给大使未加密的邮件是一种不尊重的行为。"三海草取来满满一碗信息条——木头、金属或塑料制成的小小长方体,中间嵌着电路。每一份都精心装饰着发件人的个人标识。她抓起一把,信息条夹在指缝间,就像指关节里冒出了爪子,"您想从哪一封邮件开始?"

"既然是给我的邮件,理应我独自过目。"玛希特说。

"从法律上说,我与您有完全相同的资格。"三海草的声调令人愉悦。

但玛希特需要的不只是愉悦。她需要一个盟友,她需要三海草成为她的帮手,而不是一个即刻的威胁。毕竟三海草就住在隔壁房间,而且在整个任期内(无论她被指派给玛希特多久)都要负责为她开门。她已经意识到,在唯一市她很可能寸步难行——唯一市那如同全景监狱般监控一切的"眼睛",将她认定为**并非真实的存在**。可是,虽然玛希特需要三海草这个盟友,但不管三海草口头上怎么说,她未必真的会贯彻玛希特的意志。

"或许泰克斯迦兰的法律有这样的规定,"玛希特说,"但根据空间站的法律,您可没有这个资格。"

"大使,我希望让您知道,我十分可信,也够资格引导您适应宫廷生活。"

玛希特耸耸肩,摊开双手,"前任大使的文化联络员去哪儿了?"

不论这问题是否让三海草尴尬,她都没有表现在脸上。她不动声色地回答说:"两年的任期满后,他就被调往别处了。我想已经不在宫廷之中。"

"他叫什么名字?"玛希特问道。要是亚斯康达在这儿,她本应该知道的。那位文化联络员在任的那两年应该是亚斯康达抵达唯一市的前两年，在亚斯康达活体记忆所记录的五年记忆的范围内。

"我记得叫十五引擎，"三海草轻描淡写地说道。闻言，玛希特不禁伸手紧紧抓住亚斯康达书桌的一角，勉强保持平衡。突如其来地，一阵喜爱和沮丧交织的复杂情感涌上她的心头。一张戴着云钩的脸模糊地浮现在她的脑海：云钩的黄铜框子罩住了他的整个左眼眶，从颧骨一直延伸到眉骨。这是亚斯康达记忆中的十五引擎。记忆在闪回，在喷涌。玛希特试图联系上活体记忆：亚斯康达？没有回应。

三海草一直盯着她。她好奇自己脸色如何，很可能十分苍白，而且心不在焉。

"我想找他——找十五引擎谈谈。"

"我向您保证，"三海草说，"我拥有丰富的经验，并且在所有涉及与'非公民'合作的必要能力测试上都获得了罕见的优异成绩。我们俩一定能合作顺利。"

"阿赛克莱塔……"

"请叫我三海草，大使。我是您的联络员。"

"三海草，"玛希特强压下提高声音的冲动，"我想见见你的前任联络员，好询问我的前任大使是如何开展工作的。或许，还能打听到一些前任大使的情况，关于他那不合时宜的、给其他人带来麻烦的（根据邮件的堆积数量）死亡。"

"啊。"三海草应道。

"对。"

"就像您说的，他的死亡确实给大家带来了麻烦，但这纯属偶然。"

"这一点我并不怀疑。但他毕竟是**前任大使**。"玛希特清楚，如果三海草真跟看上去一样，是个典型的泰克斯迦兰人，那么三海草就不会拒绝她。毕竟，在泰克斯迦兰的文化中，要求担任社会职务的人熟知前任的各种工作细节是理所当然的，就像要求一个勒赛耳空间站人熟知他将植入的活体记忆，对她们来说是理所当然的一样。"我想跟一个了解前任大使的人聊聊，他对前任大使的了解，就像未来我俩将对彼此的了解一样深入。"她试着让肌肉回忆起泰克斯迦兰式的微笑，凭感觉模仿着亚斯康达微笑时眯起双眼的确切程度。

"大使，对于您目前的——困境，我万分同情，"三海草说，"我会给十五引擎寄邮件过去的——无论他身处何方——同其他回信一并寄出。"

"……但我没法回信，这些邮件都加了密。"

"没错！不过，我能解开几乎所有的标准密码，以及大多数非标准密码。"

"您还没解释过，为何我的邮件会用**我无法解开的**密码加密。"

"嗯，"三海草说，"我没有任何轻慢的意思。在空间站，您必定是一位博学多识之士。但是，在唯一市，加密方式经常基于以密码书写的诗歌，这种密码'非公民'不太可能知道。对大使的邮件进行加密，则是为了展示大使的智慧，以及他对宫廷和宫廷诗歌的熟知。这是一种传统。与其说是加密，不如说是一场游戏。"

"我们勒赛耳空间站也有诗歌。"

"我知道，"三海草语气中充满同情，听得玛希特直想摇晃她，"不过，来看看这一封。"她举起一根漆成猩红色的信息条，上下两半由圆形的金色蜡印封合,蜡印上凸显出唯一市的艺术形象——这是泰克斯迦兰皇室的标志。"这一封肯定是给您的。日期是今天。"她揭开封蜡,内封的信息倾泻而出,一长串全息文字漂浮于空中。信件由泰克斯迦兰语写就,玛希特觉得自己应该能够读懂。毕竟,她从小就开始阅读帝国文学了。

三海草碰了碰自己的云钩,说:"我猜您肯定能自己动手解开这种密码。您知道政治诗吗?"

"十五个音节的抑扬格对句,在第八和第九音节之间有个停顿。"玛希特觉得自己听起来像是一个参加口试的考生,而非一个有学识的泰克斯迦兰国民。可惜她不知该换成什么样的回答,才能让自己听上去像后者,"很简单。"

"没错!所以,绝大部分宫廷邮件都是政治诗格律的直接转换替代,开头的八句总是上一季最好的赞美诗——也即颂扬诗,只要您懂得数音节和停顿,就能看懂。近几个月使用的是二日历写的《复兴之歌》,要是您真想自己解密邮件,我可以替您拿一份来。"

"那可是唯一市公认的最佳赞美诗,请务必拿给我看看。"玛希特说。

三海草扑哧一声笑了,"您可真了不起。这样的态度,简直像是唯一市土生土长的居民。"

玛希特没觉得受到了夸赞,"信上说什么?"她问。

三海草眯起眼睛,瞳孔突然转向左上——这是对云钩发出的微动作指令——接着紧盯着信息条中的内容。"一封正式邀请函,邀请您参加陛下亲自举办的沙龙和吟诵赛事。三天后在介绍性的外交宴会上举行。想必您一定会参加?"

"为什么不呢?"

"嗯,如果您想要破坏在您之前所有外交官建立起的人际关系,塑造勒赛耳空间站打算对帝国不利的形象,不参加晚宴确实是个极好的开始。"

玛希特凑近三海草,近到能感受到对方的温暖呼吸在她脸上阵阵拂过,她对三海草露出她最为野蛮的微笑,亮出所有的牙齿。她观察着三海草努力保持镇定不退缩的样子,等到对方终于回过神来,明白她的意图后,她说道:"三海草,不如我们达成一个共识:我不是傻瓜。"

"可以,"三海草回答,"不过,难道你们空间站人都将侵犯对方个人空间作为申斥的手段吗?"

"只在必要时使用。"玛希特说,"作为交换,我也会接受另一项共识:您没有明显的破坏外交关系的企图。"

"这交换听来挺公平。"

"那么,我接受皇帝陛下慷慨的邀请。内容你写好后我来签名。之后,我们还得处理其余积压下来的信息条。"

处理积压的邮件占去了两人整个下午的时间,延续到傍晚。大部分邮件涉及的都是大使办公室的日常事务。大使办公室虽然规模不大,但有政治上的重要性,有着大量事务需要处理。有大臣或大学寄来的邮件,想要咨询空间站的习俗、经济、旅游机会、外交礼节等等;也有不想再居住在泰克斯迦兰帝国的勒赛耳人发来的回国请求(这些玛希特都签署了)。还有少数几份入境申请,玛希特都签字同意并移交给了帝国内负责办理"野蛮人入境签证"的办公室。之外还有泰克斯迦兰军事运输部门发来的"勒赛耳空间站境内通行证"的签证申请,数量多得出乎意料,这批签证申请都盖了亚斯康达的个人印章,但真正签字的却没几份。这些半批准的文件起不到任何证明作用，它们尚未生效。这情形就像是亚斯康达正在签署申请书，准备放半个军团的泰克斯迦兰战舰进入勒赛耳境内，却突然被打断了。玛希特十分纳闷，数量如此之多的申请，为何在同一时间盖章签字？她把这些先搁置到一边，陷入沉思。亚斯康达死前怎么想的她不管，反正她可不打算轻易放泰克斯迦兰的战舰穿过本族的空间站宇宙，至少得先做些调查，弄明白为何要调动如此大规模的军队。

签证申请中，没有"升天节红色丰收号"的名字。批准这艘战舰入境来接她的，不是亚斯康达。他那时候已经死了，所以才需要重新派遣大使。玛希特稍觉不安——**有人批准了这艘船的通行**——她得弄明白是谁。

三海草又递来了另一份信息条。这份信息条很麻烦，让她没空去想方才的不安。这是一份货运清单，要计算进口费用。换到亚斯康达活着的时候，邮件从寄过来到解决只要半小时；现在，玛希特却花了近三倍的时间来处理。因为信息条中涉及的其中一方——一名空间站人——已经离开了这颗行星；另一方却在此期间结了婚，获得了公民权，还在收货之前改了名字。玛希特让三海草找到这位更名了的新泰克斯迦兰公民，给他发一份正式的传唤令，让他前去管理星际贸易许可的司法部门听候裁断。

"不管他现在叫什么名字，一定要保证他会出席，并付清从空间站公民那儿购买货物的进口费。"玛希特说。

搜索结果发现，这位新公民选择的新名字是"三十六全地形冻土车"。这惊人的名字让玛希特和三海草一时目瞪口呆。

"没人会真给孩子起这名字，"沉默片刻，三海草开口道，"他真没品位。哪怕他父母或他以前所在的寄养所真的来自低温星球,有大量冻土,需要全地形车,这也说不通。"

　　玛希特困惑地皱皱眉,忽然清晰地回忆起一段往事:那时,她在勒赛耳空间站中刚开始接受语言训练,老师鼓励全班同学在学习语言的同时都为自己起一个泰克斯迦兰名字。她选择了"九兰花",源自她当时最喜欢的泰克斯迦兰小说的女主人公名字"五兰花"。五兰花是未来的帝国皇帝十二太阳耀斑的寄养所伙伴,那本书讲的就是她的冒险经历。从最喜欢的书中挑选名字,很符合泰克斯迦兰人的作风。她曾为自己挑选的名字骄傲,觉得其余同学的名字都不怎么样。如今,身处泰克斯迦兰帝国的中心,竟想起这段往事,难免有些荒唐。不过,她还是开口问三海草:"你们泰克斯迦兰人,是怎么给自己取名的?"

　　"数字是为了——求好运,或者希望孩子能拥有的品质,也可能是追逐潮流——'三'一直都是最受欢迎的——小数字都受人欢迎。三看起来很稳固,能创新,就像三角形。不会跌倒、能攀登思想顶峰,大概是这之类的寓意。这人选了'三十六',想让自己显得像是城市暴发户。这数字有点儿傻,不过还不算糟。糟的是'全地形冻土车'。血液、阳光之类,虽然语法上没错,属于无生命物体或者建筑,但就是不好听……好听的名字一般是植物、花朵和自然现象名,同时没有太多的音节。"

　　三海草一口气说了这么多话,玛希特还是第一次见。她觉得自己不禁开始喜欢起三海草来。三海草很有趣,虽然没有三十六全地形冻土车有趣。

　　她突然决定将这段往事跟三海草分享,作为对方才那段算是文化交流的回报。既然她们得合作,最好拿出合作的态度来,"学语言的时候,我们都得给自己取个泰克斯迦兰名字。有个同学——那种考试分数很高,但口音却很糟的同学——管自己叫'2e小行星'。2e是无理数。他觉得自己特别机灵。"

三海草思索片刻,吃吃地笑了。"是挺机灵的,"她说,"这太好笑了。"

"真的?"

"实在太好笑了。就像把自己整个人变成一个挖苦自己的玩笑。如果有位名叫2e小行星的人出了本书,我想我会去买来看。很可能还是本讽刺小说。"

玛希特笑了,"这位同学的学习程度可没到会运用讽刺的地步。他是个讨人厌的家伙。"

"听起来确实挺讨厌的。"三海草赞同,"不过,他在无意间用了精妙的语言,这反而更加有趣……"说着,她又递来一块信息条,开始解码需要玛希特解决的下一个问题。

整个下午都在工作中度过了。玛希特擅长这些工作,这是她多年来受训的目的。虽然这些文件的措辞更含糊,更有泰克斯迦兰风格,还需要三海草解码,但本质没变。日落时,三海草为她们俩各叫了一小碗饺子模样的餐点,饺面裹着放了香辛料的肉馅,表面浇了半发酵的浓稠酱汁,还带着红油。三海草让玛希特放心,说这东西里面绝对没有任何可能让她过敏的东西。

"这叫'伊克斯回',"她介绍道,"是我们这儿的婴儿食品。"

"要是我死了,邮件还得再积压三个月。那时候你可麻烦了。"说着,玛希特用餐点附带的两齿叉子戳中一个饺子,放进嘴里。轻轻一咬,饺子在口中爆开来,热乎乎的,味道浓烈。红油的辣恰到好处,辣味在她舌尖停留不散,正当她开始怀疑是神经毒性反应的时候,辣味却转为令人愉悦的快感。她这才发觉自己饿坏了。自从下了战舰,她就没吃过东西。

看到三海草和她一样，狼吞虎咽着她那份伊克斯回，玛希特心中顿时觉得平衡了许多。她挥挥叉子，说："这东西给婴儿吃简直是浪费了。"

三海草睁大眼睛，露出泰克斯迦兰式的大笑表情，"这是工作餐。工作餐就得好吃，才能吃得快。"

"赶快吃完，好继续工作？"

"您的理解一点儿没错。"

玛希特歪了歪脑袋，"您这样的人，恐怕随时都在工作吧。"

"这是我的职责，大使。"

"请叫我玛希特，"玛希特说，"恐怕，不是每个文化联络员都像你这么能干吧。"

三海草的表情几乎像是受了夸赞，"是啊，不能干的多得是。不过，文化联络员是我接到的指派，阿赛克莱塔才是我的本职。"

如果玛希特阅读的关于唯一市的文献可靠的话，阿赛克莱塔的工作涉及情报、协议、秘密，还有——雄辩。"阿赛克莱塔做些什么样的工作？"

"政治工作。"三海草回答。

跟文献中写的相差无几。"你为什么没向我提及那些军事运输签证？"玛希特开口问道。三海草还没回答，套房的门铃就响了起来，玛希特皱起眉，三海草却面色如常，好似没有被这不和谐的和弦所影响。

三海草来到门边，在门旁墙上的键盘里键入密码。玛希特仔细看着她的手指动作，想要尽可能记住这一串数字。她当然有权力操作自己套房的密码。（除非她的处境比自己想象的更像一个囚犯。不知唯一市对"可在市内自由移动的真实人类"究竟如何定义？要是能问问亚斯康达就好了。）密码验证通过，键盘屏幕上投射出门外来客的面容，并在他头顶用带金边的方块字体标注出了他的姓名和一连串的头衔。来客很年轻，宽颧骨，古铜色皮肤，有着为帝国艺术家所青睐的低额头，额头上发际线边缘的头发乌黑浓密。这张脸，玛希特记得在司法大楼停尸间里见过。来客是十二杜鹃花，大厅里见过的三位官员之一。虽然玛希特对他们印象已经模糊，但十二杜鹃花那完全符合帝国文化中标准男性之美的外貌，还是给她留下了印象。面对这如同艺术品一般的美男子，玛希特的平静让她自己都感到惊异。三海草介绍的时候说过，他是"十二杜鹃花，一等贵族"。也就是说，三海草至少知道他的名字，而不只是熟悉头衔。

"真不知道**他**来这儿干什么。"三海草说道。这句话更清楚地表明，她对他的了解远不止头衔。

玛希特说："让他进来。"

三海草大拇指用力按在键盘上（难道这地方用的是指纹锁？不可能，泰克斯迦兰的技术不可能这么原始）。门开了，露出十二杜鹃花的橙色袖子和奶油色立领。虽然没有亚斯康达的帮助，玛希特也准备靠自己完成一整套招呼礼仪（这些事原本不该她来操心）。不过，她刚想开口介绍自己，十二杜鹃花就打断了她，说道："是我来您的套房，我们不必拘礼。"说着，他一阵风似的从三海草身旁经过，在她太阳穴上留下一个亲昵的吻（三海草的表情极为恼怒），在长沙发上坐下。

"达兹梅尔大使，"他开口道，"欢迎来到'世界的珍宝'，幸会。"

三海草在他身边坐下，眼睛圆睁，嘴角明显上扬，"花瓣，你不是说不必拘礼嘛。"她说。

"不必拘礼,不等于不要礼貌,芦苇。"十二杜鹃花说着,对玛希特露出非常不泰克斯迦兰的大大微笑,让人稍微有些怀疑他的精神状况,"她没有对您无礼吧,大使?"

"花瓣,你非得这样吗?"三海草道。

他们俩互用昵称。这还——挺可爱的,也挺好笑,同时还让玛希特有些难为情。"绝无此事,"玛希特回答。这答案让三海草脸上露出夸张的感激神情。"欢迎来到勒赛耳空间站的外交领土。除了跟我的联络员叙旧,我还有什么能帮您的?"

十二杜鹃花露出关切神情。玛希特觉得这层神情之下,还藏着更让人不快——也更诚实的兴奋与兴趣。这些泰克斯迦兰人,一个个都把她当作气舱门的人脸识别系统,以为她迟钝到只能看到人类的表面:制服、关切的神情之类。这实在麻烦透了。真不知道要过多久,才会有人拿她当真。

"我知道一些让人忧心的消息,"十二杜鹃花道,"跟您前任的尸体有关。"

嗬,没准当真的来了。(她的第一反应是对的,亚斯康达不可能死于事故。这么简单直接,既不像他的风格,也不像唯一市的风格。)

"尸体有什么问题吗?"

"可能是的,"但十二杜鹃花做了个手势,像是在说当然有问题,只是还没法分辨是哪种问题。

"如果只是**可能**,你根本不会来掺和我的事情,花瓣。"三海草回答。

"我想指出,前任大使的尸体是我的事情。"玛希特接道。

"我们已经说过这事了,玛希特。"三海草飞快解释,"我在法律上有着同等资格——"

"但道德和伦理上可不是同等，"玛希特说，"尤其事关我的前任，他生前无疑是勒赛耳的公民。所以，有什么问题？"

"那位普罗托斯帕萨，四梧桐，在他离开手术室后，我又单独在那儿待了一阵，用那儿的成像工具拍摄了尸体。"十二杜鹃花道，"目前，我在信息部的任务是：帮助满足'非公民'在此访问期间的医疗及资源需要。所以，我对'非公民'的生理结构非常有兴趣——有些'非公民'的生理结构跟人类很不一样！我当然不是在暗示勒赛耳空间站人不是人类，大使，完全没有这样的意思。不过，我的好奇心实在太强。这一点，你可以问芦苇，我们俩还是阿赛克莱提①学员的时候，就认识了。"

"好奇心太强，因此总是惹来一大堆麻烦，尤其在有趣的取证与奇特的医疗技术之类的事上。"三海草回答。玛希特发觉三海草的下巴绷紧了，嘴角也抿得紧紧的，"说重点。是二紫檀派你来监督我工作的？"

"我才不会替人跑腿呢，芦苇，哪怕对方是信息部部长也一样。重点是，我留下来查验了前任大使的尸体。而这具尸体曾被人工改造过。"

"什么？"三海草惊讶道。同时，玛希特拼命闭紧嘴巴，克制着自己不用空间站语骂人。

"怎么回事？"她问道。说不定，亚斯康达只是换了个髋关节。人工髋关节无可非议，也很容易解释，而且比头骨底部的植入器更显眼。植入装置里面保存着亚斯康达继承来的活体记忆，还记录下了亚斯康达获得的所有知识、自我和记忆，形成新的刻印，本应被传给下一位继承者。

"他脑中全是金属，"十二杜鹃花很快扑灭了她的最后一点

---

① Asekretim，阿塞克莱塔的复数形式。

希望。

"是弹片吗?"三海草问道。

"他身上没有伤口。相信我,如果有枪伤,是瞒不住去过太平间里的人的。不过,全身扫描会更细致——之前不知为何没有进行。可能因为大使死于过敏反应这个事实太过明显——"

"您为何立即假设里面的金属是弹片?我对这一点很有兴趣。"玛希特很快接口,想把对话从最危险的方向转移走。真想知道亚斯康达是否向他们透露过活体记忆的事,可她没法问自己脑中版本的亚斯康达;而且,也不清楚这个版本对他的——后继版本?嗯,后继版本,这个词还算妥当——又了解多少,是否能推断出他的后继版本在这十五年间都做了什么。

"唯一市有时候会变得危险。"三海草解释。

"意外时有发生,"十二杜鹃花道,"但最近越来越多。比如某人错误操作了云钩,唯一市就会反应过度……"

"您不会遇到这样的问题。"三海草向玛希特愉快地保证,玛希特对此一点儿也不买账。

"前任大使有配备云钩吗?"她问。

"我不清楚。"三海草回答,"必须由六方向陛下亲自准许,他才有可能拥有云钩。'非公民'一般都没有——云钩是专属于公民的一项特权,因为它跟唯一市相连。"

云钩是专属泰克斯迦兰人的特权,能打开各种门,显然还能把一个人拉入某个极为危险的境地。玛希特想,不知云钩对泰克斯迦兰公民的追踪会精确到何种地步,而追踪数据又会由谁来保管。

"无论是否有云钩,"十二杜鹃花插嘴,"前任大使脑干中确实存在着一大块神秘金属。我猜大使您会想了解这一点,免得有人在您脑中也植入一块。"

"你总是这么积极,花瓣。"

"这事还有谁知道?"玛希特问道。

十二杜鹃花回答:"我还未告诉任何人。"随即一本正经地把双手插进外套长长的袖筒里。玛希特听得出,这句回答在暗示这只是暂时的。此人到底想从她这儿得到什么?

"你为什么要告诉**我**呢?大使往身体里植入什么都有可能的——比如癫痫镇定器。这种装置很普遍,很多有癫痫的老年患者都会安装。"她说的是一个标准借口。万一活体记忆装置被空间站之外的人察觉,常会用这个借口。"泰克斯迦兰这样伟大的文明,肯定也会有这种装置。这种事,只要翻翻大使的医疗记录就清楚了,没必要这么麻烦吧。"

"如果我说,我告诉您,是想看看您会如何反应,您相信吗?在您之前的大使……唔,以大使的标准来说,在政治上相当活跃。所以我很好奇,是否所有的勒赛耳人都是这样。"

"我不是亚斯康达。"玛希特话一出口,就觉得十分丢脸——她本该**更像**亚斯康达,如果两人有更多时间合并,如果他没有从她脑中消失。"不同的人在'政治'上的表现并不同。您觉得普罗托斯帕萨知道这事吗?"

十二杜鹃花咧嘴笑了,露出了牙齿,"他没跟您提,也没跟我提。不过,他可是科学部医学院的普罗托斯帕萨,他觉得哪些<u>重</u>要该说,哪些不重要可以忽略,我们可没法妄测。"

玛希特站起身,"我想亲眼去看一看。"

十二杜鹃花愉快地看着她,"啊。您到底也是政治活跃的呀。"

第三章

每一个细胞内都绽放出化学火焰

忠于【大地/太阳】的【逝者姓名】

将爆裂成一千朵花，与他们生前的呼吸次数相同

我们会记住他们的名字

他们，以及他们祖先的名字

凭着这些姓名，愿在场的各位

掌中鲜血同样盛开

将化学火焰洒向【大地/太阳】……

　　　　　——泰克斯迦兰标准葬礼致辞（节选）

　　　　根据写给伊祖阿祖阿卡二苋菜的悼词编制

　　首用于全泰克斯迦兰皇帝十二太阳耀斑统治下第二纪

【静电】——重复，飞船姿态控制全部丧失——我正在不停翻滚——未知能量武器，驾驶舱内起火【噪声】【噪声】【咒骂】——一群黑色的飞船，速度很快，像【咒骂】虚空中的洞——

没有星星——有【噪声】没法——【咒骂】更多的又来了【尖叫,持续0.5秒,接着是巨响——像是爆炸解体,持续1.8秒,信号随即中断】

——勒赛耳驾驶员阿拉格·驰泰尔发来的最后一段通信

事发时驾驶员正在区域边缘执行侦察行动,242.3.11

泰克斯迦兰时间:六方向统治时期

这一次,玛希特步行来到司法部大楼。三海草与十二杜鹃花围在她身边,不时改换位置。玛希特觉得自己像人质,或者担心遭到政治暗杀的人物。这两种想象都过于接近现实,让她一点儿也笑不出来。另外,她正打算闯进一间停尸房——或者说,是帮助有合法进入停尸房权力的某人,偷偷把没有权力进入的人带进去。不论哪种情况,都让她显得"政治活跃"。

要是空间站议会的指令更详细些就好了,比如教她如何表现得"政治活跃"。她接到的指令,除了"查出亚斯康达·阿格黑文的下落",就是"好好工作,为我们的公民代言,尽力避免泰克斯迦兰吞并我们的情况发生"。她觉得,议会中的一半人——尤其是继承议员阿克奈尔·安娜芭,她倾向于将"外交与文化保存"纳入职责范围——一方面希望她喜欢泰克斯迦兰文化,享受自己接到的工作指派;另一方面,又希望她不要太喜欢泰克斯迦兰文化,别让这种文化进一步渗透进空间站的艺术和文学。至于议会的另一半——以矿工议员塔拉茨和驾驶员议员温楚为首(在玛希特看来,他们属于议会中实干的一派。玛希特有此想法,说明阿克奈尔·安娜芭的希望很可能就此落空)——则念叨着希望她"避免帝国吞并我们的企图,同时保证对帝国来说我们一直是钼、钨和铖等矿物的首要供应方,更别提收集情报和保证空间站在安哈摩玛跃迁门的通行权"。"我怀疑自己已经卷入对这场谋杀的暗中调查之中,为了保护空间站技术"算不算"避免泰克斯迦兰吞并我们"的范围? 亚斯康达在的话肯定知道,至少会有大胆的猜测。

帝国政府所在的这个城区,占地广大,年代悠久,形状像个六角星:有东区、西区、北区和南区,在北区和东区之间多了一个天区,南区和西区之间则突出一个地区。每个区里都耸立着一幢幢细针似的高塔,里头挤挤挨挨全是档案馆与办公室,由多层桥梁和拱门相连。高塔上人口密集,两座塔之间半空中有着层叠的空中庭院,庭院地面或是半透明的,或镶嵌着砂岩和黄金。每个庭院中央都有个水培花园,能进行光合作用的植物浮在静止的水中。行星上的植物种类之丰富,让人难以置信。水培花园中的花朵,似乎按照颜色深浅排列,越是靠近司法大楼,花瓣的颜色就越红,位于司法大楼庭院中心的花儿红得像一摊泛着光泽的鲜血。顺着花儿,玛希特看到了司法大楼——她抵达唯一市之后的第一站。虽然今早刚来过司法大楼,感觉却像不知多久之前的事。

来到大楼门前,十二杜鹃花伸出食指,在门旁亮闪闪的绿色金属盘上划着。玛希特看着他比画的轨迹,觉得像是一种花体签名——她从中辨认出了"花"字。十二杜鹃花的名字写出来应该包含了"花"和"十二"这两个词,"花"字会略有改动,以表示相应的种类。嘶嘶声中,司法大楼的门开启了。三海草正想抬手划签名,被十二杜鹃花捉住了手腕。

"进来就是,"他压低声音道,把两人推进门里,任由门在他们身后紧紧关上,"还是别让人知道你们悄悄溜进来的好,毕竟还没……"

"我们有合法的进入权。"三海草同样压低声音回应,"再说,我们也受到唯一市的视频监控……"

"所以我们这位东道主才不愿意让我们跟他的进入记录混在一起,"玛希特直言不讳地说,声音刚够三人听见。

"一点儿不错。"十二杜鹃花道,"要是有人去翻唯一市的监控影像记录,看'今天都有谁进入过司法大楼',我们的麻烦可比现在大多了,芦苇。"

玛希特叹了口气,"快走吧,带我们去见我的前任大使。"

三海草的嘴巴抿成细线,若有所思,她悄悄挪到玛希特左边并肩而行。十二杜鹃花带着两人走入地下。

停尸房还是老样子。空气冷冽,闻起来干净得出奇,就像从净化器里出来似的。普罗托斯帕萨——也可能是十二杜鹃花,在检查完尸体之后——又给亚斯康达的尸体盖上了床单。一进此地,玛希特立即被爬升而上的恐惧吞没:上一次进来,她的活体记忆在她体内掀起可怕的情感和内分泌系统荷尔蒙波动,然后就消失了。尽管如此,她还是回来了。某种肮脏的"阴谋论"从她脑中闪过:这房间不会对我有害吧?(她是不是宁可这房间有害?总比她本人犯错误,或者勒赛耳空间站里的某人故意使坏要好?)

十二杜鹃花扯下床单,露出亚斯康达·阿格黑文尸体的面部。玛希特走上前,心中一再告诉自己:这只是个物质躯壳,现实世界中的一个物理问题;而不是像她一样,身体里曾寄宿着某人——同一个人。

十二杜鹃花戴上一副灭菌手术手套,轻轻地抬起尸体的头部转动,让尸体的后颈对着玛希特。喉部主动脉处最大的防腐剂注射口从玛希特眼前消失。尸体柔软松弛,不像已经死了三个月。

"伤口很小,很难发现,"他说,"不过,只要在颈椎最上面一节处按下,就能感觉到异样。"

玛希特伸出手,用大拇指按下亚斯康达的头颅凹陷处、后颈两根肌腱之间。他的皮肤像橡胶,太软,手感不对。她的拇指感觉到了小小的、不规则的活体记忆植入伤疤。伤疤之下,能摸到活体记忆装置的结构,就像她所熟悉的颅骨一样坚固。她也有一模一样的装置。还是学生的时候,她喜欢一边学习,一边用大拇指按揉这东西。不过,自从装着亚斯康达五年经验的活体记忆通过手术移植进她的脑干后,她就没有再按揉过。按揉后颈不是亚斯康达的习惯。再说,这个动作也会让空间站以外的人起疑。因此,她放弃了这个动作,让自己成为一个应该成为的、合并后的新人。

"对,"她说,"我感觉到了。"

"很好。"十二杜鹃花微笑道,"您觉得这是什么?"

她本可以说实话。如果面前的人是三海草,说不定她真会说实话。她明白这种冲动很危险,她来这儿才一天,就想决定对哪个泰克斯迦兰人能说实话,哪个不能。可是,没有了亚斯康达,她实在太孤独了,她想要——

"这肯定不是自然形成的,"她说,"不过,这东西在他体内很久了。"绕了个弯子。她需要尽快结束这次不明智的验尸活动,回到自己房间,关上门,处理这种对朋友的——渴望。泰克斯迦兰人不能当朋友。何况这两人还是阿赛克莱塔,且都来自信息部——

"我从没听说过他做了脊椎手术,"三海草说,"他来这儿这么多年,不论是癫痫治疗手术还是其他,都没做过。"

"您连他是否做了手术也知道?"玛希特问。

"他整天泡在宫廷里,如果做了手术,人人都会知道。您的前任非常引人注目。要是他一周没出现,就会有人说'陛下该想念他啦'。"

"嗬!"玛希特感叹。

"我也提过吧,他是个'政治活跃'的人。"十二杜鹃花说,"那么,你认为这块金属说不定是他任职大使之前便放进去了?"

"这东西有什么用?"三海草问,"相比它什么时候被放进去的,我对它的用处更感兴趣,花瓣。"

"大使对此类技术有了解吗?"十二杜鹃花轻声道。玛希特听出他话中近乎无礼的调侃,他在引她上钩。

"大使呢,"她说道,指着自己,"不是职业医师,也不是普罗托斯帕萨,不太可能详细解释这东西对神经系统的影响。"

"但它确实会对神经系统产生影响。"三海草道。

十二杜鹃花说:"这东西在他脑干里。"仿佛这本身足以说明问题。"这东西绝不可能来自泰克斯迦兰;没有任何普罗托斯帕萨会用这种办法改变一个人的意识。"

"这么说太无礼了,"三海草说,"如果'非公民'想在自己头颅里塞金属,那是他们自己的事。除非他们有意申请帝国公民资格——"

"大使可不一样。大使是参与泰克斯迦兰帝国运作的人,芦苇,这你是知道的。所以你才会申请成为新大使的联络员。因此,他身上装有神经系统增强设备,这不是小事。"

"谢谢你告诉我这消息,我很有兴趣。"玛希特挖苦道。正在这时,她发觉三海草和十二杜鹃花突然挺直了腰板,换上一脸公事公办的严肃表情,立即住了嘴。玛希特身后,停尸间的门轻声打开。她转过身。

来者是一名泰克斯迦兰女性，身着层次繁复的衬衣、长裤和不规则剪裁的长外套，全是骨白色。她的面孔是深古铜色，宽颧骨，刀刃一般锐利的鼻梁，嘴宽唇薄。她脚上穿着一双软皮靴，走起路来悄无声息。玛希特觉得她是自己见过最美的泰克斯迦兰女人——也就是说，在当地人的眼中，她的姿色顶多中等偏下。太瘦，太高，鼻梁太高，吸引力太强。

房间内的光都被她吸引，屈服在她身侧。

这不是玛希特自己的想法。这句话忽然浮现在她意识里，仿佛活体记忆的某种技能——比如如何以泰克斯迦兰方式示意，如何进行多变量计算——对玛希特来说，极其自然又极其陌生。大概亚斯康达认识这女人。想到这儿，她又生起亚斯康达的气来，气他不在这儿，没法询问，气他在她需要的时候缺席，只留下片段回忆，短暂的印象。

三海草迎上前，抬起手，指尖相对，深深鞠躬，做了个标准而正式的问候姿势。

来者并未回礼。"真没想到，"她说，"这么晚了，我以为只有我会来探访死者。"话虽如此，她脸上却没有任何不安的表情。

"请允许我介绍勒赛耳空间站新一任大使，玛希特·达兹梅尔，"三海草用了最正式的辞藻，仿佛他们身处在皇帝的接待厅中，而不是司法大楼的下层地下室里。

"关于您前任的不幸，请接受我的哀悼，玛希特。"白衣女人的话中带着无比的真诚。

唯一市中只有她，未经任何试探，直接说出玛希特的名字。玛希特突然觉得自己在她面前仿佛毫无遮掩，十分脆弱。

"这位是伊祖阿祖阿卡，十九扁斧阁下。"三海草继续介绍，接着轻声道，"她的优雅现身仿佛刀刃的寒光，照亮了房间。"这个头衔在泰克斯迦兰语中长达整整十五个音节，仿佛白衣女人自带事先拟好的颂诗。说不定真是如此。"伊祖阿祖阿卡"意为与皇帝结义的红颜知己、最亲密的顾问和同桌进餐者。千年前，泰克斯迦兰人仍困在这颗行星上、未能走向宇宙时，伊祖阿祖阿卡还是皇帝的近卫军。据勒赛耳空间站的历史资料记载，这个头衔中的暴力意味在最近几个世纪里越来越少了。

对于"暴力意味减少"这一点，联想起方才的颂诗，玛希特觉得恐怕未必。她朝来者鞠了一躬，说道："非常感谢阁下的慰问。"她弯下腰，再直起身——在这一屈一伸的动作中，她想象自己变得非常高大，甚至高过面前这位拥有危险头衔、异常高大的泰克斯迦兰女人。接着，她问道："是什么让您这样的尊贵之人前来——用您的话说——拜访死者？"

"我喜欢他，"十九扁斧道，"我听说，你打算烧了他。"

她走近，站在与玛希特几乎手肘贴手肘的地方，低头看着亚斯康达。她摆正亚斯康达歪向一侧的头颅，将尸体前额的头发背了过去，动作轻柔熟练。大拇指上，十九扁斧的印章戒指闪闪发亮。

"您来向他道别。"玛希特说道，言语中暗示着她心中的疑惑。一位伊祖阿祖阿卡想看尸体，大可不必像一个普普通通的大使和她可疑的阿赛克来提同伙一样偷偷摸摸。选在这个时间来，肯定有其他理由。玛希特的到来改变了某些事情，或者说，玛希特通知普罗托斯帕萨要烧掉亚斯康达的尸体这个消息，改变了某些事情。玛希特不傻，她料到新大使的出现肯定会引起一些政治波动；但她没有想到，波动的涟漪能触及皇帝的亲信。亚斯康达，她想，你曾经在这儿谋划着什么？

"我永远不会跟他道别，"十九扁斧回答。她站在玛希特身侧，双唇轻启，露出转瞬即逝的笑容，还有一闪而过的洁白牙齿，"与这样一位了不起的人物——且不说还是一位朋友——永别，连想象一下都太过失礼。"

她的双手如此细致地触摸尸体的皮肤，难道也在寻找十二杜鹃花发现的活体记忆装置？她方才的话，可能在暗示自己她知道活体记忆植入装置。或许她想象自己在跟玛希特体内的亚斯康达说话。真不幸，亚斯康达听不见这位伊祖阿祖阿卡的声音。对玛希特来说，这也同样不幸。

"您可真挑了个不平常的时间来，"玛希特尽可能用随意的口吻道。

"您不也一样，还带了如此迷人的同伴。"

"我向阁下保证，"十二杜鹃花插嘴道，"我——"

"——我带了我的文化联络员，还有她的阿赛克莱塔同伴，来这儿见证勒赛耳空间站的私人哀悼仪式。"玛希特接口。

"是吗？"十九扁斧反问道。身后，三海草看了玛希特一眼。虽然泰克斯迦兰与勒赛耳文化在面部情感表达上很不一样，但三海草此刻表情非常明确：既懊恼，又佩服她的勇气。

"没错。"玛希特应道。

"这是什么样的仪式？"十九扁斧问道，用上了玛希特听过的最正式、最优雅礼貌的音调。

要是玛希特也有个十五音节长的诗歌颂词头衔，"既然挖了个大坑，就得自己把它填满"这句就挺合适。"是守夜仪式。"她当场编造着，"职位的继承者要守着上一任的尸体，守满空间站半个自转的时间——也就是你们的九小时——用来铭记她将要继承其位的逝者的面容——在这副面容变成灰烬之前。守夜需要两个见证人,所以我才带了三海草和十二杜鹃花。守夜后,等逝者火化,继承者可以选择任何一部分他想要保留的逝者骨灰,并把它吃下。"这个编造的仪式听着还不坏,值得成为跟活体记忆合并的仪式的一部分。如果玛希特有朝一日能回勒赛耳,她说不定真会提议。不过,对她来说,这提议没有任何意义。

"全息影像不也行吗?"十九扁斧问道,"当然,我只是纯粹好奇,绝无贬低您国家文化习俗的意思。"

玛希特清楚,她绝不只是好奇。"实在的尸体更具逼真度。"她答道。

十二杜鹃花发出细微的声响,像是被噎着了。"逼真度。"他重复道。

玛希特郑重点头。显然,她到底还是信任这两个阿赛克莱塔的,至少信任他们不会露出破绽。玛希特的心怦怦直跳。十九扁斧带着不加掩饰的愉悦神情,目光在玛希特和三海草之间逡巡。三海草一脸镇定,只有眼睛瞪得比平常大。玛希特觉得自己现编的谎话马上就要露馅了。反正她如今正好身处司法大楼,要是伊祖阿祖阿卡打算逮捕她,她能省下不少走路的力气。

"亚斯康达从没提过这事,"十九扁斧道,"不过,每次提到勒赛耳的死亡问题,他都保持缄默。"

"这种仪式通常会更加私人化,"玛希特说。这不全是谎话,死亡确实是私人事件,但同时它还是两个人之间可能享有的最紧密关系的开始。

十九扁斧拉起床单,拉到尸体的胸口,用手整理了一下床单,接着退开。"你跟他可真不一样,"她说,"幽默感倒是一样,但也就这一点相似。我很惊讶。"

"是吗?"

"非常惊讶。"

"毕竟泰克斯迦兰人也不是每个都一样。"

十九扁斧哈哈大笑,声音清脆锐利,"确实如此,但我们可以被划分为各种类型。比如,您的这位阿赛克莱塔,她就跟雄辩外交家十一车床像是一个模子刻出来的,除了她是女性,胸膛不够宽阔之外。你可以问问她,她能为你背诵十一车床的全部作品,哪怕是十一车床跟野蛮人不明智的交往经历,她也都默记在心。"

三海草举做了一个单手的手势,既表示悔恨,又表示受宠若惊,"没想到阁下您还会注意这些小事。"

"不要以为我注意不到,三海草,"十九扁斧答道。玛希特觉得她话音中带着威胁,但吃不准。也可能她就是这么说话的。

"能认识你太好了,玛希特。"她继续道,"我很确定这不会是我们最后一次见面。"

"我也相信。"

"你该回去继续守夜了,是不是? 我真心祝愿你能跟前任大使愉快重聚。"

玛希特险些狂笑出声。"我也希望如此,"她说,"您能来,是亚斯康达的荣幸。"

闻言,十九扁斧的情绪似乎有些复杂。玛希特对泰克斯迦兰人的面部表情还不够熟悉,判断不出究竟。"晚安,玛希特。"她说,"晚安,阿赛克莱提。"说罢,她一转身,与来时一样,施施然离去。

门刚在十九扁斧身后关上,三海草就问道:"您刚说的那些有多少是真的,大使?"

"一部分,"玛希特苦笑道,"其实只有最后那一部分是真的。她祝我跟前任大使愉快重逢,我说我也希望如此,那部分千真万确。"她顿了顿,在心中一咬牙,把话说了出来,"感谢你们两位的配合。"

"一位伊祖阿祖阿卡亲自来停尸间,这很少见。"三海草说,"尤其是她。"

"刚才那情况,我想看你会怎么办,"十二杜鹃花说,"拆穿你,可就没好戏看了。"

"我本可以跟她说实话,"玛希特说,"我刚来,就被自己的文化联络员和不正经的官员带离了正道。"

十二杜鹃花双手在胸口交握。"我们也可以跟她说实话,"他说,"说她朋友,这位去世的大使,有块神秘的、没准是非法的神经植入装置。"

"多好啊,我们都撒了谎。"三海草声调欢快。

"通过互利的欺骗,我们达成了文化的交流,"玛希特耸了耸一边肩膀。

"除非我们三人达成协议一同保守秘密,否则这种互利不会长久。"十二杜鹃花说,"大使,我还是想知道这个植入装置是做什么用的。"

"我想知道的则是,前任大使跟这位伊祖阿祖阿卡阁下以及皇帝本人成为朋友,到底想干什么。"

三海草双手重重地拍在停尸间桌子上,按在尸体的头颅两侧,手指上的戒指发出金属撞击声。"我们可以交换真话和谎言,"她说,"每人说一个,以此为协议。"

"这话是十一车床说的,"十二杜鹃花道,"出自《神秘边疆书简》第五卷,是他跟誓约友好的外星人之间签订的真话协议。"

玛希特觉得三海草可能会尴尬,但三海草看上去并不难为情。虽说引用典故和名句是泰克斯迦兰高雅文化的内核,不过,引用明显到被老朋友当场指出精确的出处,是否正常?当然,玛希特并没有读过《神秘边疆书简》一书。勒赛耳空间站没有这本书。泰克斯迦兰对出口文献会进行审查,宗教资料、治国之术以及未经润色删减的泰克斯迦兰外交、战争资料,一般都通不过。

"十九扁斧没说错,"三海草一脸平静地答道,"这办法对十一车床有效,对我们也有效。"

"每人说一个真相,"玛希特说,"然后为彼此保密。"

"好。"十二杜鹃花一只手插进仔细梳理的顺滑头发里揉搓,一边回答,"芦苇,你先来。"

"为什么是我?"三海草抗议,"是你把我们卷进来的。"

"那就她先来。"

玛希特摇摇头。"我不清楚这种真话协议的规则,"她说,"毕竟我不是帝国公民,也不曾有幸读过十一车床的书。所以得你们做给我看。"

"未开化成了推脱的好理由,倒让你挺开心的,"三海草说道。

玛希特确实开心。她孤身一人在此,被泰克斯迦兰人(跟文学作品中的描述相比,她目前见到的真正泰克斯迦兰人,并不那么让人紧张,反而很容易接近)包围,时而感到着迷,时而感到恐惧。这种生活带给她的唯一好处,也就是必要时能以'非公民'作借口了。"我离泰克斯迦兰公民的标准如此遥远,除了沮丧,我别无任何感受。"

"这话说得好。"三海草说,"好吧,我先来。花瓣,问我问题。"

十二杜鹃花把头歪向一侧,仿佛在思考。玛希特几乎肯定,他早就想好了问题，只是在拖延时间，刻意制造紧张气氛。

终于，他问道："你为什么申请成为达兹梅尔大使的文化联络员？"

"啊，这不公平！"三海草说，"很聪明，可是不公平！你玩游戏的水平比从前高多了！"

"我比从前更成熟，对你的魅力也更有抵抗力。好啦，说吧，说真话。"

三海草叹了口气。"因为虚荣的个人野心。"说着，她伸出手，从大拇指开始，扳着手指数着理由，"对前任大使如何获得陛下**最高**宠幸的好奇——玛希特，你的空间站是挺好，但毕竟很小，让人很难明白陛下的关注为何如此坚定地落在你前任大使的肩膀上，不论这对肩膀有多迷人——以及，嗯。"她忽然住了口。她开始吞吞吐吐，虽然戏剧化，但玛希特觉得也是真实反应。之前三海草没表现出来的尴尬，此刻全写在脸上：下巴回收，眼神躲闪（就连尸体的眼睛也不敢看），"以及，我喜欢外星人。"

"你喜欢外星人。"十二杜鹃花兴奋地大声重复。与此同时，玛希特也开口说道："我可不是外星人。"

"你跟外星人差不多，"三海草没理会十二杜鹃花，"而且你也够像人类，能跟我交流。这一点比普通外星人更好。好了，我的真心话到此为止，现在该下一个了，毫无疑问。"

显然，三海草并不愿意在另一名信息部成员面前承认这一点。玛希特能大概能想象出原因，喜欢——也就是更偏爱——未开化的人类，这基本上就等于承认自己也是化外之人。更不用说，这里面似乎还藏着暗示——"喜欢"这个动词太灵活，让人捉摸不透，得留着以后再琢磨。她决定放过三海草，继续这个游戏。轮到她了。

"十二杜鹃花，"她问，"我的前任大使临死前，身处的政治局势是什么样的？"

"这不是真心话，这是大学毕业论文。"十二杜鹃花抗议，"你得把问题缩窄，只问**我知道**的事，大使。"

玛希特在上腭处弹了弹舌头，接道："说说你知道的事。"

"说**只有**他知道的事，"三海草提示，"这样才公平。"

"老实说，"玛希特谨慎选择字词，"你想知道勒赛耳空间站大使的脑干或身体其余部位植入装置的作用，这对你有什么好处？"

"有人谋杀了他，我想知道为什么。"十二杜鹃花答道，"哎呀，不用这么震惊，大使！您也不早就想到这一点了嘛，压根不相信今早芦苇和普罗托斯帕萨的说辞。我清楚得很。您的想法全写在脸上，你们这些野蛮人啊，什么都藏不住。有人谋杀了一位大使，却谁都不肯承认。就连信息部的人也不准谈论这个话题。我本人接受过医学训练——我**差一点**就当上了普罗托斯帕萨——所以，我觉得自己是找出宫廷究竟在隐瞒什么的最佳人选。尤其是，这种遮掩很可能来自科学部而非司法部，毕竟科学部的十珍珠和二紫檀长年不和……"

"这两位分别是科学部部长和信息部部长。"三海草立即轻声补充着背景知识，完全像个活体记忆。

十二杜鹃花点点头，举手示意噤声，继续道："于是我决定自己调查这一事件，以免十珍珠对信息部耍花样。普罗托斯帕萨四杠杆正派得令人厌烦，我也还没找出大使的真正死因。所以，我一个人偷偷来这儿，自己调查。找到植入装置纯属走运。如今，既然我成功地把你也吸引了过来，说明植入装置跟大使的死亡有联系。不过，发现植入装置并不是我的初衷。"他晃了晃袖子,伸出手掌按在桌子上,"现在,轮到我了。"

玛希特做好了思想准备。她很愿意说真话——就在刚才,三海草当众受窘,又听到十二杜鹃花亲口承认亚斯康达死于谋杀,看到两人如此不像泰克斯迦兰作风的、如此人性的一面后,她几乎想把心中所有的秘密都说出来——看来,她也落入了泰克斯迦兰的模式,把人分成"开化"和"不开化",只不过她的标准跟泰克斯迦兰的标准正好相反。说到底,她跟他们一样是人。他们也跟她一样是人。

十二杜鹃花肯定会问那个问题。她会说出一部分真相,然后面对随之而来的后果。这总比认定泰克斯迦兰人都不可信,然后什么都不做来得好。"泰克斯迦兰人都不可信"这个前提真够奇怪,毕竟她的整个童年,都巴望着成为帝国的一员,哪怕只为了那些美妙的诗歌……

"植入装置有什么用,大使?"

喂,亚斯康达,玛希特摸索着活体记忆装置所在的那片静默,看着,我也会犯叛国罪。

"它会做一份记录,"她答道,"一份拷贝,记录下一个人的记忆、思考模式。我们管它叫活体记忆装置,因为这东西能制造活体记忆,就像是比肉体存活更久的另一个自己。亚斯康达的装置很可能已经没用了,毕竟他已经死了三个月,装置中存了三个月大脑衰朽的记录。"

"如果能用,"三海草谨慎问道,"你会用来做什么?"

"我什么都做不了,我不是神经外科医生,也不是普罗托斯帕萨。如果我是,我就能把活体记忆放入其他人的脑中,亚斯康达这十五年经历的一切就能永远保存下来。"

"这做法让人恶心,"十二杜鹃花道,"让死人占据活人的身体。难怪你们空间站人还要吃尸体——"

"请注意您的言辞,"玛希特火了,"不是占据,是合并。空间站人不多,我们必须想办法保存知识。"

三海草绕过桌子,两只手指放在玛希特手腕的外侧。不知为何,玛希特觉得这种触摸极具侵犯意味。"你有那个装置吗?"三海草问。

"真话协议时间已过,三海草,"玛希特说,"你自己猜。我的族人会不会让我不带活体记忆装置,就来到'世界的珍宝'?"

"无论会和不会,我都能找出有说服力的理由。"

"这就是你们的本职,不是吗?找出有说服力的理由。"玛希特知道,自己该闭嘴了——强烈的情感在泰克斯迦兰文化中是不恰当的,而且也是自身不够成熟的体现。但是,她还是忍不住要说。所有那些本该抚慰她、帮助她的声音,如今都陷入沉默。"你们这些阿赛克莱提,只知道游说、雄辩,还有真话协议。"

"对,"三海草说,"这就是我们的本职。还有信息收集,以及帮助我们的被告摆脱不幸或有罪的情况——比如我们目前的处境。结束了吗,花瓣?你有没有得到想要的东西?"

"一部分。"

"那就够了。我们回你的住处吧,玛希特。"

她的态度和善,但这没有一点儿好处。她抽回手腕,从三海草身边离开,"难道你不想收集更多信息?"

"当然想。"三海草态度轻松,仿佛这问题无关紧要,"不过,我也有我的职业道德。"

"她就是这个样子,"十二杜鹃花插嘴,"有时候她的固守底线会很让人恼火。无论喜不喜欢外星人,芦苇内心都是个保守派。"

"晚安，花瓣。"三海草干脆打断。看到十二杜鹃花也被三海草怼得如此狼狈，玛希特心中大大地松了口气，同时气恼于自己会有这种反应。

三海草领着玛希特回到住处，发现信箱又塞满了信息条。玛希特愣愣地看着信箱，心中不由得涌出绝望。

"等明天早上再说。"她说，"我要睡觉。"

"就一根。"三海草举起一根象牙白的信息条，封着金色封印。信息条的材质很可能是某种真正的兽牙制品，是从某种大型动物身上砍下来的。要是今天早些时候，玛希特会反感，或者好奇，或者既反感又好奇。但现在，她只是挥了挥手——如果这东西非要今天处理的话，那就处理吧。三海草掰开信息条，淡金色的全息文字溢满她的手掌，将她制服上的奶油色、红色和橙色色块映亮。

"伊祖阿祖阿卡阁下希望尽快与您会面。"

她当然想（她的信息条也当然会使用动物牙雕）。她多疑又聪明，还跟亚斯康达熟识，她没能从停尸房拿到自己想要的东西，所以在另寻他法。

"我有选择吗？"玛希特问道，"不，不要这么回答。告诉她可以。"

亚斯康达的床闻起来什么味道都没有。或者说，像泰克斯迦兰的肥皂——矿泉水似的无色无味。床很宽，被子层层叠叠。玛希特蜷在床上，觉得自己是宇宙中心的坍缩点，层层递归，往内部塌陷。她不知道自己在用哪种语言思考。床上方的星图在黑暗中闪烁——这东西真蠢——她想念亚斯康达，想找个能理解她的愤怒的人发发火。窗外,'世界的珍宝'用任何城市都会有的微弱喧闹包围着她。

困意就像重力井一样吸住了她,她沉了下去。

第四章

跟任何星球一样，唯一市内美食多种多样。虽然城市化面积达到了陆地面积的65%，但唯一市仍跟其他星球一样，有着各种气候以及美妙的寒带食物（作者友情推荐薄切小麋鹿腰肉裹冬季蔬菜，北四广场"失落花园"有售——如果您不介意长途跋涉）。不过，最经典的市内美食还是集中于宫廷区：那儿属于亚热带，有着种类繁多的花朵和水池种植植物——这同时也是宫廷区中著名建筑的特色。美好的一天，可以从一朵覆盖着新鲜羊奶酪的油炸百合花开始——趁热吃最好，几乎每条街上都有卖炸百合的小摊——在我们向中央九广场那些闻名星际的餐馆出发，开始美食之旅之前……

——摘自《唯一市味觉享受：精致旅游体验指南》

作者二十四玫瑰，全西穹星系有售

……鉴于最新迭代的零重力大米的高产能，预计五年内将能支持五百名"非顶替"婴儿出生。这些生育名额，首先应满足已在注册基因继承名单中等候十年以上者，其次应拨给矿工议员，以期产出采矿能力更强、更适合继承工程活体记忆链的孩子……

　　　　　——水耕议员就"战略生命支持储备及预期人口增长问题"
　　　　　　　　　　　　　　　　　发表的讲话，节选

　　到了早上，亚斯康达还是没有回来。

　　玛希特醒来，脑中跟昨晚入睡时一样空空荡荡，身体就像个巨大的洞穴，发出空荡荡的回音。这种如玻璃般脆弱的感觉，跟宿醉最开始的体验差不多。她伸出双手，摊平。手没有抖。她又用四指指尖逐一叩击大拇指，节奏交替变化：这动作跟从前一样容易。她的神经不像受了损害。活体记忆装置或许没有对她造成不可挽回的损伤，没有烧毁本该永久刻印亚斯康达、让两人合并的神经通路。至少，她自己能完成的基本检查动作，没有任何异样。她肯定也能沿着画好的直线大步向前。但完成这些动作，对她没有任何帮助。

　　目前这种情形——在停尸房内经历的肾上腺素激增、两眼发黑、情感刺激、与活体记忆失联后的寂静——她从没听说过有哪个活体记忆合并曾出过她这样的乱子。如果身在勒赛耳，她肯定会极端沮丧，跳过咨询心理治疗师的阶段直接住院治疗。可现在，她只能坐在泰克斯迦兰帝国的中心、亚斯康达的床上，因亚斯康达没有和她在一起而恼怒。她的神经可能受了损，可是哪怕去医院，泰克斯迦兰的医生也可能无法诊断出她的问题。

　　亚斯康达的卧室窗户又高又窄，一排三个。晨光从窗户泻入房间，光中飘浮着微粒，轻飘飘地舞动——没准她真的出现了神经症状，或者眼性偏头痛——

她站起身走到窗边(整个脚掌踏实地踩在地面上,也算是自我检查),手伸入晨光。是灰尘,灰尘微粒。"世界的珍宝"里没有空气过滤器。外头也有天空,还有植物,跟她从前短暂停留过的其他行星一样。她现在太不理性了。全因为这儿一切都是陌生的,她又孤身一人,才会出现偏执的幻想。

三个月太短,谁都没法和活体记忆充分合并。她跟亚斯康达原本需要一整年,才能长成一体。直到那时,她才能吸收他的一切知识;而亚斯康达则会慢慢消散,不再是脑中的声音,而是变为另一种本能想法。这一年中,本该有冥想练习、心理治疗和定期复查。但在这儿,在她一直向往的地方,这些都无法做到。

亚斯康达,她想,你的后继版本把你、我,乃至整个空间站都拉进了大麻烦里。严格地说,我们俩都不该被卷进来。可你却喜欢这样,享受这一大堆麻烦事。你他妈的到底在哪儿?

没人回答。

玛希特站在两扇窗户之间,用掌根猛击墙壁,弄得掌根生疼。

"你没事吧?"三海草的声音传来。

玛希特猛地转身。三海草倚在门框上,她已经穿戴整齐,仿佛一整夜都没脱掉过制服。

"泰克斯迦兰语中的'你',指涉范围有多大?"玛希特揉着疼痛的掌根。她大概把手弄伤了。

"你是指语法意义上的,还是存在主义意义上的?"三海草反问,接着说:"快穿好衣服,大使,我们今天要见的人可太多了。我替你找到了十五引擎——就是曾经担任前任大使联络员的那个——追着他约好在市中心共进早午餐。他在信息部的档案里,有些很让人吃惊的记录。要是你想刺激一下他,可以问问他给某家人道主义机构捐款的事——这家机构涉嫌支持欧迪尔那令人不齿的小规模叛乱。"

"你睡觉吗?"玛希特干巴巴地问道,"语法意义上的还是存在主义意义上的,随你喜欢。"

"两种意义上,答案都是:有时候睡。"三海草答道,转过身,跟来时一样轻捷地消失在套房外间。玛希特琢磨着欧迪尔,发觉自己对那地方所知甚少。那儿发生了小规模叛乱,但正如其他类似事件一样,在泰克斯迦兰传到勒赛耳的新闻报道中丝毫未曾提及。欧迪尔位于西穹星系,是泰克斯迦兰最新吞并的星系之一,就在六方向皇帝刚开始统治不久。当时的六方向还是一名战舰指挥官,热衷于军事。玛希特不确定欧迪尔叛乱的原因。不过,她可以借十五引擎在这件事上的政治不当行为给他施压,以获取优势——如果她需要的话。

三海草真是卖力,一心想证明自己。

玛希特穿上她最中性化的空间站灰色服装:长裤、衬衣、短外套。这些衣物跟泰克斯迦兰服装风格完全不同,到唯一市里肯定格格不入。也就是说,会非常显眼,却不张扬。她一边换衣服,一边思索:不知自己能不能活到她的帝国风格服装做好的那一天。换完衣服,到了外间,她看到三海草端出了几碗食物,某种黄色的奶油面糊。

"保证没毒。"说着,她拿起勺子吃了一口,"面糊经过了整整十六小时的处理。"

玛希特接过一碗,略显不安,"我相信你不会有意毒死我,哪怕只是为了你虚荣的个人野心。"闻言,三海草不大文雅地哼了一声。她接着问道:"要是没经过处理,会怎么样?"

"会有氰化物。"三海草音调轻快,"制成面糊的块茎天生具有有害物质。不过,非常美味。尝尝。"

玛希特照做,反正拒绝也没意义。这儿没有安全可言,只有不同等级的风险。就算没有氰化物,她本人的精神状态也够混乱了。面糊味道略有些刺激,但浓郁鲜美。吃到最后,她把勺子背上剩的一点儿也舔掉了。

两人准备坐地铁出宫廷区。三海草带着玛希特走下四层楼,穿过广场。广场上满是来来往往的下级职能部门公务员,身着纯奶油色制服,没有贵族的渐变红色。三海草介绍道,这些是特莱克斯劳因,财会人员,一般都是成群行动。两人进入地铁站。三海草说地铁将把她们带出宫廷区,进入唯一市市区。有人在地铁入口的墙上贴了些海报,玛希特觉得像是政治宣传:一面泰克斯迦兰战斗旗帜,布满繁星的背景上是长矛组成的扇形。宣传画颜色艳红,长矛似乎组成了某个涂鸦式的花体文字。玛希特凝神细看,觉得像是"腐坏"这个词,又觉得不像——泰克斯迦兰语中"腐坏"的笔画不超过六笔。

"等我们回来,这些海报就会被清理掉。"说着,三海草拉着玛希特的袖子,带着她走下楼梯,"会有人呼叫保洁的,这不是第一次了。"

"这不是你……喜欢的党派?"玛希特试探着问。

"我,"三海草回答,"我是信息部的人,一个中立的观察者,没有党派倾向。有些人会在公共场合张贴反帝国的宣传海报,却不肯参与当地政府的工作,也不愿申请参加考试加入公民服务部门。哪怕对这类人,我也没有任何看法。"

"这种海报多吗?"

"哪儿都有,只是内容不一样。"三海草说,"还算好,刚才那些不是全息图——总算不用从它们中间穿过。"楼梯底下是流线型的地铁站台,墙上也有装饰——不是刚才那些海报——而是彩色瓷砖拼贴成的玫瑰花图案,那些图案有上百种不同颜色,从白色到金色,再到惹眼的粉色。

"这儿是宫廷·东站,"三海草介绍,"宫廷区一共有六个地铁站,以平面形式象征指南针的六个主要方向。"她指着地铁站的地图。地图上,宫廷区像是一颗六角星。"这种图案的象征意义大于实际意义。想想看,你在宫廷·地站台下地铁,要去帝国公寓,宇宙学却告诉你,这儿应该是宫廷·天方向。"

"宫廷·天区里都有什么?"玛希特问道。这时,地铁来了。地铁车厢很朴素,线条分明,跟天空港同一风格。地铁里满是身着白色服装的泰克斯迦兰人。大部分都跟泰克斯迦兰画里和照片上的形象差不多:褐色皮肤,个头不高,高颧骨宽胸膛。也有来自不同族裔、不同星系的人。玛希特觉得自己好像还看到了一个零重力状态的变异人,四肢纤长,肤色苍白,红色头发,还有外骨骼,帮助他在重力下保持直立。虽然长相不同,地铁车厢中所有人的衣着却都一样,只有奶油色袖子上的颜色不同,表明他们分属不同的公民服务部门。他们都从属于宫廷,从属于唯一市。都是泰克斯迦兰人。不论她记住多少诗歌,她都无法彻底成为这样的泰克斯迦兰人。地铁开动,她伸手拉住一根金属柱子保持平衡。地铁先是钻进漆黑的隧道,片刻后出现在露天之中,沿着高架轨道行驶。唯一市从窗外掠过,一幢幢建筑连成一片。

"有档案馆、战争部,还有帝国审查办公室。"三海草回答她之前的问题。

"从宇宙学的观点来说,这几个部门确实属于'天'。"

"就我们将什么送入太空这个问题来说,您另有高见?"三海草评论。

"文学、征服,还有被禁止之物。难道不对?"

地铁门嘶嘶打开。车上一半的泰克斯迦兰人下了车。在这儿上车的人,衣着色彩比之前更为鲜明,还有孩子。最小的孩子毫不羞涩地盯着玛希特,而照管这些孩子的人——很难分清是父母、克隆兄弟姐妹,还是监护人——并没有让他们转过脸去。尽管车厢拥挤,人们还是站得远远的,远离玛希特和三海草。玛希特想起了"触摸禁忌",还有"外族人恐惧"。从前,亚斯康达在这儿的时候——或者说,十五年前,活体记忆亚斯康达在这儿的时候——并没有如此明显的"回避与帝国之外的人肢体接触"的情形。这种情形也没有记载于任何她读到过的泰克斯迦兰文献中。

与陌生人接触的不安程度上升,说明人们心中的安全感下降——这是玛希特从勒赛耳心理反应测试的基础训练当中学到的。每一个勒赛耳公民都必须参加能力测试,心理反应测试正是其中之一。唯一市有变化——可惜她不清楚是什么变化。

"我们坐的是宫廷·东线,要到中央九广场站下。"三海草耸了耸肩,好像这就是对玛希特才问题的回复,接着指了指车厢壁上纵横交错的地下线路图。线路布满整个唯一市,仿佛冰花布满窗玻璃。层层线段合成的分形图案,复杂得难以言喻。可是,泰克斯迦兰人却能毫不费力地轻松掌握。站台上,有一架精确校准的倒计时时钟,显示还有几分钟她们的列车即将进站。钟面的倒计时非常准确。

中央九广场里挤满了人。玛希特从没见过一个地方有这么多人。每当玛希特觉得对"世界的珍宝"规模开始心中有底时，过不了多久，她就会发现自己想错了。拿勒赛耳空间站作对比根本没意义。勒赛耳——十个空间站中最大的一个——最多只能养活三万人。可光是面前这个广场，就有差不多七八千人。这么多人，不受控制，不按通道指示行走，也不受重力场强度变化影响，想去哪儿就去哪儿。唯一近似于行动指导原则的，只有流体力学。玛希特向来不擅长流体力学。

三海草是个模范向导。她挨在玛希特左肘边，不让好奇的泰克斯迦兰人有机会把脑袋凑近这个外族野蛮人，问些不合宜的问题；但同时也保持了一点儿距离，给玛希特留下了一点儿可怜的个人空间。三海草不时指指这幢大楼，指指那个历史名胜，一不留神就会从嘴里自动漏出多音节的双行体诗歌。见她引经据典如此自然，毫不费力，玛希特有些羡慕。

那些由银亮钢铁、黄金和玻璃制成的大楼熠熠生辉，如花瓣一般在广场四周向外展开，露出广场正中央一块明亮的大气层蓝天。玛希特拉着三海草在广场正中央驻足，好让自己伸展脖颈，仰望蓝天。天空之高，让人目眩——无穷无尽——简直像在旋转。她在世界正中，然后——

她的手流出鲜红的血液，流入仪式用的太阳金碗中（是他的手，不是她的——是亚斯康达的手）。他抬头，透过太阳神庙如花瓣展开的屋顶，看到天空一如此刻——无穷无尽的苍穹，无数的星辰星光刺目，天空开始旋转，让人眩晕。他说："现在，我和你，我们为同一个目的起誓——你的血和我的血——"

玛希特猛地眨了眨眼睛，闪回的画面消失了。她的脖颈因为仰太久而酸痛，她低下头。三海草微笑地看着她。

"你被太阳晒昏头了。"她说。

其实是被活体记忆吓昏头了。

"我该带你去参观某间神庙,让祭司往你身上扔金子和鲜血。你从前没来过行星?"

玛希特咽了口口水。她的喉咙很干,还能闻到鲜血的黄铜味道,是记忆闪回遗留下的。"我去过的行星,天空都不是这种颜色的,"她终于说出话来,"我们不是还要去赴约吗?绕路参观宗教场所肯定要迟到。"

三海草意味深长地耸耸肩,"不去就不去,反正太阳神庙不会逃走。那里头每小时都会有一场连祷。要是你准备离开唯一市或者准备参军,需要祈求幸运,赢得群星的垂青,连祷次数还会更多。我们要去的餐馆就在那儿,我们可以马上过去——如果你忍心跟九广场中心这地方告别的话。"三海草伸直手臂,指点方向。

三海草说的餐馆是露天的,光线充足,餐桌都是白色石制,桌上装饰着浅口小碗,碗中漂浮着重瓣浅蓝色花朵,闪闪发亮。在玛希特看来,这种装饰实在是过于浮夸了。不过,恐怕三海草会觉得这根本不值一提,无法理解为何用小碗装水作装饰,在玛希特心目中是种浪费。

十五引擎已经来了,正坐在餐馆角落一张桌子旁边等候。他人到中年,宽肩膀,凸出的啤酒肚,铁灰色头发朝后梳,用金属环束成一把,露出贵族式的低发际线。他的云钩跟她记忆中——跟亚斯康达记忆中——一模一样,黄铜制成,尺寸大过普通云钩,罩住了整个左眼眶,从眉骨一直盖到颧骨。看到他,跟三海草提起他名字那时候一样,玛希特又感到强烈情感的余韵:淡淡的喜爱,淡淡的沮丧。但又像是蒙了阴影,半被遗忘。或许,这些都是玛希特的想象,是幽灵记忆,并非来自活体记忆。

看到十五引擎，玛希特才意识到：自己想象的十五引擎要年轻得多，顶多比自己大五到十岁。现在仔细想来，他曾是亚斯康达初来此地的文化联络员，那是二十年前的事了，而且任职时间并不长。玛希特脑中的活体记忆亚斯康达确实还年轻，但已经过时十五年。十五引擎对亚斯康达的了解，也已经过时了十五年。

尽管如此，玛希特还是抬手向他致意。指尖相对，她感到电击的酥麻，感到电流涌过手臂上的每一根神经。这是亚斯康达做同样动作留下的感受，就像他已经回到她身边。

十五引擎同样致意，接着放下手掌，仔细地打量她，嘲弄道："星辰在上，亚斯康达，她的年纪只有你的四分之一。感觉怎么样？"

"我就知道！"三海草推推玛希特的肩膀，"我就知道你也有植入装置。理所当然，你脑袋里肯定塞着你前任的大脑——"

"嘘。"玛希特示意噤声，坐了下来。她的坐姿仿佛十八岁的女学生，姿势笨拙，努力把过长的双腿塞进椅子里，看着十五引擎充满希望的表情渐渐变得失落。

"亚斯康达大概夸大了继承这件事，"玛希特短促地开口道。

"可你确实在……"

"不，现在他不在。"玛希特说道，她希望三海草能将这句话理解为她主动关闭了活体记忆，而非活体记忆装置出了什么故障。"另外，我的前任居然如此慷慨地将我们的独有技术告诉了您。"

"同样的信息，你的联络员只花了三十六小时就从你身上知道了。"十五引擎反唇相讥。

"这是情有可原的，大人，毕竟亚斯康达已经死了。"

"是吗。"十五引擎干巴巴地应道。

"对,你认识的那个男人已经死了。"

"那么,我和您就没什么好聊的了。"十五引擎说,"我已经远离星际政治将近二十年,从信息部辞职十多年了。我过着安静的生活,埋头做自己的工作,中央政府的变迁与我无关。"他推开椅子,站了起来。小碗中的水和花晃了晃,有些水洒了出来,沿着桌子流下,滴到餐馆地上。

这种浪费让玛希特惊呆了,她试图挽回这次会面,开口说道:"他从前肯定很信任你。"十五引擎退了一步,敏捷地躲开地上的水滩——突然,世界一片惨白,声音震耳欲聋。

她躺在地上,脸颊被刚洒在地面的水打湿了。空气中充满了浓厚刺鼻的烟雾,还有泰克斯迦兰语的惊叫。一块沉重的大理石——曾是桌子或者墙壁的一角——压住了她的髋部,让她无法移动。她一动,就感觉到一阵尖锐的剧痛。她眼前被椅子腿和断壁残垣阻挡,视野只剩下一个拱形——拱形里有火在烧。

她知道泰克斯迦兰语中的"爆炸"这个词,是军事题材诗歌的中心,通常会加上诸如"震撼的",或者"火光四射的"之类的形容词。此刻,从身边的叫喊中,她又学到了一个新的泰克斯迦兰词汇:"炸弹"。这个词很短,可以用极高的嗓门尖叫出声。身边的人都在喊这个词,还在喊"救命"。

她看不见三海草。

有东西滴在她脸上,湿湿的,像另一侧打湿她脸颊的水。湿湿的东西滴下来,在她太阳穴凹处聚集、溢出,流过面颊和眼睛。红色的。是血。玛希特扯着脖子转头。血液继续往下流,流到嘴边。她闭紧嘴巴。

是十五引擎在流血。他瘫在椅子里,衬衫前胸——整个身体前部——都被撕开了口子,喉咙插着弹片。他脸色如常,眼睛空洞地睁着。炸弹肯定就在他身旁爆炸。就她所见,应该就在他右边。

亚斯康达,我很难过。她心里想道。无论有多不喜欢十五引擎——就在刚才,十五引擎的言语让她产生了直接而强烈的厌恶感——但他曾是亚斯康达的联络员。她体内的亚斯康达,让她感受到错位的悲伤。她错过了机会。她本该好好地保护这个机会。

她鼻子跟前出现了两只膝盖,穿着被烟熏黑的奶油色裤子,是三海草。三海草用手掌擦去她脸上的鲜血。

"我非常希望你能活着,"三海草说。嘈杂的叫嚷声中,玛希特很难听清三海草的话。况且,叫嚷声之上,还有个越来越响的电子嗡嗡声,仿佛空气正在被离子化。

"你走运了,我真的还活着。"玛希特回答。她声音如常,下巴也没受伤。一说话脸上的血就流进了嘴里。三海草擦也不管用。

"太好了,"三海草说,"妙极了!我甚至无法想象向皇帝报告你的死讯时的尴尬场面,甚至我的职业生涯都可能因此结束,而且我想我自己也会因此难过的——如果我挪掉压在你身上的墙壁石块,你不会死吧?我可不是一位普罗托斯帕萨,对这种仪式之外的失血问题丝毫不在行,我只知道不能拔掉插在人血管里的箭,这还是我从戏里学到的。那出戏特别糟糕,改编自《皇帝秘史》——"

"三海草,你有点儿歇斯底里啦。"

"对,"三海草说,"我知道。"她推开压住玛希特胯部的重物。重物的消失给玛希特造成了另一种痛苦。空气中的嗡嗡声越来越响,三海草跟她之间的空气慢慢显出不易察觉的可怕蓝色,仿佛暮色降临。餐馆的大理石地面亮起一排排发亮的蓝色纹路,把空气也映得发蓝。这情景让玛希特想起原子核泄漏,想起泄漏时蓝色闪光将肉体烤焦,想起曾经读过的"天空中泻下的光芒"。要真是空气离子化,她们早就死了。她用手肘勉强撑起身子,摸索到三海草的胳膊,借力坐了起来。

"空气怎么了?"

"炸弹爆炸,"三海草说,"餐馆着了火。你说空气怎么了?"

"它变蓝了!"

"那是唯一市在通知——"

餐馆屋顶的一角颤抖着倒塌,声音刺耳。三海草跟玛希特同时弯腰躲闪,前额缩在对方的肩膀上。

"我们得离开这儿。"玛希特说,"说不定还有其他炸弹。"这个词说起来很容易,一下子就溜出了她的嘴唇。不知亚斯康达是不是用过这个词。

三海草拉她蹲下,"你从前碰到过这种事吗?"

"当然没有!"玛希特说,"从来没有。"空间站最后一次遇到炸弹袭击,还是在她出生之前。那帮破坏分子——他们管自己叫改良派,但其实就是破坏分子——弄了些可燃物爆炸,让部分空间站陷入真空。之后,这些人都被丢进了太空。他们身上的活体记忆链就这么断了:年纪最大的一个,身上带着十三代人的工程学知识。空间站不会留下任何一个竟敢把真空加诸无辜人群身上的人。要是他们的活体记忆链腐化到这种程度,也就不值得留下。

行星上不一样。这儿的空气尽管变蓝,有烟味,但仍能呼吸。三海草扶着她的胳膊肘，两人朝九广场中央走去。那儿的天空仍然蓝得不可思议，仿佛什么事都没有发生过。一群又一群泰克斯迦兰人穿过广场，逃往其他安全的大楼，或者去没有光亮的地铁站寻找庇护。

"会不会是十五引擎带了炸弹？你有没有看见——"

"他死了，"玛希特打断她的话，"你是说，他有可能是——自杀式袭击者？"

"就算是，也够笨拙的。你没死，我也没死。还有，不管十五引擎和欧迪尔有没有牵连，档案中都没有任何信息表明他跟国内恐怖分子或自杀式炸弹客有联系，也没有跟某些觉得政治海报不过瘾的极端分子……"

"他有什么理由要杀我们？他只想跟我聊聊——跟亚斯康达聊聊——而你只是帮我约他出来吃早餐而已。"

"我正在努力，"三海草说，"努力厘清自己在多大程度上误读了形势，误判了你的危险处境。也可能，这次不过是倒霉，只是有人制造了另一次炸弹袭击……"

"另一次？"玛希特惊讶地问道。三海草没回答，停了下来，僵住了。她用手扯住玛希特的手肘，让她也站住。

广场中央在两人眼前变化。原本嵌在路面上、玛希特经过时以为是地砖和金属饰品的东西升了起来，露出本来面目——原来是某种电枢，闪着同样的蓝色光亮，把人群逼入黄金和玻璃制成的墙壁中。墙壁越逼越紧，文字在透明的墙上滚动，把玛希特和三海草围在一小群被烟熏黑、受到惊吓的泰克斯迦兰人当中。墙上四行诗句不断滚动出现，用的是跟街道和地铁站地图上一样的图形花体字。"镇静和耐心才能带来安全，"玛希特念道，"'世界的珍宝'能保护自己。"

"别碰它。"三海草警告,"唯一市会把我们关在这里,等待光照前来。光照是皇帝的御警。"她撇了撇嘴角,"唯一市不该把我也关起来,我可是贵族,但也可能是还没发现我。"

玛希特没动。墙壁上爬满金色诗句,闪着蓝色亮光。

"不识字的人怎么办?"她问。

三海草仿佛听见了一个傻问题,答道:"玛希特,每个帝国公民都认字。"她伸手触摸云钩,敲了敲位于左眼上方的外框,略做调整。罩住她左眼的细细透明塑料框子亮了起来,闪出红灰金三色的光芒,仿佛在回应她袖子的颜色。"等着,"她说,"这样应该就行了。"

她一路拨开人群,挤到最前面。玛希特跟着她。走路很痛,从髋部瘀伤辐射出来的疼痛遍布整个下腹。三海草径直走到展开的广场前,鼻子离玻璃只有几英寸①。她对着墙壁说道:"三海草,二等贵族,阿赛克莱塔。申请递交信息部身份证明,唯一市。"

一小块玻璃墙和她的云钩同时涌出许多文字,相互映照。是通信。三海草压低声音念了些话——玛希特觉得是一串数字,但她不确定——接着,玻璃上映出一个她能清楚识别的词:

"准许"。三海草伸出手,做了她不让玛希特去做的事:触摸墙壁,仿佛想推开一扇门。她的姿态极为放松随意,带着本能的舒适和信任;这让玛希特怎么也不明白接下来发生的事:三海草突然尖叫起来,仿佛受了重击,她向后倒去,四肢僵硬。伸出的指尖与唯一市之间还连着一线蓝色火花。

玛希特接住了她。三海草个头很小。泰克斯迦兰人个头都不大,但三海草比一般人还要小,只有空间站十来岁的小孩子那

---

① 1英寸约为2.54厘米。

么高，勉强够到玛希特的胸骨。哪怕穿着一层层制服，她的身体仍然轻得不像话。玛希特坐在地上，三海草躺在她的膝头，一脸震惊，呼吸急促，眼珠上翻。人群纷纷从她们身旁退开。

唯一市仍然显示着"准许"，但门却没有打开。玛希特脑中出现了生动的恐怖画面：一个超级人工智能，维持着"世界的珍宝"的运行，每一条下水道，每一部电梯，每一扇密码门，都由它控制。而某个被亚斯康达深深得罪了的人，给这个人工智能添加了程序，让它杀死玛希特，以及任何不幸与玛希特交往的人。玛希特也觉得这个念头太荒唐。她区区一个人，哪怕她继承了亚斯康达的所有计划，为了除掉她，会不惜伤害众多无辜的泰克斯迦兰人？这儿有这么多公民——帝国宁可牺牲这么多"真实存在的人"，只为灭掉一个野蛮人？可是，她身处玻璃墙内，她的文化联络员进行常规操作，却遭到电击。这么多荒唐的事情一连串发生，不由得她不产生荒唐的念头。

"你们谁有水吗？能给她一点儿水吗？"她抬头问道。围在身边的泰克斯迦兰人，脸上没有任何变化：有的带着泪痕，有的满脸烧伤，有的一如往常，但没有一张脸上显出紧张不安——如果空间站发生爆炸，紧张不安一定会出现在人们脸上。她本人的面部表情，此刻一定像一张嘉年华的面具：情感太过强烈，都快把面孔挤炸了。突然，她害怕自己说错了语言；她已经弄不清楚自己究竟在用哪一种语言思考，或者同时在用两种语言思考。"水。"她绝望地重复道。

有个男人对她动了怜悯之心——也可能是对四肢瘫软、毫无反应的三海草动了怜悯之心。他走上前，蹲下身。他的头发原本编成粗粗的辫子，此刻松散开来，汗水将一绺绺卷发粘在前额上。他制服左边翻领上别着俗艳的大肩章，形状像一枝紫色的花。"给。"他递出一只塑料瓶，用响亮的声音一字一顿地说道，"这儿有水。"

玛希特接过水瓶。"我是玛希特·达兹梅尔，"她说，"我是一名大使——我不清楚这儿发生了什么事。"我彻底孤立无援。她旋开塑料瓶的盖子，把水倒进拢起的掌心，不知该把水泼在三海草脸上，还是该滴进她嘴里。"谢谢您，先生。你是否可以通知宫廷，有一名阿赛克莱塔受伤了？派一辆—— 一辆医生车来。"医生车不够准确，可她想不出更好的词。

"——她是位阿塞克莱塔？"男人问道，"你等着就行。光照马上就来。唯一市会呼叫他们的。让他们照管你更好。"

玛希特觉得"照管"一词暗示着"完成未竟的谋杀任务"。无所谓，反正她也不会跑，也无处可逃。"谢谢你的水。"

"你从哪儿来？"

玛希特险些笑了出来，噎了一下。"太空，"她回答，"一个空间站。"

"是嘛，"男人应道，"真抱歉。你别担心。没人会拿炸弹这事怪你。这儿不是那种歧视外族人的街区。"他伸手拍拍她的前臂，她缩了回去。

"那该怪谁？"玛希特问。

她没指望他会回答。不过，他耸耸肩，还是答道："唯一市里，不是每个人都爱着这座城市。"接着便站起身，把水瓶留给了她。

唯一市里，不是每个人都爱着这座城市。世界之中，不是每个人都爱着这个世界。有人觉得现存宇宙容纳不下这个文明，有人带着炸弹，不在乎平民的死活……

水从玛希特指尖滴下，滴在三海草的嘴唇上；水从面颊上流过,就像十五引擎的鲜血从玛希特面颊上流过一样。玛希特不忍心再看下去。她把水瓶递还给主人,瓶口朝上,免得水洒出,仿佛她递回去的是一把锋利的刀刃,特意让刀把朝上。三海草喉咙深处发出细细的哼声,玛希特觉得这是好征兆:她没死。她可能会活下来。

在泰克斯迦兰人群的包围下,玛希特觉得自己几乎像是隐形人。没人知道她本该更像亚斯康达,也没人知道亚斯康达原本打算做什么,或者不做什么——除了炸弹客之外。她什么都做不了,只能等待。

光照到来,仿佛在空间站上看到行星升起:先是缓慢,接着,透过唯一市禁闭众人的玻璃墙,远处仿佛有金色微光闪动,金光越来越近,越来越清晰,变成身着闪亮甲胄的帝国军团。这景象出现在每一部玛希特从小深爱的泰克斯迦兰史诗当中;也出现在每一部空间站人撰写的有关"步步逼近的恐怖帝国"的反乌托邦小说中。光照一到,电击过三海草的玻璃墙体就无声无息地缩回了地下,丝毫不留痕迹。玛希特想起给她水的男人说过:唯一市会呼叫光照。

玛希特站了起来,撑着三海草的胳膊,让她靠在自己胯部。三海草尚未恢复清醒,脑袋朝后垂挂,落在玛希特的肩膀上,双手指尖勉强相对,像是不自觉地做了个致意的姿态。玛希特觉得这仿佛来自本能的条件反射,或者——虽然非常不可能——来自活体记忆的动作,而不是三海草有意识的行为。她就像个神经被人操控的傀儡。

面对三海草的迷糊致意,光照的首领不动声色地回以完美的礼仪。光照跟其他军队一样,每人都戴着云钩,云钩将整张脸严实盖住，像是一面不透明的金色反光护盾，让人分辨不出五官。玛希特猜想，或许这就是目的所在。

"您是玛希特·达兹梅尔吗？"一名光照问道。玛希特身后，给她水的男子，还有所有的泰克斯迦兰人，都消失了。玛希特脑中闪过念头：或许这些人就是炸弹客，所以看到执法部门才逃之夭夭。唯一市里，不是每个人都……

"对，"她回答，"我是勒赛耳空间站的大使。我的联络员受了伤，我想回我宫廷区的住所去。"

玛希特分辨不出光照的反应，不知是接受还是拒绝。"我们谨代表泰克斯迦兰帝国，"他说，"为您在我们领土中受到的人身安全危险致歉。我们已经展开调查，追查爆炸装置的来源和目的。我们相信，您听到这个消息会高兴的。"

"我很高兴，"玛希特说，"不过，如果能得到医疗帮助，以及安全回到我的外交领土中，我会更高兴。"

光照没理会玛希特的话，继续道："为了您的安全，大使，我们要求您跟我们走，接受'六伸掌'的保护。一闪电——光耀如星的皇帝六方向麾下的亚奥特莱克，还有战争部长九推进，会给您足够的保护。"

"六伸掌"是泰克斯迦兰的军事机构：从六个方向朝未知宇宙伸出的手指，直到宇宙边缘。这名字如今很少人用，哪怕是泰克斯迦兰人，一般也只会用"军队"一词，或者以亚奥特莱克（一个军团的最高领导人）的光荣战绩为某个军团命名。光照用上"六伸掌"一词，让玛希特觉得自己已经"正式"遭到逮捕，而且程序完全合法——逮捕她的并不是唯一市和皇帝，而是战争部。

不，不叫逮捕，叫"保护性拘留"。

这两者有什么不同？没多大不同，不管谁来逮捕她都一样。

她从自己遭受文化休克的可怜脑袋里，翻找出能想到的最正式的言辞，用上最具威胁性的口吻和最镇定的态度（两者她都不具备），说道："备受尊崇的亚奥特莱克——一闪电的监护，并不在勒赛耳的外交领土；如果我有危险，我相信，派人前往我住所门前保卫我即可。"

"考虑到您前任所遭遇的不幸事故，"光照说，"我们认为这种措施的保护性可能不足。您得跟我们走。"

玛希特几乎可以肯定，这是句威胁。"如果我拒绝呢?"她问。

"您**会**跟我们走的，大使。您的联络员经历了跟唯一市令人遗憾的交互，之后便会被送往医院，检查并调整云钩，这您放心。"这名光照朝前一步，其余光照跟着朝前，仿佛回音一般。一共有十名光照，每一个都十分相似，无法分辨。玛希特站着没动。她真希望三海草此刻能清醒过来，想法子帮她们摆脱这困境——告诉她一闪电此人究竟是军事小官僚，还是一股不可忽视的政治势力；究竟光照一般都归战争部管辖，还是因为在高档餐馆发生恐怖袭击，这才有此例外。

她花在"希望"上的时间太多了。她希望自己的信息源没有受损，但希望没有用。她知道得太少了。只有一点是确定的：她不愿意被带走，被人"保护性拘留"。她也很清楚泰克斯迦兰的军事实力，明白自己逃不掉；哪怕要逃，也得抛下三海草。她不愿意抛下她。

还有什么办法能阻止光照?

"恐怕我不能跟您走。"她开口说道，试图争取时间。她用争取来的几秒宝贵的停顿时间，试图回忆自己的外交术语词汇，以及最正式的句式。然后——仿佛没有检查太空服的氧气存量就直接跨出气舱——她向光照宣布了自己的避难所，"我之前已与伊祖阿祖阿卡十九扁斧——她的优雅现身仿佛刀刃的寒光,照亮了房间——定好今日下午会面。我相信,如果我言而无信,改赴最受尊敬和仰慕的一闪电之约,十九扁斧阁下将会极为不悦。餐馆发生的不幸,不该成为贵国政府运转及与两国间商谈计划的阻碍。"

真希望自己没说错那该死的颂词头衔。

光照军官道:"请稍等,大使。"随即转向身后诸人。众光照的面罩云钩在遮住面部的金色反光镜面之下,闪出蓝白红的光芒,应该是他们在利用内部频道交谈。

片刻后,其中一名军官走上前来。玛希特几乎可以肯定,这不是刚才说话的那位。"我们会跟伊祖阿祖阿卡的办公室联系。请您耐心等待。"

"我可以等,"她回答,"但如果您能同时为我的联络员联系一辆救护车,我会很感激。"这时候她记起了"救护车"这个词。多年的词汇和外交训练在关键时刻——哪怕全身沾满烟尘和几乎干涸的鲜血——总算能派上用场,这让她心中欣慰。此时,她只能期待十九扁斧对她的兴趣——确切地说,是对亚斯康达和他给予的承诺的兴趣——大到愿意驳回控制唯一市警察的军事统帅的命令。

最好别去想是不是十九扁斧安排这颗炸弹。现在先别想。一次解决一个问题。

第二位光照退回队伍中。玛希特没留意他的去向,只关注自己。她努力站得笔挺,撑住三海草,保持面无表情的同时又流露不悦——她努力回忆亚斯康达的做法,如何只改变眼睛的宽度,就能让嘴角现出令人生畏的冷笑,露出帝国风格的轻蔑。她等待着,想象自己不可战胜,仿佛拼杀出这颗行星的第一任皇帝;或者三海草挚爱的十一车床,在外乡人中进行哲学探讨——此时此地,**这正是她的处境**。时间一分一秒过去,光照在面罩底下用内部频道交流。三海草发出一声含糊的"什么?",接着把脸埋进玛希特的肩膀。这动作几乎称得上可爱。

最先说话的那名光照——或者某个跟他一模一样的人——向众人做了个手势。

光照随之散开,混入剩下的人群中,低声询问,记录目击者证词。玛希特觉得这是好兆头:他们不打算用蛮力逼她就范了。

"我们已经呼叫了救护车。"那位光照说。

"等救护车来到,我再去赴伊祖阿祖阿卡的约会。"

对方沉默片刻。玛希特想象光照在面具底下露出极为恼火的表情,颇觉愉悦。

"您可以等。"军官说,"之后我们会亲自把您护送到伊祖阿祖阿卡的办公室。目前,您不太适合乘坐公共交通工具,况且有好些地铁站也关了门,在本区调查期间暂停运营。"

"感谢您花私人时间送我。"玛希特说。

"我们没有私人时间。称不上麻烦。"

这名光照一直使用第一人称复数,这一点很不寻常,也有些令人不安。在他最后一句话中,从语法上说,"我们"本该由"我"来代替,用所有格动词的单数形式。这个语言现象简直值得写一篇语言学论文,让空间站里的女孩子们在睡眠时间段讨论个不停——

别想了,这是不可能的。一辆细长灰色泡泡形状的救护车抵达,闪着白色灯光,发出尖锐刺耳的鸣响,不停重复,就像警报。救护车中"吐出"几位身着鲜红教士服的普罗托斯帕萨提,其中没有亚斯康达停尸房中的葬仪执事,玛希特对此很满意。

普罗托斯帕萨提动作轻柔,把三海草从玛希特怀中带走,并保证她的良好预后。他们还说,唯一市伤人的情况时常发生,但如今的频率比几年前多了许多。三海草经历的只是神经麻痹,是唯一市线路故障导致的,是唯一市中无数自主运行的算法 AI 当中的一个出现了波动。

"可以动身了吗,大使?"光照问。

玛希特真希望能给十九扁斧送个信,内容差不多是"由警察护送前来,非常抱歉,但愿您喜欢政治上的烂摊子。要是我没出现,就是被迫消失了"。可惜,她没法子送出这封信。

"当然,我可不想迟到。"她回答。

第五章

    泰克斯迦兰人大举冲出轨道之前——当我们仍然被困在那颗资源枯竭的行星上时（这颗星球散落着我们从草原、沙漠和咸水当中努力建造的城市，虽然贫瘠，却仍然是我们出生、长大的壳）——在第一位皇帝带领我们进入黑暗太空，为我们找到后来成为唯一市的"天堂"之前——民众的领袖，按惯例会从最亲近的同伴中选择一位血誓盟友，用血祭将两人连接。此人会成为皇帝最亲密、最信任的朋友，最不可缺少的同胞，在必要的时候，还会将热血献于皇帝双手的杯中。这些血誓盟友被称为伊祖阿祖阿卡，这个名字一直流传到今天。如今，伊祖阿祖阿卡已将皇帝的意志延伸到群星之中。第一位皇帝的第一位伊祖阿祖阿卡，名为一花岗岩，她的一生是从这儿开始的：她出生于长矛和马匹之中，没见过城市，也没见过天空港……

        ——《皇帝秘史》第18版缩编版，供寄养所学校教学使用

    ……议会应至少由六名议员组成。在重要问题上，每位议

员拥有一票投票权。如果遇到平票,将由驾驶员议员投出决定
性的一票。此做法源于对第一位带领空间站进入巴兹拉旺区的
驾驶员领袖的敬意——驾驶员议员是他的象征性代表。议员的
任命遵循以下原则:驾驶员议员将由现任及退休驾驶员每人一
票选出;水耕议员由前任水耕议员指定,如遇前任议员身亡,以
遗嘱为准;如无遗嘱,则由勒赛耳空间站全民票选。继承议员则
是前任继承议员活体记忆的继承者⋯⋯

——《勒赛耳治理议会章程》

没人强迫她消失。

在经历了如此惊心动魄的早晨后,坐在光照车子后座上,回
到宫廷区的旅途简直乏善可陈。经过一阵休息,肾上腺素分泌
过度的玛希特开始颤抖,感觉筋疲力尽。她真想合上双眼,让脑
袋搁在不算太硬的座位靠背上歇歇,不再思考,不再随时准备着
应对突发情况,也不再为任何事拼命。可是,如果她真把脑袋搁
在靠背上,那车里的这个光照——可能还有其他所有光照(这问
题她得找机会问问十二杜鹃花,或者其他收集关于光照的独特
医疗信息的人)——就会看出她的软弱。所以,她只能直直地坐
着,望着窗外,看着车子直直升起,在唯一市大楼间穿行。他们
离宫廷区越来越近,建筑越来越细,越来越精致,连接幢幢大楼
的玻璃和黄金桥越来越密集。到宫廷区后,玛希特发觉自己能
够辨识所处的位置了。虽然没法完全辨识方向,但一个人也不
至于完全迷路。

和她同来的光照一路扯着她的胳膊肘,穿过两个广场,进入
北宫廷区最大建筑。这幢大楼是一个玫瑰灰色的半透明立方
体,仿佛闪光的堡垒,身着灰色制服的泰克斯迦兰人在楼内匆匆

来回。有些人的灰色制服偏粉，有些偏白，没有活体记忆的帮助，玛希特没法分辨其中的象征含义。光照和玛希特在大楼错综复杂的通道里穿行，吸引了路人饶有兴趣的视线。玛希特明白自己引人注目：她身上沾满了十五引擎的血。至于一身纯白的十九扁斧见到浑身染血的她会怎么想，玛希特既不清楚，也不在乎。

伊祖阿祖阿卡的办公大楼——如果跟玛希特想的一样，那么同时也是她的公寓楼。光照对着门口的密码锁通报玛希特·达兹梅尔前来，门立即滑开，露出门后宽敞明亮的房间。玛希特注意到光照通报的语调暗含讽刺。她知道，自己的计划一眼就能被识破。没办法，熟虑机巧只属于有时间思考的人。门后房间的地面由石板铺成，还有好些宽大的窗户。窗户玻璃呈玫瑰色，用以过滤刺眼的阳光，以免影响屋中全息屏幕的效果。十九扁斧身处屋内弧形的工作区，数块全息屏幕如同日冕在她身边环绕。十九扁斧仍然一身纯白，但脱了外套，穿着衬衣，袖子卷到手肘。房间内还有其他几个泰克斯迦兰人，可能是她的用人，也可能是助手或公务员。十九扁斧的光芒让众人相形见绌。不知她从几岁开始就只穿一色纯白？玛希特想问问三海草，接着想起三海草正在唯一市某家医院里。爆炸时被餐馆墙壁砸到的胯部很疼，但玛希特忍着疼痛，尽可能站直。

十九扁斧手腕一挥，撤走了三块全息屏幕。其中两块屏幕上是文字，另一个可能是中央九广场按比例缩小的模型。撤走的全息屏幕留下发亮的残影。"感谢你安全护送达兹梅尔大使前来与我会面。你的军团将得到褒奖。这一点我保证。现在你退下吧。"

光照默默从进来的门口退了出去。玛希特孤身一人留在了伊祖阿祖阿卡的地盘。秉持着职业素养,她举起双手,向对方正式致意。

"瞧瞧你,"十九扁斧道,"经历了这么可怕的上午,礼数还是这么周全。"

玛希特察觉了她的不耐烦,"您宁可我失礼吗?"

"当然不是。"她把全息屏幕和滚动的透明信息窗口留给助手操心,来到玛希特身边,"你能想出办法把自己弄到这里来,干得不错。这是你到这儿以后第一次'明智的'举动。"

玛希特火了,说:"我来这儿不是受您侮辱的……"

"没有侮辱你的意思,大使。我再说得清楚一些,以免引起你误解——虽然这是你第一次'明智的'举动,但你一直很'狡黠'。"

这两个词的意义有很大不同。"狡黠"一词一般用来形容骗术师、推销商,动物般的狡猾。"狡黠得就像随便哪个野蛮人吧,我想。"玛希特回答。

"可不是随便哪个野蛮人,"十九扁斧说,"考虑到你在这么一个敏感的特殊时期来到宫廷,你的表现比一些年轻人更强。放松些。你身上还带着其他人的血,我可不打算立即盘问你。而且,说到底,也是你请求我庇护的。"

"我没有请求。"

"那就当是,刚好找到我来保护你吧。"她碰了碰云钩的雾白色镜片,召唤一名助手现身,"五玛瑙,请带达兹梅尔大使去淋浴,再帮她找些合身的衣物。"

"是,大人。"

除了听从安排,还能怎么样呢?玛希特心想:好歹,她可以当个干净的人质。

淋浴间既不堂皇也不花哨。瓷砖是令人宽心的黑白两色，壁架上放着好些洗发护发用品。玛希特没动它们。这些可能是十九扁斧自己的，也可能是她助手的——这儿可能是她们的集体淋浴间。十九扁斧看起来像是喜欢让助手跟自己住在一起的人——等等，这种老套的桥段对十九扁斧不公平。不管他们自己如何表现，泰克斯迦兰人到底也是人。洗澡水很热。玛希特站在花洒底下，看着十五引擎残留的血迹一点点从她胳膊上流下，进入下水道。

她伸手拿香皂——一整块香皂，而不是空间站的按压式沐浴露。她伸出手，跟平常动作没有任何不同；可是，当手进入视野时，她看到的却不是自己的手，而是一双更粗糙的大手，指甲又平又齐，精心修剪过——是亚斯康达的手，正伸出去取香皂。就在这儿，就在同一个淋浴间。比起她自己，花洒的水流落在他的肩上，比她肩膀更低一些的位置——大概相差四英寸。他躯干的轮廓，还有身体的重心（落在胸腔上，而不是胯部），覆盖了她的感官。只有初次合并时，她才短暂有过这种感受，感觉到他身体的轮廓代替了她自己的，两具身体相叠加。可是，他怎么会出现在这位伊祖阿祖阿卡，十九扁斧的淋浴间……

亚斯康达？她试着唤道。无人回答。身上肌肉酸痛，是一种微妙的疲惫。这酸痛并不属于她。

忽然，重叠的记忆闪回消失，她的身体又属于自己了。她独自站在淋浴间，全身唯有胯部压伤的疼痛，再也感受不到他人的身体。她想起十九扁斧说"他是我的朋友"的腔调，还有她抚摸亚斯康达尸体时的古怪柔情。

跟一个自称"刀刃寒光"的女人睡觉，还真是亚斯康达的风格——这个人,拥有火焰般的野心,自愿留下活体记忆,跟玛希特·达兹梅尔合并成新人;这个人,被问及"做错了什么"的时候,会回答"八成是煽动叛乱"。跟"刀刃寒光"同床共枕,正是他会干的事。

或许,这就是十九扁斧甘愿提供保护的缘由。不过,刚才的重叠经历也有可能是神经系统故障,是活体记忆装置闪出的电子信号,让她眼前出现亚斯康达的身体。目前,她或许不该信任活体记忆提供的**任何消息**——如果他或者她真的受了损伤(或是蓄意破坏——她在水流中打了个哆嗦。)

玛希特用香皂擦了胳膊,然后冲洗干净。淋浴间充满了某种木头和玫瑰的香味。玛希特觉得这香味很熟悉,至少闻到过。

之后,她穿上五玛瑙给她准备的衣物,除了内衣——她可不打算穿别人的内裤,自己那条还不算脏。至于他们为她准备的胸罩,显然是为比玛希特胸部尺寸更大、更需要的女人准备的。剩下的衬衣和长裤全是白色,柔软精致。玛希特本想在衬衣外套上自己的外套,可惜外套已经染了血,没法再穿。她只能穿着估计是十九扁斧本人的衣物,光脚走出去了。

虽然身为人质,但好歹还算干净。

待她回到中央办公室,屋里已经摆好了茶点。

十九扁斧还在工作角,行云流水般布置排列着全息图和投影。玛希特在放着茶点的矮桌边坐下等候。茶散发着清淡的花香,混着微苦的味道。茶碗只有两个,都是浅浅的瓷碗,供双手捧起的大小。勒赛耳空间站中,喝茶比这儿简单得多:一个茶包,一个马克杯,一架微波炉用来烧水,别无其他。如果需要提神饮料,玛希特一般会选择咖啡。泡咖啡的程序跟泡茶一样,只需将茶包换成速冻咖啡粉就行。

"你来了。"十九扁斧坐到玛希特对面,给两个瓷碗倒上茶,"好些了吗?"

"感谢您的热情款待。"玛希特说,"我非常感激。"

"总得给你时间休整,否则没法好好交谈。根据中央九广场传来的新闻消息,我猜你今早受了些打击。"她捧起自己的茶碗啜饮一口,"喝茶吧,玛希特。"

"我不会怀疑茶中下毒或下药。那是对您好客的轻慢。"

"很好!省得我花时间向你保证茶里什么都没有。这茶对你的身体完全无害——除非亚斯康达来这儿的时间里,勒赛耳对'人类'这个概念的认知有了大幅改变。"

"我们跟您一样是人。"说着,玛希特喝了茶。茶很提神,甜苦掺半的绿茶味道,一直留在喉咙深处。

"这点我赞同,二十年时间可不够用来大幅度修改基因。但从其他方面来看人的定义的话,不同文化之间差异很大,随意得很。"

"我想,此刻您一定希望我问一问,泰克斯迦兰人'随意'决定的'非人类'标准是什么。"

十九扁斧用食指敲敲茶碗边缘,戒指金属碰到瓷器,叮当作响。"大使,"她说,"我是您前任大使的朋友。尽管我也希望我的猜测失误,不过他的朋友可能为数不多。看在他的分上,我才给你一次交谈的机会。不过,如果你没兴趣跟我建立起互信的大厦,那我们大可以跳过这一段,直奔主题。"她的微笑果然如同颂词所说,犹如刀刃寒光,"我想跟亚斯康达说话。要么你别再假装是玛希特·达兹梅尔,要么让亚斯康达说话。"

言辞犀利,犹如刀锋。玛希特暗想。

"恕我冒犯,伊祖阿祖阿卡,两件事我都做不到。"她说,"第一件事不可能，因为我并没有假装是我自己。第二件事，则比您说的要复杂很多。"

"是吗？"十九扁斧抿紧嘴唇，"你为什么不是他？"

"在勒赛耳空间站，您都可以做个哲学家了。"玛希特脱口而出，旋即后悔。哪怕用上"您"的正式尊称，这句话在泰克斯迦兰语中仍然太过亲密。但她找不出其他的表达方式，除非选择引用和模仿——就像三海草选择十一车床那样。

十九扁斧道："我受宠若惊。现在，玛希特·达兹梅尔，请你解释一下——我相信这具承载你的身体曾经叫过这个名字，所以如果你喜欢，我也可以用这个名字——为什么你不是我的朋友亚斯康达？"

玛希特放下茶碗，双手摊在借来的白色亚麻裤上，手掌向上。十九扁斧对活体记忆理论的理解竟是反过来的：她竟以为亚斯康达占据了这具身体四处走动，而玛希特的自我则被推出体外消失或杀死，只留下区区一个姓名。空间站绝不会这样浪费自己的孩子们，连想一想都觉得恶心——何况还会让她想起自己在淋浴间感受到他人身体占据自身的那一刻。那一刻，她感觉自己完全变成了另一个人，而且也不是跟亚斯康达合并后本应成为的新人。"我会向您解释，"她说，"不过，先告诉我：中央九广场的炸弹，是冲我来的，还是冲着亚斯康达来的？"

"我想既不是冲着你，也不是冲着亚斯康达。"十九扁斧回答，"最糟的可能性是冲着十五引擎去的，可能性很小。国内恐怖袭击的牺牲者大多数都是误伤，在错误的时间出现在了错误的地点。虽然十五引擎插手了欧迪尔叛乱的政治小问题，但不太可能成为有人想炸死他的理由。何况我们本地的炸弹客，全是支持叛乱的。"

玛希特本来有个问题(这个问题她早上就想问三海草:欧迪尔叛乱?欧迪尔那儿到底怎么了)几乎脱口而出,转念一想,认定这是伊祖阿祖阿卡故意转移话题,于是忍了下来。现在不能转移话题。欧迪尔和本地炸弹客的事,以后有时间再问。现在,她得先问出十九扁斧想从她身上得到什么,然后再考虑唯一市的大问题。

十九扁斧看着她,明白了她沉默的原因,继续说道:"我的回答没能解释你的问题。你想问的其实是除了我,有没有其他人知道你们空间站的活体记忆装置。"

她太敏锐,太有经验了。她在宫廷里多久了?几十年了,比亚斯康达还要久。而且这几十年中,有一半时间身在最受皇帝信任的亲信圈里。很明显,巧妙的误导和有引导性的问题,对她都不会起效。

就像刀锋。玛希特提醒自己,得努力变成她的镜子。

"关于自己死后情况,他是怎么说的?"玛希特问道。

"勒赛耳空间站的下一任大使,如果没有植入他的活体记忆,是不可想象的,而且是——用他的原话——极大的浪费。"

"这口气确实像亚斯康达。"玛希特干巴巴地应道。

"可不是嘛,傲慢的男人。"十九扁斧啜了口茶,"那么,你确实了解他。"

玛希特的一边肩膀耸了耸,"比我希望的要少。"这话不算真,也不算假,"他有没有说下一任大使会是什么模样?带着他的活体记忆来到唯一市的时候?"

"年轻,且信息不全。泰克斯迦兰语异常流利,在野蛮人中极为少见。见到他的朋友会很高兴,然后就专心工作。"

"我们更愿意称之为'信息过时',"玛希特说,"我认识的亚斯康达,不是你认识的那一个。"

"这就是我们面对的问题?"

玛希特满满地吐出一口气,"不,这只是我们可能面对的问题中很小的一部分。"

"我的工作就是解决问题,玛希特·达兹梅尔。"十九扁斧说,"不过,如果能知道问题是什么,解决起来会容易些。"

"问题是,"玛希特说,"我不信任您。"

"不,大使,这只是你的问题。我们的问题是:我仍然没法跟亚斯康达·阿格黑文说话。还有,尽管他已经死了,骚乱却仍然存在,这种骚乱让我们的唯一市麻烦不断,也给他周围的人——哪怕是最疏远的人,比如十五引擎——造成了麻烦,这里头也包括你。"

"我对其他炸弹——如果还有的话——并不知情,"玛希特说,"对十五引擎跟炸弹客的联系也不清楚,更不知道哪种人会用炸弹来对付他。"**骚乱仍然存在**。亚斯康达到底干了什么? 如果她知道亚斯康达的作为,或许就会知道是谁杀了他,至少知道他因何而死,以及这是否属于不惜牺牲多名平民性命也要成功的报复事件。他消失之前,她问过他,他当时回答的是"煽动叛乱"。可是,"煽动叛乱"是一回事,"无意义的死亡"又是另一回事。她没法想象一个人竟会接受无差别恐怖行为,认定这是某个政治行为的合理副作用;没法想象值得将这样一个人的活体记忆流传下来;更没法想象自己跟这样的人竟会有十分相似的倾向和能力。

"在我看来,城中心高档餐馆中出现炸弹,说明事态比之前更加严峻。"十九扁斧说,"其他类似事件都发生在外省。所以,我猜测十五引擎不慎跟这种人有了来往,导致自己遭受了损伤,乃至最后的'解体'。"

玛希特拿不准十九扁斧是不是在开玩笑。这玩笑(如果真是玩笑的话)太过锋利,在感觉到疼痛之前,就能把人开膛破肚。

"你和他**可能**只是被误伤了,玛希特。"十九扁斧继续道,"不过,我了解亚斯康达,所以这引发了我的思考。"

"我思考的是,"玛希特谨慎开口道,"这种程度的国内恐怖主义是从何时开始加剧的。您提过本地骚乱。这儿发生过多少起炸弹事件?"

十九扁斧没有直接回答。玛希特也没有多少期待。十九扁斧反问道:"你不了解,因为你'信息过时',对吗?"

"对。我接受的活体记忆"——玛希特在二十四小时之内第二次泄密,犯下叛国罪。看来,她跟亚斯康达还真适合彼此,两人都轻易就能犯下这种罪——"来自只做了五年大使的亚斯康达。"

"**这确实**是个问题。"十九扁斧的声调中带上了同情,让玛希特更不好受。

"不过,这不是我们的问题。"玛希特接口,"阁下,我想您可能不了解,到底什么是活体记忆。"

"请赐教。"

"活体记忆不是重新创造,也不是双重人格,而是——就像是一种克隆意识的语言,或者协议项目。"

忽然,亚斯康达的声音在她脑海深处响起,仿佛残影:你想得美。

玛希特大惊,想道:你在吗?

什么都没有,一片寂静。伊祖阿祖阿卡又开始说话了,玛希特没时间分心思索。而且,方才的低语也有可能是自己想象出来的,仿佛召唤了幽灵,或者有了预感。

"——亚斯康达可不是这么描述活体记忆的。"十九扁斧说。

"活体记忆就是活着的记忆。"玛希特解释,"有人格的记忆,或者说,人格就是记忆。我们很早就发现了这个办法,最古老的活体记忆链,在我出发的时候已经传了十四代,或许现在已经传到了十五代。"

"一个采矿空间站,有什么值得保留十五代的?"十九扁斧问道,"总督? 神经生物学? 负责制造活体记忆装置的人?"

"是驾驶员,伊祖阿祖阿卡。"玛希特回答,心中突然涌起鲜明的骄傲之情与爱乡之情。在这之前,玛希特一直以为自己并不具备这种感情。"我们,还有我们区里的其他空间站,自从来到此地殖民后,就没有在行星定居过。我们那片区域没有行星适合居住,我们的行星和小行星只适合采矿。我们是空间站人,所以永远首先保留驾驶员。"

十九扁斧摇了摇头,这动作让她更像普通人。几缕短短的黑发落在十九扁斧的前额上,她用没捧茶碗的手拂开。"当然。驾驶员。我早该猜到的。"她顿了顿——玛希特觉得这是有意制造效果,用深深吸气以记录双方各有发现的愉快时刻,然后再把这一时刻在两人之间形成的纽带彻底抛开,"有人格的记忆。我们就先接受这一点。基于这个前提的话,'你还没解释我不能和亚斯康达说话的原因'这件事就更加有趣了。"

"理想情况下,两个人格将会合并。"

"理想情况下。"

"对。"玛希特说。

十九扁斧伸出手臂,越过两人之间隔着的矮桌,将手放在玛希特的膝盖上。她的手坚定有力,毫不动摇。玛希特觉得自己仿佛被压在一整个行星的质量之下，且压力不断增长。"但目前情况并非理想，对吗？"十九扁斧开口问道。玛希特摇了摇头。不，不理想。

"告诉我哪儿出了问题。"十九扁斧继续道，这声音让人无法承受。那不是命令，声音中含着无边的同情。玛希特无可奈何，明白自己学到了一些审讯技巧——对愤怒、疲倦、在文化隔阂下孤独的人定能起效的技巧。

"他原本在这儿，"玛希特开口，巴不得这一切立即结束，"我是说我认识的亚斯康达，不是你认识的那个。我们都在这儿。可是，他突然不在了，消失了，再也不对我说话。我没办法与他联系。这就是我无法答应您的要求的原因，阁下。此刻我真希望我有办法。考虑到我的前任如此彻底地泄漏了我国的秘密，隐瞒也没有意义。让他跟您说话还更简单些。"

十九扁斧道："谢谢，玛希特，很感谢你提供信息。"说罢，她把手从玛希特膝盖上移开，她那沉甸甸的注意力也同时移开，方才放在玛希特身上的所有压力瞬间消失，回到十九扁斧体内某处。玛希特感觉——她也说不好——顿时轻松，同时为自己的轻松而愤怒。此刻，桌子对面不再传来压力，玛希特有了放松的空间。她深吸两口气，尽可能稳定心神。

"哪怕如我俩希望的，我的活体记忆此刻在场，我也会保持玛希特·达兹梅尔的身份。"她说，"两人合并后，总会用最新迭代的名字。"

"空间站的文化习惯适合空间站。"十九扁斧道。玛希特很清楚，这话表明话题到此结束。

玛希特换了种说法，再次尝试。做一面镜子，一个干净的人质。"我想知道，为什么您觉得十五引擎被炸弹波及意味着事态的严峻化。我想聆听最值得尊敬的您的意见，伊祖阿祖阿卡。"

"总有人不爱自己的泰克斯迦兰人身份。"十九扁斧说，音调生硬尖锐，"有些人宁可我们从没有突破大气层，从没有把手伸过跃迁门，伸向一个又一个星系，并从此定居……他们宁可不服从受群星指引的六方向的统治，宁可生活在一个不会永远存在的国家。他们想要共和国，希望我们不要再兼并其他星系，哪怕那些星系申请加入也不行……尽是这些表面上看着有理，却经不起推敲的事。这些人里，有些做了部长，还觉得自己能当皇帝，随意更改一切。泰克斯迦兰一直断不了这类麻烦，我相信你肯定也知道。如果真像亚斯康达说的一样，你必定熟知我们的历史。"

玛希特确实了解。她脑中装着上千的故事、诗歌、小说——还有根据诗歌改编的糟糕电影——其中的主题都是有人企图篡夺泰克斯迦兰的太阳矛皇位，大部分人失败了；少数人成功，当上了皇帝。成为胜利者后，凭着自己的权力，他们就宣布之前的皇帝是暴君，失去了太阳和星辰的眷爱，不配坐在宝座上，理当被新人替代。哪怕皇帝身亡，帝国却总能过渡权力，更迭危机。

"我大概能理解。"玛希特回答，"不过，国内恐怖主义者通常不可能光荣转身，变成理想的统治者——毕竟大部分民众并不喜欢这些人的作为，也不会喜欢新上任的皇帝。所以，这些恐怖主义者不是你说的这类人。他们到底是什么样的人？"

十九扁斧大笑。闻此，玛希特心中极为满意，仿佛能让面前的女人大笑就是胜利——长久追求、好不容易赢得的胜利，每一次笑声都是战利品。或许亚斯康达确实是十九扁斧的情人——哪怕玛希特听不到他的声音，得不到他的记忆，却还保留着他的内分泌系统反应。

"这些恐怖主义者，"等笑声平息，十九扁斧道，"不想要权力，只想摧毁现存的权力，别无其他。这些人，只会偶尔给我们制造麻烦。此刻，我们碰到的这个，持续了好些年。我们是个庞大的帝国，目前保持着和平；和平给了男男女女大量的时间，去琢磨令他们不满的事物。"十九扁斧站了起来，"到信息图这儿来，大使。工作不等人，哪怕你是一个和我们的亚斯康达一样有趣的年轻野蛮人，也不行。"

我们的？玛希特吃了一惊，却没开口，静观其变。

十九扁斧的仆人们重新现身，仿佛一直在等着信号似的。一个清走茶具，另一个——就是领玛希特去淋浴间的那个，五玛瑙——见老板已经从人质口中掏出敏感信息，便重新回到工作中，任全息屏幕将其包围。十九扁斧吩咐道："给我摘出要点，五玛瑙。再把光照的幸存者访谈报告拿来。"五玛瑙优雅行礼，是表示接受指令的简化礼节。

"玛希特，"十九扁斧继续道，口吻就像她也是自己的仆人之一——更确切地说，像是自己的学徒——"你本打算向十五引擎打听什么？自从他退休以来，这还是他第一次出现如此公众的场合。一退休，他就搬出了宫廷区，几乎可以说消失在外部区域。他的生活看起来很平静——虽然他一直对陛下引领我们的方向不满。"

玛希特听出，这就是十九扁斧早先提起欧迪尔的用意——十五引擎一直对帝国镇压欧迪尔叛乱（虽然详情如何仍然未知）心怀不满。玛希特说："我想打听一下亚斯康达的死因详情。"

"过敏反应。"

"真的吗？"玛希特问道。

"疑心。在宫廷里，你确实需要这个。"十九扁斧不动声色应道。一扇扇全息屏幕后面，五玛瑙似乎吃吃地笑了。

"目前为止，我们一直对彼此开诚布公，"玛希特大着胆子说，"所以我斗胆试了试。"

十九扁斧手腕一动，一组全息图消失，另一组出现，"我不清楚导致他死亡的确切生理过程，普罗托斯帕萨的报告里写着'过敏'。"

"阁下，作为您这样在宫廷中拥有光辉履历的人，我猜您肯定有自己的怀疑。"

十九扁斧大笑，"我喜欢你，大使。我想亚斯康达也会喜欢你。"

思及此，玛希特心中竟有一丝始料未及的酸楚、茫然，以及对她熟知的亚斯康达的怀念。活体记忆链上，不是每一位继承者都能与前一任有私交——如果继承者不仅仅因为能力测试和实践测试一路绿灯，还因为前任亲自指定——那总会被认为是件荣耀的事。可惜并非每个人都有此荣幸。她本以为自己不在乎这些：她会成为大使，变成不可或缺的重要人物。勒赛耳派往泰克斯迦兰的大使，鲜少返回空间站；所以，她自然不可能与前任有私交。她的一切能力天赋，都指向唯一市——哪怕她不知道自己会植入谁的活体记忆，哪怕她不知道自己是否真能成为大使。

可是，她仍然希望能见见身在唯一市的亚斯康达，可她见到的只有一具尸体。她还想念家乡，想念从空间站里看到的行星升起，想念自己从前的生活——聪明、抱负远大，身上还没有背负责任，跟施嘉·托瑞尔和其他朋友在空间站第九层的酒吧谈天说地，想象自己能有怎样一番事业，且还不用真正实施。

思绪纷纷，但她只回答了一句："对，我们都是精心挑选出来的,跟前任相容性很高。"

"既然你俩的相容性这么高,"十九扁斧问,"那十五引擎喜欢你吗?"玛希特听在耳中,觉得十九扁斧被她的回答逗乐了,或者引发了近似欢乐的兴趣。这两者很难区分。

"不喜欢。"她说,"我问的问题太多,同时也没法变成二十年前跟他共事的男人。你喜欢十五引擎吗?"

"他行事隐秘,喜欢争斗,又跟几个与我不合的贵族家庭过从甚密。在信息部任职的时候,他经常像是卡在我大拇指里的一根刺。我很高兴他退休了——虽然到现在我仍觉得他的退休很可疑——但他退休后就一直安分守己,至少表面如此。我把他当成一个好对手,愿意出席他的葬礼。他还是我从前的酒友,是我的朋友——前任勒赛耳大使——的朋友。"

她顿了顿,直盯盯地看着玛希特,脸上毫无表情,仿佛一面深色玻璃墙。她眼睛上的云钩闪着光,"这些,在勒赛耳标准下,算是喜欢吗?"

"足够接近了。"玛希特回答。一个是派来的联络员,一个是被他吸引的伊祖阿祖阿卡。能跟这么两个互相看不顺眼的人同时保持长久的友谊,毫无疑问,正是亚斯康达的魅力。"谁会从十五引擎的死亡中得利,伊祖阿祖阿卡?"

"任何不愿让你认识亚斯康达的老朋友的人。"十九扁斧答道,同时唤出一幅新的全息图,用敏捷的指尖在图上注解,在空中形成一列图形文字,"更有可能的是:任何不愿意听到有人暗暗反对帝国镇压叛乱,希望这些人闭嘴的人。也有可能,是某个企图掀起公众恐慌的人——最近这样的人很多,都是受了此类事件以及宣称为这些事件负责的反帝国活动分子的鼓动。所以,谁能得利——这话说得很有意思,玛希特——这个问题的答案涵盖了半个伊祖阿祖阿卡阶层的成员,尤其是三十翠雀花。除自己家族能从中获益之外的星际贸易,他都打算封锁。'异族恐惧'将是封锁贸易的极好借口,尤其是目前这样的时刻——泰克斯迦兰人吃顿午饭都会挨炸弹……哦对了,还有你。你可能想除掉前任大使的所有盟友,以便迅速取得泰克斯迦兰和勒赛耳外交关系中有利的新位置。"

"炸弹不是我放的。"玛希特说,努力记住"欧迪尔"和"三十翠雀花"这两个名字,记住"公众恐慌"这个词——把这些词装进自己的记忆里,留待之后在脑中将它们排列组合,尝试拼接整幅画面。

"我说了是你放的吗,玛希特?"十九扁斧沉甸甸的关注又压了过来,暗示着同情和亲密。玛希特想象十九扁斧跟亚斯康达一同躺在床上,一闪而过的画面,既像回忆,又像欲望。肌肤相亲,比政治友谊更进一步。(如果他们真有肌肤之亲,玛希特会介意吗?她可不想——不是说她不介意——可十九扁斧是——)

"请容我打扰,阁下。"五玛瑙插嘴道,玛希特大大地松了口气,"您最好看看从中央七广场发来的实时报道。"

十九扁斧扬起眉毛。"把报道转到我这儿来,"她说。五玛瑙依言照办,手掌大幅度一挥,扯住一幅全息图的边缘,让它滑到十九扁斧的工作区。十九扁斧用手势和眼动感应接受了这副全息图,摆正,放大,让它如窗户一般悬在半空。玛希特凑近观看,站在十九扁斧的左胳膊肘旁。五玛瑙站在右边。

全息图中是中央七广场的俯视景象,将广场拍得一清二楚。是谁放的高空摄像机?十九扁斧的特工?皇帝?光照军团?还是唯一市在自我监控?七广场跟九广场很像,只是规模小些,同样呈展开的花瓣形状。玛希特此刻已经了解:这些花瓣必要时会展开，变成关人的墙。七广场上沿街密布商店和餐馆，还有一幢建筑，根据其大小和排列在前的雕像，玛希特猜测是政府机构，或者戏院。七广场上同样挤满了泰克斯迦兰人。

有些人手中举着标语牌。

人群在呐喊。实时报道中传来的喊声像是遥远的咆哮，听不清楚。

"您能不能——"玛希特开口道。

"调大音量，可以。"五玛瑙接口，"可以调大一点儿。能不能听清楚还得取决于他们喊的是什么，以及声音的清晰程度。"

"他们肯定在喊'一闪电'，"十九扁斧道，"要是我猜错了，就给五玛瑙你买一套新制服，让你穿去赴皇帝的宴会。调大吧。"

人群确实在喊"一闪电"——光照企图逮捕玛希特的时候，提到的就是这位亚奥特莱克的名字。他是目前距离唯一市最近的舰队的指挥官。人们呼喊他的名字，还有一段话，根据节奏，玛希特约略分辨出是一首四行抑扬格打油诗，诗中不断兴奋地重复"泰克斯迦兰！泰克斯迦兰！泰克斯迦兰人！"并以此结束。

"难道他们打算拥立他为皇帝，哪怕没有军事胜利？"五玛瑙若有所思。

十九扁斧回答："现在还不会。"她五指从掌心中星爆似的猛地张开，实时报道画面放大，清晰现出示威者的脸。有些人的前额用红色油彩涂了横条纹，让玛希特想起史诗中泰克斯迦兰将军们在凯旋时头上的牺牲者冠冕。只不过将军们用的不是油彩，而是鲜血——自己的鲜血，加上战败者的鲜血。不过，在如今星际征服的年代，这些完全成了象征性的行为。

"我一直以为游行示威都是非法的。"玛希特说。

"**无效**，不是非法。"十九扁斧道，"五玛瑙，给大使讲讲吧，讲讲军事拥立的目的。"

五玛瑙咳嗽一声，吸引玛希特侧目。玛希特觉得她脸上带着抱歉的神情。"如果未来的泰克斯迦兰皇帝既没有正统血脉，也没有前任皇帝的指定，那么，他可以通过军事拥立获得正当性。军事拥立是未来皇帝美德的公开展示——也就是说，公开展示他获得了永恒燃烧的星辰的眷顾。"

"眷顾以何种形式证明？"十九扁斧追问。

"传统上，以一次军事上重大胜利，或者多次重大胜利的形式证明。后者更好。"

十九扁斧点头，"不错。多次军事胜利才能证明眷顾，其余只是干吼。只要有运转正常的国家机构，或者不太愚昧的公民群体——幸运的是，这两样我们都有——就能剥夺只靠干吼得来的合法性。"

"您不介意我问一问，为什么这些人会拥立一闪电吧？"玛希特说，"毕竟他没有取得成为皇帝所需的军事成就。至少，这些成就没能传到勒赛耳空间站所在的信息闭塞的遥远地区。"

五玛瑙的表情看来稍有些吃惊，更多的是好奇。"他野心勃勃。"五玛瑙开口道，见十九扁斧点头，她继续下去："他是喜欢投机的野心家。他在开发程度不高的地区赢下了几场小规模冲突，平定了一两次小型骚乱，还有几次外部入侵；他的军队纪律严明。欧迪尔叛乱时他不在现场，但现场的指挥官三漆树受他栽培，而且每次上新闻，都不忘表示对他的谢意。他缺少重大军事成就，但他已经受到众人支持，多到能让麾下士兵相信：只要在他指挥下，定有机会赢得胜利。"

"基于'对未来信心'的拥立，"玛希特干巴巴地评论道。**基于想要一场战争的拥立**。"希望他能取得成功。"

"因为他显然缺少重大军事成就，今天在中央九广场上不会再有第二颗炸弹出现倒是可以为他挣得一些名声。"

"有人可能会觉得你像个外交家呢，大使。"十九扁斧说。

"确实有可能。"

"起疑心是对的。不过，无论是不是外交家，有一个重要因素你忽略啦——你到此地的四十八个小时过得实在太丰富，所以才没能注意到。"

玛希特又气又好笑，整理一番思绪后，开口嘲讽道："那就请您明示吧，伊祖阿祖阿卡，如果'直奔主题'对您不太麻烦的话。"在两人刚才的茶点谈话过后，她本不该这么快又出口嘲讽——或许这就是十九扁斧的厉害之处：这位闪闪发亮、思维敏捷的政治家，既能让你情不自禁地想要跟她在言语上针锋相对；也能毫不留情地把对话肢解成片，让人因为她给予的理解而泫然欲泣。

她再次思念起三海草：她希望有人能帮她分散对方注意力，帮她抵挡对方的攻击。她希望能有个朋友——她自己的朋友。而不是那些亚斯康达的朋友，心系着他的幽魂。

十九扁斧把画面放大后，高喊着口号的泰克斯迦兰人视频悬在三人中央，在十九扁斧手腕运动下，绕着中轴慢慢旋转。"六方向皇帝，我们光芒四射、犹如星辰的统治者，比珠宝更明亮、更善良的人，我发誓要保护、为他流尽最后一滴鲜血的人，已经八十四岁了，且没有血脉后代。这，就是你忽略的因素，大使。"

"帝国出现了继承问题，"玛希特说道。她本想说"你很快就要失去朋友，我很难过"，但这样似乎——不够体谅。再说也跟话题不合，没必要。况且，她怎么知道伊祖阿祖阿卡跟皇帝真是朋友，还是说两者的友谊仅仅是象征性的而已？这就是迷恋经典文学、使之不断重现的社会会遭遇的问题。她真想把这一点解释给两周前的自己听,或者跟亚斯康达聊一聊。他肯定有话可说。

"呼喊一闪电的人显然认为存在这个问题。"十九扁斧回答。她一挥手,实时报道自动折叠淡去,"我本人对此不做评论。不过,你还真选了个微妙的时机前来宫廷啊,大使。"

"这不是我的选择,"玛希特说,"我是应召前来。"

十九扁斧把脑袋歪向一边。"紧急召见?"她问。

"紧急得有些失仪。"玛希特想起自己和亚斯康达,被急急忙忙塞到一起,只有空泛的希望,加上三个月的冥想时间,就让他们成为空间站新的代表。

"如果我是你,"十九扁斧说,"我会找出是谁批准你入境。我想此人必定跟这事大有干系。"

这是诱导性问题吗?她是不是打算让玛希特辛辛苦苦调查,最后发现批准入境者正是伊祖阿祖阿卡十九扁斧本人?不会。十九扁斧太狡黠,不可能只想看她被牵着鼻子走的样子。这种把戏只有股市恶棍和偏好戏剧化冲突的人才会玩。泰克斯迦兰人虽然迷恋叙述,但他们喜欢的是好故事,而不是差劲的故事。十九扁斧这句话,是在给她布置任务,就像她是十九扁斧的用人之一。去找出答案,回来向我汇报。仿佛玛希特属于她似的(仿佛亚斯康达过去也属于她似的——等等,虽然他们一同分享了她的床铺,但亚斯康达并不完全属于她。这也是两人之间的问题之一。)

她回答:"有意思的想法。等我回自己的公寓,自己的工作站,我会去调查的。"

"不必等这么久。"十九扁斧说,"你好不容易才给自己找了个相对安全的处所,而我们连是谁忍心炸死你身边无辜的公民都没弄清楚。这种时候,难道我能随便打发你独自回宫廷区吗?"

"我的文化联络员——"玛希特开口,试图争论自己并不是一个人。

"她很快就会出院,但还没有。我这儿的信息图显示器可以分你一台,玛希特。我会让七天平给你布置一间临时办公室。"

在这儿,而不是在我的勒赛耳外交领地上。玛希特心中不满,但训练有素的双手仍然做出正式的感谢手势。刚才撤走茶具的年轻男子前来领她走出房间,进入十九扁斧领地的深处。

玛希特的办公室——她尽力不把这地方想成牢房,大部分时候她能做到——洒满了午后的阳光。阳光透过落地窗,呈粉红色。房间弧形角落里有一张又宽又矮的沙发。七天平教她如何打开信息图显示器,还给了她一叠空白的信息条。信息条的颜色是中性的灰色,毫无个性。七天平做事冷静高效,不带好奇心。跟十九扁斧比起来,在他身边能让人大大松一口气。这可能是十九扁斧有意为之,故意给她舒适体验,然后马上抽走——这是审讯能手的技巧。在这样的情感过山车作用下,玛希特变得极度疲倦。七天平一离开,门刚关上,她立刻躺到沙发上,转脸对着窗沿下的墙壁,紧紧地蜷缩着身体,紧到砸伤的胯部疼痛为止。

只要盯着白色墙壁涂料,伸出一只手,举过头顶摸摸沙发上方弧形的窗框,她就能假装自己躺在空间站房间里。那是个安全的、尺寸为3×3×9英尺①的管状房间,墙壁仿佛温柔合拢的蛋壳。小小的、不受侵犯的地方,只属于她的、跟大家的房间一起

---

① 1英尺约为0.3米。

并排着的地方。房间能隔绝声音，能上锁。在那儿，她可以跟朋友一起背对背躺着，或者跟情人脸贴脸拥抱，或者——那地方封闭，安全。

她撑着坐了起来。窗外是宫廷·北区的院子，院子里有个池塘，还有星形的道路。池塘和道路上都挤满了怒放的蓝莲花，还有行色匆匆的泰克斯迦兰人，为泰克斯迦兰的事务奔波着。她第一个不合宜的念头就是跳出窗外；第二个念头也显得同样不合宜——她想为自己的所思所感写一首十五音节的诗歌。

嗨，亚斯康达，她想，就像朝池塘幽深的水中扔一颗石子，你最想念家乡的什么？

接着，她打开信息图显示器，按照七天平的指点注册。她一边做，一边想起：这是她第一次注册自己的"云钩"，而不是让三海草帮她"开门"。在公寓自己外交领地时，她要求自由；此刻，在这里，在她成为说不清道不明的囚犯时，却意外得到了这种自由，感觉挺奇怪。她很清楚，十九扁斧肯定会记录下她浏览的一切，但她还是着手工作。

界面比玛希特想象的更符合直觉，容易操作——只要不想着解密基础通信就行。她做手势，信息图回应——摊开手掌，扭转手腕都能打开多个透明工作屏幕，她可以造出自己的信息图"光环"。她找到了十九扁斧预先设置的摄像机实时录像，打开仍然对着拥立一闪电示威游行的镜头——伊祖阿祖阿卡肯定会琢磨玛希特为何对此事有兴趣——把屏幕放到自己右手边。左肩处，她放了一扇大屏幕，上面不停滚动各种小报的头条，决心借此增加自己的俗语粗话的词汇量，或许还能了解反帝国活动家的情况、三十翠雀花的更多消息，以及泰克斯迦兰小报对于餐馆爆炸案的看法。在一圈"光环"的中心，她打开了一个基础信息输入界面,开始写消息,用自己的"勒赛耳大使"登录名递送。

对了,写下来的消息,还得用赞美诗加密。如果她希望别人**认真对待**的话——

算了。她不准备对消息内容大加修饰,表现得像个未受教化的蛮族就好。就这样寄出去,就像一个初来乍到、被迫离开自己公寓办公室的女人,在不得体的紧急状态下匆匆写就的样子。(古怪的是,她竟然非常思念自己公寓里装满信息条的篮子,那篮子此刻一定又满溢出等待回复的信息条了)。作为镜子,她可以反射不止一样东西——对上的是十九扁斧时,她就是一把刀子。此刻,她将变成一块粗糙的石头:粗钝、野蛮、无法忽视。这样才符合人们对她的期待,除了那些期望她是亚斯康达的人——她很快就会知道到底那些人是谁了。

她用最直白的句子书写。这种句子,自从她第一次通过泰克斯迦兰能力测试后,就不屑于再用。她写信给最后一位见到活着的亚斯康达的人——科学部部长十珍珠,要求跟他见面。信中,她还表达了对实现双方关系正常化的希望——但她没用"正常化"这个词,改用"我希望我们的办公室在将来友好相处"这样的句子。因为"希望"只用到将来时,不需要其他特殊的语法。而"正常化"则是一个假设性的动词,需要使用者具备比较深入的时态顺序和虚拟式的知识。

泰克斯迦兰语的十五音节诗歌听起来很美,但有时候,它真是一种糟糕的语言。在玛希特写给十珍珠的信中,丝毫没有流露调查前任大使死因的兴趣,也丝毫没有显露出她多少算是个有能力的政治人士。

新任勒赛耳大使,身上的麻烦可真不少。你听说没? 她还得求着十九扁斧阁下,才能逃过逮捕呢。

玛希特扑哧笑出了声。笑声在房间里显得特别响，甚至压过了音量降低后的示威游行。她表情恢复为帝国式的无动于衷，仿佛正处于某种无可奈何的折中状态下。

写其他信件就容易多了。有一封是给十二杜鹃花的，请他去看望三海草——听说朋友芦苇住院，他肯定会很上心，说不定还会告诉玛希特，她的文化联络员到底有没有希望从神经麻痹当中痊愈。还有一封信是写给她自己的，抄录了前两封信件作为记录，寄往人身安全略有保证的勒赛耳外交领地——在这儿，她只有有限的电子登陆权。还有最后一封信，写给信息部，没有特别指定收件人，询问是谁批准了自己的入境申请。

就让十九扁斧看看她做了些什么吧。

把信件压入七天平给她的信息条后，玛希特又检查了一遍，确保每根信息条打开后都能吐出她的信件。之后，她从办公室门边的茶几上找到了办公套组，里面放着固体蜡，她用便携酒精打火机加热后，用热蜡将信息条封了起来。封口的时候，滚烫的蜡油烫伤了她的大拇指。写一封信，信息用光呈现，加密用诗歌，依照礼节加上实体封口——太有帝国风格了。

太浪费资源了。浪费时间、能源，还有材料。

可她喜欢。真不该喜欢。

第六章

　　今日清晨,菊花公路事故现场仍在清理中,各位上班时留心交通堵塞……地铁中央线的延误情况仍将持续。光照仍在调查炸弹事件,中央九广场站继续关闭;要去九站附近的各位可以绕路北绿线的内城站。进入宫廷区及其他区域需要通过安检排查,请注意留出时间,提早出门;安检何时取消将另行通知……自260日开始,环极地悬浮列车每三天将增开一列,以满足冬季旅游的需要。车票在唯一市各大市政火车站均有出售……

——《地铁关闭及服务变更通告》
248日(第11纪第3年)

　　……五艘泰克斯迦兰战舰未经许可穿越我方区域;在我看来,这种疏漏不仅是帝国的责任,也是我方当时的大使亚斯康达·阿格黑文的责任。我相信,符合手续的许可很快就会再度签发;我代表遗产部门,将此份报告作为一份信息提交议会。我方区域的安全条例仅能限制我们自己的飞船,对这些泰克斯迦兰飞船除了开出罚单,我们毫无办法。这些飞船似乎十分乐意支付罚金,毫无难色……

——呈交勒赛耳议会的新事项,节选

继承议员于248.3.11(泰克斯迦兰纪年)呈交

写信的麻烦在于,收件人会回信,这意味着寄件人又得写信回复。

太阳渐渐从地平线处滑上来,光芒透过无遮无拦的窗玻璃,明亮,寒冷,无处逃避,打断了玛希特好不容易得到的一点点可怜的睡眠。此刻天刚破晓,办公室门外的碗里却已经有了三根新来的信息条,封口完好。十九扁斧的邮件难道每小时递送一次,整夜不停?玛希特用羽绒被紧裹肩膀,被子是昨日傍晚由办事高效的七天平为她提供的。她已经清醒。清醒,头脑里却仍然只有她一个人。看来,亚斯康达的消失会是永久性事件。

她坐起身,感觉到疼痛。过了一夜,胯部更显僵硬。她慢慢地脱下借来的睡裤,看到胯部的瘀伤——紫黑色,伤口边缘淡化成恶心的绿色——已经跟自己摊开的手掌一般大了。她这间精致的新牢房,昨晚有人送羽绒被,还有一托盘足以下咽但乏善可陈的蔬菜切片,配上三海草给她当过早饭的纤维面糊,不知会不会也能送来止痛药。除了送被子和食物,十九扁斧没有打扰她,仿佛阁下大人特意给新宠物留些适应环境的时间,以免宠物失控咬主人的手。

玛希特裹着羽绒被,皱着眉头站起身,挪动胯部,摸到信息条,打开。

第一条跟她送出去的一样,毫无个性:灰色外壳,未染色的蜡封。玛希特掰开信息条摇了摇,让它吐出光芒织成的文字:

你的朋友小心编织名为禁闭的主题

界限，划分，刀锋

但也会想起你，遭受孤独

寄上十二朵花为承诺，在你需要时。

这是一首诗，写得不算好，不过仿佛在暗示：真操蛋，"刀刃寒光"伊祖阿祖阿卡把你关起来啦，我能帮上忙吗？

信件没有署名。

也不需要署名。玛希特一共才寄了三封信，无论是科学部部长，还是信息部的小公务员，都不会用这种故意炫耀的密码。这必定是十二杜鹃花无疑。他提出，如果她需要，他就会前来营救——这建议可能是真诚的；但同时，他自己也实实在在地乐在其中。加密信息！部门之间公用线路里的匿名交流！玛希特之前还觉得自己对泰克斯迦兰文学中的政治密谋传统太过着迷呢，看看十二杜鹃花，才知道是小巫见大巫。

不过，十二杜鹃花是泰克斯迦兰人，生于斯长于斯，这本来就是他的文化。这样看来，或许不能称为"太过着迷"？玛希特想了想，认定哪怕为了保持传统，把密谋文学演成现实，也属于"太过着迷"。不过，泰克斯迦兰人的看法想必不同。

十二杜鹃花可没有挨炸弹，也没人会炸他。他的朋友是住进了医院不假，新来的危险政治关系人也确实在不折不扣的囚禁状态中给他写了信。但这一切对他来说，不过是《献给三十绸带的红色花蕾》之类的宫廷浪漫剧，他只需按照剧中情节来演出就好。

玛希特随便写了几行回信——反正再怎么写，也不会写得比他更糟:我自愿选择囚禁/我只求我所求之物:信息。信件封口后,她同样没有署名字。虽然她不开心,能让人家开心开心也好——比如十二杜鹃花,让他趁着能笑多笑笑吧。

第二个信息条,无论从哪个方面来说,都称不上匿名。信息条质地为透明的玻璃,能看见里面的电子内容。封蜡是深绿色,印着白色图形文字—— 一个太阳轮。这是科学部。打开后,信息展开为一封语气优雅、纡尊降贵的短信:十珍珠祝贺她就任大使一职,用套话表达了对亚斯康达不幸去世的遗憾——套话实在太明显,玛希特一看就知道是从某本实用修辞手册里抄下来的,没准就是玛希特用来学习写作的那本。读着信,玛希特经历了一段非常泰克斯迦兰化的情绪:一方面因为十珍珠对她如此敷衍而愤怒;另一方面却私下感觉欣喜和满意,满意自己成功扮演了呆头呆脑的野蛮人角色,仿佛自己拼命想模仿帝国公民的素养,却只落得惹人怜悯的笨拙结果。

信的末尾,十珍珠表示:他自然非常愿意在社交场合向勒赛耳大使致意,或许就在一天后即将举办的皇帝的宴会上。

他选择了公开见面。某种角度上来说更安全。十珍珠可能担心有人怀疑他一手害死了亚斯康达,所以选择在公开场合与亚斯康达的继任者会面,以平息"十珍珠企图用同样办法除掉继任者"之类的不怀好意的流言。整个宫廷的人都看着,总不可能对外国政要施行秘密谋杀吧!这种见面方式,对十珍珠的名声更安全(对玛希特也更安全,如果十珍珠确实要对亚斯康达的死负责的话);同时,在政治上也更明智:这样做,等于向每一个人宣示勒赛耳和科学部之间没有过节。

好吧。反正玛希特也答应过要出席宴会。此刻,不过是再多一个需要临场应变的政治风险。十珍珠显然想要在公众场合展示两人互相鞠躬与微笑的场景;既然如此,先满足他,然后再找个机会逼十珍珠定下另一次一对一的见面,这样就更好了。她放下十珍珠的信,拿起最后一份邮件——最后一份能拿到的邮件。她公寓里的信息条肯定堆成了山,全是待完成的工作,正摇摇欲坠地等着她呢。

最后一根信息条也是匿名的灰色塑料。不过,这条上挂着红色标签,印着黑色星图,表明这是来自"世界之外"的通信。不知这封信是如何通过她自己位宫廷·东区的办公室,转到十九扁斧位于宫廷·北区的办公室来的。玛希特再次怀疑,她是否正受到唯一市的严密监视,又想起了中央九广场上缓缓升起的、闪闪发光的禁闭墙。接着,她掰开信息条,一见里面的信息,关于唯一市的念头立即飞到了九霄云外。

里面的信息,并非全息光芒组成的泰克斯迦兰象形文字。塞在信息条里头的是一片由机器打印的半透明塑料。玛希特取出塑料片,展开阅读。塑料片上是字母文字——她母语的字母。这是来自空间站的信息。

而且,收件人写的并非玛希特,也不是"勒赛耳驻泰克斯迦兰大使"。收件人写的亚斯康达。时间是227.3.11——六方向皇帝第11纪第3年第227天,也就是大概三周前。

驾驶员议员德卡克尔·温楚致阿格黑文大使。信中写道:如果你接到这封信,那就是说,你能以个人身份访问自己的电子数据库——因为派遣新大使的要求已经送到了勒赛耳空间站。这封信是空间站——那儿曾是你的摇篮,你的家——中仍是你盟友的人发给你的双重警告:第一,有人企图在帝国宫廷里取代你。二,你的继任者可能已经遭人暗中算计:她脑中植入了你早期的活体记忆,但在合并之前,无论是驾驶员议员还是水耕议员,都没能检查并确保活体记忆的可靠性。继任者受到继承议员和矿工议员的支持。如果破坏来自并存在于勒赛耳,驾驶员议员温楚怀疑,实施破坏者便是继承议员安娜芭。此信阅后即毁。如果可能,还会发来后续。

昨晚写信时,玛希特登陆了勒赛耳大使的电子数据库。肯定是这一举动触发了这封信。

玛希特又读了一遍信,然后读了第三遍,以便把内容全部记在脑中——这是长久以来学习泰克斯迦兰文形成的习惯,把一整套短语和词汇都印在脑子里,就像把词语含义铸成热压钻石。如果破坏来自并存在于勒赛耳。无法检查可靠性。你的摇篮,你的家……

她发觉自己在思考——思考如何**停止**思考,只用感受,熬过这震惊和打击的时刻。"讲求实际"仿佛面纱,遮住了抽紧的胃部,遮住了她不自觉的动作——在脑中搜寻令人宽慰的活体记忆却没找到,结果再次因为手头的麻烦而头晕目眩。她想到自己不得不尽快烧掉亚斯康达的尸体,想到要把手中的塑料片撕掉,然后用熔化封蜡的便携打火机熔掉这封信。她希望在烧掉尸体的时候,她已经彻底找出谋杀他的凶手。虽然这不过是一点点苍白无力的正义,虽然他可能再也不会回来,但这是她欠他的。绝大部分继任者都知道自己活体记忆前任的死因:老死、事故,或是疾病——空间站里杀死人的办法有上千种——你没法对癌症和出故障的气闸复仇获得正义。这没意义。但是,明白带给你所有知识的那个人到底是怎么死的,这一点有意义。哪怕只为了纠正错误,让你的活体记忆链存活得更长更好,一直延展到人类已知宇宙的尽头,然后拍拍翅膀,消失于黑暗。

玛希特将被子叠放在她睡觉的沙发下,穿上衣服——当她抬起一只脚的时候很是尴尬和痛苦——还是昨天借给她的白色衬衣和长裤，思考着她什么时候开始对勒赛耳的道德哲学有这么强烈的感触。也许只是某种诗意的缅怀。毕竟她刚从一条漫长的活体记忆链中脱离出来。

她和她的前任不该成为敌人。可是，她脑中仍然回响着温楚的信（这封信什么时候发出的？它一直等待着亚斯康达——死去的亚斯康达——来阅读和处理，等了多久？），仿佛这封信是最好的诗歌，让人过耳难忘：*如果破坏来自并存在于勒赛耳——如果她失去活体记忆，是因为阿克奈尔·安娜芭的蓄意破坏。可是，不正是安娜芭本人希望她成为新大使吗？不正是安娜芭推她上台，希望她出现在泰克斯迦兰，坚持要她带上过时的亚斯康达活体记忆，好有所帮助吗？如果她意在让玛希特失去活体记忆，一个人孤单待在帝国，跟一切隔绝，为什么还要坚持让她植入活体记忆呢？难道送她来就是为了针对亚斯康达？或者指望她来纠正他的政治作为？抑或两者皆非？*

她知道得这么少，又这么孤独。这让她很受伤。能听到家乡的消息，哪怕是驾驶员议员尖酸的声音，原本也该对她有所安慰。可是，玛希特却只能坐在沙发边缘，双手捧着脑袋，头晕目眩。脑袋里缺了亚斯康达，就像世界缺了个口子。而且，她此刻连自己都无法相信——无法相信自己的动机——

*做一面镜子。*她再次告诫自己，遇到刀刃就变成刀刃，遇到石头就变成石头。既要像泰克斯迦兰人，又要像勒赛耳人。能多像就多像。还有——啊，该死——还要记得呼吸。

她一呼一吸。头晕慢慢退去。太阳尚未从窗边升起。她的肚子咕咕叫。她还在这儿。读完温楚的信，她对于身为泰克斯迦兰大使的任务，更加摸不着头脑；但对于自己身上发生了什么,发生的原因,以及是谁下的手,她倒是清楚了一点儿。对此,她有办法**弥补**。

玛希特写好回复,把信息条放入用来装寄出信件的篮子里,赤脚进入了十九扁斧如同迷宫般的办公区。大部分的门她都打不开:开门嵌板上一片空白,没有云钩,就不会开启。玛希特想,要是三海草在就好了,她能开门。想到这儿,她不禁苦笑起来:仅仅一天之前,她还因为需要三海草开门而懊恼。她游逛了十五分钟,来到昨天身处的前门办公室。办公室里空空荡荡,唯有晨光。所有的信息图都关闭了。玛希特穿过办公室,从没去过的走廊左转,进入陌生的区域。这幢大楼的某处——至少有一整层楼——都是十九扁斧的卧室,想必她此刻正在熟睡。玛希特想象着十九扁斧像一只巨型的狩猎猫科动物——庞大到爪子没法收回肉垫里的那种巨猫——盘踞于床上,呼吸均匀深长,肚腹一起一伏,哪怕是熟睡,眼睛仍然睁着一条缝。

唉,但她来唯一市,可不是来当个诗人。

可我为什么要来——是谁在背后操纵——别想。现在先别想。

她来唯一市,也不是为了被困在一位伊祖阿祖阿卡的屋里。可现在她还是被困在了这儿。

走廊尽头是一座宽阔的拱门。拱门后的房间光线柔和,晨光在这儿成了散射的柔光。看来,这房间肯定位于大楼的另一侧,跟前门办公室正好相对。这儿显然是图书馆:房间墙壁上挂满了星图,星图的空隙处则排满了一列列抄本书和信息条。房间中央有一张宽大的沙发,五玛瑙盘腿坐在上面。五玛瑙膝盖上,投射着一份唯一市视角的太阳系全息图,她用手旋转着。全息图色彩鲜艳,轨道都由闪光的金色弧线标出,每一颗行星都标着大大的象形文字——玛希特在房间另一头就能看清楚。有个顶多六岁的孩子站在全息图前,小手不停地扯开行星,然后松手,看它们猛地弹回自己该呆的重力井中。

"早上好。"玛希特打了个招呼,让两人知道有第三人出现。

五玛瑙抬起头,脸色如常,看上去毫不惊讶。"大使,"她致意道,接着对男孩子吩咐道,"地图,向勒赛耳大使问好。"

孩子用品评的眼神注视着玛希特,小小的手掌按在胸口。"您好。"他说,"您为什么会在早饭前来图书馆?"

玛希特穿过拱门,觉得自己的身高既突兀又笨拙。"我睡不着,"她回答,"我喜欢你的太阳系。很美。"

孩子凝视着她,不为所动。泰克斯迦兰式的面无表情,在六岁孩子的脸上出现,实在让人心中不安。

"好啦,快请坐。"五玛瑙说,"您太高大了,让人有压力。"

玛希特坐下。小男孩把手伸进全息图中心,用手掌握住太阳,把整个全息图从五玛瑙的膝上拎起。"这是我的。"他说。

"地图,你到旁边去做轨道数学计算,好吗?"五玛瑙又吩咐,"一会儿就好。你可以把这个太阳系模型带去。"

玛希特预计这孩子不会听话——她自己小时候,最恨大人把她赶走,不让她听大人之间的对话——可是男孩子点点头,乖乖地退到了沙发另一头。

"他叫二制图仪。"五玛瑙介绍道,"很抱歉打扰您。一般清早这个时间,不会有人来图书馆。"

二制图仪,被唤作"地图"。玛希特微微笑了。"没关系,"她说,"勒赛耳到处都有孩子跑来跑去—— 一般都是一大群一大群年龄相同的寄养所同伴——我小时候也经常这样,早就习惯啦。他是你的孩子吗？"

"是我的儿子。"五玛瑙回答。接着，又略带骄傲地补充："是我自己生的儿子。"

自己生孩子，在泰克斯迦兰上也不常见，在勒赛耳里更是**闻所未闻**。女人用自己的子宫生子，而不是人造子宫来孕育一个孩子——在空间站，这是浪费不起的资源。女人生孩子可能会死，或者极大伤害她们的新陈代谢或骨盆底——这些女人，原本都可以去工作。玛希特九岁的时候就植入了避孕体。听到泰克斯迦兰人有时候会用自己的身体孕育孩子，她的感受就像看到中央九广场餐馆里养花的浅碗中溢出水来——竟有这么多资源可供随意挥霍，这让她既感到冒犯又感到着迷。

"过程会很艰难吗？"玛希特带着真诚的好奇心问道。

五玛瑙得意地睁大了眼睛，露出泰克斯迦兰式的笑容。"我花了两年时间，让我的身体达到最佳状态，之后才怀孕。"她说，"哪怕准备如此充分，过程还是很艰难。不过，我给了他一个很好的家——他从我肚子里出来，跟从人造子宫里出来一样健康。"

"他长得真美，"玛希特全心全意夸奖道，"而且聪明，这么小就在学习轨道力学。"能跟一个泰克斯迦兰人随意交谈，而不是立即进入彻底的政治性话题，真是太好了。尤其是在十九扁斧的办公室里。"你们俩都住在这儿吗？"

"最近都住在这儿。"五玛瑙说，"阁下对我们非常好。"

"想必如此，我毫不怀疑。"玛希特说。她是认真的。"你是十九扁斧阁下的人，对不对？"

"我跟着阁下很久了，怀地图之前就跟着她了。"

玛希特想问五玛瑙好些问题，这些问题一个比一个更犀利：

"你替她做什么工作"是第一个，然后是"她是怎么把你揽到麾下的"，接着还有"你想要个孩子，她同意吗"。但她问出口的只有："最近有什么变化吗，让你搬了进来？"

五玛瑙脸上的真诚神色忽然消失，就像摆渡艇观景舷窗忽然罩上了防眩目罩子。"最近我们都工作到很晚，"她说，"路上通勤时间又很长。我不想让儿子一个人独自待这么久。阁下觉得地图到这儿来会——更好。待在我身边。"

更好。玛希特听出这个词的弦外之音是"更安全"。她想起长时间坐地铁通勤，而一颗炸弹能毁掉一间餐馆，也能轻易毁掉一列地铁车厢。

玛希特脸上的表情必定出卖了她脑中的想法，让五玛瑙换了话题，"您是特地来找图书馆，还是……"

"我来寻找任何醒了的人。"

"二制图仪天一亮就爬起来，我也一样。"五玛瑙耸了耸一边的肩膀，"大使，您有什么需要吗？一杯茶？一本书？"

玛希特双手摊在膝上。她不愿意把五玛瑙当成仆人，同时也提醒自己不能掉以轻心。眼前的女人，虽然赤着脚，穿着随意，但仍然是十九扁斧重视的助手。所以，她至少有她主人一半的危险。"不用了。除非您愿意跟我说说皇帝的事。"玛希特说，"我昨晚一直在看新闻，但新闻语焉不详，是放给明了本地政治情绪的人看的。唯一市之外的人就没法理解，更不用说泰克斯迦兰帝国以外的人了。"

"您想知道什么呢？我知道得也不多，大使，毕竟我连贵族都不是。"五玛瑙的说话方式——只有说到儿子的时候例外——总带着干巴巴自我贬损的口吻，让人很难察觉其中的幽默。不是贵族，却是一位伊祖阿祖阿卡的仆人——这个位置在宫廷里或许排不上号,却比普通贵族重要得多。

"通过昨天的接触,我觉得你是一位分析员,或许不是贵族反而对你的工作有利。"玛希特回答。这一来一往就像击剑——不过,截至目前,至少比跟十九扁斧过招更友善些。

"好吧。"五玛瑙露出一丝泰克斯迦兰式的微笑,睁大了眼睛,"如果我真是分析员的话。在我能提供的信息中,您想知道什么呢?"

想知道你能提供的信息中,你愿意告诉我的那一部分。玛希特暗暗补充。"为什么伟大的六方向陛下没有确定的继承者呢?哪怕他本人没有诞下子嗣,也可以有继承了他基因的孩子,或者提名某个没有血缘关系的继承人啊。"

"他确实可以。"五玛瑙回答,"其实,他已经这么做了。"

"已经这么做了?"

"他让三个人加入了统治圈,三个由他指定的、共同治理帝国的继承人,每一个都跟另外两个完全平等——三人都是共治的皇帝。空间站人应该听过中央广播吧?他指定最后一个继承人——也就是三十翠雀花——的时候,新闻里连续几个月都只播放典礼的报道。"

"我们不是泰克斯迦兰人。"玛希特回答。她想起三十翠雀花。十九扁斧说过,他跟她一样,都是伊祖阿祖阿卡,而且能从公众恐慌中受益。公众恐慌,还有企图控制进出口贸易,只让自己家族的行星控股公司获利。"我们怎么会收到中央广播呢?"

"无论如何,哪怕你们住在飞船需要两个月时间才能开到的地区,总也会——"

玛希特直言不讳地说:"就算听不到广播,我们的生活也过得下去。"闻此,五玛瑙牵强地扯了扯嘴角,她发现自己说错了话。她下意识地认定，宇宙中的每一个人，想要的东西都跟泰克斯迦兰人一样。玛希特有点儿同情她，继续道："当然，对于三十翠雀花为何得到皇帝的指定，我们就一无所知了。"

"三十翠雀花阁下是皇帝的伊祖阿祖阿卡提当中最新加入的一位。他在宫廷中地位提升迅速，原因除了他本人的智慧，还有——"五玛瑙一只手转动着，显示出矛盾的情感，"或许还因为他实力雄厚的家族。他的家族在帝国西穹贵族中根基很深。"

"明白了。"玛希特回答。她觉得自己确实明白了。六方向陛下指名三十翠雀花为帝国联合继承人，是为了确保西穹星系富有居民对他的支持，给三十翠雀花的家族以及西穹其他显贵家族——以资源和制造业致富的家族，虽然相距遥远，但凭借跃迁门相连——一份保证，保证他们不仅在现任皇帝当政期间拥有发言权，在下一任皇帝即位后，也同样拥有发言权。在泰克斯迦兰历史上，此类篡位企图常被颂扬。如果玛希特对此类企图的内在本质的理解正确，那么，皇帝之所以指定三十翠雀花，也是为了保证那些遥远又富有的贵族不会支持三十翠雀花之外的人。亚奥特莱克主导的叛乱（比如唯一市中正在进行的拥立一闪电的示威游行，几乎算得上叛乱），常常发生于帝国偏远的角落。在这些角落里，人们对指挥官的忠诚，要超过对遥远宫廷中某个模糊形象的忠诚。这些人经常会被西穹家族这样的贵族利用。通过指名三十翠雀花，皇帝也保证了他的家族忠实于给予三十翠雀花权力的人：伟大的六方向陛下。

"等您见过三十翠雀花，您就知道了，大使。"

"其他还有哪两位继承人？你说一共三位。"

"第二位是司法部的八圈环——她跟陛下年纪差不多，他们俩在同一个育儿所长大。"

玛希特读过很多讲述六方向早年生活的小说,所以对八圈环这名字并不陌生。八圈环是皇帝的妹妹,可能是血缘上的,也可能是情感上的。她是六方向军事成就和太阳般慷慨恩惠背后的残酷政治家。想到这儿,玛希特点点头,"当然。八圈环。"

"还有八解毒剂。他年纪顶多只有我的地图这么大。"五玛瑙说,"八解毒剂是继承了六方向基因的孩子,百分之九十基因的克隆体。"

"真是完全不同的三个人啊。"

身后突然传来十九扁斧的声音:"是啊,毕竟,有哪一个人能够取代伟大的陛下呢?"

玛希特连忙站起来,说道:"要三个人加起来才行?"她努力压下心中"干坏事当场被抓"的心虚。

"至少。"十九扁斧说,"你在审问我的助手?"

"非常温和地问。"玛希特回答。她决定谨慎一些。

"得到想要的信息了?"

"得到了一部分。"

"你还想知道什么?"

这是陷阱。陷阱里布置了诱饵,跟十九扁斧无比沉重的关注相比,这诱饵甜蜜又轻松。无论如何,玛希特决定踏进去,"如果时间、地点都是最理想状态,继承本应如何进行? 虽然我熟悉历史,但阁下您也知道,历史一般都只关注刺激的意外事件。"

十九扁斧微笑,仿佛玛希特的回答非常让她满意,"皇帝会诞下子嗣,或者造出继承基因的子嗣。等这个孩子长大,身体和精神都足以担负重任时,皇帝就会为这个孩子加冕,让孩子成为自己的联合统治皇帝。这样一来,等老皇帝去世,新皇帝已经在任,为星辰所熟悉、眷顾和宠爱。血脉相连,被拥护于阳光下。"

"这种最理想状态的继承,发生的次数多不多?"玛希特平淡地问道。

"比'十万忠诚的军团士兵宣告宇宙意志已经指定了他们拥护的新皇帝'的次数更少。大使,历史既刺激,又过于精确。"

那么,一位皇帝指定三人作为继承者,组成统治议会,这种情况多不多?我猜肯定不多。玛希特想,只有在不对劲的情况下,才有这种事——比如没有恰当的继承者。倒也不是全然没有。哪怕三十翠雀花和八圈环作为摄政王,辅佐百分之九十皇帝基因的克隆体,也会是长久连续的统治。

"如果你觉得谈够了政治,"十九扁斧道,"茶点已经准备好了。你还有个访客登门,就在前门办公室。"

"我的访客?"玛希特很惊讶。

"去看了就知道。"十九扁斧抓住玛希特的手腕一拉,仿佛玛希特是放错地方的信息图。

三海草的样子看起来糟透了,但也比昨天分别的时候要好些。那时候,三海草被唯一市电击,处于半昏厥状态。此刻,她虽然脸色发灰,眼圈瘀青,好歹能站直,身上的信息部制服也整整齐齐。她的头发后梳,扎成虽然不时尚但很实用的辫子。玛希特不知道她怎么会犯傻到这来。她受到了不小的神经打击,一旦医院肯放行,回家才是明智的选择。

虽然心中嘀咕,能在十九扁斧的前门办公室看到她,玛希特心中还是不由一阵轻松——在她的新"避难所/监狱",总算能有一点点熟悉的东西,能有一点点跟从前的联系了。而且,三海草看来也很关心她,哪怕明知应该回家,却到这儿来找她了。

"你没死!"玛希特说。

"暂时没死，"三海草回答，"但迟早的事。"

玛希特吓了一跳，"你是认真的吗？你该回医院去——"

"玛希特，我开了个很烂的玩笑，说的是死亡的不可避免性。"三海草语带一丝愉悦，"你还说自己的泰克斯迦兰语很熟练呢。"

"学外语的时候，幽默总是最难掌握的。"玛希特辩解道。她知道自己脸红了，很难为情——既因语言上的误解，也因为流露了对三海草的关心，"你来这儿做什么？"

"十二杜鹃花来医院接我时，暗示说你被强制收留了，还被迫写了匿名的信息条，用宫廷区的邮政系统寄送。所以我想我得来——救你？毕竟我得负责你的安全，而且昨天我还害得你差点儿被炸死。"

"十二杜鹃花或许夸张了一点儿。"玛希特说。

"只有一点儿。"三海草用意味深长的眼神看看玛希特一身借来的全白套装。

玛希特抗议道："我昨天身上全是十五引擎的血，不是你想的——"

"你跟宫廷里最危险的女人一起过了一夜，**还穿着她的衣服**。"

玛希特伸出手按着眉头，尽量不让自己大笑出声，"我发誓，三海草，你再这样含沙射影地暗示不得体行为，加上十二杜鹃花寄来未署名的邮件，我真要以为自己是《献给三十绸带的红色花蕾》当中的角色了。"

"先不提这本书是如何通过帝国审查传到勒赛耳的，"三海草不动声色道，"也不提我绝不会指控一位伊祖阿祖阿卡——而且是我个人非常尊重和仰慕的伊祖阿祖阿卡——占外国官员的便宜，至少不会在她本人受到录像监控的前门办公室里占便宜。十九扁斧阁下是不是不准你离开？"

三海草的面颊带着病态的潮红，脸颊上方的眼窝凹陷着。玛希特真希望她坐下来。可她不，就这么直直地站在房间中央，就像十二杜鹃花口中的"芦苇"：细瘦，随风摇摆，却仍然不放弃自己的工作责任——她在警告玛希特，他们正受到监视。玛希特说："七广场那儿发生了示威，拥立示威。"

"这是不让你离开的好借口。我不想跟你争论，玛希特。只是——今天早晨唯一市很怪。离城市中心这么近的地方也不例外。恐怕是因为炸弹的缘故。"

玛希特坐了下来，就坐在她昨天傍晚受审问的沙发上，示意三海草也坐下。三海草坐下了，玛希特松了口气。三海草想必是同情她，所以才跟她做同样的动作。玛希特总算也可以不必非得眼睁睁看着她哪怕身体半垮，也要笔直站在那儿。不知受到唯一市攻击会不会留下身体或心理的后遗症。看三海草的模样，怕是两者都有。

"跟我说说，怎么个奇怪法？"

三海草伸出一只手掌在空中上下翻动，"行人很少，似乎大家集体受了惊吓。中央九广场站当然是封闭了，地铁也没有运营——"

运营，玛希特听到遥远的地方传来回音，像是从肩膀传来的电火花，经过手肘，流向指尖处，嗡嗡作响。

"——能让您的新集成地铁全天运营，还不需要操作员。"亚斯康达·阿格黑文在说话。他的胳膊肘放在十珍珠办公室里的嵌入式木桌上。此时，十珍珠刚刚就任科学部部长，每根手指上都戴着珍珠贝母戒指,仿佛一个关于自己名字的活生生的双关。"在地铁线路分岔的地方,唯一市肯定用了某些新办法解决问题。我承认,对您想出来的这种新办法,我有深深的好奇心。"

十珍珠的面孔有如泰克斯迦兰高雅艺术一般,毫无表情。他用极为细微的叹息传达出一种彻头彻尾的鄙视。但亚斯康达了解十珍珠这种人——这种人只关心如何炫耀自己的项目。他的项目连接起整个行星城市的每一处公共交通,从地铁到火车,而且让这些交通工具自动运行,无缝衔接。凭这个项目,他拿到了部长职位,赢得了科学部的领导权。

"大使,"十珍珠道,"我无法想象你们勒赛耳也需要地铁。"

"我们确实不需要地铁。"亚斯康达顺着他的话回答,"不过,一个可靠的、能够同时运送几十万人的自动化系统,不会出错,也不会引发事故——您可以想象,住在自动化程度不那么高的地方的人——比如我们这些没有行星家园的人——对此会有多大兴趣。您是不是在唯一市的延伸 AI 当中植入了意识?比如一支志愿者队伍,就像光照,用来监管这个系统?"

十珍珠对这话题越来越感兴趣:亚斯康达眼见他脸上的寒霜一寸一寸解冻。亚斯康达方才的话几乎正确,但离正确答案又有足够的距离,自然地引发了十珍珠教导野蛮人的欲望。这种欲望即将胜过他牢牢保守新技术秘密的谨慎之心。十珍珠的眼睛睁大了一点儿。亚斯康达耐心等待——就像引诱饥饿的野兽从窝里出来。

"和光照并不像,"十珍珠终于开口,"唯一市不是集体意识。"

这句话很有意思,暗示了光照其实是集体意识。但亚斯康达遇到过一名年轻的泰克斯迦兰人,因为即将加入帝国警察队伍而激动非常。也就是说，个体加入后，想必会有一个意识集体化的过程——也就是制造光照的过程。不知这种过程与活体记忆的合并过程是否相似。鉴于帝国上下对于神经增强技术的强烈反对态度，如果光照这事被公众知晓，不知会有何种反应。但是，这些都不能问出口——这些问题会过分暴露他本人的兴趣。所以，亚斯康达问出口的是："就算不是集体，是否存在意识？"

"如果你把人工算法驱动的智能称为意识，大使，那么没错，唯一市确实有意识，这个意识会监管地铁，避免事故发生。"

"真了不起！"亚斯康达叹道，语气中带上了最微弱的嘲讽，"不会出错的算法。"

十珍珠说："在我手里它没出过错。"这话意思是说，这技术优秀到足以把他送上科学部部长的宝座。亚斯康达则在心中暗道：只是暂时没出错罢了。

玛希特手指上感受到更多的电火花刺痒。她的鼻子满是熟悉的臭氧味——那时候，唯一市的算法出了大错，闪出蓝光，电击让三海草失去了意识——

她回到了现实，又独自一人待在身体里，不再陷在亚斯康达十多年前的对话记忆中。

三海草还在说着话。依玛希特估计，自己失神了顶多半秒钟——几分钟的记忆闪回，在半秒钟时间内完成。"——中央七广场的拥立示威并非唯一的公众集会。今早，信息部公告牌里说，二环还举行了一次老式牺牲仪式——"

"你在医院里还在浏览信息？"

"解码对我有好处，让我确保自己大脑的高级功能没有受损。"三海草回答。闻言,玛希特开始理解中央九广场事件最让三海草害怕的是什么。她本人也有同感。活体记忆闪回的回音仍在她最小的两指中嗡嗡作响。可能是尺骨神经受损,或者与此类似的症状。

"我在医院无聊得要命,直到花瓣带来了你未署名的信件。"三海草说。

"我觉得他乐在其中。"玛希特坦白。

"他确实乐在其中,"三海草叹了口气,"他还给我买了**菊花**。"

玛希特使劲回忆菊花在泰克斯迦兰文化中象征什么,脑中一片空白。难道是象征着永恒生命?因为菊花是星形的?这时,十九扁斧幽灵一般突然出现在门口,开口道:"你的朋友真体贴呀,阿赛克莱塔。很高兴见到你从昨天的不幸事件中幸存。"

三海草本想站起来,但玛希特拉住了她的小臂——不管是不是违反了个人空间准则——让她不要行动。"如果我是阁下的客人,"她代表两人开口道,"那么三海草就是我的客人。在我受欢迎的地方,她也受欢迎。"

十九扁斧笑了,笑声明亮短促。她对玛希特说道:"当然,大使,我绝不会对我客人的客人无礼。"接着,她来到两人对面坐下,面无表情地盯着三海草,说:"才三天,你就赢得了她的信任。我会记住你的,阿赛克莱塔。"

值得称赞的是,三海草闻言没有退缩,没有把手臂从玛希特掌下拿开。"能让您记住是我的荣幸。"她回答。

玛希特觉得自己该说点儿什么,哪怕以此夺回一些谈话的主动权也好——不过,有十九扁斧和三海草在场,想夺回主动权实在困难。"什么是老式牺牲仪式?"

这句问话听起来就像无知的野蛮人，但在这个时间，这个地点，她别无选择。

"有人死了。"三海草回答。

"是有人**选择了**死亡。"十九扁斧纠正道，"有个公民割开了自己的身体，从手腕一直割到肩膀，从膝盖一直割到大腿，在太阳神庙中流血而死。这是献给永恒燃烧星辰的祭品，以此交换他们需要的东西。"

玛希特的嘴巴发干。她想起十五引擎的动脉血，染在他衬衫前胸，溅在她脸上，颜色鲜红。泰克斯迦兰人或许会把这场景称为无理由的牺牲。十五引擎没有选择死亡。生命白白牺牲。"选择牺牲的公民，得到了什么？"玛希特问道。

三海草的胳膊仍然留在玛希特的指间，她回答："被人记住。"音调尖锐，不容置疑。

十九扁斧此刻的表情，跟当初在停尸房里、亚斯康达遗体旁边，听说玛希特大声宣布希望与前任快乐重聚时的表情一模一样。玛希特没法解读她脸上表达出的情绪。"阿赛克莱塔说得对。只要太阳神庙中的牺牲仪式一直存在，这些选择牺牲的公民的名字就会被人记住。你该参加一次这种仪式，大使，然后听一听那一长串被念出来的名字。那会是很好的文化交流体验。"说着，十九扁斧朝沙发背上一靠，"除了纪念这部分，在神庙选择死亡已经不再流行了。有人感受到了威胁，做出了极端反应。"

"国内恐怖主义就是这种威胁。"三海草道。

"传言还提到了即将发生战争。"十九扁斧补充。

三海草点点头，"欧迪尔情势未定——军队开始行动——大家都在舰队里有认识的士兵；而舰队中的每一个士兵都知道，舰队正在动员。"

"即便如此，"玛希特又想起欧迪尔，想到**帝国比表面上看来更不稳定**，"一闪电那些游行示威的党羽，也没那么大能耐——他们不可能**强迫**亚奥特莱克仅仅为了有胜利可以庆祝，就发动战争。"十九扁斧点头表示赞许。玛希特感到强烈的欣喜——先是欣喜，接着便是生气，气自己居然会欣喜于十九扁斧的赞许。十九扁斧是在利用她，利用她和三海草两人，理清政治事件。她们又不是她的随从。

她们是她的**客人**。她的人质。泰克斯迦兰文学中，有数不清的故事，描绘被当作人质交换的孩子的命运。在帝国统一之前，是送到另一个国家宫廷中；帝国统一之后，则是送到另一个星系。这些孩子既是人质也是客人，受到泰克斯迦兰的教化，成为泰克斯迦兰式的人，随后却在政治形势需要时遭到抛弃。这些前车之鉴都在提醒玛希特：别再天真地想着让伊祖阿祖阿卡刮目相看了。这种想法毫无意义。明知道自己被人利用——

三海草倒像是没有这种疑虑。"在神庙中流血而死是过去我们确保战争胜利的办法，玛希特。"她说，"一个军团牺牲一条人命，由亚奥特莱克亲自挑选。不过，这种仪式已经消失几百年了，如今没人再用。让一个公民代替众人，肩负起召唤星辰眷顾的重任，实在太自私了。"

要玛希特选择一个词来形容，她可不会选择"自私"。她会选"野蛮"。可惜，在泰克斯迦兰语里，用"野蛮"一词修饰宗教仪式，是不可理解、无法接受的。

"我想知道的是，"她说，"既然三海草提到了军队的动向，战争会在哪里打响？"玛希特最早处理的一批信息条中，就有军队调动的申请文件。文件叙述详细，亚斯康达在上面盖了章，但没有签字。文件申请泰克斯迦兰战舰使用勒赛耳跃迁门，去往某处。

"想知道的不止你一个。"十九扁斧道,"在这个问题上,陛下始终缄默,从不表达自己的想法。"她意味深长地看着三海草,仿佛她代表着信息部保留的所有秘密,对此必然有话可说。

"阁下,就算我知道陛下想让泰克斯迦兰下一步扩张到何处,我也不能说。我可是名阿赛克莱塔。"

十九扁斧摊开双手,一个手掌朝天,一个手掌朝地,仿佛一架天平,"但帝国肯定要扩张。这是第一铁律,阿赛克莱塔,更不用说还有这些证据。所以,军队确实有个目的地。"

"军队不可能没有目的地,阁下。"

有个目的地,还有个目的。玛希特现在知道了目的——围绕六方向陛下继承权的争夺。三名地位相等的联合继承人,每一个人都有自己的算盘——甚至中间还有个孩子,年纪太小,没法盘算——这样的政府不可能稳定,肯定会有扭曲之处。三十翠雀花或者八圈环会占有大部分权力,或者宣布自己代替百分之九十皇帝基因克隆体摄政……

或者,一闪电会凭借征服和公众拥立,宣布自己为皇帝。

(在这一团乱麻当中,亚斯康达也曾经打算掺和一脚——她太了解他,知道他不可能错过这样的机会。她本人也在翻来覆去地琢磨这事,就像嘴里含着石头,舌头顶着石头不停翻面似的。亚斯康达比她更加政治活跃,更热衷政治,所以也死得更早。活体记忆链的继承者理应吸取前任的错误教训。)

"明天宴会上,或许我们能打听到更多消息。"玛希特说。

"我们肯定能打听到消息,"三海草答道,话中又带上了些许玛希特方才听过的愉悦,"只要我没害你再挨一次炸弹……"

十九扁斧大笑,"你们俩都要参加。"

"没错，阁下。"三海草回答，"大使受到了邀请，我也不会错过。"

"你当然不会。你会献上自己的作品吗?"

"我的作品可没法跟二日历相比。"三海草答道。二日历的作品被当成本月邮件的密码来源，跟他相比，三海草只能戏剧性地自我贬损，"更重要的是，我将以玛希特的文化联络员身份出席宴会，而不是演说家的身份。"

"我们为工作真是做出了不少牺牲。"十九扁斧道。玛希特听不出这是开玩笑还是认真的。

"我们会在宴会上看见您吗?"三海草试探道。

"那是自然。明天傍晚，你们俩可以跟我一同去宫廷·地区。"

玛希特想象自己跟十九扁斧一同进入宴会会场，会造成怎样的政治暗示，正想开口抗议，十九扁斧一挥手打断了她，说："大使，唯一市此刻秩序混乱。我这儿的空客房也多得是。你真以为我会放你走吗?"

插　曲

又一次见到无尽的空间。一片虚空，缀着点点闪亮的星辰。把地图丢在身后吧。没有一张地图能标出这里——勒赛耳宇宙区域中安哈摩玛门附近的发生的情形。这儿时空的不连续性表明了跃迁门的存在——一片看不见的空间，被肉眼和仪器忽略的地方——这儿就是出事的地方。几艘飞船连同其船长都死在了这里，在这儿被摧毁。

摧毁他们的东西体型巨大，像是由大到小套在一起的三个同心圆轮，同步转动，表面闪着黑灰色的金属光泽，像是拥有智能——至少拥有对杀戮的饥渴。被摧毁的飞船证明了这一点：饥渴和暴力。但他们没能跟这东西交流或谈判，没法证明智能存在。至少目前如此。面对这些从安哈摩玛门另一边出现的捕食者，勒赛耳空间站学到的只有如何逃跑。最后一艘看到这东西的飞船一路逃回了空间站，捕食者没有追来。所以，如果它真是捕食者，也属于不会穷追猎物到巢穴的类型。如此肆意的杀害，背后必定有目的。

世界科幻大师丛书

　　驾驶员议员德卡克尔·温楚坐在医疗处，坐在被那东西追击的驾驶员的对面。这位驾驶员正在接受医生的全面检查，但还是想法子告诉温楚他看到的一切。他一连说了三遍，这是温楚的要求。她必须记下他说的每一个字。她还要记住她手下这名驾驶员脸上流露的无边恐惧，记住他眼中的阴影是如何扩展成一汪深深的湖泊。她很了解面前这个人——驾驶员杰帕兹，从他还没接受活体记忆的时候就认识他。她也了解他脑中的活体记忆——一位勇敢的女人，名叫瓦尔扎·恩顿。正是瓦尔扎·恩顿本人训练了温楚。恩顿死后，她的活体记忆链由杰帕兹继承。温楚很难想象瓦尔扎·恩顿——哪怕是部分拥有瓦尔扎·恩顿的人——会吓成这个模样。这一点让她心生恐惧。(也让温楚本人的活体记忆心生恐惧。她的活体记忆早已跟她融为一体，成为偶尔闪现的温暖回声，仿佛是更好的自己、更好的神经反射发出的声音。她的活体记忆来自教她飞行的男人——不是飞行，是在宇宙中翱翔。他操控飞船，仿佛操控自己的身体。这种技巧也传给了温楚。此刻的他，却成了她体内的一阵抽搐，肠胃中紧张的疼痛：仿佛重力出了问题，有什么东西不对劲。)

　　还有一点让她更加恐惧。今天早晨，她办公桌上放着一份新闻报告：有位货船船长在勒赛耳临时停靠点补充燃料，并带走了一批金属钼。这位船长利用停靠的时间，小心翼翼地打听：有没有人看到过巨大的三环飞船在这个区域飞过。三个跃迁门之外、他来的区域，也有人看到这东西在活动——或者说集结。

　　所以，这不光是勒赛耳空间站面临的问题。温楚紧紧地握住杰帕兹的手，以此表示感谢。货船船长也不知道如何跟这艘三环飞船捕食者交谈。但他坚持认为，这东西不是人类，压根儿没法交流。而温楚则心有怀疑。在她看来，无论何物，都有办法与之交流。

唯有一名议员能跟她讨论这消息，还有可能在采取行动前保守秘密。真希望这个唯一人选是别人，而不是达吉·塔拉茨。但她只能跟达吉·塔拉茨谈。她需要盟友，哪怕是可疑的盟友。

德卡克尔·温楚不是阴谋论者。她年届六旬，是个讲究实际、经验丰富的女人，带着十代驾驶员的记忆链。她觉得自己能对付达吉·塔拉茨，哪怕他跟泰克斯迦兰玩了几十年游戏也一样。他派出了帝国大使，而大使阿格黑文则送回了——噢，一条敞开的贸易线路，让勒赛耳更加富裕——同样敞开的还有帝国文化输送线路，从跃迁门不断涌入，让勒赛耳与泰克斯迦兰的联系比以往任何时刻都紧密。但是塔拉茨——如果在私下看到他，或者在他醉醺醺的时候私下看到他，就会发现——他对泰克斯迦兰有着恶毒的、扎根于哲学深度的憎恨。他一直在玩一局"放长线钓大鱼"的游戏。虽然温楚不愿卷入这游戏，但她需要一位盟友。驾驶员议员与矿工议员，自从勒赛耳议会形成开始，就是传统的盟友。在传统上，驾驶员、矿工和继承议员都是盟友，他们拥有历史最悠久的活体记忆链，代表了对太空航行、资源获取，以及对勒赛耳文化与活体记忆链的守护。

不过，最近一段时间，继承议员阿克奈尔·安娜芭领导下的继承部出现了转向，而且并非哲学意义上的转向。温楚闷闷不乐地从医疗处走向自己的办公室，沿着空间站的外侧边缘走了最远的路线，让身体好好感受一下重力的作用。安娜芭的转向，不是哲学意义上的转向。在温楚认识的人当中，安娜芭是最亲勒赛耳的，不惜一切代价守护这地方。在活体记忆继承的指定上，她倒是没有做出令人不安的举动，也没有异常。但是，温楚还是发现了问题，而且这问题要比意识形态和哲学意义上的分歧更可怕。

继承议员绝对不该故意损坏本该守护的东西。温楚坚信这一点。于是,她给亚斯康达·阿格黑文发了一条警告消息,希望他还能收得到:**我们派来给你的,可能是一把指向你的武器。**

可现在,阿格黑文耽搁了许久都没有回信,温楚又需要有人能帮她处理安哈摩玛门里出来的东西。既然继承议员不可信,就只能找塔拉茨,哪怕他真在与帝国玩一场"游戏"也一样。

第七章

我们的众星之心已经腐烂

别再信任它

跟欧迪尔团结在一起!

　　　　　　——画着残破帝国战旗的海报

　　　在247.3.11中央九广场爆炸事件现场清理出的残余

　　　　　待同其余煽动叛乱的宣传品一起销毁

　　……泰克斯迦兰文学和媒体仍然是15-24岁年龄段的勒赛耳人的主流娱乐偏好。不过,本调查也发现,也有大量勒赛耳年轻人会首选勒赛耳作者,或者其他空间站作者的作品进行阅读。尤其要关注的是短篇小说。这些小说通常采用散文文体,加上图片,以小册子或装帧精美的纸质书形式发行。空间站中,每一层都有塑料胶片打印机,制作小册子和纸质书很容易。这些作品的制作者和把阅读它们当作消遣的读者,往往都是同一群体(也就是15-24岁的勒赛耳人)。这些材料都未经文学遗产委员会的恰当干预或批准……
——《媒体消费趋势调查报告》节选
由继承议员阿克奈尔·安娜芭委托调研

宫廷·地区宴会厅的扇形拱顶满是流动的灯光:从拱顶中心出发的每一根肋材都是透明的,金色火花在里面不停流动。拱顶最高处悬着泪滴形的枝形吊灯,就像悬在空中的星光。宴会厅的黑色大理石地板打磨得如镜子一般光可鉴人,玛希特从地板上看到自己的倒影,仿佛置身于星域。

在这"星域"中的还有其他人。大厅里的贵族跟灯饰一样多,三五成群地交谈着。随着谈话对象的改变,群落时聚时散,就像一个巨大的泰克斯迦兰有机体,随着配置参数的改变而改变。三海草贴在玛希特的胳膊肘边站立,仍然一身无可挑剔的阿赛克莱塔奶油色加火焰色制服。三海草特意选择这身打扮,以便隐没在宽敞的大厅和闪亮的赴宴者当中。她问玛希特:"准备好了吗?"

玛希特点点头,肩膀朝后舒展,挺直脊背,调整了一下灰色正装外套的袖口。今早,十九扁斧派人去了一趟玛希特的公寓,帮她拿来了这件外套。玛希特十分庆幸,唯一的国家机密藏在她的脑袋里,而不是她的手提箱里。跟泰克斯迦兰宫廷人士装饰着无数金属和镜子的礼服相比,这件外套显得乏善可陈,但至少把她打扮得像一个勒赛耳大使,而非其他什么人。虽然她不得不跟穿着一身闪亮的骨白色礼服、带着大批随从的十九扁斧同行——各方眼线和情报贩子肯定不会放过这一点。

"勒赛耳空间站玛希特·达兹梅尔大使到!"

在必要的时候,三海草的声音可以很大。她定定地站着,扬起下巴,报出玛希特的名字,声音长而清晰,就像唱出一首歌的开头。演说家,玛希特心想,她确实提过,如果不是因为我,她会在今晚吟诵诗歌。大厅内的朝臣们一阵骚动,大家的注意力纷纷转向门口,几百只被云钩遮蔽的眼睛都注视着她。这场景既让人心中满足,又有些吓人。玛希特保持着自己的姿态,让他们看个够——好好地留下一个第一印象:高瘦身材,野蛮人风格的、样式奇特的长裤和外套,红褐色的短发(为了适应空间站的低重力生活),高而光裸的额头。跟前一位勒赛耳大使很不一样:一位女性,陌生、年轻、不可捉摸。她还在微笑—— 一位大使该有的笑容。

(对了,还有一点不同:她还活着。)

玛希特从挑高的中门走过,沿台阶而下,来到大厅。三海草如她承诺的一般,一直走在她身前左侧。玛希特朝宴会厅的中后部走去,那是皇帝将会出现的地方。在晚会结束前,她一定得到达那地方。她得一路穿过这亮闪闪的宴会大厅,还不能冒失犯下任何社会或地缘政治错误。科学部部长十珍珠在某处等着她,等着跟她进行约定好的"最公开的"见面。每次想起十珍珠,玛希特就会想起亚斯康达的那段记忆闪回,想起那两人就唯一市和唯一市意识(如果唯一市有意识的话)进行的争执、交谈和谈判。她一直回味着记忆充斥身体、打断她日常行动的感受。此刻,当着泰克斯迦兰整个宫廷的面,可不能再有记忆闪回,她承受不起后果。可惜,她一点儿也不知道该怎么防范。

身后,十九扁斧的身影出现在大门口,就像一根白色的焰柱。玛希特感觉到大厅内的注意力朝身后转移,她终于松了口气。

她喜欢派对—— 一定程度的外向和喜好社交,是她通过跟亚斯康达能力兼容性测试的基础——在高度紧张下终于有了喘气的机会,总归让人高兴。现在,她可以按自己的心意行动了。万一她做错了什么事,虽然这地方众目睽睽,但至少不会所有的眼睛都盯在她身上。

"去哪儿?"三海草问。

"把我介绍给你喜欢的诗人。"玛希特说。

三海草大笑,"你是认真的?"

"对。"玛希特说,"还有,最好是跟我们备受敬仰的伊祖阿祖阿卡女主人公开政见不合的诗人。"

"文学贡献突出,加上政见不合。"三海草总结道,"明白了。看来我们今晚不会无聊了,对吗?"

"我会努力不让你感到无聊。"玛希特干巴巴地说。

"不必担心。医院那一趟,足够不让我感到无聊了,玛希特。再说,今晚要做的事正是我的职责所在。"三海草的眼神明亮,却又有些呆滞,仿佛喝多了十九扁斧的提神茶。玛希特有些担心,可她既没时间、也没精力来处理对三海草的担忧。"往这边走,我想我看到了。如果九玉米今晚要在这儿吟诵他新创作的警句诗,三十翠雀花一定也会到场。你想看到的政见不合戏码都在这儿了。"

三海草的朋友有些是贵族,有些是阿赛克莱塔;有些穿着信息部的奶油色制服,有些身着亮闪闪的宫廷礼服,这让玛希特无从判断他们所属的部门。这本应是亚斯康达发挥作用的时候,哪怕他只有短短五年的、已经过时的时尚眼界,也比"啊,大家都穿着亮闪闪的衣服!还有人佩戴着紫色花朵,是为了装饰吗?"这一类的观察结论好。装饰品实在是太多了,有些是刺绣的腰带,有些是珠母或石英制成的发饰或领针——中央九广场里帮助她的陌生人也戴着领针,但宴会上众人饰品的样式更为繁复。这些饰品必定有其含义。三海草没有开口,玛希特也就无从猜测这些饰品含义的大概方向。

三海草极为正式地介绍着玛希特。玛希特用指尖按住胸口鞠躬,做个极为合格的野蛮人——态度尊重,偶尔聪明,大部分时候只是安静地听着这些野心勃勃的年轻人高声交谈。他们的谈话当中时常涉及典故和引用,玛希特只能听明白其中一半。这让她心生羡慕——她自己也知道这种羡慕太孩子气——这是非公民的愚昧渴望,渴望自己能被承认为帝国公民。她很清楚:泰克斯迦兰的一切,都是为了引发这种渴望,却不会轻易让这种渴望得到满足。尽管如此,每当她说话吞吞吐吐,听不懂单词,或者不明白某个短语确切含义的时候,这种渴望都会浮现在心中。

九玉米身材强壮,胡须稀少,比大部分泰克斯迦兰人肤色更白,眼距很宽,颧骨宽扁。玛希特在唯一市中很少见到他这样的北方族裔——适应寒冷气候的金发泰克斯迦兰人,她曾在地铁和九广场见过几个。不过,玛希特在到达唯一市前做过研究,他们族裔其实人数并不少,在人口普查中数量排名第八位。九玉米这样外貌的人,可能在唯一市出生,也可能来自缺少亚热带环境的寒冷行星——或者他的父母住在这样的行星上。还有一种可能:某个唯一市居民认为北方族裔的基因很有意思,而且跟自己的习惯相容,于是决定给自己的孩子选择北方族裔基因。三海草介绍九玉米时,称他为"一等贵族";也就是说,虽然他的肤色很少见,他可是个不折不扣的泰克斯迦兰人。

"听说您在今晚会吟诵新作品,"玛希特问道,"这是真的吗?"

"消息传播得真快。"九玉米回答。他的目光从玛希特身上扫过,落在三海草身上。三海草眨眨眼,装作听不懂九玉米潜台词中的责怪。

"就连外国大使也听说了。"玛希特接口道。

"这真是让我受宠若惊。"九玉米道,"我确实带来了一首新的警句诗。"

"主题是什么?"一位贵族急切地问道,"我们很久没听到新的描写诗了——"

"描写诗过时啦。"三海草轻声接口,但声音仍足以被人听到。这位贵族装作没听到,玛希特则尽力扮演外国人的角色,咧嘴微笑,仿佛真心觉得有趣,免得气氛尴尬。描写诗是描写某个物品或地点的诗歌,确实有些老派。就连最近传到勒赛耳的泰克斯迦兰诗歌,也没有一首是描写诗。

九玉米摊开双手,耸耸肩。"唯一市的建筑,早就被比我强的诗人描写过了。"他回答。玛希特觉得,恐怕他的意思跟三海草一样,只不过话语更加委婉些。"您喜欢诗歌吗,大使?"

玛希特点点头。"很喜欢。"她说,"在勒赛耳,每次从帝国传来新作品,都是值得庆祝的时刻。"这话一点儿不假。每次传入新的艺术作品都如同一次节日,作品会在空间站内网里流传。她本人还曾经跟朋友一同熬夜阅读帝国史诗的最新篇章——能阅读泰克斯迦兰诗歌是"有文化"的象征,特别对于尚未成年、所有时间都花在为语言能力测试做准备的孩子们当中。尽管如此,当九玉米露出理所当然的微笑、纡尊降贵地点头时,玛希特还是心生不快。九玉米的态度就像在说:新作品传到落后的野蛮人空间站,受到庆祝是理所当然的。于是她接着说道:"不过,我从未有幸读过您的作品,大人。您的作品肯定没有面向外星发行吧。"

眼见九玉米的表情转变——他没法回应这句侮辱，因为是从野蛮人口中说出——这让玛希特相当满意。

"如此说来，您今晚必定能大饱耳福。"一个陌生的声音加了进来。

"那是自然。"玛希特下意识地回答，接着转过身。

眼前必定是三十翠雀花无疑。他的头发编成多股发辫，织入了串串白色小珍珠和闪亮的钻石；有一股发辫如发带般绕着太阳穴，代表着泰克斯迦兰皇冠的基座。他有着泰克斯迦兰式的宽大嘴巴，低前额、鹰钩鼻，标准的贵族长相。他的翻领上别着一朵刚刚采下的紫色花朵：一朵真正的翠雀花。

真是太好认了，玛希特心想，她本该想到的。同时，她发现自己没有感受到任何来自亚斯康达的记忆闪回，说明她脑中只有五年唯一市生活经验的活体记忆，并不认得眼前的男人。三十翠雀花对她来说是个谜，连一点点情感反应都依靠不上。死去的亚斯康达无疑认得三十翠雀花，但他已经死了——而她的活体记忆既受损（被人蓄意破坏！）、又过时。

或许，她可以依靠自己的看法。她心中的感受——害怕，加上一点儿激动，作为可能的凭依。

她深深地鞠躬，"阁下好。"说罢，她听着三海草为她报上三十翠雀花的一长串头衔。当然，他也有自己的颂词：用盛开的花朵淹没世界之人。不知这句话是不是他自己选的。

她站直身体，说道："能与您这样的帝国联合继承人会面，是我的荣耀。"

三十翠雀花道："我知道，任何人看到我这一身服饰，都只会想到这个。相信我，大使，九玉米的警句诗，要比联合继承人有趣得多——我相信,您今晚还会遇见别的联合继承人。"

"可您是我遇见的第一个联合继承人。"玛希特说。她发现跟这个男人说话,很难不受他影响,带上奉承的腔调,尽管她心中感兴趣的只有三十翠雀花对前任大使及勒赛耳的看法。

"这确实是我的荣幸,大使。我想我得好好做个表率。这位是您的联络员?"

"这位是三海草,阿赛克莱塔。"玛希特回答。

"我们的诗歌沙龙很是想念你,三海草。"三十翠雀花道,"不过,我想有时候大家都得工作。"

"如果您觉得缺不了我的诗诵,"三海草答道,她脸色平静,毫无表情,玛希特看不出她是受宠若惊、受到冒犯还是觉得高兴,"等我休息的日子,您可以邀请我。"

"当然。"三十翠雀花向玛希特伸出手,"在大厅中央可没法好好听人朗诵,大使。"他说,"或许您愿意随我前来,到一个更适合听诗歌吟诵的地方去。"

玛希特想不出好的理由拒绝,接受的理由倒是有好几个:进一步划清界限,表示自己并非十九扁斧的"笼中鸟";同时可以找机会问问三十翠雀花关于亚斯康达的事;另外还能好好听一听诗歌,而不仅仅是听大家对诗歌的评论。于是,她将手掌放在三十翠雀花伸出的手臂上——他的外套银蓝色相间,由金属丝线装饰,手感坚硬——任由他将她带出人群。三海草跟在她身后。"谢谢您这样好心。"玛希特说。

"向陌生人炫耀一番他们国家文化中的精粹,不为过吧?"三十翠雀花道,"毕竟,这是您第一次真正来到宫廷。"

"确实是。"

"之前的大使可真是宫廷里不可缺少的人物!我们都很想

念他。不过，您或许比他更喜爱诗歌。"

"前任大使对警句诗没兴趣?"玛希特语气随意。

三人在距离宴会厅中央高台不远处停下。三十翠雀花打了个手势——玛希特觉得这手势很像十九扁斧撤走信息图时打的手势——招来一名侍者。侍者手里托着一盘深肚玻璃杯，里面装着酒水。玛希特低头闻了闻自己手里那杯：紫罗兰香味，含有酒精，还有生姜或者其他只在土壤里生长的香料的味道。

"我相信，阿格黑文大使更喜欢史诗。"三十翠雀花回答。他举起酒杯，"为了纪念他，也为了你的大好前程，达兹梅尔大使。"

玛希特想象自己喝了一口杯中之物，然后当场在这宽敞的宴会厅毒发身亡。当真喝下后，她发现这饮品倒不至于害她死亡，但足够让她认识到她对紫罗兰味道的酒深恶痛绝。她忍耐着咽了下去，保持面色如常，"为了纪念他。"

三十翠雀花在手中转着玻璃杯。"我很高兴勒赛耳空间站派来了新大使。"他说，"而且是一位对警句诗真心感兴趣的人。不过，达兹梅尔大使，有一点我希望您能知晓：**交易取消**。我无能为力。请相信，我确实为此努力过了。"

交易取消?

什么交易?玛希特抿紧嘴唇，做出一副失望的表情——这并非难事，毕竟紫罗兰酒的糟糕味道还留在嘴里——以此争取时间——什么交易！亚斯康达！跟谁做交易！——接着点点头。"感谢您的坦率。"她回答。

"我就知道您是一位通情达理的人。"

"难道我还能有其他反应?"玛希特反问。

三十翠雀花扬起眉毛，几乎碰到发际线，"噢，我设想过众多令人遗憾的反应。"

"我没有表现得歇斯底里，您一定很高兴吧。"玛希特脱口而出，仿佛运行着自动导航系统。她在脑中拼命琢磨：什么交易？为什么是三十翠雀花来告诉我交易取消？她全程说着得体的高雅泰克斯迦兰语汇，就像在沮丧情绪之上盖上一层亮闪闪的饰面。

"但愿我没有破坏您今晚的兴致，"三十翠雀花说，"九玉米天赋异禀，他带来的警句诗必定十分精彩。"

"或许他能让我忘记这些不愉快。"玛希特说。

"太好了。这是您初次体验宫廷吟诵赛事，希望您喜欢。"他再次举起紫罗兰酒，喝了一口，玛希特也照做了。恐怕她嘴里的味道再也消不掉了。

宴会厅拱顶肋材里闪烁的光芒暗了下来，变成微光，接着再次明亮，一串闪烁的光点迅速移动。宫廷贵族们的喧嚷闲谈声渐息。玛希特转头看向三海草，后者朝她点了点头，示意她不必担心——看来这是安排好的——接着又转回头看向三十翠雀花。三十翠雀花将手中酒杯放入路过的侍者托盘中，低声道："我得站到大厅中恰当的地方去了，大使。能认识您很高兴。"

"当然。"玛希特说，"请——"

话没说完，三十翠雀花便离开了。三海草凑近，玛希特对她说道："请再帮我拿杯酒"几乎同时，三海草也开口问道："**什么交易？**"

"我一点儿也不知道。"

三海草望着她——玛希特只希望她脸上的表情并非怜悯，"看来我得帮你再拿一杯更烈的酒。"

"别加紫罗兰好吗？"

"稍等，"三海草说，"你可不能错过这个。"她极为轻柔地抓住玛希特的手肘,让她转身面向皇家高台——

皇家高台处,原本像是地板上微微凸起的倾斜着的椭圆形区域,正缓缓从地面升起展开。这景象让玛希特想起了唯一市,在中央九广场上升起玻璃墙困住她;还有三十翠雀花的颂词:盛开的花朵淹没世界。水力驱动的宝座无声无息地升起,丛丛金色长矛缓缓展开,仿佛太阳从云层中泻出的缕缕光线,又仿佛回应着拱顶肋材流淌出的光芒。宝座右边立着三十翠雀花,折射的光芒勾勒出他的身形,显得尤其尊贵。宝座左边站着一个女人,想必是八圈环。她的肩膀有些佝偻,挂着一根银色拐杖,身形同样被光芒衬托。她的前额上也戴着透露着联合继承人身份的半冠冕,在她银白色头发的映衬下格外闪亮。

太阳长矛宝座中央——仿佛鲜花中的种子,燃烧恒星的中心——玛希特第一次看到了六方向皇帝。

她心想:除了身居高位,他也没什么特殊——六方向皇帝个头不高,面颊下陷,长长的头发与其说是银白色,不如说是浑浊的钢铁色。只有眼神还算锐利。话说回来,身居高位本身,就是他特殊性的最好证明。我受诗歌影响太深啦,竟期待他的外貌与常人不同。

六方向年事已高,个头不大,看起来弱不禁风——骨头发脆,瘦脱了形,就像一直在生病,还未完全康复。六方向控制着整个仪式——或者说,被仪式所控制——**皇帝即帝国**,不是吗?就像帝国即世界,或与此类似的关系——他吸引着每一个泰克斯迦兰人的目光。皇帝抬手,赐福众人——大厅气氛顿时放松,吐气之声清晰可闻,仿佛皇帝的抬手有着实质性的能量。

烟雾,镜子,折射的光线,从这些细微处着眼便能看出历史的重量——虽然玛希特知道这是故意设计,但她仍不得不心生敬畏。六方向身边有个孩子,个子矮小,一脸严肃,黑眼睛显得格外大,肯定是那位六方向皇帝的百分之九十克隆体。

玛希特觉得,这幅景象确定无疑地显示了最终继承人究竟是谁。未来不会真正存在三足鼎立的议会,只会存在一个娃娃皇帝,加上两个跟他斗智斗勇的摄政王。可怜的孩子,要跟三十翠雀花和八圈环这两个联合统治者斗。突然,她开始琢磨大厅中有哪些是一闪电的支持者——假如那些将紫色翠雀花佩戴在显眼处的人,心中其实藏有一个不那么精明的选择——还有,科学部的十珍珠在哪儿?什么时候会来找她?

"准备好觐见皇帝了吗?"三海草问道,语带俏皮,"或者你更愿意先盯着看会儿?"

玛希特发出含糊的声音,忍不住觉得好笑,"你第一次看到宝座升起的时候,有什么感觉?"

"吓傻了,觉得自己不配待这儿。"三海草说,"你也有这种感觉吗?"

"我没被吓傻,"玛希特一边组织语言,一边整理思绪,"我想我觉得——愤怒。"

"愤怒。"

"这一切让我消化不了。我没法感觉不到——"

"当然,本该如此。这可是皇帝,他比太阳还耀眼。"

"我知道。但正因为我知道这一切是如此的理所当然,所以我才生气——"玛希特耸耸肩,"无论如何,能觐见皇帝是我的荣幸。"

"那就来吧。"三海草更加坚定地握住她的手肘,"无论如何,这也是你身为大使的职责。你得受到皇帝的正式承认,授予你大使的职位。"

高台前排着长队,等待皇帝接见。不过,六方向陛下花在每位觐见者身上的时间不到一分钟,所以等待的时间比玛希特预料的更短。轮到她时,三海草再次报出她的名号——这次语气更轻一些,但同样清晰——接着,玛希特登上数级阶梯,来到高台中央重重花瓣包裹着的太阳长矛宝座。

如果是泰克斯迦兰人觐见皇帝,会双膝跪下,前额触地,以示尊崇。玛希特也跪了下来,但没有弯腰,只低下了脑袋,朝前伸出双手。空间站人从不折腰,无论对方是驾驶员还是统治议会的官员,也不论对方的活体记忆链有多长。不过,她跟亚斯康达在来这儿的两个月路途当中想出了这个折中的办法。她见过古老泰克斯迦兰仪式手册的缩微扫描件,里面有觐见仪式的插图:刻画了来自埃博拉科特的外星外交官——第一方位,在"碑文的玻璃钥匙号"飞船船头觐见泰克斯迦兰皇帝二太阳黑子的场景。这是埃博拉科特人与泰克斯迦兰人正式的第一次接触。(或者说,是一位泰克斯迦兰艺术家对惯于四肢行走的种族觐见礼仪的描绘。)

那次接触发生在四百年前,在当时的已知空间之外。当时,二太阳黑子正被篡位者十一云追杀(最后,二太阳黑子打败了十一云和她的军团,夺回了王位——有好几本小说都以此为题材,玛希特全部读过),乘坐"碑文的玻璃钥匙号"意外闯过了新的跃迁门,来到帝国不曾涉足之地。此后,埃博拉科特一直是友好的邻邦:安静,乖乖守在连接泰克斯迦兰的跃迁门的另一头。她和亚斯康达仔细盘算过这姿势表达的含义:对帝国的尊敬及疏远。

亚斯康达说,他本人初次觐见皇帝时,用的也是这个姿势。

此时,玛希特跪在地上,双手前伸,姿态恳切的同时直挺着腰背——就在这时,她才开始琢磨自己是否正在重蹈亚斯康达的覆辙,用这种带有暗示意味的象征性姿态,把勒赛耳人全都置于"非人类"的地位……

皇帝双手握住了她的手腕,轻轻地把她拉起来。

她离宝座还有两个台阶的距离,身高跟皇帝正好齐平。皇帝握着她的手腕,这是她始料未及的,玛希特陷入震惊。皇帝的双手滚烫,面前的男人正在发烧。如果不是他触碰到了玛希特,玛希特永远不会知道。皇帝用了香水,柑橘味混合着树木燃烧的烟熏味。他直直地看着她——**看穿了她**。玛希特发觉自己正无助地微笑着,拼命克制从体内涌出的、不属于自己的熟悉感。她以为接下来又会有一段记忆闪回,那个出故障的活体记忆装置又要把她带回过去,进入亚斯康达的记忆——结果并没有,有的只是内分泌系统反应。

感官记忆是活体记忆链传承中感受最强烈的部分之一。气味和味道都会唤起记忆,有时候音乐也会。但气味和味道不一样。气味和味道的记忆最缺乏线性叙事,但却最具完整性,能把人完全拉回当时的场景。这是活体记忆链上最容易传递给继承者的东西。或许,亚斯康达的活体记忆并没有——并没有像她以为的那样彻底消失。她还抱着一丝希望,毕竟她能体会到属于他的神经化学反应,这让她感觉头晕又陌生。

"陛下,"她开口,"勒赛耳空间站向您致意。"

"泰克斯迦兰向你致意,玛希特·达兹梅尔。"皇帝应道。他的声音极为真诚,仿佛他真的很高兴看到她——

亚斯康达他妈的到底在这地方干了什么?

"——并授予你大使职位。"六方向继续道,"我们很高兴看到你作为大使来到此地,并希望你在此地的服务能让我们双方互利共赢。"

他仍然握着她的手腕。他的掌心中有一条结了厚痂的疤痕，紧贴着她的皮肤。玛希特回想起第一次记忆闪回，仿如昨日：亚斯康达割开自己的手掌，发下誓言。不知皇帝一生中割开过几次手掌，用鲜血发过几次誓言。他滚烫的手掌紧紧握着她的手腕，她体内涌出并非自己分泌的后叶催产素带来的快乐。她真想好好盘问一下亚斯康达：你对全泰克斯迦兰的皇帝来说，究竟意味着什么？混乱中，她还是成功地克制住自己，点了点头，用恰当的礼仪感谢六方向的厚爱，鞠了个躬，小心地从皇家高台的台阶退下。

"我得找个地方坐下来。"她对三海草说。

"不，你现在还不能坐。"三海草不无同情地说道，"十珍珠正朝我们径直走来。你会昏过去吗？"

"经常有人在觐见皇帝后昏倒吗？"

"日间剧中倒是常有人昏倒，新闻中出现得少。不过即使最古怪的事也会一再出现——"

玛希特打断道："我不会昏过去的，三海草。"

三海草握住她的手捏了捏，"太好了！你做得很出色。"

玛希特不确定自己是否真的做得很出色。不过，在这样的政治场合，她装也得装得像那么回事。她也捏了捏三海草的手指，然后放开。她向远离高台的地方走去，在闪闪发亮的人群中找了处开阔的地方。她感觉到大厅内的注意力开始转向——从结束会见、靠在宝座上跟小克隆体低声交谈的皇帝身上，慢慢地移向野蛮人大使。她站在那儿，头顶灯光照耀，仿佛在公开宣告："即将有重要事情发生，大家往这边看。"

十珍珠是一位普罗托斯帕萨——不用问，科学部部长当然是科学家，而不是上头派下来的官僚——十分明白什么叫"场面"，明白玛希特已经接受了公开会面的邀请，并且首先开始了动作。在这儿会面，是宫廷·地区能找到的最公开的场合。想必十珍珠也清楚。接下来五分钟肯定会出现在明早所有的新闻报道里，紧挨着皇帝双手握着玛希特手腕的全息照片。身着深红色燕尾服的十珍珠快步上前与玛希特会面。他是个骨瘦如柴的男子，因为职业关系双肩佝偻。跟记忆闪回中相比，他看起来老多了，背驼得更厉害，但每只手指上仍然戴着一枚细条戒指，镶的是珍珠贝母而不是宝石，这显然是在暗示自己的名字——一种带着些许自嘲的夸耀。对于这种让人好气又好笑的玩笑，玛希特很欣赏，就像亚斯康达当初很欣赏一样——这种感受是否纯粹出自她，连她自己也不知道。

"大使，"十珍珠开口道，"祝贺你得到正式任命。"

玛希特手放在胸口致意，"非常感谢。"她使用的礼仪正式程度，比宫廷的要求稍低——她打算在会面当中扮演一个"少见多怪"的野蛮人。所以，哪怕她仍然被活体记忆唤起的神经化学物质搞的头晕（觐见皇帝唤起的催产素，还有亚斯康达与十珍珠在十五年前的对话），也得装到底。地铁。唯一市有意识，有某种算法，监控着每一个人的动向，并且视情况进行无缝调整。

"对于发生在您前任身上令人遗憾的意外，我深感抱歉。"十珍珠继续道，"我感到自责，我本该多询问他在生物学上的敏感性。"

他在生物学上的敏感性！这种说法真够滑稽。玛希特拼命克制，指望自己别歇斯底里大笑出来。不然，明早的新闻就毁了。"我相信您对此也无能为力。"她成功控制住了面部表情，面色平静地说道："自然，勒赛耳空间站对科学部毫无敌意。"哪怕野蛮人也会知道"敌意"一词，毕竟这是滥俗的外交用语。两国开战之前的感受就是"敌意"。

"您真善解人意。"十珍珠道,"贵国政府可真有眼光,他们选择您作为大使再正确不过了。"

"但愿如此。"玛希特说。她皱起眉,瞪大眼睛,一副容易轻信人的乡巴佬做派。她没有政治威胁。就算皇帝向她那样致意了,她还是没有威胁。当然,装傻并不是长久之计——她只会在十珍珠面前装出这副样子——能满足新闻的需要就行。这样,她或许能多一层伪装,帮她拖延几天乃至一周的时间——在谋杀亚斯康达的人再度出手之前。那些人的危险性显而易见。

她之前从没想过这一点:自己其实是在拖时间。

这想法瞬间把高涨的神经生物素打回了基准线。

"阿格黑文大使没留下多少记录。"她耸了耸肩,仿佛在说:人都死了,他生前犯的错误也没法弥补。"不过,他跟科学部的合作项目,我当然希望能由我来继续跟进。"她迅速吸了口气,挤出一个亚斯康达常做的表情——既熟悉又陌生的夸张肌肉运动,眼睛睁得更大——接着说:"自动化系统——没有失误,也没有事故——这样的算法当然应该继续下去。"

十珍珠看着她的时间过于长了一些——让她有些怀疑自己引用了亚斯康达多年前说的话、引诱他定下私下会面的企图是否太过明显。但凭她的感觉,现在说这些正是时候。十珍珠点点头,道:"或许,我们——我们两人——可以复活一小部分阿格黑文大使想要达成的目标。他对我们的自动化系统,以及这个系统在你们空间站可能的运用,有着极大的兴趣。我相信您也一样。让你的联络员安排我俩之后会面的时间和地点吧。我相信本周内我们可以抽时间见一面。"

"复活"这个词选得可不怎么样。"当然可以,"玛希特再次鞠躬，"希望将来我们都能做出一番成绩。"

"本应如此。"十珍珠道。接着，他上前一步，越过了泰克斯迦兰人之间通常保持的距离。这是玛希特最为习惯的空间站式的亲密距离——适用于勒赛耳朋友之间的距离，当然这也是因为空间站很小，没什么空间保持距离。"一定要小心，大使。"他说。

"小心什么？"玛希特问道。她得坚持自己"无能野蛮人"的形象。

"你已经吸引了一千只眼睛啦，就像阿格黑文一样。"十珍珠脸颊堆起了完美的泰克斯迦兰式的微笑，眼睛大睁。但玛希特看得出，这不过是装出来的。"留心四周，看看你所处的位置；想一想你跟你前任如此欣赏的自动化系统——它的眼睛无处不在。"

"哦，"玛希特回答，"嗯。我们所处的位置是皇帝陛下的宝座前。"

"大使，"一直默默跟在玛希特身旁的三海草突然发声，"诗歌朗诵大赛马上要开始了，我记得您说想听来着。或许十珍珠部长也想一听我们宫廷里诗人们最新的作品？"

她说得很慢，咬字清晰，仿佛玛希特没法听懂正常语速下的泰克斯迦兰语似的。玛希特感激得想把她抱起来转个圈，感谢她不需要事先商量就能理解自己的用意，还能适时参与。如果亚斯康达一直陪着她，大概也会是这种感受吧？一个活体记忆就应该让继承者有这样的体验：两人不必商量，就能合力完成一个目标。完美同步。

"我就不打扰大使的雅兴了，"十珍珠说，"请便。"他朝高台左边、九玉米所在之处挥了挥手，那儿已经聚集了好些宫廷贵族。玛希特再次向他表达了感谢——故意磕磕绊绊地用了最正式的感谢语。她知道她这么做是冒险，会让十珍珠怀疑她是否在假装，又假装了些什么——但他脸上那不确定的表情实在是太令人满意了。

她和三海草走向另一边，确保十珍珠不可能听到她们谈话。玛希特俯下身，轻声道："我看，见面十分顺利。"

"我记得你刚才说想要坐下来休息一下，可没说要在科学部部长面前扮演未开化的野蛮人。"三海草低声说道，眼睛闪着亮光。

"你玩得高兴吗？"玛希特问道。此刻，她发现活体记忆引起的神经化学反应其实还没结束——她仍然感觉容光焕发，高兴得晕头转向。跟十珍珠交谈其间，她没有这种感觉；但现在，看到三海草搂着自己的臂弯——

"嗯，很高兴！你打算一直这么扮演下去吗？他可不是傻瓜，玛希特。等到时候我定好见面的安排，他可能就已经琢磨透了。"

"我不是装给他看的，"玛希特说，"是装给围观众人——宫廷和新闻媒体——看的。"

三海草摇摇头。"还有什么工作会比这个更有趣呢？"她说，"我答应要给你拿杯酒。来吧，他们马上就要开始啦。"

第二场朗诵正在进行。诗人念了一首藏头诗，每行的第一个字母加起来便是诗人假想中死去爱人的名字，同时整首诗还讲了一个"飞船出现真空缺口，勇救船员同伴自我牺牲"的感人故事。听着听着，玛希特突然意识到：自己正站在泰克斯迦兰宫廷里，倾听一场诗歌比赛，手里拿着酒，身边还有个聪敏的泰克斯迦兰朋友作陪。

此时此地，她从十五岁开始梦想的一切，全部实现了。

她本该高兴，但现在却只觉得不真实。她感觉某种联系断开了——她成了旁观者，就像这一切发生在别人身上一样。

诗歌都很不错。有些甚至可称上佳——精心编制的韵律，抑扬顿挫的节奏，行云流水的朗诵，充分发挥出泰克斯迦兰半唱半吟、热烈如火的朗诵技巧。精致的意象，一浪接一浪朝玛希特袭来，但她毫无感觉。她只希望自己能拿到每首诗的复印件，用图形文字写下的文本，找个安静无声的地方，自己一个人读——用自己的声音，尝试诗的节奏和韵律，感受字词在舌尖跳跃——这样，她就能感受到诗歌的力量。她之前便是如此。

她举杯喝了一口。三海草给她拿了一杯从她不认识的谷物中蒸馏出来的烈酒。映着闪烁的灯光，酒呈淡金色，入喉如火般滚烫。

跟三海草说的一样，九玉米果然朗诵的是警句诗。他的朗诵正要开始，他站定，清了清喉咙，念了一节三行诗：

每一座天空港都挤满了
抱着满怀进口花束的公民
有两样东西无休无止：星图，以及卸船作业

念到这儿，他停顿良久，暗示即将到来的转折。玛希特觉得整个大厅都屏住了呼吸，等待他继续。虽然玛希特不喜欢他，但此情此景让她明白，他为什么是宫廷诗人中的翘楚。他所拥有的魅力，在他念诗的这一刻，愈发彰显。他天生就是个诗人。如果在勒赛耳，他可能会成为诗人活体记忆的继承者候选——如果真有这么个活体记忆链的话。

未出生的花瓣卷曲,包围着中间的空洞。九玉米念道。

念罢,他再次坐了下来。

大厅中的凝重气氛并未缓解。不安的气氛挥之不去,如瘴气一般浮在空中。下一位朗诵者在尴尬的沉默中走上台,鞋和地板的摩擦声清晰可闻。她一开口就念错了自己作品的第一行,只能重新开始。

玛希特带着疑惑转头看向三海草。

"是关于政治的诗。"三海草喃喃道,"这首诗——是在批评。可以从多个角度解读的批评。我本以为九玉米完全听从三十翠雀花的指挥——可人就是这么难以捉摸。"

"在我听来,这诗主要指向的是八解毒剂?"玛希特说,"就是那个孩子。里面提到了'未出生的花瓣'……"

"对,"三海草眉毛拧成了一个结,"但帝国内部向唯一市进口的商品增加这件事,责任主要在于三十翠雀花。他从进口当中获利——他进口的商品都来自西穹星系,也就是他家族所在之处。还有对腐败的暗示——每个公民都拿着花……暗示每件进口商品都在某种意义上**有毒**……说得好像三十翠雀花的财富全是不义之财,就像进口世界之外的商品似的。"

将政治作为文学作品分析的方法。不知这是泰克斯迦兰能力测试的一部分,还是因为泰克斯迦兰人跟政治频繁接触,自然而然就能学会。玛希特想象还是孩子的三海草,一边跟学校同伴一起吃午饭,一边从《建筑》这首诗中破解政治信息。这画面不难想象。

"这么说来，三位继承人中，只有八圈环没有受到批评。"玛希特说道。

"诗人选择故意在批评中忽略她，让她受人嘲笑。"三海草说，"我想，这比'到底哪个继承人最好'更加复杂，玛希特。不然，九玉米为何选择这么危险的主题呢？"

玛希特回想着泰克斯迦兰社会的底层设定："世界""帝国"和"唯一市"三个概念间的差异——以及为什么存在差异。"进口"一词让人不安，"外国"意味着危险——哪怕从帝国偏远地区进口的商品也一样。以"其他行星的花带来了危险的腐败"为主题的诗歌，必然会让泰克斯迦兰人紧张不安。这一点，像她这样的野蛮人是无法理解的。

不过，如果某个星系不再是"外国"——如果世界足够大，帝国足够大，将所有的野蛮之物包含并纳入——那么，世界里就不再存在野蛮之物，也不再存在威胁了。如果九玉米果真是在指出"进口"的危险，那么，他意在呼吁——至少在提议——泰克斯迦兰应该拿出行动，化解威胁。**使其开化**。泰克斯迦兰一直是文明之国——一直试图将野蛮之物纳入泰克斯迦兰——凭借武力。比如，一场战争。九玉米的诗并不是写给三十翠雀花看的，而是对主战的政治势力表示支持。最近所有的这些军队调动，一闪电，他的军团和示威的支持者……还有六方向，他在调动舰队，随时准备作战……这些动作像是六方向在统治初期，他还是征服星辰的军事皇帝时候会做的事。

"三海草，一闪电的支持者今晚在哪儿？"她问，"这首诗是念给他们听的——念给所有想要更强大、更中央集权、更少进口的泰克斯迦兰人听的。"

"九玉米是个平民主义者，而这儿是宫廷。在这儿鼓吹战争是不受欢迎的。不过我能确定——噢！"三海草忽然领悟，"好吧，我们确实面临战争。"

"近在眼前的战争，"玛希特说道，对自己的发现既不安又激动，"一场吞并。一场征服战争。目的是让一些地方**不再是他国**。"

三海草伸出手，拿过玛希特手中的酒杯，喝了一大口，接着还给她，"最后一场吞并战争，还是我出生之前的事呢。"

"我知道，"玛希特说，"我们在空间站里也是有历史的。我们喜欢把泰克斯迦兰比作在近处休眠的捕食者……"

"说得我们好像是没脑子的野兽。"

"并不是没脑子，"玛希特回答。这是她能想到的最接近道歉的回答，"绝不是没脑子。"

"但还是野兽。"

"你们确实会吞噬啊。我们讨论的不就是这个吗？为了**吞并他国**而发动的战争。"

"不一样——吞噬是指'仇外活动'和'种族屠杀'，是指不把任何新领地**纳入帝国**。"

纳入世界。只要改一改这个动词的重音，三海草刚才那句话的意思就可以变成"不把任何新领地变成真实存在"。不过，玛希特很清楚她的意思：被纳入帝国，就能给一颗行星或一个空间站带来繁荣。经济繁荣，文化繁荣——取个泰克斯迦兰名字，成为公民。吟诵诗歌。

"别争了，三海草。"她说，"我不想跟你争论。"

三海草撇撇嘴，"争论是没法避免的。我需要理解你的想法。这是我的工作。不过，我们可以之后再争。瞧，陛下马上就要宣布比赛结果了。"

诗歌朗诵大赛已经结束。最后几位诗人的作品玛希特完全没听到，没有一位诗人能像九玉米一样，牵动整个宴会厅的气氛。此时，皇帝站了起来，伊祖阿祖阿卡们护在他两侧——他们是不是经过讨论，一同选择了一位胜者？玛希特觉得不可能。时间太短，讨论不可能这么快就出结果——毕竟这些人中有三十翠雀花，另外还有两个玛希特没见过的泰克斯迦兰人，以及十九扁斧，一身骨白色衣装，在闪烁的灯光下耀人眼目。在众人中看到她，玛希特几乎觉得安慰。

六方向伸出手指，指向一位玛希特完全没印象的诗人。得到这份荣誉，诗人本人跟在场的其他人一样吃惊。众人张口想要欢呼喝彩，到了嘴边却没出声，仿佛不确定眼前所见是否真实。

"这是谁？"玛希特轻声地问三海草。

"十四螺旋。"三海草回答，"她的诗一向平平无奇，无聊得要命。她一次都没赢过。"

九玉米的脸上没有任何表情。面对如此明显的冷落，玛希特看不出他究竟是高兴还是愤怒，也不知他是否有意来此毁掉整场晚会的气氛。十四螺旋拜服在皇帝跟前，接受了一朵吹制的玻璃花作为奖品，然后站起身。宴会厅中的众人终于开始喝彩，呼唤着十四螺旋的名字，玛希特也加入其中——不喊就太不合时宜了。

"你打算喝完手里的酒吧？"等喝彩声退去，三海草问道。

"对。怎么了？"

"因为今晚接下来的时间，我都得跟人聊十四螺旋对半谐韵的运用，而你也得在一边听着。喝醉一点儿，对我们俩都有好处。"

"噢，"玛希特说，"既然你都这样说了——"

第八章

六伸掌（泰克斯迦兰高级指挥官）致副亚奥特莱克三漆树

249.3.11（六方向治下）

代号19（顶级机密）

做好准备，第二十六军团第八至十三战斗组将立即撤出欧迪尔战区。第九组原地不动，由伊康特洛斯十八涡轮指挥。第八至十三组按照如下坐标立即出发，与帝国海军第三舰队会合，准备进入跃迁门，去往帕兹拉旺特拉克地区。全速前进。

信息发送完毕。坐标如下。

——泰克斯迦兰皇帝六方向治下第11纪第3年第249日

副亚奥特莱克三漆树于欧迪尔主星轨道收到的信息

勒赛耳空间站感谢您为公众服务的意愿，加入我们最悠久的传统行业：太空航行。未来的驾驶员们，驾驶员协会很荣幸地欢迎你们前来参加这次信息发布会。本手册汇总了你们所需的所有信息，能帮助你做好充分准备，迎接即将到来的能力测试。

未来的驾驶员们需要记住以下几点要求:在经典物理学、量子物理学、基础化学和工程学方面的数学基础;身体状况须达到优秀-2的标准,在手眼协调方面达到优秀-4的标准;在集体协作与独立工作方面的能力测评上获得高分……

——《勒赛耳驾驶员工会宣传手册》
发放对象为有意申请驾驶员职业的年轻人(10-13岁)

　　玛希特喝着她的浅色烈酒,这是三海草连着给她拿的第三杯了(而三海草自己喝的则是某种奶白色饮品,叫"阿克提雅"。这个词玛希特不熟,不过她相信,它的意思是"烂熟到爆开的水果"——至少词根是这个意思。玛希特想不明白,怎会有人愿意喝这种玩意儿,而且还一杯接一杯地喝)。玛希特忽然发现,自己正站在一圈泰克斯迦兰人旁边,看着他们赛诗——说是赛诗,不如说是较量急智的即兴韵句创作对决。一开始,这就像个游戏:三海草的一位思维敏捷的聪明朋友,念了十四螺旋赢下今晚比赛的无聊诗歌的最后一句,然后说:"让我们开始玩吧?"随即,她把这句诗当作头一句,创作了一首四行诗,并且改变了诗歌的韵律:从标准十五音节政治诗,变为全是扬抑格的形式。念罢,她冲三海草的另一位朋友扬了扬下巴,以示挑战——于是,他接过她的最后一行诗,在毫无准备的情况下,创作出一首完全可以接受的四行诗。玛希特听出其中引用的几个典故,他模仿了她曾经读过的一位诗人——十三折刀——的风格,在诗中停顿的前后均采用了相同的元音发音模式。

　　之后,模仿十三折刀似乎成了当天游戏的规则:接着轮到三海草,然后是另一个女性,再后是一个玛希特辨认不出性别的泰克斯迦兰人,最后回到游戏的发起人——这回,她再次改变了游戏规则,加入了一个元素:即兴创作的四行诗要用前一个人的最后一句诗开头,且同时要采用抑扬格的形式,停顿前后也要有元音重复,主题还必须限定在唯一市基础设施的维修上。

三海草极为擅长描绘唯一市的基础设施维修,擅长得让人生气。喝了这么多杯阿克提雅,她还能对答如流,一边大笑,一边念出诗句:"照影池周围的水泥封口/被一千只泰克斯迦兰脚掌的舌头,舔得光滑透白/却仍会磨损,粗糙,易逝/但还将被再度提起,重塑成/一个或另一个部门的形象/喧哗。"

有两件事玛希特很清楚:第一,如果她想参加这个游戏,只需往前一步,进入这个圈子,就会有人向她发出挑战,与其他泰克斯迦兰人没有分别;第二,如果她参加这个游戏,必定一败涂地。她没有办法加入。她花了半辈子时间学习泰克斯迦兰文学,却只够勉强明白游戏规则,识别其中的典故。要是她真的开口尝试,她会被——哦,不,他们不会笑话她,只会宽容她。宽容这位可怜的、无知的野蛮人,如此努力地朝文明靠近。还有——

三海草一点儿都没有注意到她。

玛希特默默地从那一圈聪明的年轻人身边离开,消失在有着扇形拱顶的、星光笼罩下的巨大宴会厅中。她努力忘记想哭的冲动。为这件事哭泣没有道理。要哭,也该为亚斯康达而哭,为自己遭遇的众多政治难题而哭,不该为没法引用几百年前的诗句来描绘水泥池、影射部门纷争而哭。"一个或另一个部门的形象,喧哗。"她应该在空间站自己的某本诗集中读到过这句诗,当时还以为自己读懂了。其实根本没懂。

大厅里尽是醉醺醺的贵族。到了现在,大厅里的人似乎更多了,仿佛有第二波人在皇帝和诗赛结束后方才到达。六方向本人已经不见踪影,玛希特很高兴。高兴,是因为看着皇帝,她就忍不住想**靠近**。还因为皇帝看起来如此——如此**脆弱**,即使握着如此大权。她身体的一部分(她认为应该是亚斯康达的那部分)想让皇帝早点儿休息,别浪费时间接待这批全身亮闪闪的泰克斯迦兰人。她为自己再拿了一杯酒(反正已经喝了这么多,不妨再来一杯;况且,她也已经弄明白如何避开那些喝起来像紫罗兰或者浸满牛奶的腐烂花朵的酒水),大步穿过宴会厅。

大多数人都避开了她,或者用她身份当得起的礼仪向她致意。回礼不在话下,甚至让她愉快。哪怕没有亚斯康达的帮助,她也能恰当地行礼,还能**讨人喜欢**——这些都是她的天赋,是她被挑选出来的原因,是她天生具有的能力。可惜,勒赛耳活体记忆相容性测试从来不包括"熟练即兴创作"这一点。那不过是野蛮人孩子的梦。

她沉湎于思绪中,还有点儿醉。

因此,当一个人用手拉住玛希特的胳膊,带她转了一圈的时候,玛希特完全没有防备。她非常、非常高大,身穿不对称剪裁的灰金色丝绸织成的长裙。站稳后,整座大厅还在她眼前旋转了片刻。这迹象可不好,她得留心点儿。

跟她搭讪的女人,无论相貌还是服饰,看着都不像是泰克斯迦兰人。她的胳膊光裸着,两只手腕上戴着沉重的银质手镯,左臂上还有一只宽宽的银质臂环。女人的妆容也让玛希特感到陌生:她在眼皮上涂满了红色和浅金色的膏状物,仿佛在描绘某颗遥远行星上的日落。

玛希特手放胸前,鞠躬致意,对方照做——动作笨拙,十分生硬。

"你是勒赛耳大使!"她高兴地说。

"对。请问您是?"

"我是格尔蕾丝,达法的大使。来,跟我一起喝一杯!"

"喝一杯?"玛希特装作不明白,以此拖延时间。她不记得达法所在的位置。她知道达法是泰克斯迦兰帝国最新吞并的行星之一。但它究竟是因为出口丝绸出名,还是因为数学学院而出名?这种问题本该由活体记忆来解决,在始料未及的问题出现的时候,帮你回想起需要的信息。

"对,"格尔蕾丝说,"你喝酒吗?你们空间站有没有酒?"

啊,玛希特想,算了,管它呢。"有,我们有酒。多得很。你喜欢哪一种?"

"我刚才一直在吧台那儿,一种酒接一种酒地试。这也算是体验当地文化吧。你肯定明白。"格尔蕾丝的手又放到玛希特的胳膊上,玛希特对她既有一丝反感,又有一丝同情:她的政府刚刚成为泰克斯迦兰麾下的受保护对象,她就被政府派来,**孤单一人**(就像玛希特一样,可玛希特根本**不该**是一个人)。在泰克斯迦兰,感受孤单,跟把自己溺死在清新的空气中差不多。

所以,她才会去吧台尝遍所有的酒水,还称之为"体验当地文化"。

"你来这儿多久了?"玛希特问道。刚到唯一市那会儿,在地面车里,三海草也问过同样的问题。意思是:"你进入世界多久了?"

格尔蕾丝耸了耸肩,"几个月吧。现在,我不是最新的新人啦——你才是。你该来我们的沙龙玩玩——我们几个来自偏远星系的大使,每隔一周会聚一次……"

"聊什么呢?"

"政治。"格尔蕾丝微笑着回答,脸上的友善和些许迷茫消失不见。她口中密布着细小的牙齿,大部分都是尖牙。这不是空间站式的微笑,也不是泰克斯迦兰式的微笑。玛希特忽觉眩晕,感受到了银河系的宽度和广度——跃迁门能把人带到多么遥远的地方啊。在跃迁门的彼方,人或许还是人;抑或已经变成了**其他生物**,徒留人类外形……

玛希特发觉,自己在用泰克斯迦兰人的思维模式思考。她学得可真快啊。

"给我发张邀请函吧,"玛希特回答,"我相信,达法的政治会对勒赛耳的政治有益。"

格尔蕾丝的表情并未和缓,而是更加冷峻:尖尖的牙齿愈显锋利。玛希特不禁想,把牙齿磨尖是达法人的时尚?还是因为遥远和阻隔让人类拥有了适应当地环境的特征,就像零重力变异者那样?"益处比你想象的更多,大使。"格尔蕾丝说,"管理达法的泰克斯迦兰总督极少过问我们的政事,只会邀请我们参加类似这种宴会。这一点,你们空间站不妨记一记。"

玛希特听不出这话究竟是威胁——来我们的沙龙,加入我们的大使圈子,这样,等泰克斯迦兰把你们也吃掉的时候,你们还能留个全尸,被整个儿吞下——还是真诚的同情。无论哪一种,她都觉得受到了冒犯。这个来自达法的女人,来自一个玛希特到现在都想不起来是因为丝绸还是数学出名的地方的女人,她居然觉得有资格给玛希特建议。玛希特今晚听到的建议已经够多了。

玛希特也露出微笑,嘴巴大大咧开,露出牙齿,就像做了个鬼脸。"确实可以记一记。"她回答,"希望您能找到可品尝的新酒,格尔蕾丝大使。晚安。"

她重心放在一只脚跟上,转身离去。这一转,整个大厅又跟着旋转了起来。不过,她觉得自己走的还是直线。她得离开这个大厅,以免撞见某个能对空间站或者她本人造成实质性危害的大人物。她需要一个人待一会儿。

宫廷·地区的大厅有多个通向外头的门。玛希特随便选了一扇,穿过门厅,消失在皇帝本人的宫闱之中。

宫廷·地区的大部分建筑都由大理石和黄金构成,嵌着星形装饰,灯盏幽暗,仿佛处在永恒的破晓。空间站围绕行星运转时,太阳耀斑和远处星辰辉映的景象大抵如此。这儿的人还没有玛希特预料的一半多,而且连一个守卫或警察都没有——她连一个戴着封闭式金色面罩的光照都没看见,真是可惜:他们的装束跟这地方很搭。她看见的只有几个面无表情的男女,戴着浅灰色的臂章,身材精瘦,配备电击棍,看着非常危险——或者说,受到挑战的时候会变得非常危险。泰克斯迦兰这儿没有远距离武器,就连宫廷里也没有——看来某种太空文化终于传播到了这片最为文明开化的地方。有的门由携带着电击棍的守卫把守,玛希特避开,进入其他无遮无拦的地方。前进方向很简单:不让去的地方就不去,只走能走的地方。

发现花园的时候,她已经清醒多了。头不晕了,微微的恶心也消失了,只剩下耳边的嗡嗡声和微醺的飘飘然。当她看清眼前的小花园时,她庆幸自己正处于这种半醉半醒的状态:花园像是宫廷中央雕刻出来的心脏,与其说是花园,不如说是另一个房间。形状像是封闭的细颈瓶,或者一个开口朝向夜空的漏斗。唯一一市潮湿的风从开口处溜下来,变成了温柔的轻风。空气中富含水分,充实了玛希特的肺部,滋润了花园墙壁上的攀缘植物。这些植物已经爬到了墙壁的四分之三高处,有最深的墨绿,也有最浅最嫩的新绿,还有成千上万朵红色的花儿开在藤蔓上。还有——长着长喙的小型鸟，大小不及玛希特的大拇指，昆虫似的悬浮在空中或是突然下降，吸食着花蜜，整个花园都是鸟儿振翅发出的嗡嗡声。

她往花园里走了两步——花园地面满是苔藓，落脚没有丝毫声音——好奇地举起手。一只小小的鸟儿飞来停在她的指尖上，接着再次飞走。她几乎感觉不到鸟儿的重量，仿佛刚才来的不过是幽灵，仿佛鸟儿并没有停在她指尖过。

这样的花园不可能存在于空间站上，在行星上也极为少见。玛希特一边往这座神秘的幽暗避难所深处走去，一边抬头往上望，想知道鸟儿们为何不飞出漏斗口，逃进穹顶一般的泰克斯迦兰的天空——外头对它们来说足够温暖，虽然空气没这么香甜——没这么多红色花儿聚在一处。或许花蜜和花香足以让这一群鸟儿心甘情愿地留在这里。

花蜜和花香——还有细细的网。如果把头侧着，从某个特定的角度向上看，就能看见银色的细网封在漏斗的口上，细到几乎看不见。

"你为什么在这里？"有个声音问道。声音又尖又细，是个惯于发号施令的声音。玛希特低下头。

是皇帝的百分之九十克隆体，八解毒剂。他与十岁时的六方向长得一模一样，长长的黑发已经松开，披在肩膀上。除此之外，他的穿着打扮跟刚才并无二致，那时玛希特伸出手向皇帝行礼，他就站在"本体"身边。他个头不高，长大了也不会高，除非另外百分之十的不属于皇帝的基因中，写满了身材高大的基因记号。身处这一座满是受困的美丽鸟儿的奇特房间，他的神情怡然自得，看着玛希特的眼神，仿佛她是一块在计划轨道时不得不避开的麻烦太空垃圾。

"你是勒赛耳空间站的新大使。你为什么不在宴会上,而是跑到这儿来?"

作为十岁的孩子,他的问话直接得让人心生不快。玛希特想起二制图仪,五玛瑙的"小地图",六岁就在学习轨道力学。孩子们总会学到必要的技能。她就是这样。在勒赛耳,她十岁就已经学会如何堵上空间站外壳的裂缝,如何计算来船的轨迹,知道去哪儿找到最近的逃生舱,还知道在紧急情况下如何使用。她还学会了如何用泰克斯迦兰图形文字书写自己的名字,学会背诵几首泰克斯迦兰诗歌,睁着眼躺在自己小小的安全舱似的房间里,梦想成为九兰花那样的大诗人,去遥远的行星冒险。她猜想着,不知眼前这个孩子会有怎样的梦想。

"大人,"她说,"我想在宫廷里到处走走。如果我闯入了不该来的地方,请您原谅。"

"勒赛耳的大使们都很好奇。"八解毒剂说。这话听起来就像警句诗的开头。

"我想是的。这儿是——您经常来这儿吗? 这些小鸟们非常美丽。"

"薇扎薇特。"

"这是它们的名字?"

"这儿的鸟都叫这个名字。在原来的栖息地,它们有别的名字。这些是宫廷蜂鸟,勒赛耳没有鸟吧。"

"没有。"玛希特吐字缓慢。这孩子认识亚斯康达。亚斯康达向他提及过勒赛耳空间站的样子。她说道,"我们没有鸟。我们那儿动物也很少。"

"我倒想看看这样的地方。"八解毒剂说。

她缺少必要的关键信息。她确信,她本不该跟这孩子私下

174

单独见面。"您当然可以。"她回答,"您是一位很有权势的年轻人。等您到了年纪,若还想来,接待您将是勒赛耳空间站的荣耀。"

八解毒剂哈哈大笑,那笑声完全不属于十岁的孩子,古怪,苦涩,聪敏,让玛希特想要——这种感情她说不清。这是母性本能的残留,想抱住这孩子——这个熟悉鸟儿孩子,在宫廷里孤单一人,过着没有朋友和看护人的生活(看护他的人肯定就在不远处。或许是唯一市本身,那完美的算法,正盯着她和这孩子)。

"或许我会要求前往空间站。"他说,"我可以这样要求。"

"您可以。"玛希特重复道。

八解毒剂耸耸肩。"你知道吗,"他说,"如果你把手指伸进花儿里沾上花蜜,薇扎薇特会从你的手上吸取花蜜。它们的舌头很长,吸花蜜的时候都不会碰到你。"

"我的确不知道。"玛希特说。

"你该走了。"八解毒剂说,"这儿不是你该来的地方。"

她点点头。"我想的确如此。"她说,"晚安,大人。"

转身背对着八解毒剂让她觉得很危险,虽然他只有十岁。(或许正因为虽然只有十岁,他却已经习惯了人们转身背对他,他知道他有权力下这个命令。)玛希特离开了花园和花园中的鸟儿,沿着走廊前行,一路上都在琢磨这事。

那些鸟儿在甚至都不需要碰到你,就能吸走花蜜。

某位好心人,考虑到了宫廷贵族和官员只能靠双脚在迷宫似的宫廷中行走,而且一走就是几个小时,于是在靠近宴会厅的走廊里设了几条低矮的长凳。大部分长凳都有人坐了。不过,玛希特在角落里发现了一个空着的长凳,走过去在这个冰凉的大理石凳上歇了下来。她的胯部还在痛。现在,她已经毫无醉意,只感觉疲惫,疲惫感压倒了一切。每当她闭上双眼时,就会想到跟花园中鸟儿在一起的八解毒剂。

他想你吗,亚斯康达?她想道。再一次,意识深处的寂静如填不满的鸿沟,让她跌入其中。她靠在身后的墙上,努力保持呼吸平稳。这儿与宴会厅隔着整整三十码①,但仍能听到宴会厅中隐隐约约传来的哄堂大笑声。关于我们的空间站,你对他都说了些什么?

她几乎没注意到有个男人在她身边坐了下来——直到他轻轻拍了拍她的肩膀,她才一惊,睁开眼坐直身体。坐在身旁的是个泰克斯迦兰人(当然了,还能是什么人呢),长得平平无奇:一个刚刚踏入中年的男子,身着她无法辨识的暗绿色部门制服。制服层次繁复,上面布满了小小的暗绿色星爆刺绣。她看着男子的脸,确定自己就算见过,也绝对记不起来。

"怎么了?"她问。

"你,"男子带着极为满意的神情说,"你没戴那种可怕的小别针。"

玛希特皱起眉头,恰如其分地摆出了泰克斯迦兰式的无表情的脸。"翠雀花别针?"她猜道,"对,我没戴。"

"就冲这句话,我他妈的非得给你买杯酒不可。"男子说。玛希特闻到他呼吸中传来的一阵阵酒气。"这儿像你这样的人可不太多。"

"是嘛。"玛希特小心应道。她想站起身来,却被醉酒的陌生人抓住了手腕,拖住不放。

"像你这样的人**太少了**。我说——你是不是参过军?你看

---

① 1码约等于0.9米。

起来像是参过军的女人——"

"我从没服过兵役，"玛希特说，"或者说不是以——"

"你真该参军。"他说，"我把最好的十年献给了帝国军队，军队需要像你这样的高大女人，哪怕你并非出生在唯一市。只要你肯跟着一位亚奥特莱克，为你的军中同袍而死，没人会在意你的出身——"

"你在哪儿服的兵役？"玛希特终于想到了一个问题。

"光辉不灭的十八军团，由受星光祝福的一闪电领导。"他回答。玛希特明白过来：他正在**游说她服役**。他以为她是大街上呼喊一闪电名字的游行群众的一分子。这些示威者，想凭公开拥立推翻现任皇帝，一同呼喊着"永恒燃烧星辰的关注和宠爱已经转移，倾注到了另一个人的身上"。

"一闪电赢了哪些战役？"她问道，想从这个醉鬼口中探听出那群人心中的所思所想，从中找出公开拥立背后的逻辑。

"这算哪门子的见鬼问题！"男人回答。玛希特竟然没有立即赞美一闪电，这一点显然深深激怒了他。他站了起来，仍然紧紧抓着她的手臂，"你是——操，你怎么敢——"

没有逻辑。玛希特暗想，只有在酒精作用下越发极端的情感和忠诚。他抓住她摇晃，害她的牙齿上下打架。不知道大喊"我根本不是你们的一分子！"会让他退开，还是会进一步激怒他。玛希特试着开口，"我的意思不是——"

"你没戴那种别针，可你**仍然有可能是——**"

"我的别针吗？"另一个声音插了进来，彬彬有礼，平静无波。醉鬼放开玛希特——她跌坐在石头长凳上，有些疼，但她还是挺高兴—— 一转身，看到了三十翠雀花本人：一身蓝色华服，戴着半皇冠，光彩夺目。

"三十翠雀花阁下。"男人连忙手捂胸口鞠躬。他的脸上泛出令人恶心的青绿色,跟他的制服丝毫不配。

"我不记得你的名字,"三十翠雀花道,"非常抱歉。"

"十一针叶树。"男子哈着腰,含糊地回答。

"十一针叶树,"三十翠雀花重复道,"能认识你很高兴。你找这位年轻女士有事吗?很抱歉,她是一位野蛮人。如果她冒犯了你,我向你道歉——"

玛希特大张着嘴巴看着他。三十翠雀花目光越过十一针叶树垂下的头颅,朝她挤了挤眼。于是她闭上了嘴巴。三十翠雀花**很危险**——自视甚高,聪明过人,善于操纵人心。现在她懂了,当初五玛瑙为什么说只要看到他本人工作时的样子,就能明白为什么此人能成为伊祖阿祖阿卡,而后又成为联合继承人。他就像全息图一样灵活多变,随着光线弯曲,根据角度不同,说出的话也不同。

"好了,"他继续道,"你跟我等会儿再聊,十一针叶树,到时再看能否建设性地解决我们之间的分歧。现在,我想你是因为情绪太激动,所以才犯下罪行。"

"罪行?"十一针叶树的声音中透出一丝恐惧。

"袭击就是罪行。不过,这位野蛮人会原谅你的,对不对?至少暂时如此。"

玛希特点点头。"暂时如此,"她顺着十三翠雀花的话应道,等着看接下来会发生什么。

"十一针叶树,你不如别再打扰这位女士,回到宴会上去。无论我们政见有何不同,我想有一点我们能达成共识:宴会上有好酒,还有美妙的舞蹈,外面可没有这些。"

十一针叶树点头,他简直像是被钉上了长矛,在挣扎求生。

"您说的没错,阁下。"他说,"我会——照做。"

"那就去吧。"三十翠雀花说,"我随后就来,确保你好好享受宴会。"

这句话,玛希特觉得是赤裸裸的威胁。十一针叶树沿走廊慌慌张张地离开,只剩下她跟三十翠雀花两人。一个晚上,就接连跟两位皇家继承人独处。亚斯康达,你可曾有我这么厉害?她的尺骨神经又一阵酸麻,不知是不是活体记忆的**残留,抑或**神经损伤的回响。

"我想,我该跟您说一声感谢。"她对三十翠雀花说。

"喔,没什么大不了。"他扶住她,手掌摊开,"刚才那人抓着你摇晃。不论是谁,我都会出手干预的,大使。"

"无论如何,还是谢谢您。"

"乐意效劳。"顿了顿,他说,"您是不是**迷路了**,大使?一个人待在走廊里?"

玛希特露出勒赛耳式的笑容,露出所有的牙齿。这个笑容成功地唬住了三十翠雀花,让他没法还以微笑。"我能找到回去的路,阁下。"她的谎言透过牙齿挤出来,"我根本没迷路。"

为了证明这一点,她从长凳上起身,非常小心地——以免胯部的疼痛让她步子跟跄——朝派对的嘈杂和喧闹走去,把这位伊祖阿祖阿卡留在身后。

大厅里正在跳舞。玛希特立即决定不参与。不跳舞是装作"未开化"的必要部分;而且现在时间也够晚了,差不多该想法子离开了。该去哪儿呢?回十九扁斧那儿?还是回自己的公寓?——她倒是想回自己的公寓。

舞蹈两人一组,组成交插着的队伍,不断交换舞伴。跳舞的人在宴会厅中组成各种图案，一会儿是长长的链条，一会儿是分形图案。星图，玛希特想到，随即接上：这些东西无休无止——九玉米的警句诗浮上脑海。

"你在这儿。"五玛瑙的声音从背后传来。玛希特转过身，看到这位十九扁斧重视的助手正在她背后，一只手稳稳当当地放在三海草的上背部。"我已经找到你的联络人啦，我接到命令，要送你们俩回家。"

三海草已经没有了刚才醉酒时的兴奋劲儿，两边太阳穴苍白发灰，看上去筋疲力尽。玛希特忽然想起，她三十个小时之前才从医院出来。玛希特心中突然涌起一股不合时宜的冲动，想上前挽住三海草的手臂，但又暗自强压了下去。显然，五玛瑙牢牢地掌控着她们两个。

三人穿过大厅时，三海草问："你看到了什么？"她问的不是"你去哪儿了"，而是"你看到了什么"。这个问题不是用来责备玛希特一个人溜掉这件事的。至少不完全是。

"鸟。"玛希特下意识地说，"整整一个花园的鸟。"这时，三人已经来到室外，坐进地面车，启程返回宫廷·北区。

第九章

三等贵族、阿赛克莱塔十五引擎(已退休)个人档案查询

……于14.1.11(六方向治下)从政府部门的活跃岗位退休,提早领取退休金。该阿赛克莱塔与欧迪尔当地及西穹附近的极端分子有未经许可的联系,故面临两个选择:退休,或者接受调查。该阿赛克莱塔在办理退休过程中,坚称自己与欧迪尔的联系主要是社交需要,顺带涉及政治——作为信息部特工,他有义务向上汇报煽动叛乱的活动和反帝国的情绪。【重新编辑:保密19】……但是,当面临退休或接受调查选择的时候,他仍然选择了退休,并保持沉默。每月云钩活动报告显示,该阿赛克莱塔退休后,没有煽动叛乱的倾向。建议:保持目前的警戒程度,继续监视。

——信息部,246.3.11
来自阿赛克莱塔三海草的数据库检索请求
于宫廷内安全区域用个人云钩发起

空间站与非人类的接触，一直在邻近地区的政治支持、介入下进行：著名的例子便是泰克斯迦兰帝国与埃博拉科特签订的扩展协议；空间站与埃博拉科特两地没有跃迁门相连，所以埃博拉科特与泰克斯迦兰之间的协议，也适用于空间站与埃博拉科特飞船之间的关系正常化。过去六十年中，针对"与非人类之间签订协议是否妨碍空间站主权"一事，几任矿工议员及继承议员一直争论不休，但"禁止非人类在空间站地区出现或与空间站人直接接触"这一规定，在政策上似乎并无更改的必要……

——《空间站跃迁门沿线的条约签订》，格拉克·勒朗特

作为入会资格审查论文呈交至遗产委员会

驾驶员议员德卡克尔·温楚于248.3.11（泰克斯迦兰时间）查阅

早间新闻报道了战争来临的消息。

新闻开始时，玛希特正坐在沐浴晨光的前门办公室里，和对面的十九扁斧和三海草一起用勺子吃粥。这景象，仿佛她与文化联络员、伊祖阿祖阿卡三人组成了某种奇特的家庭似的。这时，悬浮在三人身边的信息屏上，开始不间断滚动播放泰克斯迦兰战舰的图像：登船的士兵，巨大宏伟的炮眼，船身两侧明亮的太阳金色加血红色的标志。新闻的时事评论员很是兴奋，用词却含糊不清。一场战争已经发生。这是一场征服战争，我们派出武装力量，为泰克斯迦兰征服更加广阔的黑色虚空。那片黑色虚空，还有栖息其中的如同明亮宝石般的行星，都将臣服于帝国的战旗下。**一场拥立战争。**大家都很兴奋，说这是二十多年来帝国第一次进入战时状态，借着战争的机会，贸易将会大大受益。玛希特前一晚喝了挺多酒，但还不足以让她宿醉。她倒希望自己今天宿醉着，好有借口解释自己的恶心想吐。钢铁，她想

着。钢铁、飞船建造、供给路线,安娜芭议员和塔拉茨议员可以跟帝国重新议价,抬高价格出售勒赛耳的钼矿——战争对勒赛耳也可能有利——

她清楚,以上想法不过是让自己分心,克服腹中反复翻涌着的恶心感。她确信这不可能是场有利可图的战争。目前状态下,泰克斯迦兰发动的战争,对勒赛耳肯定没好处。

新闻从本地小报的最新报道,转向播报即将开始的军事行动的盛况——看来是某种常用的文体,泰克斯迦兰的广播员很熟悉如何运作——十九扁斧的助手之一出现在玛希特身旁,放下满满一玻璃压壶的饮品——玛希特凭气味认出是现磨的咖啡。助手撤走了桌上的茶碗。

咖啡,比茶更强的刺激饮料。大家都进入了战时状态,不是吗。

“这场战争的情报太少了。”三海草意味深长地说。新闻报道再次从头开始播放:战舰,身着金灰色制服行军的军队,新闻播报员空泛的评论。

十九扁斧放下手中小小的咖啡杯,仿佛这就是答案。“别着急,”她说,“趁着还有空多歇歇,阿赛克莱塔。很快,我们想歇也歇不下来啦。”

“还有,”三海草惟妙惟肖地模仿方才新闻评论员喘不过气似的激动语气,“阁下,您觉得谁会担任指挥官呢?您拥有伊祖阿祖阿卡这个荣耀的头衔,常在‘帝国心脏’的左右,一定清楚这个决定!”

十九扁斧波澜不兴地说道:“玛希特,你的联络人既是个演员,还是个审问者。你真是极其幸运。”

玛希特不知该说什么。三海草面颊上有些发红,或许说明这是夸奖。"她没我这么直接。"玛希特说,"我会直接问:您认为谁会被提名为指挥官? 真会是一闪电吗? 还是其他哪位亚奥特莱克?"

"会是一闪电。"十九扁斧道,"你不妨在他身上押下双倍的赌注——可惜,你不幸被困在我的公寓里,远离了公众赌博这种腐化的恶习。"

不知怎么,目前的状况发展为:十九扁斧已经拿困住玛希特这事开起了玩笑,而玛希特甚至也觉得这事很好笑。她不知这种发展是好事,还是坏事——总之,她现在感觉到了友善和愉悦,不必在吃早饭时担心迫近的死亡威胁。昨晚宴会结束后,五玛瑙接上了她和三海草,护送两人回到十九扁斧的办公大楼,仿佛出路只此一条,别无他途。一切都安排妥当,无懈可击。跟着五玛瑙回这里是极大的妥协,玛希特心中清楚。不过,如果在公开场合拒绝,场面会更加难看——再说,哪里还有更安全的地方呢? 昨晚,她已经着意摆脱了另一位伸出手的盟友,谁还会相信她呢?

还有:虽然她在公众眼中跟十九扁斧绑在了一起,但十九扁斧也跟她和勒赛耳绑在了一起。

玛希特舔了舔勺子背,"我的空间站向我支付了足够的薪水,无须依靠公共赌博获得额外资金。"

"能说出这样的句子,竟然还能让十珍珠相信你愚昧无知。"十九扁斧甚觉有趣,"'无须依靠额外资金',你比亚斯康达还'糟糕'。"

"怎么说?"

"我认识亚斯康达的时候——他大概比你大一两岁? 那时候,我服完最后一轮兵役,六方向刚授予我'伊祖阿祖阿卡'的称号。当时,亚斯康达已经是宫廷常客。他是喜欢泰克斯迦兰的。可你,达兹梅尔大使,如果你不是大使,你甚至会申请成为泰克斯迦兰的公民。"

玛希特没被这话吓退,说道:"科学部部长永远不会批准我的申请。"接着又往嘴里送了一口粥。她为自己没有畏缩而自豪,为自己能想出恰当的回复而自豪,也为自己能继续轻松吃饭而自豪。看到三海草和十九扁斧同时被自己的话逗得哈哈大笑,她也为此自豪。她们的笑声成功掩饰了玛希特的坐立不安,掩饰了她闻言后庆幸的心情,庆幸自己并不野蛮,有资格申请公民资格;也掩饰了她因为自己心怀庆幸,同时产生的自我厌恶。

新闻总算切换到了宫廷·天区用星爆图形文字呈现的内部新闻,玛希特松了口气。现在,她们三人都要关注官方通告,十九扁斧恐怕不能再考验她的忠诚了。星爆转化成为六方向本人,身侧立着几位泰克斯迦兰人。玛希特猜他们都是亚奥特莱克,是所有目前身在行星、可以出席通报会的将军们。将军们身子笔挺,衣装闪亮,就像一丛丛剃刀般锋利的芦苇,凸显了居于中央的六方向的老迈。

皇帝读着自己云钩上的通告。通告简短,有如定位精确的微型修辞炸弹:正如鲜花需要阳光,人类需要氧气,泰克斯迦兰需要再度向星辰进发——玛希特注视着十九扁斧的脸,看到她的眼睛眯了起来,嘴角紧绷。这是对皇帝的崇拜,玛希特想,还有类似恐惧的情绪,但没有受侮辱的表现。很可能,她审查过这篇通告,甚至有人还询问过她的建议(她知道这事多久了?从昨晚宴会开始?还是更久之前,在她假装跟玛希特和三海草一样一无所知,猜测着战争会在哪里打响的时候?)。

我们将前往帕兹拉旺特拉克地区,六方向说。他的脸,突然跟泰克斯迦兰宇宙星图重合。唯一市成了一颗金色的行星,悬浮在他两眼之间。接着,星图变了,显出舰队的航线和汇合点,在这会合点上,舰队将整合成为一把不可阻挡的"尖矛"。

玛希特认得那些星星,也熟悉那片区域的名字——但她熟悉的是空间站语的名字,不会充斥着泰克斯迦兰辅音。她熟悉的这片区域的名字叫"巴兹拉旺",意思是"高原"。所有的空间站人都定居于这片区域,早在十座空间站决定分散定居的时候。新闻上的航线和星图,她也很熟悉;但是,从前看到航线都是从另一端出发,朝向泰克斯迦兰。从她还是个孩子的时候起,这条航线就一直吸引着她。在大使套房里,亚斯康达的床顶就挂着一幅她熟悉的航线图:从勒赛耳的角度,望向帝国。

当然,泰克斯迦兰的目标不会是勒赛耳。勒赛耳和其他小小的空间站,不过正好处在大军压境的路线上,或许到了最后会乘兴顺便拿下。空间站外还有更广阔的空间,居住着埃博拉科特人和其他更加"异形"的种族,甚至还有从未被人类发现的种族。那儿有着丰富的行星可供改造或殖民,还有足够的资源可供开采。帝国的血盆大口再次张开,凶相毕露——泰克斯迦兰式永无止境的自我标榜,永远自以为是宇宙的中心。帝国,世界。不过是同一个意思罢了。如果世界不是帝国,那就把世界变成帝国——这才是星辰正当且正确的意旨。

但勒赛耳也绝不只是顺便拿下的战利品。玛希特尽可能冷静地分析情势:勒赛耳是人类活动历史最为悠久的人工世界之一,生活着最优秀的驾驶员,有着标准精确的资源开采系统,从星辰碎片中开采钼和铁——更别提勒赛耳处于重力井绝佳位置,控制当地大部分太空区域,包括两处跃迁门。

我们把朝外涌去的大潮交到一闪电迅捷的手中,任命他为总亚奥特莱克，作为这次行动的军团领袖。皇帝说完了，没人觉得意外。

"嗯，"三海草说，"真是——毫不意外。"

"对。"玛希特说，"看起来是这样。"她的声音冷静到连自己都感到惊讶。

"这个军事目标，"十九扁斧道，"不是我的第一选择。可惜皇帝并不是总听我的。"她叹了口气，一耸肩，挪开了椅子——她怎么总能表现得这么像**普通人**，就好像她跟她们没什么区别！"不过，玛希特，听到这个新闻，你作为大使的价值反而**增加了**。千万别认为我会把你丢到外面的狼群里去。"

也就是说，她还得在这儿作人质。作为同盟，或者说作为受她控制的人，她对十九扁斧还有用。"感谢您一再热情地款待。"玛希特回答。

"这是自然。"只要十九扁斧愿意，她的声音中就能带上歉意，仿佛打开了暖光灯开关——接着马上关上。她用轻快愉悦地调子说："今天要开的会肯定多到让人头疼。战争需要**多个委员会**支持。玛希特，你尽可以随便使用这间办公室。如果需要什么东西，七天平会帮忙的，早餐的碗碟也让他收拾就好。"

说罢，她一阵风似的离开房间，只留玛希特怀着恐惧与麻木，呆呆地看着她的背影，就好像十九扁斧走的时候带走了玛希特的舌头似的。

"我再也找不到比这更有趣的工作了。"三海草说，仿佛想用这句话表明自己的支持——她确实是在表明支持，说罢还拍了拍玛希特的手背，努力地替她打气。

"啊，这么说，你不会申请换一份工作。"玛希特说。

"当然不会。最糟糕的情况不过是：作为大使，你让你的人民并入了泰克斯迦兰。我们一起合作的时间还长着呢,玛希特。"

玛希特仿佛看到自己在泰克斯迦兰的职业道路正在转向,最终落到达法的格尔蕾丝大使的地位——只能跟其他新兼并地区的大使交往,寻找共同语言。她的表情肯定泄露了心中的沮丧,因为三海草又替她打气道:"你看,我们已经比昨天知道了更多的情报,也不算一无所得了。"

玛希特承认确实如此。"我想三十翠雀花想要警告我的可能就是这个。"她说,"**交易取消**。"

"你是说,你的前任想办法安排了一场交易,试图让帝国的兼并路线绕过勒赛耳?"三海草问。

玛希特点头,"无论何种交易,都是他跟——皇帝陛下之间达成的,我猜。现在他死了,交易取消了。"

"要是我是个多疑的人……"三海草开口。

"你就是个多疑的人,你可是信息部的人。"玛希特插嘴道。

三海草装出一副无辜的模样,但毫无效果。"如果我是个多疑的人,"她又说,"我就会起疑心:对任何一个希望舰队航向帕兹拉旺特拉克区的人来说,他的死实在太及时了。"

"如果我也是个多疑的人,"玛希特说,"我就会同意你的意见。三海草,你能帮我安排**私下觐见**陛下吗?"

三海草抿了抿嘴唇,思索着,"通常情况下,我会告诉你可以,但需要等上三个月,而且不能保证只有你一个人在场。不过,目前情势下,我想我能做得更好些。你有非常充分、非常官方的理由要求直接跟耀眼的陛下说话?"

"我的理由确实非常充分。"玛希特说,"去安排吧。我们有这间设备精良的办公室,不妨好好地利用。"

"这儿的一切都会记录下来。"三海草话音中微带歉意,"我敢保证,十九扁斧会记录下每一个手势,每一个图形文字。"

"我知道。"玛希特说,"但在我看来,我们别无选择。你觉得呢?"

"我只想提醒你——"

"去安排吧。"玛希特重复道,声音更加坚定。三海草点点头,站了起来,走过去打开了一个全息屏。玛希特立刻感觉好了些。她知道这是自我欺骗——面对目前一头栽进的绝望境地,哪怕依靠自己的力量迈出了第一步,获得的掌控感也只是幻觉。但无论如何,虚假的安慰也比没有安慰好。

一旦手头无事可干,她就会想到那条舰队的航线。

她能做什么?

这是个逻辑问题,或者说,已经超出了经典物理学的范围:在所有这些限制条件之下,还能采取什么行动?已知:她被困在宫廷·北区的中心,只能通过电子方式收取文档和信息,无法处理在自己办公室门口不断堆积的急待回复的邮件。已知:在十九扁斧公寓中,她通过电子系统的任何行为都会受到监视,再次限制了她跟外界的自由沟通。已知:勒赛耳空间站目前尚不知晓泰克斯迦兰大军将会席卷而来,仿佛太阳耀斑向外的一次随意爆发;且勒赛耳也没有足够的军事力量跟一整支泰克斯迦兰远征军对抗。已知:为了使这次远征朝勒赛耳所在的方向进发,前任大使才遭到谋杀。已知:她的活体记忆出了故障,只留下不属于她的、幽灵似的生化体验,还有仿佛她另一世的生命的、鲜明的记忆闪回。已知:她的活体记忆故障或许是由于人为故意破坏,还有——想一想,玛希特,好好想一想——破坏或许早在她到达"世界的珍宝"之前就开始了——或许,是空间站人自己下的手,出于某个她还不清楚的原因。

还已知:如果她不采取些行动,她就会被紧张的神经逼到崩溃。在玫瑰色的石英窗前,三海草被一圈信息图包围,她低声对着云钩说话,仿佛在跟她体内的活体记忆对话。玛希特站了起来。

比起被几千个随时变化着的可能性压垮,不如直接行动。在空间站,人类会一边行走,一边呼吸,一边跨出旋转的空气闸门,去修补空间站外壳的磨损部分。做这些事的时候,人们不会思考四肢如何移动,或者重力从哪个方向作用在他们身上,或者肺和隔膜的起落幅度是否正常。她也得这样做——不去思考;或者说,一边思考,一边行动。就像在晚宴上应对三十翠雀花那样。没时间在这儿发呆了。至少,她得跟勒赛耳取得联系,告诉他们她这边面临的情况。

她希望得到一些建议,但建议恐怕帮不上忙。承认活体记忆装置存在的时候,她已经违背了唯一一条直接指令。空间站的其他指令,恐怕也很难照办。不过,通信会减少一丝她的孤独感。听听勒赛耳传来的声音——谁的声音都可以,只要别是驾驶员议员温楚那严厉而又古怪的警告,警告已死的亚斯康达小心背后的**蓄意破坏**。那条消息不是发给玛希特的。警告别人小心"武器"的消息,不会发给"武器"本人看。

这就是外交活体记忆链存在的理由:不让任何一个外交官感到孤独。

亚斯康达,拜托,如果你在——

静电,仿佛电火花,沿着手臂传下来。从手肘到小指指尖的尺骨神经,都能感受到。活体记忆本身自从停尸房事件之后一直沉寂,现在也不例外。

也没时间理会这神经系统灾难了。之后再想吧。之后总会有办法的。现在,玛希特召出了自己的信息图"光圈",站在办公室另一头,开始同时起草致勒赛耳议会的两份消息。看起来,这两份消息在同一份信件里——她真希望能向对面正忙着替她安排会面的三海草炫耀自己的成果——三海草肯定能懂,她是如何在信件的头一份消息里编入了第二份消息的密码,而且肯定会赞赏她。

密码不算精巧。玛希特用的甚至不是诗歌密码,无须一位泰克斯迦兰的阿赛克莱塔格调高雅地进行解码。玛希特用的是书本索引密码。十几岁的时候,有一回,她觉得很无聊,于是开始扮演泰克斯迦兰人—— 一个拜占庭式的阴谋家,一个加密一切的人——于是她想出了这套密码。她用的是最常见的泰克斯迦兰图形文字字典——《帝国标准图形文字》作为解密钥匙。这本书在帝国全境发行,还越过了官方边境,抵达野蛮人地区,教会了野蛮人孩子读写泰克斯迦兰文字。书里有用的字一个不缺:"隐藏""背叛",还有"文明"的诸多相互交织的同义词。她选了《帝国标准图形文字》这本书,只因为这是最有可能出现在大多数场合的书本。哪怕是泰克斯迦兰人,也不可能记住图形文字书写系统中的每一个字。十九扁斧的图书馆中就有一本,只需几分钟玛希特就能拿过来。

当她试图提议把自己发明的密码系统介绍给议会,用于秘密通讯时,亚斯康达在她脑中哈哈大笑。当议会接受她的提议时,亚斯康达笑得更厉害了。加密过程如下:首先,她用空间站语书写——空间站语一共包括三十七个字母——接着,收信人会拿出一本《帝国标准图形文字》,从第一个空间站语单词开始,第一个字母代表页数,第二个字母代表行数。该页该行第一个图形文字,就是谜底。这套系统并非高保密等级密码,只是一点点掩饰,用来通过审查。

用空间站语写成的信件,她估计首先会被十九扁斧审读;接着,会被帝国审查办公室核查,最后可能还会被捎信去勒赛耳的船长查阅。所以,信中只写了新闻当中的内容——确切地说,是逐字逐句地重复了新闻,外加(在玛希特看来)十分克制地表达了沮丧与关注。

外加的沮丧与关注,给了她足够的字词,来加密成一条隐藏信息—— 一串没有语法逻辑的泰克斯迦兰名词和动词:紧急,前任大使折损——移动(自我,徒步,往返)受限——记忆不佳——主权受威胁——请求议会指示。

玛希特把这封带着双重消息的信件塞进信息条里。她对来自议会的指示并未抱多大希望,回信抵达自己手里的可能性太小了。但她算是向议会请示了,还发出了警告。虽然不论从哪个方面查验,泰克斯迦兰舰队的航线均指向勒赛耳空间,但关于舰队航线的广播很可能不会朝勒赛耳方向播放——帝国为何要**警告**自己的牺牲品呢……

她把信息条放进办公室门左边标着"待寄邮件"的桌子上。这个信息条跟其他的没什么不同,只不过多了红蜡标记,表示"紧急",还用红黑标贴表明这是"世界外通信"。很快,七天平就会按时出现在办公室内,把邮件送往唯一市,穿过审查办公室的层层迷宫,然后寄出。

玛希特想起大使公寓门口的"收到邮件"篮子,此刻里面的信息条肯定已经满溢出来,里面装的尽是愤怒的消息。"三海草,"她说,"有没有可靠的办法,让我处理我**本该处理**的工作?那些信息条?"

"嗯。"三海草思索着，"或许你能处理其中的一部分。你肯不肯违反一条非常微不足道的法规？"

"什么法规？"

"某个泰克斯迦兰人在九岁时就会违反的法规。使用他人的云钩。"

"我想，"玛希特冷冷道，"如果犯法者是非公民，这条法律可能就不那么微不足道了。"

三海草把手伸到头的一侧，取下眼睛上的云钩。"一点不假。"她说，"所以你绝对不能被人抓到。到这儿来。"

玛希特靠近。"我们的一举一动都受监控。"她说——虽然她明知三海草对此一清二楚。

"弯腰，你们野蛮人高得不像话。"

玛希特弯下腰——突然，在皇帝面前跪下的记忆再次鲜明重现——三海草把云钩稳稳地别在了她眼睛上。于是，她一半的视野中出现了数据，不断滚动的数据流，凝成一系列询问和请求的列表。云钩的界面非常符合直觉：它根据玛希特眼球的微动作快速校准，文档的结构是她本人办公室文档的电子版，只不过是通过三海草的权限接入。云钩虽然小，但也是一种掩饰：如果她用三海草的云钩查阅自己的文档，十九扁斧就看不到她究竟浏览了些什么，只能看到她戴着联络员的云钩。

"一些大使办公室需要处理的简单请求——签证申请这之类的——你本可以叫我来做。"三海草的手指按在玛希特的太阳穴上，很温暖，"但我正设法安排你跟皇帝本人面谈的时间，替你跟三个礼宾官和排队系统据理力争，所以没有时间。如果你想趁此机会工作，这儿是工作清单。"

"——谢谢。"玛希特说着，直起腰。"你不用这个？"她指了指云钩。戴着云钩,她的视野被遮住了一般,就像半边大脑受了伤,把一只眼睛的视野替换为"待完成清单"似的。

"一小时之内不用。好好利用它吧,大使。"

玛希特觉得她的声音听来——满是温情,甚至是宠溺。

她一直告诉自己,要假装三海草心中没有其他想法,只有个人野心和对野蛮人的喜爱。如果有一天她再也装不下去,心里肯定会痛得厉害。

勒赛耳空间站大使办公室的申请清单,大概有一半是申请签证更新,还有一半是有些冒犯的、公众感兴趣的问题,比如"空间站人如何安排日常生活?特别是节日庆典,或者类似公众狂欢的日子?"换作平常,玛希特看了就会恼火,但现在,这些却成了打发时间、分散注意力的绝好材料。给小报记者和沮丧的贸易商回信,竟能让她十分宽心。大约过了一小时,她才注意到,关于某个特殊的业务询问函,她一封也没有收到过:没人写信询问她打算如何处理亚斯康达的尸体。尸体至今仍放在司法部地下的停尸房内。自从普罗托斯帕萨四杠杆问过她处理意见后,已经过了半个多礼拜,却没人跟进此事——就连一个低级秘书也没有。

可能有人寄过询问邮件,却中途被拦,没到她手里?理由也可以很简单:她收不到送往大使公寓门口的信息条。不过,像普罗托斯帕萨四杠杆那种地位尊崇的人物,肯定会注意到一个公开的事实——勒赛耳大使目前正居住在伊祖阿祖阿卡十九扁斧的办公室中,然后将邮件转寄于此。如果询问邮件真的寄出过,那只能认为是故意送错了地址。

也有可能,四杠杆没有来信询问,想等她先开口要求;或者,他故意不问，想扣住亚斯康达的尸体，直到她问起为止。玛希特想起她跟十九扁斧第一次见面，当时她一阵风似的走进停尸房，没带任何随从，也没有任何前来的理由。玛希特想象十九扁斧的手指，丝毫不差地摸向亚斯康达头颅下方的活体记忆装置，趁玛希特还没烧掉尸体的时候，抢先拿出来。有人默许了她这么做。或许是四杠杆。伊祖阿祖阿卡能给司法部科学家提供许多好处，用来交换私下单独拜访死者的机会。更糟糕的是，她还能想出**好些人**，他们都愿意用人情、影响力或金钱来换取跟她前任尸体——以及他身上的**非法进口神经技术**——一两个小时的单独相处。

这是个问题，而且没法用"认领尸体"这么简单的方法解决。玛希特想象着把自己前任防腐的尸体带进十九扁斧的办公套间——说不定可以平放在沙发上，或者竖着靠墙，当作衣帽架。

这肯定能让十九扁斧高兴。

得找个更好的办法。

"三海草？"玛希特问道，"你认识十二杜鹃花多久了？"

三海草从围着自己的一圈信息图中抽身出来。"他给办公室写信了？"她问道，感到莫名其妙，"我以为他沉迷于用信息条给你寄匿名信呢。"

"他没写信。"玛希特回答，"但我想给他写信。你**信任**他吗？"

"这跟我认识他多久，完全是两个问题。"

"但两者之间有联系。"玛希特回答。

"你相信**我**吗？"

她看起来如此冷静，问的问题却如此私人，或许这也是泰克斯迦兰人的特点。这让玛希特想起十九扁斧——想起她，可没法增加信任感。

她还是回答道："我信任你，就像信任唯一市里的任何人。"这是实话。

"我们在一起才半个礼拜。"三海草微微一笑，嘴角扬起，"鉴于你没多少选择余地，倒也不怪你。我喜欢十二杜鹃花，玛希特。早在我们一同加入信息部之前，还是微不足道的无知学员的时候，我们就是朋友了。但他喜欢阴谋和戏剧化的东西，还认定自己永远不会死。"

"这我也发现了。"玛希特干巴巴地回应。

"所以，他是否可信，取决于你让他干的事。你想让他干什么？"

"一件他很可能会喜欢去做的事，既有阴谋，也有戏剧性。还有——秘密。"玛希特指了指信息屏，接着指了指耳朵。

"这样的话，不管是什么事，他肯定会喜欢的。不过，如果我不知道究竟是什么事，就没法告诉你他会不会干。"

玛希特说："我正在使用的信息任务列表——是存在你云钩上的，对不对？云钩里的内容都是所属者的隐私。"

"或者说，是佩戴云钩者的隐私。"三海草很高兴，"我想我明白了。等你准备就绪，就把它还给我。"

写一封给勒赛耳大使的信，然后寄给她自己，真是轻而易举。玛希特伸出手指，在只有自己可见的云钩投射屏（也就是在空气中）划出图形文字：十二杜鹃花得回去一趟停尸房，拿回我们讨论过的装置。接着，她取下三海草的云钩，视野一侧的信息流消失了，她眨了眨眼，把云钩还给三海草。

读过信息后，三海草问道："你想拿来自己用？"

"不，"玛希特说，"我已经有了。而且，这东西也没用了——里面只剩下腐烂过程的记录。"

"里面**有没有可能**还记录了其他东西？"

玛希特想了想，"如果安装得法，或许有可能？我也不确定。我不是普罗托斯帕萨，三海草。"

"唔。好吧，反正我确信，十二杜鹃花肯定会去做。而且他会保守秘密，不过——"她耸了耸肩。

"不过什么？"

"不过，你会欠他一个人情。而且，他有可能会把这东西拆开，画下结构图。他会说，这是出于自己的好奇心，这也的确是实话。从前我跟他经常惹麻烦；一半的麻烦都是因为他的好奇心惹来的。"

"那，还有一半呢？"玛希特没想到自己还能笑出来。

"我跟非常有趣的人交朋友，而他们惹了非常大的麻烦。"

"看来，你现在也没变。"玛希特差点儿就要笑出声来了。她几乎把三海草当成了自己的朋友，就像她在空间站里的朋友。很危险的想法。

"我说过你是我联络的第一个野蛮人。所以，还是有些变化。"

就在这儿。一条无法弥补的沟壑。如果玛希特不是大使，如果她是在诗歌比赛上遇见三海草，如果玛希特没有继承亚斯康达的活体记忆链，而是赢得了旅游签证和奖学金——在那样的人生中，她或许能多说些心里话，告诉三海草自己更真实的感受。

"我想，我可以赌一赌十二杜鹃花的好奇心，"玛希特说，"毕竟我已经赌上了和你的友谊。"

哪怕活体记忆装置被十二杜鹃花拿去拆了画结构图,也比其他任何人拿到手要好。之后,玛希特能有办法让他放弃这个想法——之后,等她不再受困于十九扁斧的公寓,等她不用再想办法阻止泰克斯迦兰吞并空间站(亚斯康达是怎么办到的?是否就是因此而丧命?),等她不用再想着三海草听了她方才的话,脸上高兴的表情。

深夜,玛希特回到前一晚睡觉的空办公室,发现新的邮件已经送来了。

有三根信息条躺在门口的浅口碗里:一根是匿名的灰色,想必是十二杜鹃花给予的答复;另一根的颜色玛希特之前从没见过:金属铜色,用白蜡封口,是三海草制服的颜色。看来信息部终于决定告诉她,当前任大使已经——玛希特苦笑摇摇头——无法工作后,是谁签的字要求勒赛耳尽快派来新大使。最后一根信息条是灰色的,贴着代表"世界外通信"的黑红色标签。看到这个,玛希特的心跳开始加速。或许德卡克尔·温楚又给死去的亚斯康达寄了一封信。不知这封信是由什么事件引发,但肯定比"登陆勒赛耳大使的电子数据库"复杂。她伸手到碗里,拾起这根信息条,却发现信息条底下压着一支她从没见过的植物枝条。灰绿色的叶子,白色的花,花托很深,纤细的枝条曾经卷在信息条上,现在盘曲在碗的底部。

玛希特从碗底抄起植物。植物像是刚摘下来,还流着泛白的汁液。汁液流到了信息部送来的信息条上,也沾到了她的手指上。她从没在十九扁斧的公寓里见过这种植物,就连在花朵种类繁多、形状各异的唯一市里也没见过。可是,这根枝条却是刚切下来的,不会超过十五到二十分钟。

她把枝条凑近鼻子,想闻闻味道。

"——**别动**。"十九扁斧急切的声音传来,仿佛鞭子清脆的抽打声。玛希特从没听她用这种语气说过话。她立刻丢掉了花朵,花朵跌落回碗里。被汁液沾到的手指开始感觉刺痛。她转头看到十九扁斧站在走廊尽头的拱门处。她在那儿站了多久?玛希特根本没察觉到她的出现。

"你闻了这东西吗?"十九扁斧来到玛希特身边。玛希特从没见过她脸上表情如此剧烈地波动过,嘴唇扭曲抿紧,简直就像原本戴在脸上的面具开始溶解。她手指的刺痛加剧,变成了真正的疼痛。

"没,我想应该还没有。"她回答。

十九扁斧厉声道:"把手给我。"那声音仿佛在命令属下的士兵,或是不听话的孩子。玛希特照做。十九扁斧握住她的手腕,暗色皮肤的手指紧紧箍住她的腕骨,仿佛扼着蛇的七寸。被十九扁斧握着手腕,玛希特本该感觉温暖,可她此刻却只觉得冰冷。握过花枝的手指已经变成了红色,就在她眼皮子底下,慢慢地隆起了水疱。

"看来,还能保住。"十九扁斧道。

"什么?"

"跟我来。"十九扁斧说,"得赶紧把这些汁液弄掉,免得碰到身体的其他部位,或者造成神经损伤。"她仍然握着玛希特的手腕,拖着玛希特沿走廊大步走去。

"那是什么花?"

"一种非常美丽的致命之花。"十九扁斧答道。两人转过拐角,来到一扇一直对玛希特关闭的门前。十九扁斧一个手势,门开了。门里赫然是伊祖阿祖阿卡本人的卧室,玛希特瞥见了没理好的白色床单，一堆信息条和纸质书叠在床上没人睡的一侧。接着，十九扁斧就把她拉进了卧室的卫生间。"把你的手放在洗手池上，但别开水龙头。"她说，"水只会让毒素扩散。"

玛希特照做。手指上的水疱肿胀，玻璃般透明，皮肤已经开始裂开。她觉得手仿佛被火烧烤，疼痛沿着手腕扩散，仿佛沿着三海草的胳膊扩散的唯一市的电击。玛希特还没从惊愕中恢复，只有一丝模糊的惊恐。是谁把这朵花留给她的？这朵花是如何越过围墙，进入十九扁斧办公大楼的花园？肯定有人把花带了进来，而且时间还不到二十分钟——枝条的汁液还在往外渗。这时，她食指上的一个水泡就在她眼皮底下破裂，她齿缝间发出无助的轻声呻吟。

十九扁斧转身走开，随即再次出现在她身前，手中握着一只打开的瓶子。她毫不客气地直接把瓶子里的液体倒在玛希特的手指上。

"这是矿物油。"她拿过一块毛巾，"接下来肯定会非常疼。忍住。"她用毛巾刮擦着水泡，连同着把她手上的油一同擦掉。玛希特敢肯定，她手指上的皮肤也被十九扁斧一块儿擦破了。她努力忍住，没把手抽回来。十九扁斧又倒了一次油，再次刮擦着。最后，玛希特的身体开始摇晃，大腿后侧开始打战。十九扁斧用钢铁般的手腕拉住她的上臂，让她坐在马桶盖上。

"要是你倒下磕破了脑袋，"十九扁斧说，"我帮你治手可就没意义了。"

留下这朵花的人，不可能是十九扁斧——她不可能又想杀玛希特，又急着把她拉进卫生间救她的命。叫出"别动"的时候，她的声音非常急切。

（当玛希特就要闻那朵花的时候，她刚好出声急切地叫住了她。难道她一直在看着？她看了多久？难道她想看看玛希特是不是真会去闻那朵花——她不打算叫住玛希特，除非——）

这些有关系吗？

十九扁斧跪了下来，跪在玛希特身边，用单独包装的纱布绷带包扎她的手，模样专注得就像战场医疗兵。玛希特想，或许她真做过医疗兵，作为皇帝的血誓盟友，在皇帝本人身边战斗——不对，这是把史诗跟现实搞混了。作为一个现代的统治着众多行星的帝国，泰克斯迦兰就算要打仗，战场也只会在星舰的舰桥上。

"这是什么花，竟然一碰就会中毒？"玛希特开口问道。逐渐减弱的疼痛，加上惊愕之下肾上腺素飙升，让她有些说不出话来。

"这是唯一市的本地品种，"十九扁斧回答，"通称为克索伊提，因为一旦吸入它的毒气，人就会致幻并死亡。"

"这可真让人高兴。"玛希特麻木地应道。她想用双手捧住脑袋，可惜手疼得太厉害。

"在太空时代开始前，泰克斯迦兰弓箭手会把箭尖插进盛开的克索伊提，给箭头淬毒。"十九扁斧继续道，"现在，科学部会从花里提纯出精油，用来治疗某些麻痹症。以毒攻毒——如果你相信这种说法的话。大使，你应该感到荣幸——有人希望你能**死得艺术一些**。"

如果说是科学部企图接连谋杀两任勒赛耳大使，这个说法也完全站得住脚，称得上是"有始有终"。这就像是诗歌朗诵会上的环套创作：同样的主题，在每一个诗节的最后都会出现。但玛希特并不想下定论。这种做法实在太有泰克斯迦兰人的风格，哪怕十九扁斧没有向玛希特暗示，也会料到玛希特终究会想到这一层，其中的这一泰克斯迦兰固定思维模式太过明显。回应,重复,每一个词都有另外一层含义。

玛希特头一次开始琢磨,十九扁斧——或者任何一个泰克斯迦兰人——有没有办法跳脱出泰克斯迦兰逻辑下的这一固定思维模式。一想到这一层,玛希特就感觉仿佛被扔进了冰冷的水中,随着手指上的疼痛逐渐消失,她的头脑越发清醒。就算这花来自科学部,把花带进十九扁斧办公室的人也必然是能在十九扁斧公寓畅通无阻的内部人员:十九扁斧自己,或者她的助手之一。**最好的情况是**,她们默许了花儿进入此地;最坏的情况是,她们中间的某一个人,正积极谋划着杀害玛希特,还希望她死得艺术。

艺术,花朵。**盛开**。十九扁斧刚才用的词,跟三十翠雀花的颂词中用的词一样。在宴会上,三十翠雀花对她很关心——还从醉酒贵族的骚扰中解救了她——但她无法信任他的动机。和三十翠雀花交谈中充满了挖苦、歉意和闪烁其词。而且,此刻战争已经开始。玛希特确信,三十翠雀花并不希望进行这场战争,或者说,不希望由一闪电指挥这场战争——忠诚在精心算计之下已经发生改变——难道她活着,对他来说太危险?(亚斯康达曾经的存在对他来说是否也太危险?)

这次并非环套创作,而是引喻,文字游戏。她过度解读了。对一篇泰克斯迦兰文章,再怎么解读也不会过度。玛希特的帝国文学导师,在课程一开始就这么说过。导师说这话意在警示,可十四岁的玛希特却一把抓住这句话,仿佛它是用来疗伤的神圣香膏……

玛希特抬头看向十九扁斧。十九扁斧,或许在最后一刻,决定不让她死。她望着十九扁斧,对方脸上毫无表情,无法解读。玛希特的手还在疼,虽然只剩微弱的疼痛,但让她想起零重力下的自由落体,在空间中毫无方向地翻滚,接着又想到——方向控制、高度补偿、游标推进器。于是她深深吸了口气——至少呼吸不痛——开口道:

"阁下,既然您知道活体记忆装置的存在——您基本上可以算是亲口告诉我了——我们在司法部停尸房第一次见面的时候,您原本打算做什么?打算对我前任的尸体做什么?"

十九扁斧扯起一边嘴角,显得有些啼笑皆非。"我总是低估你,玛希特。"她说,"或者说,你的表现总与我估计的不符。看你现在,差点儿中了毒,坐在卫生间里,却利用这个机会来询问我的动机。"

"嗯,"玛希特回答,"毕竟现在只有我们两个人。"仿佛这就是回答。从某个角度看,这确实是回答。毕竟,两人独处的机会,以后很难说会不会再有。(她不敢确定,以后还能有机会私下与十九扁斧见面,哪怕像现在这样两人力量强弱悬殊的机会。十九扁斧究竟是什么时候决定救她的?她会不会后悔?现在是不是已经后悔了?)

"确实如此。好吧,达兹梅尔大使,那我就对你坦诚一些。没错,我想要那个活体记忆装置。不过,我想你已经猜到了。"

玛希特点头,"这才说得通。我抵达唯一市,准备葬礼——如果您想要活体记忆装置,你再等就没机会了。"

"对。"十九扁斧跪坐在脚后跟上,平静而耐心。

玛希特又问了一个问题:"您要活体记忆装置来**做什么呢?**"

"跟你在停尸房见面的时候吗?玛希特,那时候,我想要的是一个谈判的筹码。宫廷中有好些利益不同的派别,都想要将活体记忆装置捏在手里——通过交出或持有那装置,进而控制你。"

"这么说……"

"现在我已经不再需要它了,对不对?"十九扁斧用手指了指卫生间,暗示坐在卫生间中的两人。玛希特点点头,无奈地承认了这个事实。控制勒赛耳大使本人,比通过谈判筹码"买到"勒赛耳大使的注意力和影响力,要好上太多。而且,十九扁斧此刻还有了另一个仍在工作的活体记忆装置,就在玛希特脑袋里(虽然得先剖开玛希特才能拿到,而且还出了故障)。

"我想,"玛希特说,"在目前情况下,我对你的用处没有你期望的这么大。"

十九扁斧摇了摇头,伸出手拍了拍玛希特的膝盖,姿态熟稔,又太过体贴。"如果你没有用处,此刻就不会在这儿。再说,你觉得,一个野蛮人敢在我自己的卫生间里挑战我做出的决定,这种事发生的机会有多大? 哪怕没有其他用处,你也让我的生活充满新鲜感——跟你的前任一样。我觉得这种相似之处很有意思,尤其是在你费尽心力为我解惑,让我知道你俩并非同一个人之后。"

玛希特想象如果是亚斯康达此刻会做些什么。活体记忆有了回响——这回响不属于她,此刻也不属于任何人——她回忆起他对身体的操纵有多自在,如何用他那流畅的、大开大合的姿态驱动她的身体。此刻,他一定会将手放在膝头十九扁斧的手上,或者伸出手——

(他的手抚摸着她的面颊,皮肤冰凉光滑。她大笑,转过脸来,嘴唇贴在他的手掌上)

记忆闪回退去。玛希特可以重复刚才闪回的动作(她原本就对十九扁斧与她前任的"朋友"关系有所怀疑),她可以伸出手去,抚摸十九扁斧的脸颊——

环套创作。固定思维模式。

她没有照做。而是迎上她的目光,长久地对视着。接着,她问道:"亚斯康达到底向您承诺了什么,让您对我们如此有兴趣?"

"不是向我承诺了什么,"十九扁斧道,"而是向皇帝陛下承诺了什么。"

说着,她把重心移回脚后跟,一下站了起来——就像特意给玛希特留下时间,消化话中透露的信息。玛希特想起六方向握住她手腕时,他手掌传来的病态的高温,他身躯脆弱得可怕,似乎正被某种快速发展的疾病所吞噬。

十九扁斧伸出小臂,迫使玛希特跟她肢体接触——迫使她接受自己的帮助,扶她从马桶盖上站起来。与此同时,玛希特心中想道:亚斯康达,你这个混蛋,你居然让泰克斯迦兰帝国皇帝相信自己能永生不死。

第十章

没有星图

不受她不眠双眼的注视；

没有星图

不受她握矛的长茧双手的保护；

她倒下了，

一位实至名归的舰长。

她倒下了，就像一位皇帝陨落；

鲜血染红了她一次又一次轮班守卫的舰桥。

——《旗舰十二伸展莲花坠毁颂》，作者十四手术刀

讲述代理船长五指针之死的开头诗节

……我们这片区域，一直夹在各大势力之间——我想，这并非我们前辈的本意。目前，我们时而向泰克斯迦兰低头，时而向斯法法星系、佩特里克五号星系或阮星系低头，这取决于哪方势

力在我们的边境线上更占优势。但是,我们手握跃迁门通道,处在一个狭窄却险要的位置上,所有强大的势力必须途经我们,才能进入跃迁门。尽管如此,我仍然不由自主地想象更加稳固独立的主权,空间站的权力只掌握在空间站人的手里,无须为了生存低头侍奉……

——塔拉茨//隐私//私有//

"新勒赛耳笔记",更新于127.7.10-6D(泰克斯迦兰时间)

玛希特看着七天平戴着一次性手套(在空间站里,玛希特会用这种手套处理废弃物),处理克索伊提。她回到房间门口的时候,七天平已经在等她了。玛希特再次走近那一碗信息条,此刻她已经神色如常,仿佛前一个小时的凶险根本没有发生过——区别只在于手上扎了绷带,脑海中多了份惊人的疑问——亚斯康达向帝国皇帝承诺的究竟是什么。嗯,算不上什么肉眼可见的区别。

七天平把克索伊提放进塑料袋里,停下来想了想,把碗也放了进去。

"我恐怕没法保证能正确清洗它。"他抱歉地说。

"信息条呢?"玛希特问道,"你能洗吗?"那几条信息,好不容易通过唯一市的审查,传递到她手里,她可不打算就这么放弃。

"恐怕不行。不过,如果您戴着手套,就可以打开信息条,阅读信息。之后,我再把这些信息条丢进灭菌器和焚烧炉里。"

这处理办法肯定跟普通垃圾的处理完全不同——玛希特心中苦笑。"把你的手套给我,"她吩咐,"然后去外面等着。我一会儿就好。"

七天平脱下手套,用指尖小心地夹着,递给玛希特。"厨房里还有没用过的手套。"他的语气有点儿不确定,不知是否该给她。

玛希特接过被污染的手套,然后接过信息条,"这副就行。我一会儿就好,你在这儿等我。"

他依言照做。七天平的顺从让人有些害怕:十九扁斧将他留在身边,是否正是因为他对十九扁斧的无条件服从?(这位随叫随到的助手,正在万分小心地处理花枝;这枝花,会不会正是他拿进来的? 对他来说,这事易如反掌——他拿着花,没人会觉得奇怪,毕竟他差不多天天都干这些活。)

玛希特当着七天平的面关上门,小心翼翼地戴上被污染的手套。乳胶手套扯到了手上的绷带,疼得她身子一缩。不过,总比花朵汁液造成的疼痛好得多。她将信息条上的封蜡一个接一个地掰开,轻轻松松。手指还能用上力气,手掌上的肌肉、肌腱和神经都没受损伤;看来毒液还没来得及扩散。她想这一切都得感谢十九扁斧,感谢她及时、亲密的善行。感谢她**改了主意**。

信息部寄来的信息条中出来了一行漂亮的图形文字,表明这是一封官方通信,用一行字回复了玛希特的问题:四个图形文字,其中两个还是名字和头衔。玛希特的问题是:是谁批准了勒赛耳大使的快速入境? 回答是:

帝国联合继承人八圈环批准此事。

这可真是——没想到。宴会上的三个指定继承人中,唯有八圈环完全与玛希特没有交集。玛希特对她的了解仅来自新闻报道和皇帝的歌颂传记中。她是皇帝的育儿所同胞,一直担任司法部部长,后来被提拔为联合继承人。皇帝的同龄伙伴。她名字当中的数字标志是"八",跟皇帝的百分之九十克隆体"八解毒剂"所用的"八"是同一个字。这一点,多少说明了她忠诚的对象是皇帝,但没法解释为什么她会急着要求勒赛耳派来新大使。除非她清楚亚斯康达向皇帝承诺了什么,而且——希望这一承诺能够成真?哪怕亚斯康达出事了,她也希望尽快进驻一位新大使,来完成这桩交易?或者,她希望**取消交易**,这才让亚斯康达被想法不同的新大使替换,期待新大使对这桩交易有着不同的想法,哪怕这桩交易让帝国张开的血盆大口转向其他猎物,也在所不惜?

就算亚斯康达想要背叛空间站的利益,他大可以找其他办法,不必非得用这么可怕的泰克斯迦兰式的阴谋吧。活体记忆并非单个人的重现,皇帝的活体记忆并不是皇帝本人——至少不全是。**难道他不知道?**

但这些都无法解释八圈环为何牵涉其中。除了一点:她是司法部部长,而亚斯康达的尸体正好留在司法部停尸房里,而不是唯一市别处——或许,她做安排是为了——

玛希特掰开第二个信息条。这是两根匿名的灰色信息条之一。十二杜鹃花这次没再费力编诗歌,送来的匿名消息很简单,仿佛在街头草草写就封好,然后投入公共邮箱似的。

消息是:你要的东西已经到手。出来时可能已遭人察觉。我不能留着这东西。明天清晨我会去你的套房。我们在那儿见面。

最后一根贴着"世界外通讯"标签。这封信很可能又是另一条秘密消息,一条给死者的警告。甚至可能是一条流言,说的是远在勒赛耳上发生的冲突。无论泰克斯迦兰皇位继承危机会掀起多大波澜——或者说,已经掀起了多大波澜,勒赛耳上的政治动荡也照样存在。玛希特忽然害怕打开它了。怀着这份恐惧,她迅速掰开信息条,力气用得太大,差点掰断了里面的塑胶片。胶片上印着她熟悉的字母文字。

这封信比前一封简短，日期标注的是前一封信的四十八小时之后：230.3.11。那时候，玛希特刚刚乘坐"升天节红色丰收号"离开勒赛耳，远远没到唯一市。这封信的抬头处写着：致阿格黑文大使，驾驶员议员德卡克尔·温楚。读这封信的感觉很古怪，就好像玛希特在偷听别人谈话似的，又像一个逃脱了监管的孩子，溜进一次本不该自己了解内容的会议当中：

如果前一封信没有回音，这封信将自动寄出。驾驶员议员希望你一切都好，并重复先前的警告：应帝国要求，矿工议员塔拉茨和继承议员安娜芭，已经派人前来代替你在帝国的职位。如果替代者忠于塔拉茨，那么她或许可以信赖；如果不是，或者她明显属于蓄意破坏的受害者或实施者，那么，驾驶员议员建议你去继承议员处寻找反对及敌对行为的根源（使用"敌对行为"一词也让我心情沉重）。

要小心。我无法确知蓄意破坏的性质（如果确实存在破坏的话），但我怀疑继承议员利用接近活体记忆装置的机会做了手脚。

阅后即毁。

信很短，透露的信息却比前一封**更可怕**。玛希特希望自己能有办法跟温楚议员谈一谈——告诉她，她的消息并没有落入空无一物的寂静虚空。虽然亚斯康达死了，他的继任者却在聆听。但温楚恐怕不会愿意从她嘴里听到这话，只会认定她已经遭受蓄意破坏，认定她不过是阿克奈尔·安娜芭操纵的无脑棋子，认定安娜芭不止在政治上支持她，而且还——**设法破坏了**她的活体记忆装置……

但她无法理解继承议员这样做的理由，她究竟出于何种目的。她觉得，自己**确实是**安娜芭亲自选择的亚斯康达的继任者。所以，或许那并不是蓄意破坏，或许她只是来这里——完成安娜芭想在泰克斯迦兰帝国实现的计划。

活体记忆故障如果不是被蓄意破坏，就是意外损坏，是她本人的过失。蓄意破坏和意外损坏，哪一种更糟糕？

突然，她非常希望及早跟十二杜鹃花会面，拿回死去的亚斯康达的活体记忆装置。如果事态恶化，勒赛耳被吞并，她本人被关进司法部牢房——至少她还能保住这份活体记忆，保住空间站的**秘密**，挽救前任大使残存的记忆。这也算是一种赎罪。如果她体内的活体记忆真的彻底损坏，那么本该和她合为一体的亚斯康达也就永远消失了。

玛希特烧掉了胶片，将所有信息条上的信息擦除干净——信息易于抹消正是信息条的设计目的——然后才打开房门。七天平保持着刚才的姿态，站在过道里，手里拿着垃圾袋，仿佛在她看信的十分钟里一动都没动过。这实在让人心中发毛。就算是一个面无表情的典型泰克斯迦兰人，也没有七天平这么呆滞和顺从。要是玛希特不知底细，甚至会以为七天平是个机器人。就算是人工智能，表面上也要比他多些自由意志。

"拿去吧，"她递上空空的信息条，"我已经读过了。"

他撑开垃圾袋。"手套也得扔掉，"他说，"关于您手受伤的事，我非常抱歉。"

"没关系，"玛希特说，"伊祖阿祖阿卡帮我包扎了。"如果留下克索伊提的真是七天平，听到正是自己的女主人阻止了他的计划，不知会做何感想——他脸上的表情没有任何变化，只是平静地点点头，仿佛十九扁斧实施急救是理所当然的事——或许真是理所当然的事。

"您还有吩咐吗?"他问。

我得在明天清晨之前逃出这间非常舒适又有严重生命危险的办公大楼监狱,去取回从我前任尸体中偷取出来的非法装置。你能帮我这个忙吗?

"没有了,谢谢你。"玛希特回答。

七天平点点头。"晚安,大使。"说罢,消失在走廊里。玛希特看着他的背影,等他转过拐角,才转身回到自己的办公室。办公室门在她身后轻声合上。她沉默地望着窗边的沙发,还有沙发上叠好的被子,想要躺下来闭上眼睛,把泰克斯迦兰发生的一切先放在一边。一转念,又想着从窗口爬出去,看能不能从花园逃脱。这儿有两层楼高,跳下去可能会扭伤脚踝。反正手上已经绑了绷带,胯部被餐馆墙壁砸伤,再添一个伤处也无妨。

她一直盘算着可行的计划,如何逃出这里,回到宫廷·东区。忽然,有人敲门。此时已过午夜——唯一市的两个月亮都升上了天空,两个小小的圆盘远远地悬在窗外。玛希特还以为别人都已经睡了。

"是谁?"她问。

"三海草。开门,玛希特,我有好消息!"

玛希特实在想不出,这个时间点敲门送来的会是什么好消息。她一边起身开门,一边想象外头的三海草身边围着一小群光照士兵,准备逮捕自己;或者,跟来的是十珍珠,准备杀掉她;还有其他各种各样可能的背叛……

但站在门口的只有三海草一个。她眼眶凹陷,筋疲力尽,双眼却亮晶晶的,似乎一杯接一杯不停地喝了许多咖啡,或者比咖啡更强的提神药剂。

三海草问也没问，径直从玛希特胳膊底下钻进了屋，挥手让门合上。

"你想私下觐见耀眼的皇帝陛下，对吧？"

"是倒是……"玛希特有点儿糊涂。

"你有没有好点儿的衣服？虽然我们这是私下会面，不必跟正式觐见一样那么严格要求着装。不过总还是换件衣服好。当然，前提是你有现成的衣服。我们没多少时间啦。"

"皇帝为什么选在午夜见我？"

"我并非无所不知，没法给你确切的答案。"三海草带着得意的神色，"不过，我可是花了十四个小时，越过层层官僚机构以及三等、二等和一等贵族，才终于跟皇家侍墨①搭上了线。他回复说，耀眼的皇帝陛下对面见勒赛耳大使也很有兴趣，也理解事态的紧急和微妙，所以让我们**现在**就过去。"

"我猜，这会面非同寻常，带着不容违抗的皇家命令。"玛希特说。几个小时前，她做梦也不会想到，跟泰克斯迦兰皇帝的会面，会变成**逃出此地**的机会——见过皇帝后，她或许可以溜进唯一市，跟十二杜鹃花见面，然后再神不知鬼不觉地溜回十九扁斧的办公室——不过，这需要三海草的参与。要是没有她，这事成不了。（而且，光凭玛希特一个人，恐怕也未必能找到路回到宫廷·东区。）

"的确不寻常，也的确是皇家命令。"三海草回答道，"十九扁斧也已经知道了——我想她会陪同我们进去。这里有一点儿问题——我不确定是谁的责任——我们得伪装成这位伊祖阿祖阿卡的随行人员进宫。玛希特，你不会……"

---

① 拜占庭帝国时期真实存在的最高级官职之一，负责保管皇帝签署帝国文件的红色墨水。

"我们当然不会拒绝。"玛希特打断了她的话,"哪怕是秘密会见——或许正因为这是秘密会见。"

"你是不是**学过**怎么搞阴谋诡计?在勒赛耳的时候。"三海草一边说一边微笑,但玛希特知道她是认真的,而且话中微微带刺。

"等见过耀眼的皇帝陛下,听完我的下一步计划,你再下结论也不晚。"玛希特回答,"到那时候,你就会百分之百相信:除了语言和交涉,阴谋诡计确实也是我的必修科目。"

御用会议厅的风格不像诗歌朗诵比赛宴会厅那样星光灿烂,更像是十九扁斧的办公大楼:金色细纹穿行于白色大理石间,其图案如同天穹下被闪电轰击而成的废墟般的——或者说绝妙的——摩天大楼。十九扁斧对这儿了如指掌,迎面遇到的几乎全是她的熟人,微笑招呼,愉快寒暄。她的衣着跟这儿十分相配,在白色大理石的映衬下,一身白色不再耀眼又冰冷。玛希特和三海草默默跟在她身后。对皇帝私下召见玛希特一事,十九扁斧未做任何评论。她只是赤脚套上靴子,用审视的目光打量了一番玛希特,似乎在品评着她的衣着是否合宜——十九扁斧的态度跟从前不同,带上了毫不掩饰的亲昵。玛希特估计,这跟卫生间里她想伸手去摸十九扁斧、而后又按捺下来的这种冲动有关——随后,十九扁斧便推着二人上路,去往宫廷·地区的深处。

一路前行,就像朝"世界心脏"攀登。一扇扇房间门打开又关上,仿佛心室的瓣膜一开一合,待三人通过后立即关闭。哪怕已过午夜,宫廷的"心脏部位"仍然人来人往:穿着拖鞋的双脚发出轻柔的脚步声,某位贵族的衣袂拂过拐角的窸窣声,远处传来的微弱谈话声。玛希特心想：不知皇帝有没有睡觉？或许，他睡不长，每三小时就要起来干一小时的工作，每一夜都有大量从泰克斯迦兰帝国各地送来的报告等待批阅。

皇家侍墨在一间前厅等候她们三人。前厅的墙壁比方才见到的颜色更深，不再是白色大理石，而是金色古董挂毯。皇家侍墨个子挺矮，跟三海草差不多高，还没到玛希特的肩膀。脸颊瘦削，发际线按照流行式样留得很低。他跟十九扁斧彼此扬眉招呼，像是又坐回熟悉的棋盘前的老对手。

"这么说，你还真把她留在了自己的办公室里。"他开口。

"等陛下与她商谈完，务必把她还回来，二十九桥。"十九扁斧说罢，没等玛希特想好如何礼貌抗议（比如她是按照自己的意愿来此，带着自己的联络员），便挥手示意玛希特上前。

三海草用完美的韵律说道："见到您是我的荣幸，二十九桥，正如偶遇山间的清泉。"这话哪怕不是原文引用，也必有出典。

二十九桥就像收到一件礼物一样开心得大笑起来，"等会儿你的大使进去见陛下的时候，阿赛克莱塔，你就跟我一块儿坐坐，给我讲讲你是怎么在一天之内打通了我所有的助理秘书们的。"

"小心，"十九扁斧道，"她鬼精得很。"

"你是在认真**警告**我？"二十九桥的眉毛高高抬起，直抵发际线，"星光在上，这孩子到底对你做了什么？"

"你很快就知道啦。"十九扁斧得意得像只猫。接着，她转身面对玛希特，轻轻地扣了扣玛希特的手腕——就在她包扎的伤口上方。

"你对他不必有求必应。"说罢，她转身一阵风似的离开了房间，只留玛希特站在那儿琢磨话中的"他"究竟是皇家侍墨还是六方向本人。

"感谢您帮忙安排这次会面。"玛希特主动对二十九桥说，试图夺回谈话的控制权，"希望我们没有打扰到您休息。"

他手掌向身子两侧摊开——这是个泰克斯迦兰人的手势，玛希特觉得意思是"无所谓"。"这也不是第一次了，特别是对勒赛耳大使来说不是，对我来说更不是。进去吧，达兹梅尔大使。他为你留出了整整半个小时呢。"

自然，亚斯康达肯定在她之前到这儿来过，向皇帝允诺永恒的生命及持续的记忆。玛希特发现有生以来头一次，她宁可自己没有这么了解亚斯康达，不清楚亚斯康达为何做出这样的决断。但是，活体记忆接受者原本就是前任的心理兼容者，她和亚斯康达——要是他们磨合的时间多一点儿就好了！——在两人合作的初期，一切都异常顺利。所以，她完全理解亚斯康达。

但她现在孤身一人，而这全都怪亚斯康达——两个亚斯康达：一个是死去的人，一个是消失的活体记忆。都是他的错。就算是勒赛耳的某人蓄意破坏，也全怪亚斯康达。玛希特手按胸口鞠了一躬，留下二十九桥招待三海草（或者说，被三海草审问），穿过跟六方向皇帝之间隔着的最后一扇门。

光线的剧烈转换，让她不由得眨了眨眼——前厅接待厅在午夜灯光昏暗，而皇帝的接待厅却被多盏全光谱太阳灯照得灯火通明。这时，玛希特才记起自己在诗歌比赛的宴会上见到皇帝时，活体记忆在她体内激起的强烈大脑边缘系统反应。她感到紧张情绪又在体内涌动，就像面对的是考试委员会，或者一个秘密情人——又是一个她宁可不了解亚斯康达的理由。真希望他的神经生化记忆残像别在自己体内闪回。

皇帝坐在沙发上，就像个普通人，一个在凌晨仍然醒着的老人。他的肩膀比宴会上更加佝偻,脸色疲惫,目光锐利,皮肤有着灰色的光泽。不知他究竟生了什么病,病得多重。是老年人免不了的小毛病?还是更严重、更难摆脱的疾病?比如癌症或器官系统衰竭?根据皇帝的脸色,玛希特更倾向于后者。明亮的灯光大概是为了帮他保持清醒——对于敏感的人来说,全光谱灯可以驱走睡意。这些灯盏围绕在皇帝身边,仿佛神圣光圈,或是特意模拟皇帝的太阳长矛宝座。

"达兹梅尔大使。"他用两根手指招呼她走近。

"皇帝陛下。"她考虑片刻,要不要双膝跪下行屈膝礼,让皇帝用滚烫的双手再次握住她伸出的手腕。在思索的时间里,她找到了克制行礼冲动的理由。于是,她挺直了肩膀,问道:"我能坐下吗?"

"坐,"六方向答道,"你跟亚斯康达个头都太高,站着没法好好说话。"

"我不是他。"玛希特说。她在沙发旁边的一把椅子上坐下。有些太阳灯注意到了房间里出现了另一个活生生的人,恭顺地转向把光洒在她身上。

"你的回答跟伊祖阿祖阿卡说的一样。"

"我没撒谎,陛下。"

"对,你当然不是他。亚斯康达可不需要别人带他闯过层层官僚来见我。"

玛希特感觉自己似乎处于溺水边缘。为了夺回主动权,她大胆说道:"请原谅。见到您朋友的继任者,想必您一定不好受。在勒赛耳,活体记忆继承者将会得到更多的心理支持。"

"是吗?"皇帝回应道。这与其说是问题,不如说是邀请玛希特继续讲下去。

玛希特对皇帝的这种收集信息的技巧并不陌生。她知道，自己受了伤，筋疲力尽，沉浸在文化休克的麻木中（而且看不到头），正在跟一位控制着四分之一星系的男人说话（就算他正在一点点地走向死亡）。她想把心里的话竹筒倒豆子似的全说出来。这种感受，有几分是皇帝高超的审问技巧所致？又有几分是大脑边缘系统传来的信任态度的闪回？已经不值得分辨。

"我们有长期的心理治疗传统。"她开口道，说罢紧紧地闭上了嘴，像是为了不让下一句话脱口而出一样。一次不要说太多。

皇帝大笑起来。逗他开心比玛希特想象的更容易。"我想你的确需要。"

"这个判断，是基于你对亚斯康达的认知，还是对我的认知？"

"是基于我对人类的了解。你也好，亚斯康达也好，都只是有趣的个例。"

玛希特抓住时机，露出微笑——嘴巴大咧，接近于亚斯康达的笑容——模仿刚才二十九桥的动作，摊开手掌，做出同样的泰克斯迦兰的手势，"而泰克斯迦兰则没有类似的传统。"

"啊，达兹梅尔大使，您才来泰克斯迦兰四天。有可能，有些东西您还没看见。"

没看见的太多了。玛希特相信这一点。"陛下，我很有兴趣听一听泰克斯迦兰应对心理困扰的办法。"她说。

"我相信你会有兴趣，但这并不是你坚持见我的原因吧。"

"不是。"

"既然不是。那么，请您说真正的原因吧。"六方向道。他双手十指交叉，关节因为年老而肿胀，皱纹密布，"好好说一说，我该把军队派往何方？"

"您为何如此确定,这就是我来此的原因?"

"啊。"他说,"这是亚斯康达向我提出的要求。难道你跟他**如此**不同?对你来说,有其他东西比你的空间站更重要?"

"他的要求只有这一个?"

"当然不是。但只有这一个要求,我答应了。"

"如果我也提出这个要求,您也会答应吗?"

六方向注视着她,耐心仿佛无穷无尽——皇帝拨给她的时间,不是只有半小时吗?为何她感觉自己无处可逃?她被餐馆墙壁砸伤的胯部的肌肉因为久坐而僵硬疼痛,手上的伤口处还能感觉到心脏起伏的脉搏——终于,皇帝耸了耸肩——他的外套翻领层层叠叠,几乎看不出耸肩的动作。"我在想,你究竟是一个故障,还是一个警告。"他说,"我想知道这一点,然后再回答。如果你能谈一谈这个问题的话。"

他的意思肯定是:**她究竟是不是活体记忆传承中出现的一个故障**。她并不是亚斯康达,这究竟是**有意为之**,还是一个错误。如果是错误,究竟是无意的还是**有意的**错误——难道皇帝知道蓄意破坏这事?不可能。既然他问出"是故障还是警告"这个问题,就证明他不知道。玛希特脑海中,六方向此刻的表情,突然叠加到了八解毒剂光滑的孩童脸蛋上。同样的耐心和盘算。那孩子是六方向百分之九十的克隆体,按照肌肉记忆,他的脸日后就会长成眼前皇帝的脸。这想法让她反感。孩童还没有形成稳固的自我,无法对抗活体记忆,他会被活体记忆吸收。恐怕这就是六方向想要的。

"就算我是一个故障我也绝不会告诉您的,"玛希特说,"否则来这里岂不成了专门向您展示活体记忆传承的不可靠性?"

至于我是不是警告,连我自己也不知道。她抹去了这个念头——让自己不去思考这件事。只要一想到温楚给死者的秘密消息,想到勒赛耳可能有意让她带着缺陷来此,凭着她的故障和破损,向六方向证明一些事情并发起责难,她就满腔怒火——但此时此刻,她绝不能发怒。她正跟皇帝独处。

皇帝发问:"既然不会告诉我,那么,能否请你展现给我看呢?"

"我想我并没有选择,"玛希特说,"我究竟是一个故障,还是一个警告;耀眼的陛下,这得留给您来决定。"

"或许,我会继续观察你的作为。"皇帝又耸了耸肩。绕着他转动的太阳灯,随着肩膀的动作一起移动,仿佛皇帝和灯盏之间有着联动的机制。共同组成了一个比人体更大的系统,听人指挥。"达兹梅尔大使,在我们回到谈判和寻找答案之前,告诉我一件事:你有没有继承亚斯康达的**活体记忆**?还是说,你继承的是其他某个人的活体记忆?"

"我是玛希特·达兹梅尔。"玛希特回答。这个答案明显有所隐瞒,让她觉得自己小小地背叛了勒赛耳,于是她继续道:"除了亚斯康达,我从没继承过别人的活体记忆。"

皇帝注视着她的双眼,仿佛在判断这双眼睛后面究竟是谁,让她难以掉转视线。玛希特想:*亚斯康达,其他时候你都可以不说话,但是现在——*

她想象他在脑中开口道:<你好,六方向>——不带情感,故作陌生却掩不住对皇帝的熟稔。她对亚斯康达打招呼的腔调一清二楚。

但亚斯康达什么也没说。

皇帝问道:"我们曾经讨论过西穹星系的家族,以及如何处理他们独家贸易权的要求,对此,你当时是怎么说的?"

玛希特不清楚亚斯康达当时的想法。她的亚斯康达在社交场合见过皇帝，但尚未爬到如此的高位，能与皇帝讨论帝国政策。"当时我还没有接过大使的职位。"她避开了这个话题。

她仍在被皇帝**观察评估**着。皇帝的眼睛是深深的褐色，几乎接近黑色；他的云钩极为精简，薄到几乎看不见。玛希特很想在膝头绞紧双手，不给双手留下打战的机会。如果真这么做，恐怕手会疼得厉害。

"亚斯康达，"皇帝开口道。一时间，玛希特不确定这是在称呼她，还是准备提起关于她前任的话题。"他在我面前高谈阔论，向我献上了很多的东西，极力劝我放弃扩张。那场景真是妙不可言：一个如此熟练掌握我国语言的聪明人，拼命想劝我们背离帝国几千年来取得成功的途径。我和亚斯康达在这个房间内一同度过了数个小时，玛希特·达兹梅尔。"

"这是我前任的荣幸。"玛希特喃喃道。

"你是这么想的？"

"也会是我的荣幸。"她没有撒谎。

"看来，你跟他真有不少共同点。又或许你只是出于外交礼仪。"

"这两者对您来说有区别吗，陛下？"

六方向露出微笑。他笑起来像勒赛耳人一样：满是皱纹的面颊向上拉扯，露出牙齿。虽然这是模仿，却让玛希特觉得格外熟悉。尤其是这四天来，她看到的尽是泰克斯迦兰式面无表情的脸。"你，"皇帝下了决断，"跟亚斯康达一样狡猾。"

玛希特故意耸耸肩，思考着围绕着她的太阳灯会不会也随着她的动作而移动。

他俯身向前。围绕他周围的灯光洒在玛希特的皮肤和膝盖上,很温暖,仿佛他的高烧是流动的,能触摸到她。"这是行不通的,玛希特。"他说,"哲学和政策都是有条件的——多种条件限制,跟着具体状况改变。泰克斯迦兰把手伸向勒赛耳的正当理由,换到其他边境国家就会变成错误——我说的泰克斯迦兰,指的是帝国的精华,也就是唯一市。帝国有许多张不同的面孔。"

"什么行不通?"

"让我们为勒赛耳破例。"他回答,"亚斯康达已经试过了,很不错的尝试。"

"可你答应他了。"玛希特抗议道。

"是的。"六方向说,"如果你能够实现他给我的承诺,我也会给你同样的答案。"

玛希特需要听他亲口说出来。这样她才能确认,才能摆脱无穷无尽的揣测,"亚斯康达向你承诺了什么?"

"勒赛耳活体记忆装置的设计图,"皇帝回答,语调轻松,就像跟她讨论的是电力的价格,"以及几份现成的活体记忆装置,供泰克斯迦兰使用。相应的,我承诺在我的王朝统治期间,勒赛耳能享有独立主权。我觉得,他提出这个条件挺聪明。"

确实聪明。**在他的王朝统治期间**。一系列的活体记忆皇帝,只算是一个王朝,同一个人无限重复——如果六方向真的认为活体记忆继承是一种迭代而非编纂——用勒赛耳技术换取勒赛耳的独立。永远的独立。借此,六方向能逃避掉正一点点杀死他的疾病,活在另一具尚未刻上年龄烙印的稚嫩身体中。

亚斯康达,玛希特想道,朝脑海中深处探寻,能想出这样的条件,你肯定很得意吧。

"或许,"六方向继续道,"你可以再在交易里加上几个勒赛耳的心理治疗师。我想,他们一定能对泰克斯迦兰的意识理论做出令人着迷的贡献。"

他到底打算**夺走**多少勒赛耳的东西？夺走，吞噬，转换成完全不属于勒赛耳、只属于泰克斯迦兰的东西。如果他不是皇帝，她真想扇他一个耳光。

如果他不是皇帝，她会大笑，并且问他：泰克斯迦兰的意识理论中，到底有些什么。**"你"这个概念究竟有多宽泛？**

但他就是皇帝——无论从语法上还是从存在式的意义上来说——他认为勒赛耳的十四个世代活体记忆链，只是某种对泰克斯迦兰"有贡献"的东西。

帝国，世界。同一个词，相同的内涵。

她沉默太久了。她的脑中满是泰克斯迦兰军队行进的轨迹线，夹杂着自己的愤怒，以及突如其来的糟糕困境。她受伤的手掌随着心脏搏动，传来一阵一阵的疼痛。

"亚斯康达花了好几年才做出决定，陛下。"她终于开口，"能在夜里陪伴您是我的荣幸，在我做出决定前，请允许我能多陪伴您几个晚上。"

"这么说，你还愿意回来。"

她当然愿意。她正坐在全泰克斯迦兰的皇帝身边，而且没有旁人在场。而且，他——虽然是个**挑战**，但却认真对待她，也同样认真对待她的前任。这样的对待，她如何能拒绝？哪怕来这儿会受苦，她也愿意。

她答道："只要您愿意接受我的陪伴，陛下。很明显，我的前任让您——感兴趣。我或许也能让您同样感兴趣。而且，您对我如此开诚布公，实在是极大的恩惠。"

"坦诚。"六方向道。他又露出十分勒赛耳式的微笑，让玛希特忍不住想用同样的露齿笑容回应，仿佛两人是共谋。"坦诚在修辞上没有多少价值，但很有用。对不对？"

"对。"在某种意义上，跟皇帝的交谈，是玛希特抵达唯一市后最开诚布公的谈话。她深深地吸了口气——放松肩膀，不模仿亚斯康达的肢体语言，也不模仿皇帝——她顺着皇帝的话问道："请慷慨原谅我无用的修辞，陛下，容我继续：您为什么想要我们的活体记忆装置？大多数非空间站人都觉得活体记忆链太让人……无法理解。这还是最体面的说法。"

六方向闭上眼睛，接着缓缓地、一点点地睁开，"你多大了，玛希特？"

"按照泰克斯迦兰年来算的话，二十六岁。"

"自从上一次世界的某一角企图毁掉世界的其他部分以来，泰克斯迦兰已经享受了**八十年的和平**。算来差不多是你年纪的三倍。"

其实每周都有关于边境冲突的报道。几天前，欧迪尔星系还有一次公开叛乱被镇压。泰克斯迦兰**并不太平**。但玛希特能理解六方向界定之中的区别：那些边境冲突属于**宇宙之外**，那些未开化的地区。他口中的"世界"，就是"唯一市"。这个词是由"正当行动"这个动词衍生而来。

"确实很久了。"她承认。

"和平必须延续。"六方向皇帝说，"此刻，我不能允许帝国的动荡。八十年的和平应该只是开始，而不是结束。等到人类更有人性、更加友爱、更加公正之时，这段岁月不该成为失落的历史。你明白吗？"

玛希特明白。皇帝想要活体记忆装置的原因简单、错误又可怕：他心中充满了恐惧，不敢把无人监管的世界交到另一个正当而又熟悉的人手里。

"你已经见过了我的继承者们。"六方向继续道,"想象一下,达兹梅尔大使。在他们的照护下,世界将会有何等**腥风血雨**的内战。"

宫廷·地区接待厅外面的房间空空荡荡,只有三海草一个人。一见内室拱门打开,玛希特从门后走出,三海草便连忙挣扎着站了起来。

"你睡着了?"玛希特真希望自己也能在沙发上眯一会儿,十分钟也好。

三海草耸耸肩。在前厅昏暗的金色灯光下,她的褐色皮肤看起来发灰。"得到你想要的东西了?"

玛希特不知如何回答。她的脑袋嗡嗡作响,昏昏沉沉,装满了有毒的秘密。亚斯康达的交易。六方向不惜代价也要求得永生的原因。这些都没法用一两句话解释。

"走吧,"她说,"别让人发现我们不在该在的地方。"

三海草从齿缝中发出哼声,表示理解,随即迈开步子。玛希特跟在她身旁,一同出了前厅门。她此刻最不想做的事情,就是解释。

如果她有时间停下来思考——

除了思考,她什么都没做——

三海草走在她的左边身后,就像一个完美的影子,跟诗歌朗诵比赛那时一样。

"十九扁斧留了条口信。"即将跨出皇帝接待厅时,三海草开口道,"她要我告诉你:她不会阻止你做任何不明智的事。绝对不会。"

玛希特打了个哆嗦,明白十九扁斧决定放自己自由。可悲的是,自己对她、对三海草,此刻竟充满了感激。

插　曲

　　活体记忆装置很小,顶多只有人类大拇指最短的关节这么大。虽然全空间站有整整三万人,一万条存留的于体外或体内的活体记忆链,但一间小小的球形无菌室就足够储存所有活体记忆链了。储存室紧挨着空间站怦怦跳动的动力核心,尽可能地隔绝了太空垃圾、宇宙射线、失压事故等等潜在的危险。阿克奈尔·安娜芭曾经说过,这儿是全空间站最安全的地方,是全空间站人栖息的港湾:死者会来这儿安息——一段时间——然后重新回到世间,成为新的人。

　　安娜芭站在球形储存室的正中间。储存室的每处表面——除了她双脚所立之处以及通往门口的一条小径——都布满了贴了标签的密封格子。标签一般标注着数字,最古老或最重要的活体记忆链有时还会标注名称。如果她朝肩后抬头望去,就能看到一个标注着“继承”的格子。她本人的活体记忆便来自此处。等她死后,她的活体记忆也会回到这里。

　　这间储存室,曾经是她内心平静的来源。这儿只有宁静,一切都在提醒她：整个勒赛耳都在她的照看之下，从过去一直延伸到未来。阿克奈尔·安娜芭自认是档案管理员；如果她生在一颗绿色行星，她会自称"园丁"。跟园丁一样，她的职责也是嫁接（就像嫁接植物一样嫁接意识）、保存和设计，不让任何属于勒赛耳的东西遗失。

这儿**曾经**是她内心平静的来源。

一段时间之前——按照空间站目前通用的泰克斯迦兰历法，"一段时间"指的是六周。安娜芭出生之前，泰克斯迦兰历法就已经被空间站使用。勒赛耳文化就是这样一点一点被吞噬：一周时间跟勒赛耳自转周期（朝向或背向勒赛耳的太阳）一点儿关系也没有。而此前，她连想都没想过这一点。总之，一段时间之前，她曾站在这里，利用继承议员的权力，从格子里取出了一份活体记忆。

她的指甲已经用溶液清洁过，还特意修剪打磨得异常尖锐。

她掌中的活体记忆装置来自标着P-N(T.2)的格子。继承部的活体记忆装置代码表中，P-N代表政治（谈判）——表示这份活体记忆专长的种类——之后的T代表泰克斯迦兰，继承这条记忆链的是派往帝国的政治谈判者——最后的2代表这是这份活体记忆链的第二代。她掌中的活体记忆装置来自亚斯康达·阿格黑文，已经过时了十五年。

安娜芭小心地拿着活体记忆装置，举起它旋转。在柔和的光线下，装置闪闪发亮。由金属和陶瓷制成的活体记忆装置，有着脆弱的接口，用来连接宿主脑干中的装置底座。安娜芭注视着这东西，心中的愤怒一如既往：这条记忆链如纵火犯一般败坏，甚至会用炸弹粉碎空间站外壳。亚斯康达·阿格黑文，你比纵火犯和炸弹客两者加起来都糟：你想打开自家大门，让泰克斯迦兰长驱直入。你念着诗歌,寄回成捆的文学作品。年复一年,越来越多的孩子离开家乡,前往帝国参加能力测试。他们原本可以留在空间站派上用场。你这腐化人心的毒药,任何正直的人都该用脚踩碎储存这条活体记忆链的装置。

她没有用脚踩碎手中的活体记忆装置。

而是伸出她尖锐的指甲,轻轻地,非常、非常轻地——她简直不敢相信自己的作为,她正在犯下对自己的背叛罪,背叛了记忆,背叛了继承的**理念**,背叛了在她体内掀起反感和恐惧情绪浪潮的活体记忆(一共六代继承议员,全都陷入极度的恐慌和混乱之中)——刮擦着装置上每一个脆弱的接口,让它们更加脆弱。这样一来,压力之下,或许会造成短路。

接着,她把活体记忆装置放回原处,推荐了玛希特·达兹梅尔作为下一任勒赛耳大使。此后,一连几周,她都感觉——很好。**她做了正确的事。**

但此刻,她站在满是活体记忆的房间正中,这个曾经是她内心平静来源的储存室中,心跳却不断加快,肾上腺素激升,口中尝到铅味。这是她脑中活体记忆不愉快情绪的余味。活体记忆绝不会做出她这样的行为——销毁某条活体记忆链,除非经由正规手续,得到议会全体成员的通过,当着议会所有人销毁。我还能做些什么?阿克奈尔·安娜芭想。她还能改变些什么?

此刻,泰克斯迦兰战舰已经指向他们所在的区域。她做的这些改变又能顶上什么用呢?

一旦某艘"升天节红色丰收号"规格的战舰,认定勒赛耳空间站所在的拉格朗日点还是空着更好,打击之下,就连这间空间站中最安全的房间也会粉碎,化成碎片飘浮在太空中。她对记忆的干涉,她排除毒药的努力,全都白费了。太迟了。

第十一章

　　毁掉我的是人类共性。我没法像一群埃博拉科特人一样四足着地,跑得飞快,在追猎之下存活;但我懂得群体的本质:如何依靠首领领导方向,如何在杀戮时刻变成一个有机整体。我之所以懂得,是因为这也是我的本质,是泰克斯迦兰人的本质(或许没法说是人类共同的本质),我们都在寻找共同目标,想让自己归属于某个盟誓团体。我对人类共同的本质已经不再确信:我一个人在外生活得太久了。跟这些野蛮人在一起,我自己也正在变得野蛮。我梦见泰克斯迦兰落入了异星人的尖爪。我想,我的梦并非不幸,而是投射于前的欲望,是投射于将来的自我。是可能性的想象。

——选自《神秘边疆书简》,作者十一车床

　　禁止入境项目(勒赛耳空间站):未列入《私人物品清单(宠物及陪伴)》的动物;未经灭菌电子束验证为不具放射性的植物和真菌;未经包装的食物(经边境管制人员的允许,食物可在边境管制处灭菌消毒）；任何能在空气中发射固体弹射物的器具；任何能释放火焰或可燃液体的器具；任何会释放悬浮微粒的器具（包括吸入性休闲品、艺人使用的"烟雾装置"、厨师或烹饪者使用的"烟器"）……

——选自《海关信息数据包》
发送至计划停泊在勒赛耳空间站的飞船

　　黑暗中的唯一市让人陌生。一片寂静，像是闹鬼似的：宫廷·地区的大街和幽深的花池比白天显得更加宽阔，所有的建筑物看起来都像神秘的有机体，仿佛它们会呼吸或绽放。街上行人很少，仅有的几个泰克斯迦兰人都沉默无言，眼神躲闪，他们如影子般移动，忙着执行自己的宫廷事务。玛希特埋头跟着三海草。她疲惫至极，身上的每个部位都在疼：胯部、手掌、脑袋（肯定是神经紧张性头疼，而不是某种神经事件的开端——她几乎可以肯定）。

　　两人的脚步声在大理石地面上回响。勒赛耳没有这种无法逃离的黑暗，除了太空本身：在空间站里，**总有人**得醒着轮班。不论人处在睡眠/清醒周期的哪一个阶段，公共区域都不会有任何变化。如果你想要黑暗，回自己房间调暗环境灯就行。

　　此刻，整整半个行星没有阳光照射，而这种状态还要持续四个小时。身在建筑物内部时，玛希特并不介意这种日夜交替。但在户外，感受就完全不同。沉沉暗夜仿佛重重地压在她的后脖颈上，让头疼越发剧烈。虽然明知不可能，但她总觉得黑暗能发出声响，某种发闷、扭曲的声响。

　　唯一市地板上自卫 AI 的金色纹路，是此刻唯一一个比它在白天时更加显眼的事物。金色纹路在她们脚下绕圈打转，爬上建筑物底部,一直爬到两层楼高,就像某种入侵的真菌,在幽暗中发亮。三海草越过AI纹路时显得格外小心,让玛希特怀疑她是在害怕这东西。

三海草没戴云钩。两人一出皇家寓所,三海草就摘下了云钩,把它塞进自己的外套口袋里。我们哪儿都没去,她当时这么说的。玛希特明白这话的意思。三海草的意思是说:她们要穿过唯一市,但不能留下三海草的官方轨迹。此刻,玛希特跟在三海草身后进入越来越广阔的黑暗,让她不禁开始怀疑:三海草是不是故意避开跟唯一市的接触,因为唯一市曾经莫名其妙地拒绝按她的要求行事。

唯一市曾经用蓝色火花电击过她,就好像将她视作非公民一样。十珍珠引以为豪的"完美算法"认定她是外来者,必须阻挡在外;是一种传染病,需要用它那蓝色电火花将之消灭。

玛希特之所以会有这些想象,恐怕跟她俩半夜偷偷摸摸潜入宫廷·东区的鬼祟气氛有关。要是给三海草知道,多半会嘲笑她。还有,她跟六方向会面时极度的不安,隐藏的紧张情绪,此刻正慢慢地从她心底浮现。

内战。唯一市自己跟自己的战斗。

皇帝想要依靠活体记忆装置,阻止这头巨大的贪婪野兽,阻止帝国的大口咬向自己的身体……

宫廷·东区比宫廷·地区更明亮,但神秘程度丝毫不减。这儿的亮光来自燃烧着的霓虹灯管,红色、蓝色、橙色交织,照亮了广场的通道,也照亮了通向一幢幢政府大楼的指示牌。三海草在一个岔路口犹豫停下——这儿的AI纹路越来越密,几乎织成了一个结——肩膀一耸,转过身,朝另一条被橙色灯光照亮的道路走去,并挥手让玛希特跟上。路两旁的白色花朵亮得仿佛盛开在火焰中。

玛希特肯定是因为困得太厉害，竟能在花丛中看到火焰。这可不是什么好事。倒不是幻觉——应该不是，她几乎可以肯定——但她太久没睡，毒花事件和面见六方向时涌出的肾上腺素，效力也早已退去。

但她还是轻轻地开口问道："你是不是在躲开唯一市？"

三海草没停下，边走边回答："没有。我只是不想冒险而已。"

玛希特到现在都还没有没问过中央九广场上发生的事。在十九扁斧的公寓中一直没时间问；而且，当时有这位伊祖阿祖阿卡的监控设备随时随地监视，也没法讨论这个问题。此刻，在黑暗中，玛希特心底突然升起一股勇气，一种无拘无束的感觉，两者交织在一起。她开口问道："它从前没这样对待过你，对吗？从没把你当作教训的对象。"

"当然没有。"

"二等贵族，不受小规小矩的约束。"

"我是泰克斯迦兰的守法公民，大使。"

玛希特闻言吃了一惊，伸手轻抚三海草的肩膀。"对不起。"她说。

"为什么道歉？"

"因为我妄自揣度了你的道德感。"

"你可以道歉。"三海草道，"不过我想，道歉不值得你花时间。唯一市——让我很吃惊。"

"你当时更像是在抽搐，而不是吃惊。"

三海草突然停下转身，抬头定定地看着玛希特。"是在那之后，我才感到吃惊的。"她用不容置疑的口吻说道，"之后，我有大把时间感到吃惊。在医院，我背完了最难的政治颂扬诗，确认了我的唯一市并没有损害我的长期记忆。之后我就躺在那里无事可干，玛希特。"

"我不该提起这个话题。"玛希特说。

"我没那么脆弱。"三海草回答，"既然我的野蛮人想琢磨这儿的文明会不会再电击我一次，那就让她琢磨。我能应付。"

"你觉得我在琢磨的是这个？"

"换成我，我就会琢磨这个。"黑暗中，三海草的眼睛就像一整块黑色石头，看不见瞳孔，如漆黑的夜空一般神秘难测。"还有，这种事故有没有在**别人**身上发生过，当时的情况如何，这些我都会琢磨。"

"发生过吗？"玛希特问。

"比我料想的多。过去六个月，发生过八次。其中两人死亡。"

玛希特不知道该说什么——"对不起"毫无用处，"是我的错吗"又像是厚颜无耻地乞求人家安慰自己。她知道自己不配：**这很可能**就是她的错，或者亚斯康达的错。要不就是不知怎么把亚斯康达卷进去的**内部动乱**的错。即将到来的秩序崩溃的错。

"我说了，我很吃惊。"三海草温和地补充，"来吧，玛希特，到你的公寓还得走二十分钟呢。"

一路走来，哪怕没有云钩标记她们的电子轨迹，玛希特还是觉得唯一市在盯着自己。她告诫自己，她又在过度解读了。唯一市杀害或伤害公民，这确实是个问题，但未必是她引起的问题，可能根本与她无关。总不可能事事都与她有关吧。只要远离泰克斯迦兰人深信不疑的叙事倾向，她就能说服自己。

玛希特大使公寓里站着一位男人，黑衣黑发，站在高高的窗户中间，几乎与黑暗融为一体。他一动，玛希特才发现他的身影。他手中握着什么东西，走廊的灯光从上面反射而出，只见白光一闪，这个男人朝她冲了过来。此刻，她才刚刚踏进拱形大门两步。三海草戴上了云钩让门打开后，就站在她左边身侧，来不及援助——

恐惧涌起，就像有人在玛希特胸口踢了一脚。任何有理智的人都会选择逃跑。玛希特一直觉得，一旦遇到直接的人身威胁，她会选择逃跑——在勒赛耳上，她**很早**就在战斗能力倾向测试中被刷了下来。她自保的本能太强，畏缩情绪也太强。冲过来的男子在走廊灯光下现出身形，玛希特发现他的面容熟悉得可怕。他左手持着锐物——借着光，可以辨认出是一根针，粗得像棘刺，针尖处还沾着黏黏的液体，幽幽闪亮。是毒，玛希特一边扭身躲开一边想，针尖浸了毒。她身子后倾，失去了平衡跌倒在地上，重量压在绑着绷带的手掌掌根处，传来一阵剧痛，甚至让玛希特以为自己被刺中了。她的畏缩情绪到底还是存在。

"操——"站在门口的三海草大张着嘴。

这名男子抬起头，愣了片刻，像是在评估现场状况——在他愣神的功夫，玛希特认出了他。这个男子一脸惊讶受挫的表情，在宫廷·地区走廊里，当三十翠雀花把他从玛希特身边拉开时，他就是这样的表情，但她一时想不起他的名字。他曾想招募她进一闪电的部队，之后受到了三十翠雀花的威胁——而现在，他却出现在她的公寓里，举起那可怕的针，正对着三海草。玛希特想起了克索伊提——针上可能是接触性毒药，也可能是注射性毒药。她在脑中飞速过了一遍她所知的所有神经毒剂，中毒的下场全都不妙。袭击者的速度很快——三海草还没从唯一市的电击当中彻底恢复,要是被攻击,绝不可能全身而退。

玛希特就地滚去,压上全身的重量,用肩膀狠狠地撞向男子的膝盖。接着,她双手紧紧地握住对方的皮靴,抓住男子的脚踝,把脚掌拖离地面。掌心传来刺透全身的疼痛——绷带下的水泡肯定破开了。她手肘之下的身体似乎都融化成了液体火焰,往地面滴落。男子倒下。玛希特情绪亢奋,心中的恐惧被肾上腺素盖住,也算是某种福气——她利用自己野蛮人的身高优势和修长的四肢,成功地爬到了男子身上,压住了他。

男子口中咒骂,拼命推搡——他很强壮。他有说过他在军队服过役,理当强壮——但她用自己没受伤的手抓住了他的衬衣衣领,一只脚踝钩住了他的大腿。此时,男子一个翻身,反压到了玛希特上,举着针尖向她的脖子迫近。眼看毒药就要进入她的身体,造成麻痹和窒息,还会流进大脑,溶解她,溶解亚斯康达,以及两人所有的合并成果。绝望之下,玛希特用扎着绷带的手抓住了男子的手腕。刺痛让她想尖叫,水泡不断破裂,但她仍然坚持着。

"你不该反抗的,"他气急败坏,"你这肮脏的**野蛮人——**"

当他想招募玛希特加入泰克斯迦兰军团的时候,倒不介意她野蛮人的出身。

玛希特用尽全力掰着男子的手腕,把男子的手推向他自己的脖子。针尖划过男子的喉咙,留下一条长长的伤痕,红色血珠渗出——喉咙立即肿了起来,变成了紫色。(**该死的,**这到底是什么毒药?)男子就像被勒住了脖子,喉头发出含糊不清的声音。玛希特感到男子的身躯渐渐僵硬——痉挛——开始抽搐,一种无意义的可怕抽动。接着,失去了知觉的手指松开,针跌落在玛希特的头旁边。

玛希特把他推开，臀部和手肘发力，慌乱后退。刚才她本该尖叫的。现在四周太安静了。只有她粗重的呼吸声。

一分钟后——她感觉这是她这辈子度过的最漫长的一分钟了——套间的门终于嘶声关上，顶灯忽地亮起。三海草来到她身旁，两人背靠墙壁坐着。在正常得不能再正常的室内照明下，之前企图攻击她的男人尸体显得又小又不相称，很难想象他刚才还能走路、呼吸，还可能杀了她。针型的凶器在他身旁，像是一条冬眠的蛇。她的呼吸渐渐平缓，男人的名字出现在脑中。十一针叶树。曾是一个人，现在是一个死人。

"唔，"三海草声音发抖，"这可真是一个新鲜的麻烦。你没事吧？"

"我没受伤。"玛希特回答。只说这一句似乎比较明智。

三海草点点头。玛希特能看到三海草眼神的方向，她的视线没法从尸体上挪开。"嗯，"三海草说，"很好。你从前——干过这种事吗？"

"什么，谋杀吗？"玛希特反问。啊，可不是嘛，她刚刚**做过的**正是这种事——谋杀。她要吐了。

"我们可以称其为正当防卫，当然，如果你喜欢的话，也可以说是谋杀。你干过吗？"

"没有。"

三海草伸出手，轻轻地拍了拍玛希特的肩膀，犹犹豫豫，力道轻得像羽毛，"真让我松了口气。我还以为，空间站人除了脑袋里装着死人到处走，还赞成突发性暴力行为……"

"就算一次也好，"玛希特绝望又无奈，"我希望你能这么想：我做这些，是因为我是人。是人都会这么做。"

"玛希特，大部分人不会——"

"不会在自己公寓里被带着可怕凶器的陌生人袭击,还得躲开自己唯一的政治盟友,只为了在这颗陌生行星上跟人秘密接头?确实不会。我猜泰克斯迦兰人不会有这些遭遇。"

"任何人都不会遭遇这些事。"三海草说,"通常来说。"

玛希特垂下脑袋,用双手捧住头,受伤的手掌擦到面颊,她又吃痛猛地撒开手。突然,强烈的睡意袭来,她困得要命。最好能在勒赛耳狭小安全的房间里睡一觉,这儿也行,只要能睡就好。她用牙紧咬住舌尖,或许这能赶走困意,她不确定。

"玛希特。"三海草更加轻柔地呼唤道,她伸出手,放在玛希特膝头,握住玛希特没受伤的手,跟她十指交缠。她的皮肤又干又凉。玛希特吃惊地转过脸看着她。

三海草耸耸肩,但没松手。

"历史上倒是发生过不少。"玛希特下意识的顺口说道,试图将历史典故包装成一件礼物,送给这位泰克斯迦兰人,送给面前这位哪怕没有任何理由、也会握住自己手的女人。"伪十三河写过。不完全一样,但反正类似。当时,亚奥特莱克九深红在已知空间的边缘遭到伏击——"

"没**那么**糟。"话是这么说,三海草的拇指仍然轻抚玛希特的指关节,"你只杀了一个人,而且这人肯定不是你错投帝国另一派系的秘密克隆兄弟。写下来的历史,总比真正的历史更可怕。"

虽然身体疲惫至极,面前还躺着一具尸体(尸体发紫发红,还在不停肿胀),玛希特闻言还是笑了出来。她问道:"你们教历史的老师,也教了你们这个?"

"不是老师教的。"三海草回答,"是我从经验中学到的。写历史的人心里总有个目的——这目的通常都与'戏剧化'分不开。我是说，看看伪十三河的书，里面的每个人都被混乱的身份和迟来的书信搞得焦头烂额。再看看五王冠的书，同样的扩张战役，她只想让你思考补给线的问题，因为她的赞助人是经济部长——"

"勒赛耳没有五王冠的书。这真是她的名字？"

"如果你生活在史诗历史编纂的黄金时代，每个人都有出席宫廷宴会和旁观战役的机会，而你的名字却叫'五帽子'，你也会给自己取个好听的笔名再出书的，玛希特。"

三海草说得一本正经，惹得玛希特大笑起来，急促的笑声扯得她胸口发疼。有可能她已经陷入了歇斯底里，极有可能。但这也是个问题。虽然明白是个问题，玛希特还是花了半分钟才喘过气来。三海草轻轻地捏捏她的手指，玛希特疼得倒抽了一口气。

呼吸平复后，玛希特问道："一个在皇帝的诗歌比赛宴会上跟我搭讪的男人，现在却想杀我，你知道为什么吗？"

"原来你认识他？"三海草松开玛希特的手，"你还记得他的名字吗？"说着，她站了起来，凑近尸体，双手背在背后，仿佛生怕不小心碰到尸体似的。接着，她蹲下来端详着尸体，外套的下摆拖在地板上，就像一只新生的昆虫刚刚打开的翅膀。

"针叶树，"玛希特说，"我记得是——十一针叶树。不过我当时醉醺醺的，他也一样。"

"跟我说说你们见面的经过。"三海草用鞋尖踢了踢死人的脑袋，好看清楚他的脸。

"他当时正在四处寻找不属于三十翠雀花派系的人。"玛希特说，"然后，我出言冒犯了他，他就企图——抓住我？伤害我。接着，三十翠雀花本人喝住了他——"

"你该带我一起去。"说归说，三海草语气中并没有责备之意，"这么说，他认识你。至少见过，而且不喜欢你。目前来说，我倒是不认识他，他也没穿代表归属或者支持某方的颜色的衣服——当然，他是杀手，肯定不会穿。只有诗歌或者历史里的杀手才会——"

"这么说，你也觉得这是暗杀。"

三海草直起身，"难道你觉得还有别的可能？"

玛希特耸耸肩，"绑架，小偷——或者某个不想让我跟十二杜鹃花会面的人——虽然我想不出有谁会知道——"

"除了我。"三海草的回答里带着一丝苦涩，"还有叫你来这儿的十二杜鹃花。"

"三海草，要是我连你都怀疑，怀疑你要杀我，那我就——"

三海草举起一只手，无力地挥了挥，打断了她的话，"假定我不会杀你吧。你第一天来唯一市的时候，我们俩不就达成了一致吗？我不会蓄意谋害你，你也不是傻瓜。谋杀你当然属于谋害的一种啊。"

三海草提到的这段对话——就发生在这间房间里！——感觉简直像好几个月之前的事，虽然玛希特明知道才刚过去四天。现在太阳已经开始升起，那就是五天。

"为了简化问题，"玛希特说，"我们先把你排除。那么，还剩十二杜鹃花，以及——在我之前拦截了他的信息的人。他确实提过他被跟踪了。"

"想要拦截信息条里的信息，要么就得在十二杜鹃花寄出的那一刻正好在场，要么就只能是信息部的人。只有信息部人员才能打开信息条的封口，看过信息，再把它封好。"

"说到信息部人员，三海草，还是你或者十二杜鹃花啊。"

三海草注视了玛希特许久，叹了口气，"阿赛克莱塔多着呢。我们当中，很可能有人为某一股势力卖命。就是这股势力想让亚斯康达死，想让你死，或者想让十二杜鹃花死——"

"如果不是因为信息条被拦截呢？"玛希特打断了她的话，"在他……在我……之前，他说'你不该反抗'，我想他本想威胁我，让我给他某样东西。我觉得，他压根没打算杀我。我想他要的是十二杜鹃花手里的活体记忆装置。他想让我把活体记忆装置交出来。可能是有人**指使**他来的。"

"会是谁指使他来的呢？"

玛希特本想说"一闪电"，可是那就意味着活体记忆装置不仅在宫廷，而且在整个泰克斯迦兰帝国都人人皆知——毕竟，一闪电身在泰克斯迦兰太空中的某艘指挥战舰里，要是连他都**知道**——

所以她改口道："三十翠雀花？他有可能——利用了十一针叶树和我的冲突。三十翠雀花当时非常明确地指出十一针叶树是在'袭击'我，而且稍后会找他谈谈……"

"他确实可能想要活体记忆装置，也会用把柄要挟某个廷臣帮他取得。嗯，确实不能排除他。"三海草的表情变得奇怪——有点儿恍惚，又有点儿沮丧，"你的活体记忆装置确实是个**问题**，玛希特。"

"对我们来说不是问题。"玛希特回答。对泰克斯迦兰才是问题。泰克斯迦兰太想要这东西了——或者说，太希望这东西不存在了。

"不。"三海草回答。她从尸体旁走开，回到玛希特身边，递出手想把玛希特从地板上拉起来，"我想，对你来说，这东西也是个问题。或者说，你让我们知晓它的存在这件事，就是个问题。"

虽然玛希特比三海草高得多，借不到她的力，玛希特还是握住她伸来的手。"说出这个秘密的不是我，"她站起身，"**是亚斯康达。而说出这个秘密的亚斯康达，我从来没有见过。**"

"那是什么感觉？"

"什么是什么感觉？"

"身体里不止一个人。"

这问题非常直白——自从玛希特踏上这颗行星，就没人问过这么直白的问题——这让她措不及防。她正站着思考该如何组织答案，手指仍然跟三海草交缠着——突然，门铃响了，发出令人不适的不和谐旋律。

"又是杀手？"三海草故作快活地说道。

"……希望是十二杜鹃花。"玛希特说，"你去开门看看？"

三海草照做。开门的时候，她紧靠着门框，就像躲开对方视线，就能躲开进来的不速之客。拱门缓缓地上升，门口站着的是十二杜鹃花。玛希特看着他脸上的表情，看他一点点认清屋里的形势：一具尸体躺在地毯上，脸涨成了紫色，窗户里有晨光射入，玛希特和三海草两人站在一边，就像两个不小心打碎了无价艺术品的孩子。

泰克斯迦兰式的面无表情显然帮了大忙，让刚刚发现谋杀案的十二杜鹃花也显得沉着冷静。另外，十二杜鹃花看上去也经历了饱受折腾的一夜，这一点也帮他做好了心理准备。他的信息部制服沾了水，橘色的袖口带着变得僵硬了的点点泥浆。一侧面颊上也抹了泥，原本打理的整齐的头发也蓬乱毛糙。

"你的样子糟透啦，花瓣。"三海草说。

"你家地毯上有个死人，芦苇。相比之下，**我的样子根本不重要。**"

"事实上,是我家地毯。"玛希特纠正道,"你能不能先进来,我们好关门?"

等门在他身后牢牢锁好,三人在死人身边围拢。玛希特的诸多秘密中又添了一个小小的秘密。十二杜鹃花从外套里掏出一捆布——像是停尸房的被单,折成整齐的一捆——把它递给玛希特。

"你欠我一个人情,大使。"他说,"我被人**跟踪**了整整六个小时,接着又在一个半干的水景花园里躲了三个小时。我们互相递送加密信息的时候是很好玩,可现在已经非常不好玩啦。更不用说,你在我没注意的时候,又搞出了一具尸体——你们俩就光站着? 没人叫光照?"

"花瓣,我们正准备叫。"三海草答道。这是玛希特头一次听到三海草对十二杜鹃花撒谎。

玛希特打开那团布。布料中间放着一块小小的由钢铁和陶瓷网状物构成的东西——亚斯康达的活体记忆装置。她注视着它,明白它是用一把手术刀极其小心地挖下来的。装置羽毛状的分形网边缘——也就是装置跟神经元相接的地方,延伸出很远,接着突然截断——是刀刃无力继续在显微镜层面操作造成的。不过,话说回来,十二杜鹃花并不了解如何拆解分形网。而装置的主体部分更像一个贝壳,一个接口设备——而亚斯康达就装在这里面的中枢核心里。核心完好无损,就连最精细的手术刀都没能伤到它。这个装置或许还能用(做什么用? 再记录别人? 还是想用这个跟另一个亚斯康达,死去的大使——不管里面的他还留存着多少记忆——联系? 她琢磨着这个可能性,决定暂时绝口不提。)

玛希特从十二杜鹃花用来包裹的被单中取出亚斯康达的活

体记忆装置——只有她大拇指的尾关节这么长——塞进了外套的贴身口袋里。

"我想的是，"她说，"应该先等你把装置拿过来，我们再叫光照。毕竟这是你在我的请求下，损害我前任的尸体才非法取得的。"既然三海草决定对朋友撒谎，玛希特就帮她圆谎。这样说不定最轻松。说不定比叫来光照更轻松，向他们报告这起——事件——她还没法称之为"谋杀"，没法回忆十一针叶树在她身上慢慢失去生命的样子，想起来就恐惧头晕。她打算一五一十地报告：一个男人闯入大使的公寓，两人一番打斗后，男子死于自己携带的武器。

"嗯，现在你拿到了。"十二杜鹃花说，"你**留着**吧。大使，我一离开司法部停尸房，马上就被人跟踪了。跟踪者还是司法部自己的调查员——那该死的**雾**，灰色制服的幽灵，一直追着我。我在一处人工水景躲了一个钟头，我还以为就此甩掉了他们，看来没有。也有可能，我的信息被人拦截了，获知了我跟你见面的地点。有些消息灵通人士一直盯着你前任的尸体，所以我不得不用公共终端写信寄信。"

也可能是十九扁斧。玛希特记得她抵达停尸房的速度有多快——玛希特刚提议要按照合适的空间站葬礼，烧掉亚斯康达尸体，几小时后她就到了。同时，也不能排除是其他活跃势力的可能，尤其是八圈环——如果跟踪十二杜鹃花的真是司法部警察。整件事就麻烦在这儿：对亚斯康达感兴趣的人太多了。对玛希特感兴趣的人**更多**——这是玛希特有意为之，故意让自己成为注意力的焦点，希望借此找出是谁谋杀了自己的前任。现在，就算她想脱身，也不可能了。

就算她什么都不干，就待在自己公寓里干着大使的本职工作，人们也一样会对她有兴趣。八圈环召她前来唯一市定有目的。无论她做什么，都没有"中立"这个选择。

"他们还跟着你吗？"玛希特问。

十二杜鹃花叹了口气，"不知道。间谍活动可不是我的专长。"

"纸上谈兵才是。"三海草呛道。十二杜鹃花对她翻翻白眼，三海草则夸张地耸了耸肩，这动作似乎让十二杜鹃花心安了不少。

"我想我们会查出来的。"玛希特说，"到底有没有人想杀你，或者杀我。"

"杀手和跟踪者。"十二杜鹃花说，"真是太好了。但凡我稍微明智一点儿，大使，我就会马上叫来光照，还会暗示你勒索我，逼我犯下——从死人身上偷东西总有个罪名吧，有这么个罪名吗，芦苇？"

"剽窃罪。"三海草答道，"不过这事要是上了法庭，双方可能会僵持不下呢。"

"这事不好笑。"

"这事很可怕，所以才好笑。"

玛希特嫉妒他俩的友谊。如果有这样的朋友，一定会**更轻松**——

她手里没有"更轻松"的选择。她手里只有亚斯康达的活体记忆装置，一具尸体，还有皇帝提出的沉甸甸的条件：只要她交出活体记忆技术，背叛空间站二十一代人积累下来的一切，投向泰克斯迦兰，他就让舰队绕开勒赛耳。突然，她想起自己的弟弟，想象他失去原本可以继承的、跟他能力倾向配对的活体记忆，想象他被人从空间站带走，在泰克斯迦兰行星上长大——他才九岁,年纪太小,什么都不懂,只会觉得能去泰克斯迦兰行星十分浪漫——其实玛希特自己又能好到哪儿去呢。

你为什么答应,亚斯康达?她问道。她用的是空间站语言,还用上了亲密的"你"这个词,朝脑中本该有他声音的虚空发问。她本该和这个声音的主人融为一体,他的知识和她的想法,本该融为一体。

<我也不知道,>亚斯康达回答,声音无比清晰,<我想,我大概是别无选择了吧。>

一阵刺痛,从她的脚后跟,一路传到手臂的所有神经,就像地毯上的死人用毒针刺中了她似的。玛希特一屁股重重地跌坐在沙发上。难道亚斯康达真的**回来了**?难道生命受到威胁时疯狂分泌的肾上腺素,让两人之间断开的联系又接上了?这在生理学上讲不通,但她想不到其他答案——

<你给咱俩带来的麻烦可真是不小呀,不是吗——>继而是静电声。话音断了。感觉就像自己的大脑来了一次短路。之后,不论再怎么呼唤,亚斯康达都不再回答了,就跟从前一样,消失得彻彻底底。玛希特又觉得要跌进脑海中的空洞里了,头晕目眩。她一路下跌,仿佛身处无底洞——她在洞口,她的活体记忆却在洞底不知何处。

第十二章

比赛照常进行！

快来看吧！本季最受期待的阿玛利兹比赛——贝尔镇迷宫队挑战中南火山队！就算地铁关闭也挡不住我们的选手！仍有余票，通过云钩或在北塔拉奇力宫廷体育馆内购票均可！出门享受一下吧！

——手球比赛广告传单，印刷日期：249.3.11-6D
分发于内省、贝尔镇、中南省及杨树省

……距你上次返回勒赛耳已有五年。继承议员非常希望能更新并保存你最新的活体记忆，留给后代使用。而且，我本人也想亲耳听你说说泰克斯迦兰的国务。最近五年，你发来的消息少得惊人，亚斯康达。当初是我选择了你，而你也在这个职位上做出了不少成绩。对这一点，我无可抱怨。但是，请满足一下我的好奇心——回家一趟吧，待几天也好……

——矿工议员达吉·塔拉茨发给亚斯康达·阿格黑文大使的消息

（泰克斯迦兰时间087.1.10-6D）

光照一召即到：一共来了三个人，都戴着同样的金色头盔，看不见面孔，行事高效。召来光照的是三海草。她用云钩连上房门的警报系统，表达了令人信服的"颤抖、愤怒加惊讶"情绪。玛希特觉得这其实跟她的实际感受差不多，只不过此刻是特意表达出来。无论三海草实际积压了何等海量的情感，她只在需要的时候才表达，或是被逼到歇斯底里时才会泄露。三海草这种强大的自控力，让玛希特想到就觉得累。

觉得累还可能因为她已经将近三十二小时没合眼。睡眠就像她没法想象的领土，只留给那些公寓的地毯上没有尸体的人。至少，她不太可能被捕。光照的注意力似乎都不在她身上，或者完全相信了她的话：她回到公寓，被死者袭击，在接下来的打斗中，他死于自己的武器之下。不，玛希特从来没见过这种粗大的针型武器。不，她不知道这个男人是如何进入她的公寓的。不，她不知道是谁派他来的；不过目前时局动荡，可能性当然有很多。

她连**一次谎**都没撒。没撒谎竟也能取得光照的信任。

亚斯康达又一次消失了，不过这次有点儿**不一样**。在光照问询期间，玛希特的手掌和脚底不停传来刺痛，仿佛四肢末端都从身体中撤了出去，放进了噼啪作响的电火花中——但还保留了对四肢的感知。这感觉在活体记忆闪回时也曾有过，只不过现在并非一闪而过，而是一直持续，而且没有相伴而来的幻觉。末梢神经损伤？可她哪里都没伤到。除非是位于颅底的活体记忆装置，在她用泰克斯迦兰语面无表情地冷静回答光照的问题的同时，伤害着她的大脑。亚斯康达所在的位置就像个空洞的气泡,像牙床上缺了颗牙的豁口。她意识的"舌头"不停地寻找、舔舐这个豁口。要是舔得太用力,眩晕就又会出现。得忍住。此刻晕倒毫无帮助。

"一等贵族十二杜鹃花,"一位光照转向十二杜鹃花,动作流畅得就像滚珠轴承的旋转,"为什么你会大清早出现在达兹梅尔大使的公寓门口?"

啊。看来他们终究没有相信她。或许他们只是不把怀疑显露出来。他们准备利用十二杜鹃花,好把她刚才的回答中的漏洞找出,就像撕开种子艇的真空封口,让宝贵的空气全部溜走。

"大使让我来此见面。"十二杜鹃花回答。**这样的回答**可不妙。

"没错。"玛希特接过话头,"我请十二杜鹃花来此共进早餐,讨论——"她在脑中四处搜寻值得讨论、又绝对不会引起怀疑的内容。她能找到的借口不多,"——勒赛耳公民在大使缺位期间,向信息部递交的申请。"总算找到一个。

虽然戴着金色面罩的脸没法扬眉嘲讽,嘲讽的意思却全在接下来的回答里了:"哦,听起来确实紧急,必须赶在工作时间之前讨论。"

"这位贵族和我都很忙。早餐讨论正合适——当然,我是指被这位——入侵者——伏击之前。"玛希特语气尖锐。此刻,她觉得自己体内的震动几乎要冲破自己的皮肤。神经电火花,加上缺乏睡眠导致的微颤。她露出空间站式的微笑,心里好奇在面具底下的光照会不会吓一跳。她嘴巴大大咧开,露出了全部的牙齿。就像一具骷髅。

一位光照温和地追问道:"十二杜鹃花,你的制服怎么回事?就像跌进了水景。"

玛希特之前也见过泰克斯迦兰人脸红，不过像十二杜鹃花这样擅长脸红的，还是头一次见：只见他平滑的棕色面颊上，一片潮红越来越大。"这实在是——令我有些担心，因为示威的事情——所以绊倒了。"他解释道，"我在**花园**里摔了一跤，就像个醉鬼。回家换衣服来不及了，会错过跟大使约定的时间……"

"你没事吧？"光照问道。

"除了尊严受伤以外——"

"当然。"

三海草缩在沙发角落，双脚塞在身下，开口道："你们什么时候搬走尸体？我实在没法儿看。"她的声音还发着颤，几乎不受控制。不知三海草有没有睡过——除了在皇帝的觐见室前厅打了个盹之外——很可能没有。

玛希特到唯一市才不到一个礼拜，就有这么大的破坏力。就算是为了三海草（还为了十五引擎——亚斯康达——），她也得做点儿什么。她得努力，直到某件事朝对她有利的方向发展为止。

"短短一周之内，我们已经是第二次遇到生命危险了。"玛希特说，"之前是炸弹，然后是你们唯一市开始备战——"她故意叹了口气，表明她对此的厌恶，以及政治上的不安，"我以为，在我自己的公寓会面，总比在其他地方好，不会受到不幸事件的打扰。谁知，事情还是发生了。"

三位光照同时看向她。她毫不退缩地回视着他们一片空白的面部，下巴一动不动。

"我们想提醒大使，"他们三个异口同声道，仿佛奇异的合唱团，"亚奥特莱克一闪电曾经愿意为您提供保护。您拒绝了。"他们是唯一市吗？他们是负责竖起墙壁，开启或关闭灯盖门扇的

AI吗？他们也受信息部的算法控制吗？

"难道你们是在暗示，如果大使接受了一闪电的保护，这起不愉快的事件就不会发生？"三海草插嘴，"没想到你们居然会做这样的推测。你们可是皇帝下属的警察啊。"

三人转过身——顺畅得就像没有摩擦力——面向三海草。她扬了扬眉毛，瞪大眼睛——意思是：你们敢对我怎么样？

"在做出这种性质的正式指控之前，阿赛克莱塔三海草，"其中一位光照用平静至极的语调说，"需要经过一系列的手续才行。您希望启动这些手续吗？我们愿为您效劳，就像我们愿为**任何一位**帝国公民效劳一样。"

这，也是威胁。玛希特想，不那么直接，但杀伤力可一点儿不小。

"或许，我会跟司法部约个时间。"三海草回答，脸上表情丝毫未变，"你们问完了吗？能不能把这位不幸的人从大使的地毯上抬走？"

"这儿是凶案现场，"光照说，"整套公寓都是。我们建议大使在调查期间另找别处居住。早间新闻已经播出，我们相信，她现在会有很多地方可以选择。"

玛希特越过光照的肩膀，朝十二杜鹃花瞥了一眼——他是唯一有可能看过早间新闻的人——但他只是耸了耸肩。玛希特不知道自己错过了什么。或许，只是有人泄露了勒赛耳大使似乎攀上了伊祖阿祖阿卡十九扁斧……

"我大概什么时候能回到我的套间？"她问道，尽可能保持礼貌——虽然免不了有些嘲讽。她、三海草和光照，此刻都处于发怒的边缘。

其中一位光照夸张地耸了耸肩。某种亚斯康达的神经系统幽灵也牵着玛希特肩膀的大块肌肉动了动——他喜欢这种耸肩的方式——极具表现力，又显得漠不关心，手臂外侧带动着肩膀发力——（亚斯康达到底在不在这儿？她真希望能弄清楚，哪怕弄清楚一点儿也好。）

"得等我们调查完。"光照回答，"自然，你们三个可以走了。我们已经了解此人身亡的意外性。"

这么说，她不会因谋杀罪名被逮捕。只是又一次流放。这次是从自己的公寓里被赶了出去。从勒赛耳的外交领地里——

活体记忆装置安全地躺在她的衬衣里，但她还没拿到**邮件**。邮件里可能有勒赛耳寄来的指令。给**她**的指令，而不是给死去的亚斯康达的密信，警告亚斯康达小心她。指令会考虑**活着的**勒赛耳大使遇到的问题。她转向三海草和十二杜鹃花，耸了耸肩——尽可能按自己的习惯来，而不是模仿泰克斯迦兰人的动作——说："我们出去吧，别打扰警官们工作。"

她希望在出门的时候，能顺便拎起门边的篮子。篮子里还真有来自勒赛耳的通信，印在塑料胶片上——这是她家乡发送指令的传统——胶片卷成一根管子，仿佛邮递员想让这东西看着尽可能像信息条似的。

出门时，她的手拂过信息碗，抄起胶片管子握在手里。

"大使，"见此，其中一个光照责备道，"别担心，我们不会私拆你的信件。我们没有这个权限。"

只要想看，他们肯定能拿到权限，对此玛希特非常肯定。她就像个受责备的孩子，把一个真正的信息条放回碗里，面带微笑，露出了全部的牙齿，丝毫不在乎是否显得粗鲁。"我相信你们不会的。"接着，原本通向安全领地的门缓缓降下关闭，把玛希特三人关在门外。她们孤孤单单地待在唯一市里，连一个去处也没有。

　　"从前,我在图书馆熬了一整夜,没时间回家,直接去上第二天的课程时,就会干这个。"三海草说道。她递给玛希特一小碗冰激凌。冰激凌是从一个小贩那儿买来的,小贩在树冠宽大的红叶树下用机动车设了个摊位。

　　"别信她的,"十二杜鹃花道,"她是在俱乐部里玩了一整夜以后,才会在公共花园里吃冰激凌。"

　　"哈,真的?"说着,玛希特用赠送的一次性塑料勺子舀起一勺冰激凌。冰激凌醇厚顺滑,所用的奶油是不久前刚从某种哺乳动物身上挤出来的。玛希特并不打算问到底是哪种哺乳动物。在清晨的阳光中转动勺子,能看到冰激凌折射出浅金绿色的光芒。仿佛进食前的仪式,玛希特问道:"这东西有毒吗?"

　　"这东西是由绿色核果、奶油、压榨油和糖制成的。"三海草说,"油和糖在勒赛耳上肯定有,至于核果跟奶油,同样,在我们这儿也是婴儿食物。如果你没有乳糖过敏,就肯定没事。"

　　玛希特第一次摄入乳糖是通过奶粉。奶粉对她似乎没有坏处。于是她把冰激凌放进嘴里。这东西甜得惊人,在嘴里慢慢融化,释放出她认为是可口的复杂味道——新鲜清爽,醇厚,覆盖了整个舌头。她又舀起一勺,把冰激凌从勺子背上舔掉。自她险些被毒花害死(这是昨晚针对她的第一次谋杀未遂。一夜之间竟遭到两次谋杀,她身上到底发生了什么?)以来,这还是她第一次吃东西。她感觉到体内血糖迅速回升,从方才跌入的洞中挣扎了出来。被放逐到唯一市内这件事,似乎也没那么难以承受了。

　　三海草带着三人来到草坪上。这儿是一座修剪整齐的小山坡,山坡上长满了蓝绿色的草,草叶没有任何气味。周围绕着一圈同样的红叶树,枝条几乎垂地。这儿像是一颗小小的宝石,"世界的珍宝"的一个切面。三海草没管身上的制服(反正制服已经皱了,玛希特猜三海草也不会在乎沾上草汁),直接坐在了草地上,专心地吃着她那份冰激凌。

"真不知道我干吗还跟你们在一起。"十二杜鹃花仰天倒在草地上,"被光照赶出公寓的又不是我。"

"这叫团结,"三海草回答,"而且你也是出了名的爱惹麻烦。"

"芦苇,我们从没遇到过这么大的麻烦。"

"对。"三海草兴致不减。

"这事儿——这事儿真怪,是吧?"玛希特问道。她脑中翻来覆去地思索。她说自己是出于自卫才杀人,光照居然这么轻易就相信了她的话。然后还有他们露骨的威胁,暗示如果她当初接受一闪电的拘捕,去往战争部——也就是六伸掌那里,这一切都不会发生。"他们就这么……放我们走了。把我们赶出了公寓,也没让我们去某个警局接受讯问。当然,我们的麻烦不止于此。"

"……其实,我觉得他们放我们走也是应该的。"三海草说,"不知道你们空间站如何裁定自卫;在我们这儿,倾向于相信报案者自卫的说辞,不会轻易怀疑。"

"有一点很奇怪:光照暗示,当初如果你投向战争部,就不会像现在这样被迫杀人自卫。"十二杜鹃花夸张地耸了耸肩,"还有一点也奇怪:芦苇为什么会认为对光照也回以威胁是个好主意。"

玛希特舔舔勺背,不放过残留的清新滋味。舔完后,她以一贯的小心斟酌着词句,然后问道:"光照的效忠对象是谁?"

"唯一市。"三海草与十二杜鹃花异口同声。显然是背诵过、熟记于心的答案——是泰克斯迦兰关于世界概况的官方介绍。

"又由谁**指挥**?"玛希特继续问。

"没人指挥。"三海草回答,"这也是重点——他们直接听命于唯一市AI,那个中央算法,负责监管……"

"就像地铁,"十二杜鹃花补充,"他们就是唯一市,所以他们首要的效忠对象是皇帝。"

玛希特顿了顿,重新组织词汇,让问出的问题带上锋芒。"地铁的算法是由十珍珠设计的。"她一边说,一边想着活体记忆带给她的记忆闪回:十珍珠想出了不会失误的算法,由此赢得了信息部部长职位。

"……十珍珠无法控制光照,"十二杜鹃花说,"光照也是人。"

"响应唯一市需求的人。"三海草一边整理思路,一边慢慢地说下去,"唯一市让他们去哪儿,他们就去哪儿——而唯一市的中央AI核心,我猜是由信息部指挥——"

"领导六伸掌的人是谁?"玛希特打断了她。

"战争部部长是九推进。她刚上任——到唯一市还不到三年——但她在舰队服役的记录**无懈可击**。我上次在信息部数据库中查过,无懈可击得让人头疼。"

"三海草,"玛希特说,"战争部部长是否有可能修改'什么是唯一市的需要'这一问题的内涵?出于——随便什么理由都行。"

"玛希特,你这想法真邪恶,也真有趣。"三海草用疲惫不堪的轻柔声音说,"你是在暗示,我们耀眼的皇帝手下的两个部门,合谋颠覆了警察系统？"

"我不知道，"玛希特回答，"但这个答案可以解释今早发生的事件。"

"可以解释，不一定代表**可能发生**。"十二杜鹃花的声音听起来有些恼火，玛希特的想法让他不安。这想法确实让人不安。玛希特不怪他。她也想不明白，即使战争部有可能（当然还是没可能的好）做出这样的事，**理由何在？**

此刻，唯一市中有多少双眼睛在盯着我们？

三海草道："花瓣，你跟大使好好聊聊。我要睡会儿。"

"你要在这儿睡？"玛希特不敢相信自己的耳朵。

三海草吃完了冰激凌，脱下外套，趴在草地上，用叠起的胳膊垫着头——以此回答玛希特的问题。她闷声道："我已经三十九个小时没闭眼了，我的判断力已经彻底失常，你也一样。我不知道该拿你的永生装置怎么办；科学部和战争部有可能合谋；一场战争即将来临；我的政府中有好几个人想要你的命——对此我坚决反对，既是出于职业原因，也是出于个人理由；而且你还没告诉我皇帝对你说了些什么——"

"你跟耀眼的陛下见面了？"十二杜鹃花目瞪口呆地问。与此同时，玛希特也开口问道：

"个人理由？"

三海草咻咻笑了。"我要睡会儿，"她又说，"你跟花瓣聊聊，玛希特，或者你也睡会儿。我们看起来就像生活捉襟见肘的阿赛克莱塔学员，没人会在东四区的花园里打扰我们。我会——在睡醒之后再想办法。"她闭上了眼睛。玛希特看着她身体放松，沉沉入睡——至于是真睡还是假装，就不知道了。

"你们从前还是学员的时候，她就是这样吗？"玛希特也疲惫至极。

"差不多,不过没——没这么可怕。"十二杜鹃花道,"你真的觐见了六方向陛下?"

八十年的和平。皇帝在觐见中对她说。他的言辞如此激烈,流露出赤裸裸的欲望。八十年,让城市的公务员感到在草坪上睡觉格外安全,比寻求警方保护更安全。广阔的天穹碧蓝无垠,让玛希特觉得自己格外渺小。她这辈子都没法习惯无边无际的行星,哪怕这颗行星只是一座城市也一样。

"对,我见了,但我现在没力气说这个。"

"你有多久没睡了?"

"跟她差不多,我想。"可能更长。玛希特已经记不清了,这不是好兆头。她的手指仍然刺痛,几乎麻木。她第一次开始琢磨:她的手指一辈子都这样怎么办?这种受损的状态没法修复怎么办?她接触的所有东西就像是电火花,失去了触觉怎么办?

她不确定自己能不能接受这种状态。突然,她觉得眼泪涌上了眼眶。

十二杜鹃花叹了口气。"虽然我不情愿承认,不过芦苇说得对。躺下吧,闭上眼睛。我来——给你们放哨。"

"你先走吧。"玛希特脱口而出。现在,凡是跟亚斯康达相关的,都没好结果。她有一种冲动,至少要保护一个人,不让他陷入这股越来越深的旋涡中。

"我已经为帮你损害了一具尸体;刚才我说的话简直像是对《九十合金》的拙劣模仿。睡吧。"

玛希特躺了下来。放松的感觉让人沉沦。草地意外的柔软舒适,阳光晒在皮肤上,温暖得让人发晕。她能感觉到衣服里那一小块亚斯康达的活体记忆装置和那封硬硬地顶着肋骨的勒赛耳来信。"《九十合金》是什么?"她问。

"一本披着令人上瘾的浪漫情节外皮的军事宣传小说。"十二杜鹃花回答,"里面总有个人会告诉大家由他来放哨。这样的人一般都会死。"

"换个类型小说来引用吧。"玛希特说罢,发现自己已经慢慢失去了意识,身体松弛,变轻,眼皮后的黑暗张开口吞下她,就像舒适柔软的自由落体。

尽管疲惫至极,她却没法睡得太久。日头越升越高,花园里的泰克斯迦兰人也越来越多。人们奔跑,叫喊,开心地购买冰激凌和没见过的卷饼早餐。这儿似乎没人担心目前的市内骚动和恐怖主义。他们年轻、快乐,整个公园充满了阳光和笑声,能听到各种玛希特听不懂、也没兴趣了解的泰克斯迦兰口音。下辈子,如果下辈子她一个人再来这儿,绝不带活体记忆,她要来这儿学习、写诗,习得教科书之外的其他说话方式的韵律。下辈子。可是隔绝这辈子和下辈子的高墙,有时候又是这么的薄。片刻后,玛希特放弃了闭眼装睡,坐了起来。衣服手肘上沾了蓝绿色的草汁,神经刺痛略微缓解,变成了一股潜流,一种干扰,伏在受伤手掌更明显的疼痛之下的潜在危险。

三海草和十二杜鹃花正轻声交谈,脑袋凑在一起,盯着一份"资讯快报"。两人之间的亲密和熟稔让玛希特倍感孤独。**她想念亚斯康达**,哪怕她在生他的气。自从他消失后,她就一直在生他的气。

"现在几点了?"玛希特问。

"上午十点左右吧。"三海草回答,"来看看这个,你会有兴趣的。"

三海草身边堆着一叠新闻报道:一大堆小册子,还有塑料胶片制成的"资讯快报"。"资讯快报"由透明的可折叠塑料制成,上面全是图形文字。最上面的一本册子像是大学生制作的宣传册,言辞激烈,谴责过分热心的帝国军队在欧迪尔星系犯下的暴行。此外还有手球比赛的打折票宣传单,比赛的两支球队来自玛希特没听过的省份,但明显各自拥有大批球迷。还有一份宽幅报纸,上面写满了新发表的诗,大部分诗歌从韵律节奏上分析极为差劲,对一闪电表示了支持。玛希特先琢磨了一会儿:在花园里如此无忧无虑地跑来跑去的,到底是什么人?三海草提过"生活捉襟见肘的阿赛克莱塔学员"。这儿是年轻人的地方,他们在这儿感觉到安全,哪怕稍微激进些也没关系,任何题材的传单都可以发,不必担心遭到帝国审查委员会的制裁。谁会审查即将成为帝国公务员的孩子?

十二杜鹃花手里的"资讯快报"登载的内容像是新闻报道,有故事、图片、头条。十二杜鹃花的手指从上面抚过,文字随之而动——仿佛他拿着的是一扇透明的新闻窗口。玛希特在左下角瞥到一行小字:"重大消息",看到自己的名字以泰克斯迦兰图形文字的形式出现,翻译的音节跟她名字的正确发音相去甚远。标题大字:**勒赛耳大使结交权贵**,然后是:遥远的勒赛耳派来的新任大使,是否跟上一任大使一样,与光芒万丈的皇帝陛下关系亲密?监控图片显示**的确如此**!监控显示,她在**午夜时分**,由伊祖阿祖阿卡十九扁斧陪同,进入宫廷·地区……

"八卦消息,"玛希特说,"真让人开心。"

"不是**这条**。"三海草说,"这条倒没什么关系,反而对你的名声——有好处。看看头条。那才是我想让你看的。"

标题大字:**联合继承人八圈环发表社论,论及兼并战争的合**

法性。

"哈,"玛希特说,"让我看看?没想到公开异见会从她那儿传来——"

十二杜鹃花递过"资讯快报"。玛希特顺着往下读:八圈环的社论很短,用无韵的政治散文体写成,援引了大量泰克斯迦兰历史先例。这倒是意料之中的事,毕竟八圈环是司法部部长。不过,盯着文本许久之后,玛希特终于开始明白她社论中的重点。

发动战争完全可以由皇帝个人决定(不然还能由谁决定?)。但是,法律规定,**扩张战争**必须在**完全和平、安定的前提下**进行。这也就是说——如果玛希特对泰克斯迦兰法律术语的解读没错——必须在泰克斯迦兰没有受到任何实质性威胁时,征服舰队才能出发。"她暗示存在威胁?什么威胁?"玛希特问道,"还有,她为什么要暗示六方向此时**无力**指挥战争?他们不是一起长大的吗?"**他们不是盟友吗?**

三海草耸耸肩,兴奋得就像收到了一件礼物——一个待解的谜团,"她没有**明确**说帝国面临直接的威胁——虽然有谣传说今年有某种异形生物正在入侵人类宇宙。她只是说:陛下并未证明帝国没有面临威胁。这不像是对陛下不作为的谴责,而是在暗示他忘记了某件本该想到的重要事情。暗示如果他连这么重要的事情都想不到,那么人们就会怀疑,他是否适合继续进行统治……"

"我不喜欢这种做法,"十二杜鹃花补充道,"鬼鬼祟祟的。"

确实鬼鬼祟祟的。"是她召我来的。"玛希特说,"作为补充信息:亚斯康达死后,是八圈环要求勒赛耳尽快派一位新大使前来。"

"是被谋杀后。没关系,我们都知道。"三海草说。

"被谋杀后。"玛希特改口,"无论如何,是**她**召我前来,现在又做出这种事。我想跟她见一面。"

三海草一拍手。"好,"她说,"反正我们也没别的约要赴,最早也要等到明天,跟科学部部长会面。而且你的公寓也回不去,我想你也不想再次向伊祖阿祖阿卡求助……"

"除非有个好理由,想洗澡和睡一觉可不算。"玛希特说,"这事晚上再操心。"

"那我们就直接向八圈环的办公室出发。"

"我们刚刚在花园里睡了一觉,现在又要闯进司法部?"十二杜鹃花哀叹。

"你可以回家,花瓣。"三海草回答。这话很像八圈环的社论,话中有话:你可以回家,但你会让我们失望。

十二杜鹃花站起来,理了理他已经不成样子的制服。"我才不回家呢,我可不能错过这个。哪怕'雾'真来盘问我溜进停尸房干什么,也没关系。再说,他们也不一定知道是我。"

玛希特觉得,她们一行三人足够引人注目:两名信息部公务员和一位野蛮人,全身衣服皱巴巴,沾了草汁;其中一人因为跟十一针叶树可怕的针型凶器打斗,外套袖子撕开了大口子(说的就是她自己);另一个看起来就像在水景里躲了很久——而事实也确实如此(这说的是十二杜鹃花);只有三海草,虽然制服凌乱,神态却像是穿着最时尚的宫廷服装一般。虽然衣着不整,但三人进入司法部的一路上却没有受到什么阻拦。十二杜鹃花的云钩还能开门——也就是说,尽管遭到司法部调查员的跟踪,但司法部并未禁止他进入这里。三海草带着两人,一路通过拦在八圈环之前的层层官僚(这是为了挡开从大街上直接闯进来的刁民),引得沉默的司法部公务员们频频侧目。

三海草在官僚系统中畅通无阻,就像过度辐射下受压发臭、变软的塑料。**不对劲**。他们在这幢针尖长矛似的大楼里,前行得太容易了。

玛希特想跟三海草提及她越发强烈的感觉——她们似乎正踏进陷阱里。但她没说。她怕一旦说出口,陷阱就真的发动,一千根针尖般锋利的司法尖牙就会戳向她们——

或许,八圈环已经等她很久了。(十九扁斧曾经暗示过——她建议玛希特去问问,到底是谁召她前来。当然,她不能全盘相信十九扁斧的判断——)

电梯带着三人越过最后几层,朝八圈环的办公室升去。电梯是半透明的红色水晶制成,像一艘种子艇。这儿特别安静,仿佛带了电。玛希特忍不住盯着三海草的脸看:光线透过红色水晶落在她脸上,原本温暖的棕色皮肤变成了红润的颜色,就像在血里浸过。

"我们上来得太容易了。"玛希特说。

三海草脑袋往后一扬,活动了一下肩膀,"我知道。"

"我们已经进了电梯——"

"我可以让花瓣按下紧急制动按钮。不过,现在后悔有点儿晚了,玛希特。"

"显然,八圈环也想见我们。"十二杜鹃花道,"跟我们想见她一样。我不懂你为什么要紧张?"

"到头来,"三海草的声音干涩、轻飘,带着点儿歉意,"你总免不了做些别人想让你做的事,玛希特。"

玛希特身体中的一部分——潜心于泰克斯迦兰的双重含

义、出典、引用、别有目的的那部分——让她适合成为政治家的那部分,让她在外交和谈判能力测试一路绿灯、与亚斯康达相匹配的部分——也就是她体内邪恶的那一部分,悄悄告诉她:三海草完全有可能一直都在为八圈环工作。否则,她为何如此坚持玛希特来此见面——

即便真是如此,她的处境会有所不同吗?

本应该有的,但没什么不同。再说,现在说这些也太晚了。电梯门已经打开。

八圈环的办公室跟十九扁斧的办公室截然不同。十九扁斧的办公室清一色纯白石英,一片宁静祥和;八圈环的办公室,尽管处于司法部大楼的最高层,却让人感觉封闭窒息,几乎能引发人的幽闭恐惧症。五边形的墙壁上,一列列排满了信息条和抄本,层层叠叠,一个架子堆了两层。办公室的窗户——每面墙壁的中央都有一个窗户——都拉着厚厚的遮光布帘,日光从窗帘底下溜进来,只照射到一寸距离。房间中央坐着八圈环,就像AI的中央核心处理器——如同一颗缓慢跳动着的心脏,盘踞在信息网的正中。年迈的女人坐在办公桌后头,透明的全息屏仿佛高高的拱门,悬在她头顶。信息屏面向着八圈环,为她送上十几个画面。玛希特只能看到图像的背面,有市景,密密麻麻的图形文字档案,还有像是二维的星图。

"早安,大使。"八圈环招呼道,"还有两位阿赛克莱塔。"

玛希特双手合十放在胸口,鞠躬。"早安,感谢您同意接见我们。"

八圈环的表情没有变化。她仿佛一尊雕像,一动不动,平静的黑色眼眸里既没有兴趣,也没有失望。"你主动来找我,替我省了不少工夫。"她说。

"我从遥远的勒赛耳来此,原来应的是您的要求。"玛希特开门见山。到这个时候,试探和伪装都已经没有了意义。她来这儿,为的是知道原因。两个月前,亚斯康达死后,八圈环发出紧急召唤,究竟是为什么? 她为何急需一位勒赛耳大使?

"感谢勒赛耳及时响应我的要求,"八圈环道,"真是让人赞赏,这种合作精神在今后对你们的人民会有好处。我建议你们继续保持。"

这话听起来像是打发她走:噢,我已经不需要你了,你去负责让勒赛耳顺利并入泰克斯迦兰吧,做个模范野蛮人。她的空间站被**吞并**,还得乖乖**合作**。玛希特才刚到这儿。这一周里,她在宫廷里到底做了什么——或者没做什么——让八圈环觉得她没有利用价值了? 之前,八圈环可是急着召她前来啊?

难道她想要的根本不是她,而是亚斯康达——或者任何一个空间站人都行,只要带着活体记忆装置,能拿来用——假设她真是皇帝的育儿所同胞,也参与了亚斯康达的交易,希望六方向借助活体记忆装置活下来。那么,她就会想要勒赛耳立即派出新大使,谁都可以,只要此人能弄到活体记忆装置即可,或者体内装着装置,能拆下来就行。

愤怒,仿佛遥远的巨浪,在她体内涌起。她感到全身冰冷。

"您今早在新闻中做的社论,"她忽然发现自己在说话,"似乎表明您并不赞成对勒赛耳的兼并。或者说,不赞成兼并行为本身。应该说,您的看法跟皇帝的决断正好相反。站在皇帝的角度,我觉得受到了冒犯——"

"——玛希特。"三海草出声提醒道。

"阿赛克莱塔,不用担心您的大使出言不当。"八圈环说,"她的困惑可以理解。"

"您要求派一位大使前来。"玛希特说，"我想知道原因。除了可怜的合作，我还能为您做什么？"

八圈环仍是岿然不动，带着让人无法忍受的平静态度。她摊开双手，放在桌板上，她的指节就像树瘤，肿得很大。玛希特没法想象她用这样的手指握笔书写。"大使，你在路上的两个月时间里，"她回答，"情势改变了。如果你以为我对你有特殊的期待，抱歉让你失望了。在目前的形势下，我对您没有任何期待。"

此刻，玛希特的自控力已经降到了最低点——比她在公寓里杀人时还低，比六方向的手碰到她的手、亚斯康达的神经系统在她体内腾起烟火时还低。绝望之下，玛希特问道："您现在希望我做什么？"

她的声音听来就像哀叹，绝望得像个被抛弃的孩子。忽然，三海草的手放在了她的腰上，纤细的手指贴着她的脊柱。她猛地意识到自己刚才说了不该说的话，闭上了嘴。

"回去工作吧，大使。"八圈环道，"无论谁坐上太阳宝座，或者谁站在宝座之后，要做的工作都有一大堆。无论六方向是否真能打响战争，并以此引走一闪电；无论六方向的战争是成功还是失败，或者根本打不起来，或者军队指向某个你根本不在意的区域，勒赛耳空间站大使要做的工作都有很多。这些工作足够任何一位公民忙的了，也应该够你忙的。"

电梯门在她们身后打开。三人走进电梯，玛希特发现自己脚步踉跄，几乎站不稳。搭乘透着红色光芒的电梯轿厢下降时，一切都很安静，唯有她粗重的呼吸声。

她究竟**漏掉**了什么？情势究竟发生了什么变化？八圈环当初为何想要带着活体记忆装置的人（假定这真是她急召勒赛耳大使的目的——这一点应该没有疑问，除了活体记忆装置，勒赛耳并无其他特殊的优势），现在又为什么认定活体记忆装置已经没有了意义？

她注意到三海草和十二杜鹃花的脸，被透入电梯的光映红，两人都担忧地望着自己。玛希特觉得花园里三个小时的睡眠远远不够，她目前情绪不稳定，备感孤独，她想要——想要亚斯康达。在唯一市，在泰克斯迦兰这部巨大机器的中心，她需要有人帮她一把。

玛希特坐在司法部外面的石质长凳上，双手捧着脑袋，听三海草与十二杜鹃花商量关于她的事。

"——我们没法回她的公寓——"

"芦苇，我知道你能依靠兴奋剂的刺激和逞能行径，一连几天不睡觉，但我们当中也有普通人——"

"我可没说她不是普通人。在我看来她跟其他公民没有区别，请不要做其他暗示，这是对我和她的冒犯——"

"老天，我根本不是这个意思。看来，你靠工作、茶叶和虚荣野心也没法儿振作起来，你跟她一样撑不下去了——"

"你到底是想帮忙，还是想侮辱我？"

十二杜鹃花在玛希特身边坐下。她没有抬头。抬头太累，表示异议也太累。"去我家吧，"他沉声说，"反正我也彻底卷进这事里了。过去的六小时里，唯一市的所有监控镜头都拍到我跟你们俩在一起，我连一丝否认的余地都没有。索性你俩都去我那儿吧。"

沉默许久。玛希特望着阳光一点点挪过广场的地砖，反射出点点亮光。

"真是高尚的牺牲啊。"三海草终于开口。语中带刺，故意试探。

"或许是我想帮你，"十二杜鹃花说，"或许我喜欢你，芦苇，或许我是你的朋友。"

一声叹息。玛希特看着水面泛着的粼粼波光，仔细想想，从物理学的角度看，水和光的移动方式是一样的。都是涟漪。

"好吧。"三海草说，"好吧。不过，要是你那儿也埋伏着杀手，我就马上辞职不干，申请参军去外行星打仗——那边比这儿还**更安全**。"

十二杜鹃花发出的声响不像是笑声，那声音卡在了喉咙里。

十二杜鹃花的公寓在离宫廷区很远的地方，玛希特还从没踏足过。路上需要整整四十分钟。十二杜鹃花说，可不是每一个为信息部工作的人都能享受芦苇这样的优厚待遇，总有人得从工资里付房租——玛希特觉得，他只是为了找话题，聊些普通人会聊的日常生活。

远离唯一市的宫廷和中心区域后，城市的风格也在慢慢转变——路边店铺越来越多，规模都不大，售卖的食物大多是当场烹饪的，不然就是从远方进口的有机食品（来自另一块大陆，甚至另一个星球）；还有工匠的作品（既是对经典的模仿，又是一次性可抛弃的用品）。玛希特一行三人——一个野蛮人，两个阿赛克莱塔，全都衣冠不整，走在住宅区的路上——她本以为这儿的泰克斯迦兰路人会盯着她们看，可是并没有，大家都专注于自己手头的事。

一开始玛希特还以为十二杜鹃花住的地方**人本来就不多**，大家都上班去了，或者虽然花朵形状的建筑物又高又密，人口密度却没有想象的大。可是，当十二杜鹃花的表情从温和平静变为困惑，继而越来越恐惧后，玛希特的猜测被推翻了。出事了。

这儿的空气似乎带了电,让玛希特立即回想起餐馆爆炸事件。她拖着沉重的步子,跟着十二杜鹃花转过拐角。她从没这么累过。

三海草突然开口道:"我们最好走另一条街,花瓣。这条街尽头在示威游行。"

"我**就住在**这条街上。"

玛希特抬起头。原来人都在这儿。人们三五成群,从各条人行道上走出,汇集到这条街上。男人、女人,还有被抱在怀里的孩子,举着标语牌,拉着紫色的横幅。人们脸上仍然是泰克斯迦兰式的面无表情,让人捉摸不透。就连孩子们也没有吵闹。这儿的安静比吵闹更危险,仿佛**一触即发**。

"这些人不是一闪电的支持者。"她说,"除非在这三天时间里,公开拥立突然变得安静起来。"

"我们能从这些进行公开拥立游行的人当中穿过去。"三海草说,"只要我们假装喜欢有节奏的打油诗,跟着喊喊跟亚奥特莱克押头韵的句子——"

"这是政治活动。我原本以为我的社区不会对这种事有兴趣——"

"多长个心眼,花瓣。"三海草叹了口气,"你没查过这儿的人口组成吗?你住的是商业区。这些人都是——"

"——支持三十翠雀花的,他们还戴着花朵翻领别针。"玛希特插嘴。三人停了下来。游行队伍越来越近,就像真菌一样慢慢扩大。人们从四周一点点汇入,一同走在队伍里。玛希特认出,队伍中有一张标语牌,上面写着诗的节选:有两样东西无休无止:星图,以及卸船作业/未出生的花瓣卷曲,包围着中间的空洞。

这是九玉米的诗句。这诗句曾让诗歌比赛现场的众人极为不安。

"对。"三海草赞同,"这个社区居民很富有,而他们的财富来源于外省贸易和制造业。这就意味着,他们**喜欢三十翠雀花**,三十翠雀花名义上是皇室继承人,但这些人却在这儿等着光照来逮捕和镇压,罪名是参与反叛性质的和平示威游行——和平示威游行与当今皇帝的意志相反。"

再反叛也没有八圈环的社论更具反叛性质,玛希特暗想。她觉得,自己已经弄明白了目前形势背后的一部分意图。两位皇室继承人想必是达成了某种协议:八圈环和三十翠雀花谈判良久的协议。

两人合作,不仅攻击一闪电和他打算通过公开拥立篡夺皇位的企图,还打算削弱当今皇帝的权威。一闪电是这场战争的总指挥,打算依靠这场战争提升自己的支持率;八圈环的社论则质疑了这场战争的合法性。而三十翠雀花的支持者和平示威,表明了公众对这场战争的厌恶。至于六方向,他已经开始丧失判断力,在**并非完全和平**的年代发动兼并战争,因为有着可能的外部威胁:不论是神秘的外星人,还是欧迪尔星系的持续动乱,抑或是唯一市被点燃的游行抗议。所以,六方向错误地理解了法律,这种错误不被人民认可,人民并不想要战争……

司法部和三十翠雀花携手合作。玛希特能——几乎能——几乎能看到他们目标的轮廓。

只要她能恢复一些体力。

"十二杜鹃花,你的公寓有没有一个小巷后门?"玛希特问,"我今天已经见够光照了,我想他们**很快**就会来这儿……"

一点儿不错,光照已经来了。于是三人拼命奔跑,就像有人追在后头似的。

第十三章

三十翠雀花被确立为联合皇位继承人

鉴于伊祖阿祖阿卡三十翠雀花对全泰克斯迦兰皇帝六方向的多年忠心侍奉，自第11纪第3年第1天9:30开始，伊祖阿祖阿卡三十翠雀花被确立为联合皇位继承人，与联合继承人八圈环、联合继承人八解毒剂在地位与权力上完全平等。愿三位联合继承人齐心协力，稳步成长，在必要情况下共同统治——

   ——招贴于中央七广场地铁站的皇家通告
   战旗中央被红色喷漆喷上"一闪电"的名字
   光照巡逻队于249.3.11没收，预备销毁

尽管对亚斯康达·阿格黑文的命运心存担忧，我们却没有理由拒绝向泰克斯迦兰要求派遣新大使的要求。我们需要在帝国发出自己的声音。况且，阿格黑文先生此前也一直疏于通信汇报。我建议：进行广泛的能力测试，对象是报名的志愿者，也包括尚未进入活体记忆链，并且在泰克斯迦兰帝国测试中获得极

高分数的年轻人，从中选出最适合的新一任大使人选，继承阿格黑文的活体记忆——我想提醒诸位，我们确实存有阿格黑文的活体记忆，虽然已经过时多年。

——继承议员安娜芭写给勒赛耳议会众人的内部备忘录
公开档案

后来，玛希特只能零零碎碎地回忆起这个下午：一个个片段，互不连贯。在极度疲惫之下，时间本身似乎也被拉长扭曲。她对十二杜鹃花公寓的第一印象是墙上的各种艺术作品——来自世界之外的油彩、丙烯画和水墨画，虽然都是大规模生产的复制品，但质量很高。当她夸赞这些作品时，十二杜鹃花微露赧颜，像是家中鲜有访客夸赞他的品位。公寓中的淋浴水温很高，像针尖似的刺痛皮肤；泰克斯迦兰的香皂闻起来都是一个味道，像是某种不知名的花儿，香味有些刺鼻，但她已经开始慢慢习惯。十二杜鹃花借给她穿的宽松裤子和衬衣，粗丝质地，太过短小，上衣袖子悬在前臂，裤腿只到小腿正中。当她终于在宽敞的沙发上躺下时，一种荒谬感油然而生。接着，一眨眼工夫，声音和感知全都消失，她昏睡了过去。

三海草的背压着她的背，她就躺在她身边。玛希特双眼微睁，看到全息屏上模糊的动态画面，十二杜鹃花拿着长长的筷子，从某个塑料容器中吃着面食，他盘腿坐在椅子上盯着全息屏。全息屏上放的是他家窗外的游行示威，画面经过了审查剪辑；示威活动已经到了尾声，窗外远远传来玻璃破碎的响声。接着，又过了片刻时间，她再次沉入自己的意识深处、亚斯康达本该在的漆黑空间。

等她完全清醒，天已经全黑了。十二杜鹃花趴在桌边睡着了，脑袋枕着手臂，身边还放着吃剩的餐食。全息屏还开着，声音已经调低，屏幕中变换的光线映照在十二杜鹃花的脸上。玛希特小心翼翼地从沙发和三海草当中脱身出来，哪怕在睡眠中，三海草的脸色仍然苍白，透着不健康的灰色（上次神经电击后，她有没有彻底复原？玛希特觉得肯定没有）。玛希特走到窗边，窗外的街道已经安静下来，十字路口处还能看到光照金色面罩的反光。至少有四个，盯着这片安静的住宅区，既是警戒也是威胁。

餐馆爆炸。游行示威。现在又是骚乱。要是光照确实受一闪电的控制，那么，他们的出现便是这位亚奥特莱克在向国民展示：在日益紧张的局势下，在大众的不安和焦虑情绪下，只有他一闪电才是唯一可靠的、维持秩序的力量。玛希特觉得这招很聪明。如果一闪电此时能留在唯一市，而不是外出打一场征服战争，以此证明自己继承皇位的资格，这一招会更加有效。不管怎么说，光照一再要求她投降，而且投降对象不是皇帝或唯一市，而是一闪电——这说明六方向比玛希特预计的更加虚弱，丧失了对泰克斯迦兰的掌控。六方向到底失去了多少力量？

之前她从没想过这个问题，但现在细细想来，泰克斯迦兰的皇位传承方式，是多么的**野蛮**——这个词，用在说泰克斯迦兰语的人身上，既可怕又有点儿刺激——史诗、歌曲中都是经过改编的美好故事，真实情况的确完全不同。通过拥立登上皇位的过程很残酷，那些人丝毫不在乎需要为此做出牺牲的人民和地区。

全息屏仍然播放着新闻。鲜红的图形文字在屏幕下半部分滚动播放，是一首朗朗上口的顺口溜：紧急注意！/重要的突发新闻你一定要知晓/就在两分钟后的八频道！

玛希特推了推十二杜鹃花的肩膀，他猛地惊醒。"——怎么了?"他用手揉了揉脸,"啊,你醒了。"

"你的全息屏怎么换频道?"玛希特问。

"啊,你想看哪个频道?"

"八频道的**重要突发新闻**。"

"八频道是政治和经济频道——稍等——"他的眼睛在云钩下转动,微做调整,全息屏一闪,画面改变。

"八频道!"字样悬浮在右上角,重叠在某艘巨大飞船的舰桥之上:闪着微光的舰桥,冰冷的金属,黯淡的灯光,满眼钛和钢,金色的泰克斯迦兰战旗在背后的墙上展开,上面的那一簇太阳光长矛分外刺眼。战旗前立着个肤色黝黑的男子,薄嘴唇,高颧骨,面色冷峻如石雕,仿佛生来只为战斗。他一身银色制服,上面缀满了奖章、勋章,以及代表军衔的杠条。

"一闪电。"十二杜鹃花道,"喂,芦苇,起来看这个——"

三海草撑起上半身,半边脸颊上还留着沙发靠垫的压痕,但眼神却全神贯注。"——政府宣传时可不能入睡。没错,那可不是我的个性。"她说道。

"确实不是十一车床的个性。"十二杜鹃花心领神会,调侃道。玛希特心中突然**一痛**:能有这样相互调侃的朋友多好。能有几个朋友——就像在勒赛耳时一样。

"嘘,亚奥特莱克开始讲话了。调大点儿声。"三海草说。

这位亚奥特莱克的声音十分洪亮。一闪电并非演说家,但他擅长让话音远距离有效传递。玛希特能够想象身为他手下士兵的感受,听着他坚定、沉着的发言,看着他无比急切与担忧的神情,她能够理解为何士兵们情愿跟着他,不惜反抗曾发誓效忠的皇帝。

"即便在轨道上,即便我的飞船'二十光辉日落号'刚从欧迪尔星系打完胜仗回到世界中心，我也注意到了'世界的珍宝'街道上沸腾的骚乱与不安。"亚奥特莱克说。随着话音，负责广播的"八频道！"工作人员配合地切入抗议游行的镜头。玛希特认出了十二杜鹃花窗外的街道，时间就在几小时之前。不知摄像机当时摆在什么地方，此时又有多少人正跟她一样，看着这些镜头。玛希特再次琢磨起唯一市的算法，头一次清晰地认识到：任何算法，都必然带有设计者的意图。无一例外。算法总会带有当时的设计意图，无论过去了多久。人类设计某个算法，必然出于某种目的；随着时间流逝，这个算法可能会演进、叠加或改变，但目的始终不变。十珍珠的算法控制着唯一市；这算法当中必定埋藏着十珍珠当初的利益。受算法控制、设计来回应泰克斯迦兰需求的唯一市，不可能不受泰克斯迦兰人欲望的影响，这种欲望会被机器学习所放大、扭曲。（十珍珠算法控制下的唯一市，可能会突然暴起，针对十珍珠指定的某人——如果十珍珠真的跟战争部合作，而战争部已经……完全受到一闪电的控制，跟科学部达成了某种协议呢？）

新闻里出现的，不止窗外这条满是愤怒的泰克斯迦兰人的街道。显然，这个区域爆发了多起大规模和平抗议示威游行，每一处，摄像机镜头都准确无误地捕捉到了示威者肩上别着的紫色翠雀花。

这样的镜头，说明"八频道！经济与政治"肯定不是三十翠雀花的属下。同时，一闪电的反抗议演说还在画外音中继续，声音铿锵有力："我和我的勇敢的同胞们——跟他们一同为泰克斯迦兰服役是我的荣耀——都十分赞同'世界的珍宝'中人民渴望和平与繁荣的愿望。但是，凭借我们高于你们的位置，我们看到了你们眼睛看不见的东西：你们全心全意的渴望，被联合继承人三十翠雀花自私地利用了。"

三海草从齿缝里倒抽一口冷气,发出尖锐的嘶嘶声。此时,一闪电抓准时机,停顿片刻,给震惊的观众留出消化的时间。

"联合继承人不在乎战争,也不在乎和平!"一闪电吼道,"联合继承人只在乎利润!如果我们的战争指向别的区域,他根本不会赞同或资助这些抗议活动——可惜,目前战争指向的区域威胁到了他的利益!"

"好了,快说说,到底怎么威胁他的利益了,别卖关子。"三海草轻声道。玛希特偷偷地瞄了她一眼,她目不转睛地盯着屏幕,表情激动,眼睛闪亮。

"——在目标区域中,有一个名为勒赛耳的空间站。这是个不起眼的独立领土,不为大多数泰克斯迦兰人民所知。这个空间站,一直为三十翠雀花提供非法的、不道德的神经增强技术。我只能推测:兼并这个空间站,会切断他的秘密供货渠道。因此,他不得不利用我们为之服务的人民反对战争的高尚动机,掀起内乱。"

"这就有意思了。"三海草呼了口气,十二杜鹃花同时关闭了全息屏。

"这就麻烦了。"他说,"他说的是真的吗,玛希特?"

"据我所知不是。"玛希特回答。她没法想象一闪电为何认定想要活体记忆装置的是三十翠雀花,而不是六方向。更奇怪的是,一闪电怎么会知道活体记忆装置的存在?除非这是他纯粹出于宣传目的编造出来的。她叹了口气,"这确实是个该死的麻烦,'据我所知'根本不足以确定事实到底如何。"

十二杜鹃花重重地坐在她对面,"据你所知,阿格黑文大使没有向三十翠雀花提供……非法技术?神经增强设备?还是**不**

道德的技术？你不知道的究竟是哪一部分，大使？"

突然，这一切都让玛希特感觉怒气冲天。她烦透了从区别细微的泰克斯迦兰语汇中寻找、辨别合适的词，烦透了费力重新排列句子的重点以求精确表达，烦透了拼命回忆跟三海草说的话，跟十二杜鹃花说的话，还有只留给自己的秘密，以免混淆。

（皇帝问她：**还有谁能保证八十年的和平？**她一阵恶心，逐渐发现自己不得不承认他说得对。看看这些潜在继承人的现状，看看他们如何一意孤行，不惜将唯一市人民拖入毁灭和暴力，只为了自己能登上宝座。）

她牙齿咬得太紧，紧得她下巴都疼，"据我所知，阿格黑文大使没有为三十翠雀花提供任何此类物品。还有，我不太确定，在泰克斯迦兰，到底什么算是'不道德'——为什么神经增强设备会让你们这么反感？"

"——这么说，他确实提供了，只是没提供给三十翠雀花！"十二杜鹃花叫道，就像满意地拼出了逻辑拼图。

"只是答应提供。"玛希特无奈道，"这一点倒是对我有利，给我提供了谈判的筹码。要是他死前已经把东西**送了出去**，我手里就没有任何筹码可用了。"

"玛希特，"三海草插话道（此刻她还能这么镇静，真让玛希特不舒服），"你跟耀眼的皇帝陛下的谈话内容，我能隐约猜到一点了。"

"什么事都瞒不了你，对不对？"玛希特说。她真想把脑袋搁在十二杜鹃花的桌子上，前额在桌子上重重地撞几下。

三海草轻拍她的肩膀，以示安慰，接着耸了耸肩，"我是你的联络人。理论上说，我们之间不该有任何隐瞒。我们得一起解决问题。"

"一定得这样吗?"玛希特绝望道。忽然,她发现三海草的脸部肌肉做出了一个相当勒赛耳式的微笑,露出了牙齿。她也情不自禁地回了一个微笑。于是,她又问了一次:"什么样的技术才叫'不道德'? 如果不需要隐瞒,就把这一点告诉我。"

"很少有不道德的技术。"三海草开口道,"亚奥特莱克演讲的受众都是些非常传统的人,他们讲究法律与秩序,每年春天都会参加胜利游行。不过,玛希特,你的活体记忆装置,有一点**让人不安**。如果一样技术——或药物——能让一个人达到自己原本达不到的智力水准,我们对这种技术或药物便会心存芥蒂。"

"你参加过考试,对不对?"十二杜鹃花问道,"帝国能力测试。"

玛希特点点头。在她参加完似乎永无尽头的活体记忆能力测试后,才参加了帝国能力测试。跟前者相比,帝国能力测试简直让她心情愉悦。帝国能力测试只包含泰克斯迦兰的文化、历史和语言,她参加这个测试只为了自己心中怀着的将来某天能获得去往帝国中心签证的希望。

"我们泰克斯迦兰人的自我,很大程度上取决于我们所能记住、背诵的东西。"三海草继续道,"我们是一首首短诗和长篇史诗塑造出来的。所以,神经增强设备对我们来说就是**作弊**。"

"所以,在能力测试中使用增强设备是非法的。每隔几年就会有这样的丑闻——"

玛希特很难把活体记忆——多人的融合,一代代记忆和技艺的留存——跟考试作弊画上等号。"没那么简单吧。作弊是非法,可要说不道德……"

"仿效成你不可能企及的人物,就是不道德的。"三海草回答,"就像偷穿别人的制服,或者念着第一位皇帝在《立国之歌》

当中说过的话,却暗暗盘算背叛泰克斯迦兰。这种不可调和的滑稽并列是错的。在这种情况下,我怎么才能确定你是**你**?怎么才能确定你**清楚**自己打算保留什么东西?"

"你们给死者体内注入化学药物,不肯让任何东西腐烂,无论人、思想还是——糟糕的诗句,哪怕在韵律完美的诗歌当中,也总会有几行糟糕的诗句。"玛希特反驳道,"请原谅,关于'仿效',我跟你的想法不同。泰克斯迦兰总在效仿死者,而死者本应长逝。"

"那么你呢,你是亚斯康达,还是玛希特?"三海草一针见血。这问题问到了点子上:没有了亚斯康达的活体记忆,她还是亚斯康达吗?

玛希特·达兹梅尔到底是否真的存在?身处泰克斯迦兰城市,浸淫于泰克斯迦兰的语言和政治,就像装上了不合适的活体记忆。记忆和经历的触须扎进了她的身体,就像某种飞快生长的真菌的入侵。

"三海草,泰克斯迦兰语中'你'的概念,真是非常宽泛。"这句话,在这一切混乱局面开始之前,她就对三海草说过。

三海草一摊手——一个表示紧张和悲伤的姿势,"我不确定。对——我们大多数人来说,空间站语中'你'的概念更宽泛。"

"否则,一闪电在'八频道!'中的小小表演就不会起效。"十二杜鹃花补充,"光是暗示三十翠雀花利用人民实现自己的目的还不够,还必须让人们怀疑他的目的本身——腐化的、可悲的目的。任何需要神经增强设备的人,都不配做皇帝——"

"我想,"三海草说,"我们是免不了一场内战了。"

突然之间,她用手捂住了脸,仿佛想阻挡夺眶而出的泪水。

十二杜鹃花把三海草带出了房间。玛希特能听到他们俩在厨房角落那儿发出的声音，轻柔地高低起落。她从没见过三海草如此方寸大乱：在她自己有生命危险的时候没有，跟玛希特这样惹人不快、行事异端、令人沮丧的人一同工作时没有，就连遭受电击休克后也没有。她仿佛过度暴露于辐射之下的金属，早已变得脆弱，此刻彻底崩溃。三海草本人了不起的分析能力，让她看清楚了玛希特业已了然之事：泰克斯迦兰正徘徊在内战边缘，打算自己吞噬自己。

玛希特觉得，通过将心比心和自身的渴望，她能理解一点儿三海草的感受。对她而言，"泰克斯迦兰并非永恒不变、不可抹消、永远存在"这念头，也很难接受。而她不过是野蛮人，来自异乡的微不足道的人，一个爱着（爱着？现在还爱着？）帝国文学和文化的生物。这儿不是她的家。这世界对她的意义，跟对三海草的意义完全不同。她的泰克斯迦兰不过是真实帝国的扭曲影子，就像沉重的物质造成宇宙空间的弯曲。

方才，三海草的眼泪从指缝中滴下，让玛希特非常难过。她很庆幸有十二杜鹃花在，他领着三海草进了厨房，给她倒水，借着多年的友情给她安慰。此时，玛希特一人独处。她趁机把手伸进外套口袋，摸出从公寓中得到的战利品：一卷伪装的信息条，里面有来自勒赛耳空间站的消息。此外，还有亚斯康达的活体记忆装置。

她把东西放在面前的桌上。两样东西都不及她的大拇指长；一个是银灰色蜘蛛似的机器，装着亚斯康达·阿格黑文；还有一卷细长的灰色信息胶片，用红蜡封住，贴着红黑相间的标签，说明这是来自世界之外的通信。玛希特用大拇指指甲小心地划开封蜡,剥下一层薄薄的蜡皮。封蜡基本上只有象征作用,并不能真正起到保护信息的作用:如果某个邮件收发室的官员想偷看,完全可以打开封蜡,读完信再重新封好,丝毫不留痕迹。既然封蜡只是象征性的,她能依靠的只有泰克斯迦兰人对隐私和财产不受侵犯的信念,以及——

勒赛耳的加密系统。

展开纸卷之前,她重复了一遍方才的动作:大拇指指甲轻轻滑过亚斯康达活体记忆装置的金属表面,抚摸着曾连接他身体、居于他体内之物。装置核心的长方体小块,色调泛灰,就像被腌过。长方体的每个角都延展出又长又细的丝,这些是侵入他脑干的分形枝干。看着这东西,她的颅骨底部、安装着活体记忆装置的地方也疼了起来——感同身受。

这也是勒赛耳加密系统:没人能得到装置加密记录下的亚斯康达,也没人能得到里面的知识。那里有她一直缺少的十五年。哪怕她脑中的亚斯康达还能正常运转,这十五年的知识积累也是空缺。她真想念亚斯康达。

(她会喜欢他吗?喜欢这个把勒赛耳的秘密卖给六方向的人?恐怕是的。只要能有一个真心诚意、绝不背叛的盟友,玛希特一点儿都不在意出售秘密这事。)

玛希特划开纸卷上剩余的封蜡,把纸摊平在桌子上,双手压住。

纸上的信息出乎意料。信息一眼看去没问题:字母文字书写的段落,用的是三十七个字母的勒赛耳文字,感觉惊人地熟悉又陌生(会有这种感受,让玛希特十分吃惊)。开头一段的致意中明确暗示道:接下来的第二段,用的是玛希特自创的替换密码,基于泰克斯迦兰的语法。让她忧心的是第三段:那一段用的是她完全看不懂的密码,这种加密方式她连见都没见过。

话说回来,她一直希望有个不易破解的密码——

"十二杜鹃花?"她朝厨房喊道。

"——怎么啦?"

"你有字典吗? 具体点儿说,你有没有《帝国图形文字标准》?"

"人人都有《帝国图形文字标准》。"三海草回话。她的声音里还带着一点儿哭腔。

"我知道!"玛希特说,"所以我才选了这本书——你有吗?"

十二杜鹃花从厨房出来,疑惑地瞄了一眼桌上展开的信件,"这是你们的文字? 这么多字母。"

"这还多?《帝国图形文字标准》可是收录了四万个图形文字。"

"可字母文字应该精简才对。反正信息部的培训课里是这么说的。等等,我去拿字典。"

幸好他有。虽然随便找一家店也能买到,但目前唯一市局势动荡,最好还是省去寻找店铺的麻烦比较好。

十二杜鹃花把字典砰的一声放在玛希特手肘边的桌面上。这本字典的抄本有整整四百页,一排排表格里都是语法和文字。"你要字典干什么?"

"坐,"玛希特说,"看我给你展示些勒赛耳的机密。"

他坐了下来。片刻后,三海草出现了——眼睛还红着——坐在他身边。

解密的时候还有观众——这事可不常见。但玛希特心里明白,她已经全心信赖面前的两人。他们待在她身边,**保护**她,为了她身陷政治与人身危险。再说,她也没有告诉他们**如何**解密,只说了用到哪本书。解密没花多少时间——这个密码系统原本就是她创造的，她自然知道如何解读。

信件的第一段首先明确了这封信的寄信人——是达吉·塔拉茨。玛希特略有些吃惊：给她回信的居然是矿工议员，而不是继承议员阿克奈尔·安娜芭。不过，要是真如温楚秘密通信中的暗示，安娜芭是破坏活体记忆装置、害她如今失去重要信息和盟友的元凶，或许塔拉茨已经——插手这件事？截留了她的消息，并且亲自回信。

若果真如此，她就必须相信德卡克尔·温楚的怀疑——她丝毫不愿相信继承议员会这么做。而且，塔拉茨也不可能知道温楚发给亚斯康达的警告。塔拉茨可能知道跟自己通信的玛希特·达兹梅尔，知道她可能与她脑中的活体记忆亚斯康达·阿格黑文失去联系。但是，就算他能猜到活体记忆失联，他也肯定想不到原因。或许，根本没人蓄意破坏，而是玛希特自己犯下的过错，跟遥远地方的两位议员之间的争斗毫无关系。

玛希特决定只从眼前事实从发：达吉·塔拉茨想跟她说话，无论他是否知晓安娜芭的蓄意破坏——如果真有此事的话。矿工议员一直关注着空间站的**防卫和自治**，因此人们才投票给他。既然这封信出自塔拉茨之手，至少可以说明：泰克斯迦兰扩张战争给勒赛耳主权带来的威胁，已经受到了重视。

只从确凿无疑的事实出发，之后再思考"故意破坏"的可能性（要是目前神经系统崩溃的故障并非她的错，可真是太好了。特别是，如果她真犯过错误的话——）。

玛希特把这一段剩下的部分一个字一个字地解码。信中确认收到了她的消息（一个字）——对她表示了感谢（另一个字）——接着指示道，目前的密码书不适用于接下来的段落，该段落包含有具体的行动指导，基于某个重要的信息——玛希特之前并非该信息的关系人，因此并不知晓该信息。（这些话一共用了六个字，最后那一个字意义极为含混，玛希特在书面语中从没见过。这个字的意思是"非关系人士之前不知晓的秘密"。泰克斯迦兰语里有这种含义的字，一点儿都不奇怪。）

"是，是，"她嘟哝道，"**那我该怎么解密剩下的——**"

三海草咻咻笑了出来。见玛希特抬头对她怒目而视，三海草抱歉地举起双手。"我喜欢看你工作，"她说，"你的动作很快，就连疑惑时效率也很高。只要你背下了当季的流行诗，你就可以学会一套真正的密码系统——我们的密码。"

"只要我想学，确实不难。"玛希特怒意未消，"但你们的密码也不是真正的密码，三海草。我是说——它们的加密级别很低。替代式密码，只要有个过得去的 AI 知晓密钥——无论是字典还是诗歌，很快就能解开。"

"我知道，"三海草回答，"它们不是加密系统，它们是艺术。你会很擅长这个。"

闻言，玛希特不知为何心中一痛，耸了耸肩，看向信中她唯一能懂的这一段的最后一句。

密钥 ‖ 安全保管/囚禁/锁住 ‖（私人的/遗传的）知识（位于）‖（属于）

最后一个词用的是准确无误空间站语：亚斯康达-活体记忆

解密剩下段落所需的密钥，还有"非关系人士之前不知晓的秘密"，全都位于**亚斯康达**的知识库里，玛希特脑中没有。达吉·塔拉茨看来是希望她能通过亚斯康达拿到这个密钥。（这么说，他肯定不知道故意破坏的事，或者指望故意破坏**没能成功**，希望她跟亚斯康达已经合为一体，哪怕连接两人的装置遭到破坏，但也能拿到所需的密钥。）

故障中的亚斯康达，半消失的亚斯康达，无论由于别人的蓄谋破坏还是玛希特本人的神经系统问题，此刻都没和玛希特在一起。她没法联系到他。无论是空间站语，还是泰克斯迦兰语，都找不到恰当的咒骂词汇，以表达她此刻的愤怒。《帝国图形文字标准》当中最粗鲁的字眼，也不够解气。她该怎么向面前的两位泰克斯迦兰人解释"我弄丢了我自己的另一半，可我需要他"？他们俩刚刚才向她解释过，为什么亚斯康达这样的活体记忆是**不道德的**。她现在如何开得了口？

她绝望道："我彻彻底底搞砸了。"说罢，等着面前两人的反应。

有反应了：十二杜鹃花面露忧虑无措，仿佛担心万一面前的野蛮人也哭了出来，该怎么办。三海草则不同。闻言，她面庞上的最后一丝痛苦神情应声消退，恢复了向来的坚定和全神贯注。

"或许如此。不过，要是你告诉我原因，我或许有办法提供帮助，抢救一部分搞砸的东西。"三海草说道。顿时，玛希特明白了为何"文化联络员"一职授予了三海草，而不是十二杜鹃花。成为文化联络员肯定需要经过各种能力测试，比如分析能力、洞察时局的能力、信息获取的能力——还有决心的坚定程度。三海草不止前三项中得分高，最后一项的得分一定也很高。

玛希特挺直肩膀，振作精神。如果她——还有勒赛耳空间站——想在六方向与继承者之间权力过渡的斗争中毫发无损，就需要三海草愿意提供的所有帮助。

你瞧，亚斯康达，我也跟你一样，把性命托付给了泰克斯迦兰人。你当时感觉如何？

她意识到，方才这话的对象，不是沉默的亚斯康达的活体记忆,而是死去的前任大使。除非她想办法连接活体记忆装置中残存的亚斯康达烙印,那个从未被使用过的幽灵,才能跟这位前任大使对话。

"我的意识中,本该有亚斯康达·阿格黑文存在。至少有他的某个版本存在。我脑中也有个这样的活体记忆装置。"玛希特用拇指和食指拾起桌上的亚斯康达的活体记忆装置,开口道,"我脑中的他,是十五年前的版本。确切地说,本该是他十五年前的版本——如果他仍然在我脑中的话。自从我第一天来到这里,看到他的尸体后,我脑中的亚斯康达就消失了。他——或者我——出了故障。"

三海草说:"这些我已经猜出来了,玛希特。"

"我可不知——"

"花瓣,你今早才加入我们。"

"你脑中真有那东西? 感觉如何?"

他问这话,就像问烫伤起了水泡的人"疼不疼"一样,太荒唐了。

玛希特叹了口气,"十二杜鹃花,这跟我们目前的问题无关。不过,感觉通常不错,但目前它无法运行。我需要它正常工作——我需要亚斯康达。"

"原因跟你的加密信息有关。"三海草推断。

"因为亚斯康达脑中有密钥。我必须知道我的政府对我的指示。"

沉默片刻。不知三海草是否在等她做进一步的说明,再给些真正有用的信息,好提供文化联络员的帮助。可她已经没有进一步的信息了。只有这封信,玛希特本人,还有脑中空荡荡的带电的寂静。

接着，三海草开口道："**这儿的**亚斯康达，行吗?"说着她指指三人之间桌面上的活体记忆装置。"我想，他肯定也知道。"

这主意让玛希特想起来就觉得脑后一阵疼痛：切开头颅底部的小小伤疤，将沉重的新机器放进粉灰色神经组织当中——过去经历的一切都得重来一次。

她用手掌握住被谋杀的亚斯康达·阿格黑文的遗物，仿佛想保护他，躲过三海草敏锐的泰克斯迦兰双眼的观察。

"……让我想一想。"她说。

第十四章

28. **撤离日**: GIENAH-91 喧嚣战场上烟雾弥漫。镜头慢慢地扫过横七竖八的尸体, 尸体上都带着烧焦的伤痕, 沾满泥土。镜头落在十三石英的身上。他躲在翻倒的地面车后, 意识模糊。镜头停留在十三石英身上。接着切换到——

29. **撤离日**: 场景同上, 镜头转向九十合金。镜头拉至九十合金背后, 看着他们跪倒在十三石英身旁。十三石英睁开眼睛, 虚弱地微笑。

十三石英(声音微弱): 你回来找我了。我相信你……一定会回来。现在也一样。

(镜头转到九十合金的脸)

九十合金: 我当然会回来。我需要你。除了你, 还有哪个副指挥能在早饭前一个人赢下半场战争?(抽泣)我需要你。你一直是我的幸运星。好了, 没事了。我们回家。

——《九十合金》第十五季最后一集分镜剧本

三号位：长镜头，卡梅隆船长站在舰艇的舰桥上，众人的眼睛都盯着他。船员们脸上表情不一，惊恐、渴望、不耐烦。卡梅隆正在跟自己的活体记忆商量（让色彩师强调他双手和头上的白色闪光）。他望着黑色空间中悬浮的敌舰，极其巨大、充满威胁、尖锐无比——这艘敌舰是三号位的焦点。

卡梅隆：当年，我还叫查德拉·马伏的时候，就学过如何跟埃博拉科特人打交道。事情肯定会顺利的。

——图像小说《冒险边疆！》第三卷手稿
由勒赛耳空间站第九层的小型印刷商"冒险/荒凉"发行

之后的整晚，玛希特一直在想这件事。三海草和十二杜鹃花把沾了草汁的衣服拿去清洗，然后在全息屏上回放新闻中一闪电的讲话和抗议画面。玛希特陷入沉思，配着军事行动和政治训诫的背景音，翻来覆去地品味这事，就像嘴里多了一处新伤，舌头总是忍不住去舔它。她把亚斯康达的活体记忆装置放回了外套的贴身口袋，装置垂在她口袋里，仿佛有节奏的钟摆。

活体记忆装置很容易被滥用。

不，这话不够精确。往好的方面想：有很多使用活体记忆装置的方法，会让玛希特——这个土生土长在勒赛耳的人，这个被勒赛耳文化透入骨髓的人（无论她声称自己有多爱泰克斯迦兰文学）——感觉气愤，就像三海草和十二杜鹃花描绘的"在帝国测试中作弊"。有很多使用方法，是**不道德的**。（空间站语和泰克斯迦兰语中都没有更精确的词汇）

比如，某个人可能私自占有死去爱人（通常死得挺悲惨，全息视频日间剧中经常会有这种情节）的活体记忆，植入自己脑中，而不是交给下一任通过能力测试的合适继承者。这种做法毁了他们自己,也毁了代代传承的知识。这是**不道德的**。也有些略有不同的版本:活体记忆的新一代继承者,找到死者遗孀,要求重续前缘。这事**真实发生过**,就发生在普通人身边。因此,勒赛耳的心理治疗才发展成了一门科学——

再想想更糟的——她告诉自己,还有一种滥用,不会让人悲伤,但会让人**汗毛倒竖**。

如果植入活体记忆的人内心不够强大,哪怕通过了相容性测试,也没法让两个不同个性的人融合,创造出一个真正的、能正常工作的新人。这种情况下,活体记忆会**吃掉**继承者的意识。

这种情形太可怕,个中感受,她想也不愿想。

(而这正是光明皇帝六方向希望达成的。)

干得好啊,玛希特。你总算找到了比三海草的建议更讨厌的事情。

三海草建议她用上阿格黑文大使的装置,从中提取最新版的亚斯康达活体记忆,覆盖她脑中那个时断时续、派不上用场、摸不清到底是否存在的故障记忆。三海草认为,如果她迫切需要亚斯康达脑海中的密钥——她的的确确迫切需要——那么,这就是唯一可行的做法。

不过,要承担这种实验性神经外科手术后果的人,并不是三海草。在这颗行星上——在这种**厌恶**神经外科手术的社会文化里——这里的人认为神经增强设备令人作呕,不道德——进行这种实验性的手术,要承担后果的是**玛希特**。

喂,亚斯康达,你快出来挽回局面。她第一百次地呼唤道。没有回音,只有寂静,还有神经电流的嗡嗡声。谁能保证她还能**再适应**另一个活体记忆? 她脑中这个出了故障说不定就是她自己的原因:她心理不健康,不适合,不相容。就算错不在她,初次植入记忆的感觉也不好受：让人头晕目眩的知觉重叠，仿佛站在高高的悬崖边上，一不小心，哪怕最微小的动作，也会让她坠入他人记忆的深渊。而且，时间也不够，两人来不及合并成为一个新人，没法成为玛希特-亚斯康达，还有亚斯康达年轻时吸收的前任，玛希特-亚斯康达-查格凯尔……

这名字从她脑中的活体记忆碎片中浮现出来，同时浮现的还有玛希特本人查阅勒赛耳档案时的感受。当时，她去查阅自己的活体记忆链的资料，查到了查格凯尔·安芭克。安芭克从没去过唯一市，但曾在一艘宇宙飞船船首与泰克斯迦兰人谈判，保住了勒赛耳和其他空间站自行开采区域矿产的独立权利。那是四代人之前的事了。玛希特读过安芭克写的诗，觉得很**无聊**，很平庸，主题全是**家乡**。而当时——三个月前——玛希特却曾认为自己能写得比她更好。

或许，新版的亚斯康达活体记忆，能多给她讲讲这个跟他合并的查格凯尔的故事。毕竟，第一次植入亚斯康达的活体记忆时，玛希特也是第一次遇见查格凯尔。

这么说，她已经打算试试了，不是吗。她已经做出了决定，连自己都没有意识到。她会接受，因为孤独，因为这是必需之事，因为她想成为完整的整体，想成为勒赛耳大使活体记忆链上的一环——她**理应**身处这条记忆链中。当初，是她被选中加入；此刻，她仍因为失去记忆链而身心不稳。如果这是有人故意破坏，她就要修复这种破坏。她要找回自己的记忆链，完好留存，做一个称职的活体记忆继承者。她要保护这条记忆链，为了在唯一市的勒赛耳主权领土上服务那些她理应服务的人，也为了之后可能会继承她的意识和记忆，在勒赛耳上一直传承的人。

在极端情况下，人心中的爱国之情是多么容易被激发。

那些在唯一市街道上游行的人想必也是如此。

她在厨房找到了三海草。三海草正在处理某种植物,其过程让玛希特莫名其妙:三海草把植物挖空,往里面塞进另一种物质——大米和某种碎肉之类的东西做成的肉酱。

"这是食物?"

三海草扭头看她,神情专注,"现在还不是。要等上一个小时后才是食物。你找我有事?"

"我需要一名神经外科医生。"玛希特说,"如果这颗星球上存在这种医生的话。"

"你决定做?"

"我决定试试。"

三海草点了点头,"唯一市里什么都有,玛希特,只是名称有所不同。问题是,我完全不知道该去哪儿找这样的人,愿意——且能够——切开你的大脑。"

十二杜鹃花在另一个房间叫道:"你是不知道,芦苇,但我跟你赌,你肯定能找到某个知道去哪找的人。"

"别偷听了,到这儿来!"三海草喊道。十二杜鹃花出现在门口,被三海草狠狠盯了一眼。"你倒说说,我去哪儿找这么个人?我可不想让我的大使死在手术台上。"

"你们俩先去见科学部长吧。而我呢,准备通过非官方渠道找个人。"十二杜鹃花洋洋得意,"我在信息部的职位跟医学院联系密切。现在,你是不是很庆幸能把我拉进来?"

"没错,"三海草说,"庆幸的原因有好几个,其中之一就是能够把你的公寓当作安全屋——"

"你喜欢我居然只因为我的财产啊,芦苇。"

"还有你跟宫廷以及信息部之外的人的密切联系。这也是一个原因。”

“只要你愿意,你也能结交到这些人。”十二杜鹃花小心地说道,“可惜你一直没兴趣。”

三海草叹了口气,“花瓣,你知道这事不妥。在过去,这事不妥。”

“为什么?”玛希特发觉自己脱口而出。她想不明白,为什么一个阿赛克莱塔跟宫廷之外的人结交,这事会不妥。

“因为我会把他们视为有用的资源,玛希特。”三海草语气尖锐,带着自嘲,“仅仅是资源而已。花瓣在外面有几个真正的朋友,其中某些人,我很可能迟早会因为‘反帝国’罪举报他们——等合适的时机来临,或者对我有利之时。”

“你总是对自己这么严厉,”十二杜鹃花道,“满口虚荣的野心和——”

“我知道我同理心不够。”三海草答道,“但我们现在说的是你。”

十二杜鹃花叹了口气,笑了,黑眼睛睁得大大的。玛希特忽然明白,这个话题,已经在他们两人之间讨论过上百次,最终决定搁置争议,让这话题成为两人友谊中不轻易触碰的部分。三海草不过问十二杜鹃花在宫廷之外的事;十二杜鹃花也不让他的——反帝国的古怪医学界朋友——涉及任何与三海草相关的政府事务。两人都清楚界限划在哪儿,绝不越界。玛希特方才的请求,会让两人之间的所有界限变模糊。他们俩很清楚这一点——却心甘情愿。

玛希特只愿自己别辜负这两人的信任。(只愿勒赛耳别辜负这份信任——她的爱国之心又上来了,简直成了她无法克制的某种莫名的条件反射——但她清楚,她的两位阿赛克莱提这么做,并非为了勒赛耳。)

"好,"十二杜鹃花说,"说的是我,是我有多能干,给你多大的帮助。明天你们去赴约,我来搞定这事。"

穿越唯一市越来越困难,即便在第二天一大清早也一样。玛希特跟三海草一出十二杜鹃花的公寓,登上回程的地铁,就几乎断定,她们正被人跟踪。跟踪她们的不是头戴金色面罩的光照,而是影子——身着灰衣、幽灵一般的人。是"雾"——这是十二杜鹃花对司法部下属调查队的称呼。如果跟踪她们的真是"雾"——如果她们真被人跟踪——这名字可谓恰如其分。

或许一切都是她的幻觉。以她目前的处境——遭到多股势力的追捕——出现被害妄想是很正常的。勒赛耳的心理学课上教过这个,玛希特越来越觉得有道理。另外,地铁的半数线路都延误或停运,愤怒的上班族对此并没有感到安全和愉悦。宫廷区跟唯一市其余部分的分界处出现了明显的"区隔"。昨天,玛希特、三海草和十二杜鹃花离开被光照没收的罪案现场公寓时,还没出现岗哨。此时,光照已经站成了一行,检查每一个泰克斯迦兰人的云钩,核实身份。光照身后是唯一市本身由玻璃和电线组成的闪闪发亮的墙,唯有获准的访客通过时,墙才会缓缓升起。墙的威胁从未如此直接。

玛希特身上携带着勒赛耳来的密信。密信藏在新洗干净的衬衣底下,用弹性运动绷带缠在肋骨部位。绷带是十二杜鹃花回宫廷区寻找黑市神经外科手术大夫之前,从家中某个抽屉底翻出来的。十二杜鹃花喜欢玩某种有球有网的团队体育运动,在运动中扭伤脚踝,所以才买了绷带。他们三个在花园睡觉的时候,收到过这种运动比赛的宣传单。虽然十二杜鹃花谈起这种运动就刹不住——从前他还加入过校队,每周打比赛——让玛希特耳朵起茧,但这不要紧。要紧的是,绷带正好能用上。此刻,她觉得自己仿佛偷运机密越过封锁线的特工——说起来,这本来就是她的机密,合法、合情。

"我们会不会被捕?"玛希特问道。

三海草压低了声音,用不合时宜的欢快语调道:"现在不会。"三海草一身整洁的信息部制服,看着就像一把极为锋利、精确的尖刃。如果没有她,玛希特真不知该怎么办。

"现在不会,那什么时候会?"她带着苦笑和自嘲追问。这时,两人已经来到金色反光面罩组成的人墙边。三海草介绍了自己和玛希特,态度轻松,毫不做作——怎么看都只是文化联络员协助自己的大使通过安检。光照问她要云钩,她摘下云钩递上。光照问她们俩去了哪里,她如实回答,毫不隐瞒,光明正大地告诉对方:她们去她的前同班同学兼好友家中过了一夜。

玛希特又开始琢磨:不知光照与唯一市是否同属某个巨型意识;面前这个光照,是否正把同伴光照在玛希特公寓中的发现纳入考虑范围。无论如何,这个光照费了不少时间思索。它抬起头,朝玛希特和三海草身后望去——雾灰色的影子在金色面罩上一闪而过。不知光照在玛希特身后看到了什么,它一直抬着头,保持这个姿势,时间仿佛无穷无尽——终于它低下了头。或许,它刚才是在通过同伴的意识跟六伸掌商议。阴谋中的阴谋。她肯定得了妄想症。没人跟踪她们。科学部不可能跟战争部合谋推翻皇帝。街上也没有抗议游行者,九广场的炸弹不过是**事有凑巧**,不是针对她,而是为欧迪尔星系的人抱不平,跟她无关——肯定是这样没错。

光照挥手让她和三海草通过。放行来得太突然,完全出乎她的意料。肾上腺素突然下降，让她起了鸡皮疙瘩，又冷又热，在脊柱中上下窜动。唯一市内墙上的门打开，两人穿门而入，就像爬进了一只野兽的嘴里。身后，门再度合上。这让玛希特想起空间站里的某种寄生生物，这种生物嘴里长着圆形的牙齿，住在壁管狭缝里，靠吞食电线外部的绝缘体为生。

白天的宫廷区比唯一市其他地方都更安静。因为围墙。围墙把目力可及的骚动迹象都隔绝在外。两人轻松地步行来到了科学部。一路上，阳光清冷，空气中照常充满了泰克斯迦兰的花香，以及胡椒般刺激的浓厚白麝香。但玛希特的心却无法平静，跳个不停。

"我非常、非常希望当我们从这里出来的时候，没向谁宣战，也没归顺谁，你也没被十珍珠手下最好的普罗托斯帕萨绑架去做大脑实验。"三海草道。

"我能保证不会宣战。"玛希特抬头看着科学部钢制的银色花朵形建筑，回答道。花朵建筑上镶嵌着珍珠浮雕装饰，能看出亚原子微粒的痕迹——那是蛋白质的形状。"我没这个资格。"

"很好。你这么说我就安心了。"

科学部里，想求见部长也得经过一整套泰克斯迦兰宫廷政治手续。玛希特对此已经了然于心。三海草亮明身份，确认与十珍珠的预约。玛希特指尖按着胸口鞠躬，身体弯到某个感觉合适的角度——这种感觉究竟来自自己，还是来自亚斯康达闪烁不定的存在，已经不重要了。

她跟三海草被人护送到某个没有窗户的会议室。室内，毫无特色的浅色椅子围着同样毫无特色的浅色桌子，整个房间毫无装饰，只有电灯开关下面的墙上环绕着一圈跟外头一样的低调的珍珠镶嵌纹饰。两人在此等候。

三海草用指甲敲击着桌子。这姿势说明她很紧张，玛希特从没见三海草这么做过。至于玛希特自己，她发现自己正下意识地把玩着外套贴身口袋中的亚斯康达活体记忆装置，她不得不一再强迫自己停下。她总觉得，但凡自己大口吸气，衬衣底下的缠着密信的绷带就会断开——尽管绷带断开也不会发出任何声音。终于，十珍珠从会议室门口走了进来，让她松了口气。他来了，她就**有事可做**，谈话可以开始了。等待——不算是工作。根本不算。

"部长。"她站起身迎接。

"大使，很高兴见到你。我听说你失踪了！"

啊。上次的戏，还得继续演下去，好吧。也对——上次见到十珍珠时，她故意装傻骗了他，好让出席皇帝诗歌朗诵比赛宴会的新闻媒体有东西可写。这回她从宫廷中消失，不知十九扁斧编出了些什么理由来解释。她只能见招拆招了。

"我全程对自己所在何处清楚得很。"话一出口，她就明白，自己上回用的"野蛮人乡巴佬"伪装没法再用了。无所谓，反正烟幕弹也毫无意义，从来都没有起效过。至少有两个人企图杀了她——一个用毒花，另一个则在她公寓中埋伏。"野蛮人"这个面具——这个扮演的角色，就像一面盾牌——没能保护好她，她不如做回政治权谋家，反正一样危险。现在面对科学部部长，她可以实话实说，做一个**聪明的**野蛮人——十九扁斧就这么说过。

十珍珠礼貌地笑出声来，"我相信您一定清楚！这样的说法真有意思。大使，有什么我能为您效劳的呢？"

在宴会上跟十珍珠定下会面时，她本想问的是：亚斯康达是否明确表达过把活体记忆技术卖给泰克斯迦兰的意愿，这才追着科学部不放——但这个问题已经没有意义了。亚斯康达已经死了，而他出售技术的对象则是皇帝。她现在更想知道的是：**十珍珠支持哪一位继承人**，以此弄清楚他跟兼并勒赛耳的企图是否有关，以及她能否设法让他站在反对兼并战争这一边。

"我并非有意提及不愉快的话题，"玛希特开口道，句中需要多少时态，就用上多少时态——她没必要再跟科学部部长装傻了，"但我很想知道——为了我自身的利益与人身安全，相信您能理解——在我前任死去的那一夜，您跟他谈了些什么。"她察觉到身边的三海草坐直了身体；这话题引起了她的注意力。

十珍珠十指交叉。十根手指上的戒指，即便在苍白的荧光灯下，也闪闪发亮。"您是担心自己会犯同样的错误吗，大使？"他问道，"您的前任误食了某些——令人不快的东西，仅此而已。只是一起偶然的不幸。我们的谈话话题与他的饮食习惯毫无关系。我相信，只要谨慎些，您一定能避免误食此类食品。"

玛希特咧开嘴，露出全口牙齿微笑。**野蛮人式的微笑**。丝毫不退缩。"从来没人提到他究竟吃的是什么。"她说，"真是有趣的忽略。"

"大使，"十珍珠放慢语速，一字一顿，就像在哄劝她，"您有没有想过，这种忽略或许是**有理由的**？相比之下，我们还有许多建设性的话题可谈。比如，影响水培作物营养的要素，人口贫乏和繁荣的地方有何差别。勒赛耳和泰克斯迦兰有许多值得互相学习之处。"

愤怒于事无益，玛希特告诫自己。愤怒只会让她语塞。明知如此，她心中的怒火仍然升腾起来，就像在八圈环办公室里一样。

玛希特直直地盯着十珍珠的脸，"十珍珠，我想知道，为何我的前任在你的照料下死去。"这不完全是指控（不算是**直接的指**

控）。三海草把手放在玛希特的膝盖上，给她温暖和警告。

十珍珠叹了口气，充满无奈，像是准备好要完成某件必要的不愉快之事，像是要处理腐烂的垃圾。"阿格黑文大使的活动和提议十分不合适。当时举行的是一次十分文雅的餐会。在餐会上，大使宣称：他随时准备用某种技术冲击泰克斯迦兰市场——这种技术会影响我们社会的正常运行。我们给了大使好几次机会收回他的言论，他却置之不理。而且，他似乎已经腐蚀或影响了我们伟大耀眼的皇帝陛下。所以，作为科学部部长，处理他这样的威胁，是我的责任。"

"这么说，是你杀了他。"三海草竖起了耳朵。

十珍珠不动声色地看着三海草，"鉴于目前形势，"他对着玛希特做了个表示包围的小手势，似乎把她也划入了泰克斯迦兰外交事务的范围，接着又把她排除在外，"我觉得没有否认的理由。他临死时，我没有插手急救。如果达兹梅尔大使想以'造成医疗事故'之名对我启动调查，我想她可以向司法部提出请求。"

唯一市与政府历经的动荡，竟让玛希特的影响力跌落得如此厉害？十珍珠不仅大胆到当面承认除掉了政治对手——"没有插手急救"不过是说给精通法律的三海草听的，玛希特很清楚其中含义——还确信玛希特没有任何宫廷后台，没人能对他施加任何惩罚？很明显，十珍珠相信，无论谁继承了皇位，科学部都不会被追责。

还有一件事同样明显：没有了亚斯康达·阿格黑文和他承诺的技术，六方向不会再保护勒赛耳空间站及其人民。因此，玛希特对他来说毫无用处（除非她打算用同样的不道德机器冲击市场），她充其量不过是泰克斯迦兰边境地区一个附庸空间站的大使。

就像三十翠雀花在诗歌朗诵会上说过的——她当时还不懂其中含义——皇帝跟亚斯康达之间的**交易,已经取消**。

她控制住自己,让音调平稳,用词准确,发射出一颗"试验卫星",进入谈话的轨道,"部长,我不会先去找司法部。如果我需要建议,我会从皇帝的伊祖阿祖阿卡那儿开始。我曾在那里得到庇护。"

"是吗?"十珍珠说,"我很高兴。这可是个新鲜事。"

"什么是新鲜事?"玛希特接口,等待十珍珠进一步说明。此刻,她渐渐感觉出:十珍珠想多说话,想用这些话剥夺她的还手之力。三海草的手指紧紧地捏住她的大腿,快把她的腿捏青了。

"当时,你地位崇高的女主人,十九扁斧阁下,看到了我所做的一切,并且袖手旁观。"十珍珠说,"那次晚宴中,我或许是维护了科学部部乃至全帝国的利益;但这一切都是**她**默许的。"

玛希特心中冰凉,清如明镜。她记起十九扁斧一边喝茶,一边说"他从前是我的朋友",记起体内神经生化系统对她的本能熟悉感——那时亚斯康达想留在她身边,享受着一起度过的时光,同时感到挑战和安全。玛希特记起十九扁斧在办公套间走廊里看着自己,看着自己捡起毒花,低下头,仿佛想要嗅闻。当时,她完全可以留在走廊上,穿着她那白色套装,一言不发,一动不动,绝不插手——

但她插手了。不知为何,她对亚斯康达见死不救,却救了玛希特的性命。

"感谢您的警示,"玛希特终于说出口。她咬着牙说出违心之言。这还不够,还得继续。她得表现出颤抖、困惑与不安。(她的确感到不安),"我也遇到过某些不愉快的事件——有一朵带毒的花送到了我门前——您觉得——"

"我,"十珍珠打断她的话,"不会接受鲜花谋杀的构陷。我是个现代人,科学部也不是只有植物学一门学问。"

"我们并不打算暗示,"三海草说,"科学部只有植物学一门学问。"

三人沉默。沉默仿佛无穷无尽。玛希特不知道谁会首先打破沉默,发出大喊,或是歇斯底里地大笑。

"那么,您**打算**暗示什么呢,大使?请记住,我并没有派人送毒花除掉你。"十珍珠终于打破沉默。

"您让我看清了自己的处境。"玛希特对他说,"等局势稳定,如果我们还有话可谈,我会再与您联系的。水培作物。我会记住的。"

摞下这句话后,两人便结束了与科学部部长的会面,退了出去。三海草带着玛希特去了餐馆。玛希特只是象征性地抗议了一句——"上次我们去餐馆,就遇上了国内恐怖分子袭击"——三海草回复,"这次我预定餐馆的时候,没人知道我们在哪儿,不会有事"。于是,她们坐进了灯光昏暗的宽敞室内,缩在靠墙的包间,让陌生人给她们上菜。

上汤时,玛希特脑子里短暂转了转"中毒"这个念头,接着决定此刻不去关心这件事。

"真的,我觉得你干得真不错。"三海草一边说,一边从食物上切下一片薄薄的肉,盘中的食物看上去像是一整只动物的一个侧面。玛希特闻着香味,馋得不行,同时也吓得不轻:这道菜的肉里带着血,不可能是实验室培养出来的食材。那曾是一只活生生的、会呼吸的动物。三海草正一口一口把它吞下肚去。

"我不知道我还能怎么办——他承认了是他谋杀的亚斯康

达，但同时却又明确告诉我：没有人会在乎，一个人也没有。"玛希特说。

三海草用一大片紫白色的花瓣包住肉片。她点了一叠这样的花瓣，把它们当作面包用——裹起盘中肉片，送到嘴里。"你可以哭，"她说，"发誓报仇，然后尝试立即使用暴力。"

"我不是史诗中的英雄，三海草。"玛希特回答道。说出这话之后，她立马感到羞愧，觉得说这话不合时宜，这让她痛恨起自己来：在经历如此惊心动魄的一周后，她不该还想着成为一个泰克斯迦兰人，**仿效**着他们拿文学取乐。

三海草将将裹着肉的花瓣放进某种深绿色的酱汁中——看上去既是调味料又是黏合剂——蘸了蘸，送进了嘴里。她津津有味地咀嚼着，一边嚼一边说："我已经说了，你干得很好。别再自责了。我不清楚你接下来的计划，不过，刚才的会面你真的控制得很好，就像生在宫廷里的人，至少像个受过训练的阿赛克莱塔。"

玛希特脸红了，"谢谢你的夸奖。"

时间仿佛停滞——三海草微笑着，睁得大大的眼睛里满是温暖和同情。玛希特敏锐地察觉到自己的面颊已羞得通红，红得就像花瓣，也像三海草吃的肉片——空气中仿佛带着电流。玛希特咽了咽口水，打算随便找个话题。

"撇开坦白谋杀不说，"她开口道——三海草闻言正了正身体——玛希特松了口气，她们得先干正事，"十珍珠对水培作物的兴趣太露骨了。我们的水培法是很好，但要满足一整颗星球的粮食需求还不够。我想不出他为什么想谈这个。除非，唯一一市的食物种植算法出了严重的纰漏……"

说着说着，她自己也觉得这事有蹊跷，"就跟安保算法一样。"

"你说的是唯一市袭击市民的事吧,就像我在中央九广场上的遭遇。光照也行事怪异——如果光照行事真有怪异的话。"

玛希特点点头,"**正因为**设计出完美的算法,十珍珠才当上了部长。先是地铁——他把所有的独立线路都编入了同一个由AI控制的算法系统里——接着便是唯一市的安保设备。对吗?"

"对。"三海草答道,"这你是怎么知道的? 那时候我还——还在育儿室呢。"

玛希特耸了耸肩,"要是我告诉你,这消息来自活体记忆技术——可惜这技术没我指望的那么好——你会惊讶吗?"

"现在不会了。"三海草又露出了一个陌生的、温暖的微笑。

这微笑让玛希特有些无法直视三海草,"两个晚上前,我们走回公寓的时候,你说过去这一年出了八起唯一市袭击市民事件。这种事件比前一年多了多少起?"

三海草歪了歪头,"多了七起。你是说,算法出了错?"

"或者,有人故意把它用在了歪路子上。算法跟设计者一样,不可能完美。"

"啊,这招聪明,玛希特。"三海草道,"要是你打算为亚斯康达报仇,拿科学部**毫无污点的名誉**开刀最好不过了。"

无须费力解释,三海草立即就能明白玛希特的意思,这真让她开心。"尤其是十珍珠的名誉,"玛希特补充,"毕竟他正是借由这种算法,才赢得了科学部部长的职位。这种算法,现在却正在**伤害完全无辜的帝国公民**。"

"这主意我喜欢。"三海草说,"我们得找些数据分析员——以及某个普罗托斯帕萨——好让声明看起来更可信,还得找些人让这份报告广为流传。尤其是,这份报告还跟战争有关,一发出去就会引起大家的兴趣……"

"之后我们就来发报告……等他们准许我回公寓后。等这一切都……平静一些以后。"

闻言,三海草身体不由得颤抖,接着伸手拍了拍玛希特的手背,"你现在有什么打算?还是——坚持我们之前的计划?关于那个装置的?点菜的时候,我收到了十二杜鹃花发来的消息,他已经找到了某个大夫,跟这儿隔着半个省——"

这仿佛是长久以来玛希特听到的第一个好消息。她身上不由得起了鸡皮疙瘩,一时感到轻松和激动,同时混合着兴奋和恐惧。"对,"她说,"现在我更需要解开信中的密码了。我得——得做点儿什么,改变些什么。让形势出现变化。"

三海草歪着脑袋思考。玛希特转开眼睛。自己刚才明确提出打算插手目前的混乱政治局势。她的文化联络人本可以趁机提出撒手不干——但三海草只是点了点头,说:"我会害怕的。"

"我就不害怕了?"

"可你之前做过一次——"

"那一次,替我做手术的人,要比十二杜鹃花找的人专业得多。"

听到玛希特对泰克斯迦兰医学技术的不屑,三海草像是本能地想反驳,但她耸了耸肩作罢,"十二杜鹃花认识的人很多,三教九流都有。我相信,他找到的这个人,至少大概清楚自己该干些什么。"

"要是我死了,或者残废了,"玛希特说,"我希望你把所有的一切都转告下一任勒赛耳大使——如果**还有**下一任的话。越详细越好,一次都说完。"

"如果你死了,信息部不会再让我靠近下一任勒赛耳大使,或者任何其他地方的大使。"

玛希特忍不住微笑，"我会努力不死。"

"好。"三海草说，"你想吃点儿这个吗？"

"什么？"

"这个**三明治**。你一直盯着它看。"

玛希特的口水都快流出来了，"这种肉，被做成食物之前，是一只活生生的动物吗？"

"……没错？"三海草回答，"这可是一家**体面的**餐馆，玛希特。"

她有不小的概率在接下来的脑手术中死亡。她所有的盟友要么消失了，要么成了嫌犯，只剩下这两位信息部成员。泰克斯迦兰帝国即将用星舰染着鲜血的利齿把她的家乡生吞活剥。

"是的，"她回答，"我尝一个。"

她把肉放进嘴里。肉汁在她舌头上爆开。

第十五章

"世界的珍宝"中央交通控制负责人三旱金莲致帝国旗舰"二十光辉日落号"：请立即联络中央交通控制处。你们未经许可或通讯，已经进入了空间管制区域。向中央交通控制处申报你们的目的及矢量，以便重新规划周围的飞船路线。中央控制处联络频率：180.5。重复，帝国旗舰"二十光辉日落号"你们未经许可或通讯，已经进入了空间管制区域。收到请回复。

——卫星通信，251.3.11-6D

>>**查询**/认证：温楚（驾驶员）/最近取出记录

>>活体记忆装置32675（亚斯康达·阿格黑文）最近由医学部（神经手术）取出，155.3.11-6D（泰克斯纪年）

>>**查询**/认证：温楚（驾驶员）/全部取出记录

>>记录过多

>>**查询**/认证：温楚（驾驶员）/全部取出记录*.3.11

>>活体记忆装置32675（亚斯康达·阿格黑文）最近由医学部

（神经手术）取出，155.3.11-6D（泰克斯纪年）；医学部（维护），
152.2.11-6D；继承议员阿克奈尔·安娜芭，152.3.11-6D；医学部
（维护），150.3.11-6D；医学部（维护），50.3.11-6D；[……]
　　　　——德卡克尔·温楚在活体记忆数据库中的查询记录
　　　　220.3.11-6D（泰克斯迦兰纪年）

　　两人回到地铁站，又经过一处检查岗哨——几个光照一身
金色，纹丝不动，只是紧紧地盯着过往行人。相比进入宫廷区，
离开时的核查要松一些，这很正常。但经过岗哨时，玛希特仍然
紧张得要命。不知道唯一市的算法会不会察觉她的计划，会不
会感觉到她心中紧张和罪恶感驱使下的怦怦心跳；不知这个算
法（尽管设计者是个高度尊重个人隐私的泰克斯迦兰人）会不会
偷听她和三海草在餐馆的对话，在她们实施计划之前就进行逮
捕。啊，她真希望有空查一查光照的真实身份，看看他们是否仍
然是泰克斯迦兰人？泰克斯迦兰的主流观念，对神经增强技术
可是极为厌恶啊。可是看着几个光照，在她跟三海草经过的时
候，七个戴着金色面罩的脑袋齐齐转头，仿佛七颗卫星绕着恒星
同步运转。

　　玛希特都做好了心理准备，光照肯定会拦住自己，至少也要
问几个关于公寓中死去的人的问题——十一针叶树已经死了两
天，像他这样能出席皇帝的诗歌大赛晚宴的人，肯定会有家人、
熟人还有军中的老朋友。总有人会为他鸣不平，要求还一个公
道。

　　可是，光照只是顿了顿，彼此商量了一阵，随即一言不发地
放二人通行。难道有人在保护她？如果光照受到算法控制，那
么，能影响算法的人肯定不止一个——不会是出去打仗的人，也

不会是十珍珠,而是——其他人。玛希特又想起那些灰蒙蒙的影子,司法部特工(或者叫司法部幻影),她四下瞥了瞥,没有发现他们的踪影,但这并不代表他们就不在这里。她加快脚步,跟上小步疾走的三海草,一边思索着泰克斯迦兰的司法权限。如果司法部的人正在跟踪她,或许光照就不敢介入。她本该好好研究一番刑法复杂的法律章程,而不只是管理野蛮人活动的法条。

她该做的事情还有很多。乘坐地铁,玛希特跟着三海草向中央车站出发,一路上她感受着在指尖急剧跳动的脉搏,还有永不消失的周围性神经病变的嗡嗡声。

"现在还不会被捕。"她低声嘟哝。

闻言,三海草的表情复杂,既想大笑,又极力想让玛希特别出声。"现在还不会。"她重复道。玛希特朝她咧嘴一笑,知道自己处于崩溃边缘。她觉得自己就像个孩子,跟朋友一起在车站的过道里玩游戏,手中握着不能给大人们看到的秘密。她深深地呼吸,裹着密信的绷带紧压着她的肋骨,提醒她不能失去理智。

内省——住着一千七百万泰克斯迦兰人的最核心的省份,包括宫廷和内城,玛希特任期的大部分时间本该在此度过。这儿的中央交通枢纽是一座巨大的、纪念碑般的建筑。两人出了地铁,登上长长的阶梯,慢慢看清了交通枢纽的全貌:覆盖着穹顶的巨大建筑,占满了半边天空,四周围满了尖刺般直冲天空的高塔。这幢蓟花似的建筑物,由水泥和玻璃筑成,身后便是触须般伸展出去的悬浮轨道圈环,就像扇形表面布满纵横交错的血脉网络。玛希特想起《建筑》这首诗中描绘此地的诗句:不可摧毁,切面众多,送出我们公民的/眼睛,始终观察。这儿确实像是眼睛——某种昆虫的眼睛，众多切面闪着光芒。泰克斯迦兰文学中，"眼睛"常常会跟"触摸"或者"影响力"连在一起——眼睛能看见东西，还能改变看见的东西——半是量子力学，半是叙事。

在泰克斯迦兰，**一切**都是叙事——量子力学也为叙事服务。

"我们去哪和十二杜鹃花碰头？"玛希特问道。这幢大楼里很容易迷路，一旦迷路，就会消失在永不停歇的人流当中。来往的泰克斯迦兰人川流不息。

"大厅，伊祖阿祖阿卡—望远镜雕像旁边。"三海草回答，"那雕像很显眼，已经有了两百年历史。按当时的时尚，雕像常常极为刺眼，而且无比巨大。一望远镜的雕像身上全是珠母——"

巨大的雕像，全身覆盖着贝壳的内面——这些贝壳肯定是从真正的大海中捞出来的。花时间一点一点打捞，一点一点积累。玛希特突然又想大笑，自己也不知道为什么。为什么她没法冷静，为什么一切都带上了一种飞蛾扑火的疯狂感。你正要去接受实验性神经手术，或许这就是原因，她这么告诉自己，接着对三海草点了点头，"我们走吧。"

这时，她们看到了身穿灰色制服的司法部特工。这一回，肯定不是玛希特的幻想，而是真正的人，就站在入口处。两人走进大楼时，灰衣人在门口流连，看似漫不经心，实则眼睛雪亮。尽管大厅中以玻璃悬臂支撑的穹顶高耸，空间广阔，玛希特还是留意到：灰衣人仔细记下了每一个进入大厅的人的身份。这时，她又看到了一个灰衣人，在售票亭旁边踱步，仿佛某个心不在焉的上班族，却一张票也没买。她用肩膀拱了拱三海草。

"'雾'，是不是跟着我们来的？"

"……不确定。"三海草轻声地回答。在泰克斯迦兰人群匆忙赶车的喧闹中,她的回答几乎悄不可闻。"出十二杜鹃花的公寓时,街上可能有一个'雾'跟着我们。不过,哪怕真有这么一个跟踪者,我们从科学部出来以后,他也放弃了追踪。火车站里的这些特工,都是在我们之前到达的……"

司法部有很多理由搜寻长相类似玛希特跟三海草的人。比如"八圈环转念一想觉得我还有用",又比如"非法损害亚斯康达的遗体"。不过,损害遗体一事,主要是十二杜鹃花干的。

"我想,他们要找的不是**我们**,"玛希特说,"他们要找的其实是——"她不想提到他的名字,"花瓣。因为活体记忆装置。"

三海草低声骂了一句,"对,所以他们才会跟踪我们——因为我们从他的公寓出来。然后——发现我们没有可疑的行为,只去赴了约会,然后吃午饭,于是放弃追踪。"

玛希特又思索起泰克斯迦兰的司法权限。她们俩或许并非司法部特工的目标,但确实受到了跟踪。或许,正因为这一点,光照才没有立即逮捕她们。思及此,她心中既庆幸又愤怒。(这一周来,这两种感受常常同时出现:古怪的混合,为某件本不该发生在她身上的事而庆幸。类似这样的矛盾,她在泰克斯迦兰遇到太多了。)

"或许我们不是目标。"玛希特说,"你有看见他吗?花瓣?"她指了指不远处的巨大雕像。那肯定是一望远镜,一个身形巨大的女性,水桶似的胸膛,宽阔的臀胯,站在高高的底座上,全身闪着珠光色的光亮。雕像附近,不见十二杜鹃花的影子。

"——我们绕一圈再回来。"三海草说,"装作不知该去哪儿。放轻松,随大流。"

这简直就像滥俗的间谍阴谋全息视频。两个奇怪的人流连在交通枢纽,尽可能让自己不起眼—— 一个野蛮人和一个身穿奶油与火焰色宫廷制服的阿赛克莱塔，想要做到不起眼可太难了——不过，如果只是跟她们想找的人保持距离，还是能做到的。

十二杜鹃花没在一望远镜的雕像后面。三海草靠在底座上，丝毫看不出紧张不安。于是玛希特也照做——靠着底座，耐心等待，努力从来往的泰克斯迦兰人中辨认十二杜鹃花的身影。毫无收获。模样跟十二杜鹃花相似的人太多了：不高，宽肩膀，黑发，棕色皮肤，身穿层叠的制服。

"我先走，你别动。"三海草喃喃道，"我看见他了。你数三十秒，再跟上。他就在两个检票口外，十四号和十五号检票口之间，躲在小吃摊的阴影里。"她扬了扬下巴示意，随即迈着漫不经心的步子离开，朝小吃摊的方向逛去。那个摊位播放着欢快喧闹的全息广告，写道："零食蛋糕：荔枝口味！还有鱿鱼条：刚刚进口！"无论哪样都引不起玛希特的食欲。三海草从小摊里买了样东西，同样消失在阴影里。这时，玛希特数到了三十，往小吃摊走去。她绕到摊位背后，来到被全息广告遮挡的阴影处。

玛希特从没见过衣着如此休闲的十二杜鹃花：长长的夹克，搭配衬衣和长裤，全是粉色和绿色调。他神情紧张，心烦意乱。看来，"雾"确实在追他——或者说，至少在跟踪他。目前看来，并没有急着逮捕之意。

"可惜这儿没有水景花园让我们躲。"三海草压低嗓门，借着"零食蛋糕"广告声的掩护，说道，"我猜，那些人是追着你来的？"

"我的追踪者翻了几番。"十二杜鹃花回答，"我从司法部溜出来的时候，只有一个。"

"他们肯定盯着你的公寓。"玛希特说，"我们离开公寓的时候，好像也被跟踪了。不过，看到我们没干什么奇怪的事，他们就放弃了。"

十二杜鹃花发出短促的笑声，"大使，看来你有约束了芦苇啊，过了这么久，她居然一件**奇怪的事**也没干。"

"他们有没有看到你?"三海草问道，大度地没跟十二杜鹃花计较。

"看见了——不过他们没靠近。他们没打算捉我，只想知道**我去哪儿**，然后跟上——"

跟到无执照的神经外科手术大夫那儿去。玛希特很清楚，要是真让他们跟到了那儿，一切就都完了。接下来，只会有一大堆的泰克斯迦兰法律程序和逮捕行动。

"——他们跟我们之间只隔了一个小吃摊。不能让他们看见我买票。"十二杜鹃花说。

三海草镇定自若，极为专注:这种危机之下的决心和行动力，让玛希特自愧不如。"我去买票，没人会注意我。你跟玛希特去二十六号检票口那儿等我。让玛希特先走，她更吸引'雾'的注意力——就算你的脸蛋标致得不像话、还穿着亮色衣服，也一样。"

"我选衣服的时候可没想到需要反追踪，"十二杜鹃花喃喃辩护，"我只想着要出省。"

三海草耸耸肩，给了他和玛希特一个灿烂的泰克斯迦兰式的微笑:清瘦的脸上眼睛睁得格外大。她身子一抖，让阿赛克莱塔外套滑下，翻个面，露出橘红色的里衬，将头发如帘幕般披散在肩上，接着套上红色外套的袖子，"我马上回来。"

"她看上去倒是准备好了要干间谍工作。"玛希特苦笑道。

"芦苇骨子里或许是一个保守派，"十二杜鹃花不无钦羡地说道，"但她的保守仅限于认定信息部是过滤和提取信息的地方,就像信息部还没独立成部之前一样。"

玛希特慢慢地迈开步子,闲庭信步一般,以吸引更多的注意力。高大的野蛮人,穿着野蛮人的衣服,却做出空间站人的样子来,因为不适应行星重力而速度缓慢。她感受到亚斯康达适应此地引力那段时间的记忆回响,就像让人安心的肌肉酸痛。"信息部还没独立成部之前,是什么样子?"她问道,眼睛盯着灰衣司法部官员。他们没往她这儿看,专心寻找着十二杜鹃花(他正躲在她高大的阴影当中)。此时,此地,她——不重要。

"之前,信息部是六伸掌的情报分析团队。"十二杜鹃花用气声回答,"那是两百年前的事了。现在,我们已经完全去军事化,只效忠于皇帝,而不是某个亚奥特莱克。这样做能够减少篡位企图——"

二十六号检票口响起广播,通告有一列通勤列车即将出发,从内省驶往杨树桥,途径贝尔镇一区、贝尔镇四区、贝尔镇六区和经济镇。玛希特和十二杜鹃花站在检票口前。十二杜鹃花靠着墙,玛希特面对面站在他身前,用身体挡住旁人的视线。检票口的广播再次通告:列车两分钟后发车。玛希特感觉到司法部官员的视线从她身上掠过,听到直冲她来的脚步声越来越近。于是她冒险回头张望,是三海草,她的模样完全变了,就像一个从大学放假回外省家中的年轻女学生,正朝她们走来。另一方面,一队灰衣司法部特工也正朝他们靠近。

电光火石间,玛希特下了决心。她要**登上这列车**,要找到十二杜鹃花的秘密神经科大夫,绝不能让前任大使的记忆和能力失落——只要她做得到。就算这些特工知道他们登上了这列车,也不可能知道他们打算**在哪儿下车**。

"快跑,"她说,"快!现在!"说罢,她一把拉过十二杜鹃花的袖子,拉着他穿过检票口,朝磁悬浮轨道上停靠的金黑相间的细长胶囊式通勤列车奔去。她只能指望三海草就跟在身后——在她做这一切的时候,还没痊愈的该死胯部一直在痛——

列车车门听话地升起,放他们进入,随即又降下。"上。"说着,玛希特带着十二杜鹃花上到胶囊列车二层。片刻后,她听到开车的第一遍通告——车门即将关闭,请远离列车——心中祈愿三海草能及时赶上,而司法部的人则错过列车——

——列车无声无息地启动,玛希特大口喘着气,这时三海草也爬上了楼梯。

"他们没车票,所以没赶上。"三海草说,"瞧,他们在月台上。"说罢,一屁股坐下,胸膛起伏。玛希特看着窗外,外头有两个灰衣人,随着磁浮列车加速前进,他们的身影迅速缩小。

"这比我想的可刺激多了。"玛希特实在想不出其他可说的。此时,总算暂时有了喘息之机,虽然一切还没结束。她这才注意到胯部有多疼,她现在的身体状况实在不适合实验性的手术。

"这句话,完全可以用在我这一整个礼拜上——自从你来了以后。"说着,三海草把票递给玛希特。玛希特一看,差点儿噎住,尽力憋住了笑声。

"那么,"三海草带着高昂的情绪和坚定的决心道,"我们要出省多远? 我们要找的人有没有名字? 或者,我们还得继续把这出业余的间谍戏码演下去,到某个街角晃荡,找人对暗号?"

"她自称五柱廊,我们要去贝尔镇六区。"十二杜鹃花回答。三海草从牙缝里倒抽一口冷气。

"**六区**,不会吧。"她说。列车窗外,唯一市飞速掠过,闪光的钢铁、黄金和电线模糊成一片。玛希特望着窗外景致,随意地听着二人对话——在勒赛耳心理治疗训练当中,玛希特曾了解到:这种随意地沉浸在文化中的本领,是她最厉害的长处之一——放松身体,随着新环境漂流,吸收其中内容,必要时牢牢记住。她需要休息。她需要——尽可能地保持平静。

"没错,贝尔镇六区。她可是个没执照的普罗托斯帕萨,你觉得她还能住哪儿?住高档住宅区?"十二杜鹃花回答,像是在为自己辩护。

"如果我想做个整形手术,我在你的社区旁边就能找到一个没执照的普罗托斯帕萨,根本不用跑到半个省的距离之外……"

"整形手术是一回事,切开大使颅骨是另一回事。谢谢。"

沉默。玛希特隐约听到列车行驶时发出轻柔的碰撞声,令人宽慰的、单调重复的咔嗒声。

"我很感谢你,花瓣。"三海草叹了口气,"你知道的,对吗?只是……这一周真够我受的了。谢谢你。"

十二杜鹃花耸了耸肩,肩膀擦着玛希特,"你欠我一整年的酒。不过,没关系,不客气。"

将近一小时后,火车才开出中央省——唯一市的心脏,进入贝尔镇。玛希特大使任期的前三个月,本该一直在这颗"心脏"里度过。等到工作稳定下来,才会想起出省旅游——旅游不过是另一个更加友善的宇宙里、另一个玛希特·达兹梅尔的遥远而又模糊的念头。出省后,起先没有任何明显的变化,只有上车的乘客身量变高,皮肤比三海草和十二杜鹃花更白,所属的族群似乎略有不同。接着,火车慢慢经过贝尔镇一区、三区和四区(这些区域呈扇形向外铺开),建筑物的风格也开始起了变化:幢幢大楼跟内省同样高大,但灰暗得多。唯一市中心的建筑高而轻盈,犹如轻丝蛛网,鲜花与光芒是贯穿所有建筑的主题。这里的建筑却像根根长矛冲天而起,挤满了一个个完全相同的窗户,挡住了大部分的阳光。

在习惯了勒赛耳空间站狭窄走道的玛希特眼里,蓝色天穹的消失奇异地让她宽心:她终于可以不去思考天空的广度,专心处理那些烦人的小事。不知泰克斯迦兰人对这儿怎么看,或许会认为是都市荒芜景象的缩影——挤在一起的人群,遮天蔽日的楼群。

贝尔镇六区的大楼跟前几个区一样拥挤,如同灰色混凝土构成的水泥长矛森林。一出火车站,只见天空灰暗,呈现出蓝银色。三海草的肩膀耸到了耳朵边,像是躲避根本不存在的寒冷——这是中心居民对这儿的典型反应。

"你是怎么找到这个五柱廊的?"玛希特问前头带路的十二杜鹃花。

他耸了耸一边肩膀,"这事儿芦苇知道——她从前还拿这个取笑我——在我进信息部之前,我曾经想去科学部,可惜招考没过。每次考试结束,总会有些心怀不满的落榜学生,愤愤地聚集在咖啡馆里,或者聚集在半合法的云钩聊天网中——我跟其中几个人一直保持着联系。"

"你身上——有好些我没料到的东西。"玛希特说。

三海草哧哧笑了,声音尖锐。"别因为他模样俊俏就低估他,"她说,"他没进科学部,只因为他在信息部招考中的分数太高,人家非要他不可。"

"先不提这个,"十二杜鹃花说,"我的一个老朋友认识五柱廊,而我信任这位朋友,知道她不会把我们丢给纯粹的江湖骗子。这样行了吗?"

"所以就把我们丢给半个江湖骗子。"三海草呛道。此时,十二杜鹃花已经在某幢长矛般大楼的大门前停下脚步。这儿的大门不像中央市区和宫廷区,没有云钩交互界面,只有按按钮的拨号对话板。

他凑近某个底部按钮,用拇指按下。按钮发出哀怨的低鸣声,就像个小型警报。

"她知道我们要来吗?"三海草问道。就在这时,大门咔嗒一声,朝后打开。

"看来,回答是肯定的。"说着,玛希特走了进去,神情看不出一丝恐惧。

五柱廊的公寓在一楼,是整条深灰色昏暗走廊当中唯一开着门的。门后站着个女人,一言不发地看着他们三人穿过走廊,脸上毫无表情,不慌不忙地打量和评估着他们。走近看,她丝毫不像玛希特想象中的无执照普罗托斯帕萨的样子。女人很瘦,中等身高,泰克斯迦兰式的高耸颧骨,古铜色的皮肤。因为上了年纪和缺乏维生素 D,皮肤颜色发灰。她看起来就像某人的大姐,就是那种自己忘记填报生育配额申请表,因为基因平平,也不会被空间站人口委员催着填表的类型。

只有一点特殊:她两只眼睛当中的一只,不是真正的眼睛。

很久之前,那只眼睛可能是一只云钩。此时,它成了颅骨的一部分,由金属与塑料构成,边缘已经跟疤痕扭曲的皮肤长在了一起。原本眼球所处的中心,是一块望远镜镜头,微微发出红光。玛希特凑近时,镜头的光圈放大了。

"你肯定就是大使。"五柱廊说。她的声音既不像平庸的中年人,也不像拥有机器义眼的人。那声音既甜美又可爱,仿佛上辈子做过歌手,"进来吧,关上门。"

五柱廊家中丝毫不讲究礼仪。没人坚持给玛希特和她的同伴倒茶——玛希特想起十九扁斧，想到在这儿连个安全的囚犯也当不了，心中闪过一丝悔意——也没人请他们坐下，虽然房间里明明摆着沙发（沙发套是青色的锦缎，已经磨得相当破旧）。五柱廊直接围着玛希特踱步打转，仿佛在估量她的健康水平，接着在她正前方停下，挺直肩膀，直起脖子，盯着玛希特的脸。她的颅骨已经被某种技术替代，闪着光；不闪光的地方是透明的，玛希特能看到底下发黄的骨头和亮红粉色的血管，封在颅内，与空气隔绝。

"你想装进脑袋的装置在哪儿？"她问。

三海草咳嗽一声，摆了个礼貌的手势，开口道："或许我们应该自我介绍——"

"这位是勒赛耳大使，这个小年轻是联系我的人，而你是信息部高级官员，除了学校旅行之外从没出过省。我是你雇佣的人。这样你满意了吗？"

三海草睁大眼睛，露出泰克斯迦兰式的礼貌笑容，一副痛心疾首的样子。"说真的，"她回答，"普罗托斯帕萨，我从没期待您能礼貌待人，可我总得尝试一下。"

"我不是普罗托斯帕萨。"五柱廊说，"我是个机修工。趁我跟你的大使说话的功夫，好好想想，阿赛克莱塔。"

"我脑袋里已经有了一个装置。"玛希特说，"这儿，就在脑干和小脑交界处。"她偏过身子，扭头指给五柱廊看，拇指在脖颈上方隆起的伤疤处晃晃，"我希望你用完全相同的方法，把新机器放进完全相同的地方。中央部分可以解开，然后重新联结，焊上外头底座。"

"大使，这装置具体是做什么用的？"

玛希特耸了耸肩，"用最简单的说法，它是一种记忆增强器。"

这不是最简单的说法，而是面对才认识了三分钟的无礼陌生人，她愿意透露的信息。闻言，五柱廊露出感兴趣而又狐疑的神情，跟她的面容十分相配。"你脑袋里现在装的那个，坏了？"她问。

玛希特犹豫了一下，点点头。

"能告诉我**怎么坏**的吗？"

五柱廊问的问题，跟十二杜鹃花、十九扁斧，甚至皇帝本人问的问题，都有些细微的差别。其余人旁敲侧击，游移不定，不愿明说；而五柱廊则直截了当，逼着玛希特透露真相。玛希特明白，五柱廊肯定不是第一次提这些问题。她一直接待各种各样的客户，从他们口中逼问出本不愿透露的实情，问出他们想要进行非法神经手术的目的。想到这一点，玛希特心中生出古怪的安慰，庆幸自己不是五柱廊的第一个病人。

"等你切开我的脑袋，我不清楚你会看到什么。"她说，"损坏可能是器械性的，肉眼可见的。也可能……不是。这机器没法正常工作。每次我尝试使用的时候，都会出现周围性神经病变的症状。"

"大使，在取出旧装置和植入新装置的手术过程中，可能会出现意外。在何种情况下，你希望我停止手术？"五柱廊人工眼的红色中心扩大，调整焦距，让玛希特的脸放大。那眼睛就像激光防护罩白热的中心。

"我们希望大使不受伤害。"三海草说。

"你们当然希望。但我要打开的并非你的头颅，阿赛克莱塔。所以，我要听大使本人亲口对我说。"

玛希特思索片刻，设想自己可能需要忍受的灾难。颤抖、失明、癫痫、死亡——在张开大口对准她的空间站的泰克斯迦兰面前,这些都不重要了。她从没有过这种感受:跟一切都失去了连接。一个渺小的人,独自一人在这个巨大而又拥挤的行星上,准备经历哪怕勒赛耳上最爱吹牛的神经学家也不敢赞同的实验。

"我想要活着。"她说,"前提是我能保留大部分精神功能。"

身后,十二杜鹃花发出抗议的声音。"什么,"他说,"玛希特,要是我,我会更加保守些——五柱廊可是来真的……"

五柱廊舌尖抵着牙齿,发出思索的啧啧声。"感谢你的信任票。"她回答,干巴巴的声音让玛希特没法分辨是感觉受了冒犯,还是高兴。"活着,头脑灵活。明白了,大使。那么,你准备拿什么支付这场'小小的冒险'呢?"

玛希特一时语塞。突然意识到她还从来没有想过如何付款这个问题。当然,她有大使薪水——可惜还没拿到。如果泰克斯迦兰政府的动荡继续,她怀疑自己很可能一张支票也拿不到。她还有一个现金账户,放在信用芯片里,只有勒赛耳银行机器才能识别。她居然没带钱就来了这里,以为这手术会和宫廷区的餐馆一样,会有人替她买单,或者成为政治交易的筹码。真傻。脑筋都没动。她就像是——

——噢,或许就像是泰克斯迦兰的贵族。

该死。

"从我脑袋里取出的机器,可以归你。"她说,"你可以尽情研究,只要别交到科学部或者皇帝本人手里。"

"——玛希特!"三海草震惊地叫道。

玛希特转头看看三海草,看到三海草脸上的线条扭成遭到背叛的失望,努力挺直下巴,不让自己心软。对她来说,玛希特尊重泰克斯迦兰价值观,遵守泰克斯迦兰政府的行事方式、职能以及宫廷的文化,就那么的重要吗?亚斯康达这么努力想要卖掉的东西,玛希特却白白送人。对。对,或许对三海草来说是很重要。虽然玛希特不愿承认,但事实摆在眼前:她不是三海草的朋友,不是因为缘分结成的盟友,她在乎的只有自身利益。她让三海草心痛了,但此时此地,她没有别的办法。而且,玛希特既没有时间,也没有精力解释,无力抹去三海草脸上的失望。

五柱廊开口道:"成交。"那贪馋的模样,活像玛希特给了她一块滋味丰厚的甜点。玛希特心中泛起一阵恶心。"获得一块来自真正施行神经手术文化的,小小的技术战利品。这比进入你脑袋中冒险来得有价值多了,大使。您还有其他要求吗?增强视力?将发际线重塑成这位阿赛克莱塔也会被吸引的样子?"

"没这个必要。"玛希特强压住心中的恐惧,保持着脸上完美的泰克斯迦兰式的平静表情。就像亚斯康达教她的一样。(她这么做,会不会杀死他?杀死她的活体记忆,她的另一个自我?这会不会是她要真正付出的代价:毁掉她本该成为的人,尽管她只是想用他自己来代替他?)

"悉听尊便。"五柱廊道,"不过有些事在我的控制之外——即便在贝尔镇,光照也可能会突然袭击。大使,在迫不得已时,我会用这机器来换我的命——但我保证,您的世界之外的技术,不会落到最想要的人手中。"

"这主意糟糕透顶。"三海草仿佛对着空气说话。十二杜鹃花把手放在她的手臂上。

"我知道。"玛希特说,"但我别无选择。"

"我想也是。"五柱廊道,"不然,你不会冒险来这儿。到手术室里来吧,让我们开始干活儿。两位阿赛克莱提,过三小时左右,你们的大使就能回来——如果她还能回来的话。"

第十六章

22:00-6:00开始实施宵禁——鉴于目前唯一市的骚乱日益严重,光照将在下列省份实施宵禁:中心南区,贝尔镇一区,贝尔镇三区……

——云钩及新闻上的公告,251.3.11

……鉴于目前形势,泰克斯迦兰皇帝要求勒赛耳空间站派遣一位新大使。发送完毕。

——"升天节红色丰收号"传令官送给勒赛耳空间站政府的
外交信函

除了同样经过消毒清洁,五柱廊的手术室跟玛希特记忆中勒赛耳的白色塑料手术室套间没有任何相似之处。手术室中摆着一张光亮的钢制手术桌,架在可调节的台子上,周围架着一根根可移动仪器臂,还有纵横交错的束缚带。玛希特仿如梦中,恍恍惚惚地脱下外套,单穿着上衣(勒赛耳的秘密一直绑在她衣服下的肋骨部位）。五柱廊似乎并不介意她的衣着，轻快地引导玛希特趴在手术桌上，用一副由软垫和带子组成的罩子固定住她的脑袋。太荒唐了。她居然躺在另一颗星球上某个公寓套间的里屋，打算让一个陌生人切开她的脑袋，取走里头的活体记忆装置。而且，这还是她亲口答应的，答应了不止一次。

亚斯康达，她想道，最后一次绝望地搜寻他，原谅我。我很抱歉。求你回来——

仍是沉默。除了沿手臂而下直至手指末端的酥麻，什么都没有。

五柱廊拿着针筒靠近，针尖溢出一滴麻醉剂。她义眼的虹膜放大，旋转金属头朝外伸出。针尖刺进玛希特的上臂。玛希特先注意到那只眼睛的白热激光中心，接着才感受到针尖穿刺带来的疼痛。

她开始晕眩。五柱廊的手放在她的胳膊上。钢制的手术桌很硬，贴着手术桌的身体部位，能感觉到骨头的存在。激光眼张得更大了——她能感觉到其中的热量——难道她准备用这只眼睛切开——

空白。缓慢衰退，向下盘旋又折返，变为向上。记忆中封闭的黑暗，下落，接着——他在一具未受惊扰的血肉之躯中缓缓醒来，一丝丝氧气轻松舒缓地被吸入喉咙——他的第一反应是轻松，让人眩晕的如释重负。呼吸，强烈的喜悦涌现，之前吸不到空气的双肺，再次充满了空气——

（他刚才倒在地上，喉咙噎住。地毯织物挤压他的面颊。现在，他的面颊在某种冰冷的东西上）

呼吸，仍是舒缓的呼吸，慢慢吸入——

（——这不是他的面颊。双肺也太小。身体瘦小，脆弱美好的青春和极度的疲乏显而易见地交织着。他有多少年没这么年轻过了？好几十年……另一具身体，全新的、瘦小的自我，他死了，可不是嘛。死了，变成活体记忆，进入新的身体——）

他的嘴巴发出哀恸的奇特声音。他不知原因。

无所谓。他在呼吸。他再次沉入黑暗。

勒赛耳空间站上的日出，在二十四小时周期内会出现四次。日出的光芒透过他（没有皱纹、指甲平滑）的手背，落在灰色的强化钢桌上。很冷。肾上腺素让他的手指发麻，就像一根根针头。达吉·塔拉茨坐在他对面（这是久远的过去，那是他已经遗忘的声音：面前的达吉·塔拉茨年轻得不可思议，还是个普通人的模样，而不是别人记忆中的行尸走肉），面容严肃，发卷灰白。塔拉茨说："阿格黑文先生，如果你愿意，我们将派你去泰克斯迦兰。"

他说<他记得自己是这么说的>（她也这么说过），"我想去。我一直——"

强烈的欲望冲动。不知廉耻的赤裸裸渴望，渴望本不属于他的东西。这是不是他第一次感受到这种欲望？

（当然不是。这也不是她第一次感受到这种欲望。）

"你的愿望，并不是我们派你去的理由。"达吉·塔拉茨说，"尽管你的愿望会让你的肉体在泰克斯迦兰宫廷眼中更为鲜美，不会马上吐出来还给我们。我们需要派人**影响**泰克斯迦兰，阿格黑文先生。我们需要你尽可能打入帝国核心，让他们缺不了你。"

他带着年轻人的狂傲立即回答："当然，我能做到。"这时，他才想起一个问题，"为什么是现在？"

达吉·塔拉茨把一份星图推到钢桌对面。星图制作精美，标识准确。亚斯康达认识这些星星：这是自他孩提时代起就在那儿的群星。在星图的边缘有好几个黑点，注明了坐标。那地方**有事情发生**。

"因为我们可能需要请求泰克斯迦兰保护我们，免遭**更可怕**的敌人的袭击。"他回答，"而真到了需要请求保护的时候，我们希望他们能爱我们，需要我们。让他们爱上你，亚斯康达。"

"那些地方出了什么事？"亚斯康达问道，没有老茧的细嫩指尖落在越来越大的黑点上。

"我们不是这片宇宙中唯一的生物。"达吉·塔拉茨回答，"那地方有某种生物，饥肠辘辘。它们没有其他情感，只有饥饿。迄今为止，它们都在**休眠**，但——状态可能改变。随时可能。等到情况有变的那一天，我希望你已经做好了准备，请求泰克斯迦兰插手。至少帝国只会从里到外改变一个人，而不会从外到里整个儿吞掉。"

亚斯康达打了个哆嗦。愤怒，加上恐惧。他压下愤怒，压下受辱感——你所爱的，想让你变得卑鄙——而是问了个有用的问题："我们从前也遇到过外星生物。这次有何不同？"

达吉·塔拉茨的脸平静沉着，绝对的冷酷。后来，在受挫的时候，亚斯康达梦见过这张脸（他历数其后的记忆，知道自己将会梦见），会梦见达吉·塔拉茨说："它们不会**思考**，亚斯康达，它们不是**人**。我们不理解它们，它们不理解我们。说理和谈判都无法进行。"

未来，亚斯康达会梦见这些，然后在寒冷中醒来。这种彻骨的寒冷，无论盖上多厚的被子，无论身边的床伴有多温暖，也驱赶不了。他会暗自思忖：塔拉茨为什么不把这些告诉议会？他为什么选中我作为他的武器？他到底希望勒赛耳空间站变成什么样，居然要冒这么大的风险，而且持续的时间未知？(<持续整整二十年。>有人低声回答。)

那时候，亚斯康达就知道：塔拉茨想要的，不只是泰克斯迦兰的军事保护。后来，他去了唯一市，去了宫廷，但没能……变得重要……

我是第二次回忆这些事。

<我是第二次回忆这些事。>

(我在回忆自己从没见过之事——)

我见过。这是我的亲身经历。你是谁？

(向内，搜寻，寻找陌生的声音。——在她们体内，他看着她。内视。在内视当中他们看见了**彼此**，两人最终重叠在了一起——)

<我是亚斯康达·阿格黑文。>亚斯康达·阿格黑文说。

亚斯康达·阿格黑文二十六岁，抵达泰克斯迦兰土地上三十二个月多一点。亚斯康达·阿格黑文已经<死了！死了，我看见你躺在某个地下室的底座上！>四十岁，快到四十一了，照镜子的时候能看到人到中年身体上无可避免的悲剧，腰腹和下巴上松垂的赘肉。

我是亚斯康达·阿格黑文，亚斯康达·阿格黑文说，你是我十五年前送回勒赛耳的活体记忆。谁他妈的笨到居然把我的活体记忆塞进了我自己的脑袋里？

是我。

(再一次，转向内部，转向侧面，他看见：一个高颧骨的女人，平头短发,高瘦,鼻子尖削高挺,灰绿色的眼睛布满血丝,精疲力竭。)

我是玛希特·达兹梅尔,玛希特·达兹梅尔说,我现在同时是你们两个人。

鲜血和星光啊,两个亚斯康达同时说道,两个人都用了同一句泰克斯迦兰咒骂,用完全相同的语调。你为什么要这么做?

在自己意识中大笑可不太舒服——玛希特一边笑一边意识到。或者,让人不舒服的是想法子把三个人的意识协调在同一个身体当中。她/他们会在某条断层线分裂开——某些地方,另外两人过于相似,而她却——不同。她是女人,属于更年轻的一个世代,矮四英寸,她喜欢早餐粥里加工过的鱼片粉的味道,他们却很讨厌。这些微小的琐事,让她在自己意识中**下坠**,就像某处的回声——她在那个地方,被异星人用她那毫无感情的双手切开,改造成了某个不再是自己的东西——

勒赛耳空间站有着悠久的心理治疗传统。因为,如果没有心理治疗,空间站中的人早就因为身份危机而全体崩溃了。

与活体记忆合并的初期,是最困难的阶段。在这些阶段中,两个人格要想办法找出活体记忆结构中最有价值的部分和可以丢弃的部分;还有宿主人格中必须保留、作为自我身份认知的东西,以及可以被修改、覆盖、放弃的东西——在这样的早期阶段,人需要做出选择,一个小小的、不甚重要的选择,但活体记忆和宿主的选择必须相同。这个共同选择会成为一个稳定的所在,无冲突的中心。在此基础上,慢慢地建构起其他部分。

<玛希特。>一个亚斯康达唤道。她觉得说话者是年轻的亚斯康达,**她的**活体记忆,已经成为她的另一个自我的那个。<玛

希特，你还记不记得，你初次阅读伪十三河的《扩张历史》时，读到对三个太阳共同升起的壮美描写，就像你在勒赛耳空间站的拉格朗日点看到的一样。当时你想的是，总算有文字描绘出我所感受到的一切了。而且，用的还不是我自己的语言——>

对，玛希特说。对，她确实是这么想的。那种疼痛、渴望，加上强烈的自我厌恶，让渴望更加强烈尖锐。

<我的感觉跟你一样。>

我们的感觉跟你一样。

两个声音异口同声道。她的神经中闪过电火花，那是找到**知音**的甜蜜。

突然，玛希特醒了。她觉得恶心。她讨厌以这种方式醒来。她感觉到颈椎的内部结构当中有空气流动（让人反胃的亲密抚触），接着变成级联式的神经冲动，手指和脚趾尖渐渐恢复知觉，感受到似有若无的压力在翻转着——仿佛列车突然大幅度转换轨道——又变成突如其来的疼痛。

她为什么没有失去知觉？

五柱廊到底在对她做什么？

玛希特想尖叫，却叫不出来：体内的麻醉药物（这种药物本该把她拦在知觉的门槛之外）麻醉了她的身体。在恐惧中，她想道：至少麻醉药部分有效，至少她不会被因为受惊吓而乱动，害自己的神经系统被五柱廊的显微手术器具撕裂。

一浪又一浪的电流，从四肢末端无助涌起……

有两个人。两人面对面。其一个死了，另一个正在隐退，年轻的面容仿佛记忆模糊的速写，眼睛成了玛希特的绿色，而不是棕色。待在陌生感官系统中的混乱感。这具身体的嗅觉更敏锐,应激反应激素也不同——更能忍耐痛苦。某个亚斯康达(无论哪个都没关系)记得,相比雄性激素,雌性激素让女性身体更擅长应对疼痛。他想:幸好她更能忍耐痛苦,但发生在她——他们——她身上的事情,疼得可真厉害。

图像闪烁变换,记忆片段犹如零重力下的悬浮残片,反射出亮闪闪阳光,亮得让眼睛刺痛:

(——阳光透过窗户,落在他的手背上。手背上已经有了多条皱纹,血管凸显。他从没想过自己会在泰克斯迦兰上**变老**;可如今,他就待在自己泰克斯迦兰公寓里,给达吉·塔拉茨写密信,告诉他无论何种渠道都不安全,无法寄回更新的活体记忆副本。而他本人也不能回勒赛耳,没法取出活体记忆装置放入安全所在,没法换上空白的装置继续记录。这不是实话。真正的不安全在于:他不能让任何勒赛耳人知晓自己的打算——尽管这都是为了保护他们所有人的安全。他觉得自己远不止中年,简直成了风烛残年的老古董,成了一个个极端情况下被迫做出的选择的集合,正慢慢衰朽。极端情况,加上热烈的激情,一个可怕的组合。不过,话说回来,如果是**极端情况加上忠诚**,结果可能更糟,但更真诚……)

("——在极端情况下,我们必须确保大家尊重皇帝关于继承者的意愿。"八圈环说,"因此,我提议:由我收养百分之九十克隆体,作为我的合法继承人。"亚斯康达瞪着她,心想,无论我打算对这孩子做什么,都比不上他自己的族人心中的谋划。他们会控制他生活的方方面面,把他塑造成他们想要的样子,不给他任何选择的权力。而我,只是打算把他交给皇帝,让皇帝住进他的身体。总不可能比这种谋划更糟吧?

接着,他自己回答道,没错,更糟。可我还是得做。)

(——六方向皇帝坐在太阳长矛宝座上,辉煌耀眼,从脸庞的任何一个侧面看去,皇帝都显得看似随意实则专注。因为极度的期待,亚斯康达胃里翻腾,喉咙底部刺麻,像是涌上了一阵电流。他想找我谈话。我散布出去的足够有趣的"秘密可能性"有效果了——我知道我能给他什么,他无法拒绝——)

(——最后一口裹着馅的花朵,卡在他喉咙的底部;他没法呼吸,也没法吞咽。十珍珠刚才在他手腕上扎了一针,那地方现在火烫般灼热。十珍珠在桌子对面打量着他,叹了口气,那是略带伤感的无奈。"我努力过,想找个更好的办法,让你从我们皇帝的脑海中消失。"他说,"十九扁斧也是。请务必原谅她——如果你们的宗教信仰来生,愿你宽恕——")

一段段回忆聚拢,又溃散。玛希特跟着回忆,来到三人的中心。略有抗拒(这不能让别人知道,我不能,这——你已经死了,玛希特想道——<我已经死了,>另一个年轻的亚斯康达想道)——之前的时候:

"你们当时是不是躺在同一张床上? 皇帝要求你把他变成永生者的时候。"

十九扁斧四肢摊开,趴在亚斯康达赤裸的胸腔上,双手支起下巴,眼神凌厉无比。她身上布满了细细的汗珠。此刻,亚斯康达必须抹去脑海中的所有情欲,专心考虑她的问题。没用。他脑中的念头丝毫没变。他早就料到自己会这样。他伸出手指,抚弄她的头发,把那黑丝般的头发一缕缕卷起来。皇帝的头发跟这类似,只不过颜色银灰。两者质感相同。

(另一个亚斯康达的感受闪过:大部分都是性欲,玛希特感受到自己腰胯间出现冲动,那是身体对欲望的反应。这种冲动让玛希特几乎忘记了刚刚发现的爆炸性事实:对于十九扁斧的问题,答案是"没错"。)

(<你成功让她注意到你了>,亚斯康达对亚斯康达说。)

(我比你大十岁。在这之前两个月,她才开始正眼看我,亚斯康达说。闭嘴,让我好好回忆,这——)

(<很甜蜜?>)

(不,这段记忆的主人亚斯康达说,不甜蜜,但很**重要**。)

(玛希特脑中涌起关于十九扁斧的回忆。当时,她带自己进了套房内洗手间,细心照顾玛希特的手,感觉既陌生又温和——突如其来的**关心**。她想分清那渴望是她自己的,还是某个亚斯康达的,或者是两位亚斯康达共同的感受。她看着这段记忆,对那两人说:鲜血和星光,你们怎么会想出这么个主意?她让自己的话音带着攻击性的恶毒。虽然如此,也掩饰不了她对这个事实并不意外:看到亚斯康达引诱——或者被引诱——的对象是十九扁斧或皇帝本人,或两者皆是。)

在记忆中的床上,亚斯康达移开视线,躲开十九扁斧平静专注的凝视,说道:"那不是永生——如果你想知道的话。身体会死,这是大事。大部分人格都存在于内分泌系统中。"

十九扁斧考虑片刻。赤裸的身体丝毫没有影响她脸上透露出的冷静。在她带他上床前,脸上也是这种表情,"那么,你们要匹配内分泌相容性?"

"我们匹配人格。不同的内分泌系统也会产生出十分相似的人。人格能否融合,才最重要。不过,身体一定程度上的相似会让合并过程更顺利。早期生活经历相似也有帮助。"

"陛下想要一个克隆体。"

闻言,亚斯康达不由得颤抖,同时尽可能不让十九扁斧看见。(亚斯康达颤抖。亚斯康达-玛希特颤抖。无论浸淫宫廷文化多久,无论多少个泰克斯迦兰人被引诱,都无法抹去某些禁忌。不能把活体记忆放进前任的克隆体内。重合性太高。两个人格不会融合,只会分出输赢。其中一个全面占领身体,另一个则彻底消失。)"我们不会用克隆体做活体记忆的宿主,十九扁斧。我不知道克隆体会如何改变作为活体记忆的六方向。"

她用舌头弹了弹上齿。她的身体紧贴着他;他觉得,她肯定能清楚感受到自己的反感。

"如果我把这想成对陛下的**再利用**,会感觉好一些。不过,反感还是会有。"她说。

亚斯康达道:"如果没有才奇怪。我也觉得反感,而且,我还是第一个向他建议使用活体记忆装置的人呢。"

"你为什么要提出这种建议?"

亚斯康达叹了口气,翻了个身,让两人一同躺在枕头上。他侧躺时,胯部和胸膛中间的凹陷,正好容纳十九扁斧躺在上面。瘦小的存在,却不容忽视。"因为泰克斯迦兰是一头巨大的饿兽,而六方向陛下既不疯狂,也不残忍,更没有对权力的极度渴望。十九扁斧,这样的好皇帝太难得了。哪怕在诗歌里也很少。"

"以及你爱他。"她说。

亚斯康达想起皇帝。有次他在皇帝床上入睡,大概一小时后醒来,身体充满愉快的疲倦和酸痛。他看到皇帝醒着,光裸的膝盖上叠着一堆信息条,正在工作。自己正蜷在皇帝身后,充当着温暖的工作靠垫。有一件微不足道的小事——六方向的一只手一直放在亚斯康达的面颊上。当时,亚斯康达想道:不知他是否睡过觉。接着他听到脑中响起声音,仿佛云钩的提示——十四手术刀的《旗舰十二伸展莲花坠毁颂》当中的一段——这段诗歌描绘了旗舰的舰长如何与人民一同赴死——没有星图/不受她不眠双眼的注视/没有星图/不受她握矛的长茧双手的保护/她倒下了,一位实至名归的舰长。一个不眠的皇帝。引诱停留在诗歌里;但在故事中,他希望这一切都是真的。

"对,我爱他。"亚斯康达回答,"我不该爱他,但我爱他。"

"我也如此。"十九扁斧道,"等到他不再是他的那一天,我希望自己能继续爱他。"

我们是我们自己吗?

其中一个问道。其中一个认为这问题不言而喻;我们有连续的记忆。记忆产生自我。自我记忆中的自己。

其中一个纠正:经过内分泌反应过滤的连续记忆。

其中一个纠正:我们都记得记忆中的自己,可我们都不同。

他们在奇特的三重内视中看着彼此:就连玛希特第一次植入活体记忆的时候,似乎也没像现在这样注视过亚斯康达。亚斯康达——她的活体记忆,她的另一个支离破碎、逐渐消失的自我,从未连贯过。现存的唯一已经写入她神经系统的部分——他也不记得这样注视过玛希特。也有可能,是他不知道(要承认这种无知,很痛苦)自己忘记了;也有可能,他只记得玛希特记得的东西,或者亚斯康达(另一个亚斯康达,死去的那个,一直纠缠在自己死去的那一刻,就像被钉在那一刻的人)记住的东西。

(——最后一口裹着馅的花朵,卡在他的喉咙底部;他没法呼吸,也没法咽下去——)

停。玛希特说,你死了,现在你是我们。

她仍在努力挣脱他其余的记忆,还有得知他跟泰克斯迦兰纠缠程度之深时的震惊。但她仍然保留相当的自我意识(毕竟他们共用的是**她的**身体),不愿再次感受十珍珠的窒息性毒药。

你死过,现在你已经不再处于死亡状态。而且我需要你。她说,我需要你的帮助,亚斯康达。我是你的继任者,我现在需要你。

她的亚斯康达,断断续续道:对不起。

而这位濒死的、陷入爱情的老人:突然吸气,想要呼吸——控制他现在身体的双肺——

她在钢制手术台上。玛希特(或者亚斯康达;又或者另一个亚斯康达)突然恐惧地意识到自己又一次清醒了。这是五柱廊开始手术后的第二次。她牙关紧锁,身体阵阵痉挛绷紧成弓形。神经系统敞开暴露在空气中的可怕感受消失了,算是一点小小的仁慈。至少此刻她脑袋里没有冰冷的手术仪器,至少此刻她只是抽搐,折腾她大脑的只有反常的电流活动,而不是被外力撕裂的创伤——

她的肺部被人控制着。亚斯康达的呼吸习惯跟她不同,他惯于使用更大的肺部,或者说,没被神经性毒剂麻痹的肺部。她的视野大部分被蓝白色火花占据,视野边缘渐变成雾蒙蒙的灰色。她尽量控制住自己的恐慌,努力回忆这具身体是如何呼吸,如何冷静,如何**停止**——

亚斯康达,我需要你。我们还有活儿要干。你不能就这么完蛋——

被毒花灼伤的手重重敲在手术桌上——在发蒙的一刻,她分辨不出那痛苦究竟来自自身,还是来自手部受了针扎、毒液向心脏扩散、濒临死亡的亚斯康达。她感觉到同样的电流沿着自己的尺骨神经涌动——那本是与她共享意识的亚斯康达活体记忆出故障的信号。

如果这一切苦都白受了,怎么办?万一故障原因并非活体记忆装置受人破坏,而是她自己的问题,是她的神经出了毛病,怎么办?万一她白白地让五柱廊切开自己的脑袋,怎么办——

<玛希特。>亚斯康达唤道。体内的声音很奇怪,有重音,不够清晰。但总算有声音了。

她的脊柱弓得很厉害,她没法伸展开。我们不会死,除非你让我们死了。她对那声音说道,并努力相信这句话。

针刺的疼痛。这次是在她的屁股上。是五柱廊,她想,是五柱廊在想法子医治我。

纯粹的黑暗犹如霹雳,吞噬了她。就像缓刑。

插　曲

　　大脑是反转的星图：记忆的聚合，特定条件下的反复，过去
采取的行动被电流和内分泌信号的网络联结，产生出唯一的、活
动着的意识点。两个意识，聚在一起，每一个都包含有过去和现
在的巨大图景，还有更大的投射向未来的图景。这样的两个意
识，无论靠得多近，无论交织得多紧密，都有自己特有的制图法，
异于彼此。目光转向达吉·塔拉茨和德卡克尔·温楚，两人虽说
是老朋友，共事多年，长期钩心斗角——但此刻两人却正在温楚
的个人睡眠舱中私下会面，屈起的膝盖几乎碰在一起，还开启了
隔音设备——
　　仔细看的话，在他们共同的星图上，有些点还无法应和。
　　温楚带来了巨大三轮飞船通过空间站宇宙吞噬空间站飞船
和飞行员的报告；她还陈述了自己活体记忆链看到这个无法理
解之物后，在她体内生出的战栗，重力偏斜式的恐惧。在塔拉
茨面前承认自己的恐惧，虽说有损尊严，但无论如何，矿工议员与
驾驶员议员有着长久的结盟传统，他们肩负勒赛耳政府的两大

重任——把男人和女人送出空间站的金属外壳,送入漆黑的太空中。

塔拉茨对此的回复,她完全没有料到。原来,早在二十年前,他就通过小道消息、蛛丝马迹和被压下的报告,知道了这些入侵者的存在。这些年来,他心知肚明,暗中保存着一张星图,通过间谍信息网随时更新星图数据。那个向温楚报告的货船船长,之后也曾在达吉·塔拉茨的办公室停留。

温楚为此气愤不已。但气愤于事无补,她也没有生气的时间。塔拉茨还在往下说,就像一个长期背负秘密的人,终于可以卸下心中的重担开始忏悔。他说到自己多年前的计划:派遣亚斯康达·阿格黑文出使泰克斯迦兰,预备跟帝国结盟——帝国人跟空间站人一样都是人类,只不过更加贪婪——一旦危机到来,希望泰克斯迦兰帝国会被引诱着张开大嘴,冲向另一个更加庞大和陌生的帝国的口中。他指望这个泰克斯迦兰会被那个帝国吞噬,就像它长久以来吞噬其他国家一样。

“你把我们当**诱饵**。”德卡克尔·温楚道,“泰克斯迦兰和这些外星人的冲突会带给我们灾难——”

“不是**诱饵**。”达吉·塔拉茨回道,“我提升了我们的存在价值。目前的我们,对那个时时刻刻威胁要吞并我们的政体来说,价值更大。冲突不会在**这儿**发生——泰克斯迦兰的舰队会穿过我们的安哈摩玛门,还有其他外星飞船出现过的跃迁门——进入外星人所在之处。”

温楚揣测着塔拉茨的思考方式:他肯定把泰克斯迦兰视作潮水——潮水涌上海滩,接着再度回到海洋,不会给海洋带来任何变化。可她见过一次真正的海洋。她知道一次涨潮会给海岸线带来怎样可怕的变化。

塔拉茨倒是没想过潮水。他想到的是重量:用上所有的力量,把大拇指按在银河系的天平上,按出一点点凹陷,让天平倾斜一点点。如果,一个全心全意爱着泰克斯迦兰的男人,引诱这个帝国的同时被这个帝国引诱,或许能造就这一点点倾斜——把帝国引向它的死亡。

"你这么干,到底想得到什么?"温楚突然打破舱室的寂静。

"一个终结。"达吉·塔拉茨回答。他的手指在天平上按得太久,久到自己早已上了年纪,"帝国时代的终结。无法移动之物遇上无法抵挡的力量,然后破碎。"

温楚倒吸了一口凉气。

第十七章

三等贵族十一针叶树死于突发疾病

三等贵族十一针叶树，一个英勇的战士，曾服役于亚奥特莱克一闪电麾下第二十六军团，昨日死于突发疾病。记者联系上与他基因关系最紧密的亲属——百分之四十克隆体一针叶树，从他那里得知了这一消息。在西北区中央旅游局工作的一针叶树说："我的基因先祖之死十分突然。我本人将进行全套检测，以确定是否携带相同的中风基因标记……"

——《论坛报》，讣告栏，252.3.11-6D

侦测到泰克斯迦兰战舰朝我区方向行进——请指示——舰队规模太大，无法拦截——至少有一个军团——

——驾驶员坎姆查·吉滕
发给勒赛耳空间站防卫部挂名部长德卡克尔·温楚的通讯
252.3.11-6D（泰克斯迦兰纪年）

玛希特在昏暗的灯光中醒来。她感觉到手掌和面颊底下的粗制布料,毛刺刺地让人安心。她的头这辈子从没这么疼过,嘴巴就像被污染过的沙漠,干得咽不下口水,带着一股恶臭。她的喉咙因为尖叫太久而生疼,左手传来阵阵钝痛,和碰了毒花那次差不多严重——她没死。她还能顺畅地思考。

截至目前,不坏。

亚斯康达? 她在脑中小心地问道。

<你好,玛希特。>亚斯康达疲惫地回答。听声音,大半是另一个亚斯康达——大使亚斯康达,比玛希特认识的、失去的亚斯康达年纪更大,声音更沙哑。

大半,但不是全部。她的亚斯康达仍然存在于空隙与裂缝中——装着他的活体记忆装置已经消失,但他仍然存在——存在于制造器移出后的记忆幻觉与图像中,就像她自己一样。三个多月来,他们共享同一具身体的神经构造与内分泌系统。这点时间不够合并——如果合并成功,她根本不用替换他——但她仍能感觉到他,记得他那个版本的亚斯康达的记忆——年轻十五年,看待事情的方式也不同。

现在他们都成了她的记忆。想到他们,双重回忆让她陷入头晕和恶心。这大概就是脑中植入同一个活体记忆最新版本的问题所在,因此才没人尝试。

你好,亚斯康达。她克制住恶心,回应道,嘴角咧开,露出亚斯康达的夸张微笑。她温柔地责备道(啊,该死,这么多事情都要一一重来,她真想念自己的活体记忆),别动我的神经系统。

<我也想念他,>亚斯康达道,<谁不想念自己的二十六岁? >

这不一样。玛希特想道。

<对,我想是不一样。>

玛希特叹了口气。叹气时嗓子很疼。她肯定尖叫了很久。我知道，她想道，我们现在有彼此做伴了。我们的活体记忆链上只有我们俩——第一任及第二任泰克斯迦兰大使。

<你惹来的麻烦，比我的还多。>亚斯康达说。她敏锐地感觉到，他在她脑中浏览过去一周的记忆，就像翻阅一本信息条集成册。<让人印象深刻。>

要不是你当初干下的事，我们才不会惹来这么多麻烦。现在，我需要你的帮助。我们得——弄明白接下来该干什么。我的首要任务可不是你的——

她胸中突然爆发出强烈的情感，她想起了跟皇帝交谈时她的感受。<不是？>

不是。她重复道。还有，我说过了，别动我的神经系统。你已经死了，现在是我的活体记忆，活着的记忆，我们是勒赛耳大使——

<我真喜欢你，>亚斯康达说，<一直以来都是。>

孔隙里电火花闪动。是她认识的那个亚斯康达。但她仍感觉受到侵犯，感到陌生意识的沉重压力——意识的主人比她年长，比她见多识广，更了解泰克斯迦兰——无奈之中，她突然想到了皇帝的百分之九十克隆体，想到他八岁大的脑袋，如果植入六方向活体记忆，会是何等感受。涌起的同情让她心中疼痛。

亚斯康达的意识——沉甸甸的重量和鲜明的形象——都退了回去，像是某种道歉方式。

玛希特鼓起勇气，为必将到来的身体痛苦做好思想准备，睁开了眼睛。随着光线进入眼睛，她的头立刻痛了起来。跟她预料的一样。但好在没有呕吐，也没有痉挛或明显的视野扭曲。不算太糟。

她躺在一张青绿色的沙发上,跟五柱廊外室摆放的沙发一样。面颊底下的织物触感像是沙发套。五柱廊大概买了一整套青绿色的家具,说不定是趁大减价买的。上次脑部手术后,玛希特是在勒赛耳医疗中心里醒来,身处一间让人舒心的银灰色无菌室。这里——不太一样。

<很不一样。>亚斯康达干巴巴地补充道。玛希特轻笑一声。真疼。

她非常、非常小心地挪动身体坐起来。身体的每一寸都像经过了真空干燥。房中既没有五柱廊,也没有三海草和十二杜鹃花。幸好没人。这样,她就可以做好心理准备,然后再着手进行艰难的站立和行走,走到唯一可见的门边。她试着深吸一口气,发现肋骨受到了束缚——对了,是运动绷带,还绑在她的浮肋①部位,就在手术开始之前的老地方,丝毫未动。

真奇怪,让人产生信任感的都是一些小事:此刻,玛希特无比感谢五柱廊,感谢她没有擅动她的大脑,只做了**她要求的**改动。达吉·塔拉茨的信也还在。有了亚斯康达的帮助,她可以解码阅读了。

其他人大概都在门外等她醒来——或许,已经开始怀疑她究竟会不会醒——趁现在一个人独处,是最好的解码机会。

虽说独处,脑中却不再孤单——永远不会孤单。

<我们会习惯彼此的,>亚斯康达说,<毕竟我们之前已经成功过。>

可你没多久就消失了,留我一个人。玛希特回道,好了,快告诉我怎么读信——如果你能解码的话。

她掀起衬衣,解开绷带。因为在肋骨部位长时间挤压,信

---

① Floating ribs,人的第十一和十二肋。

件已经变得皱巴巴的,但仍然完整,用她创造的字典密码编写的段落也十分清晰,只剩下最后的加密部分。信上说你有解码的密钥——或者说,你十五年前曾经有过。

<我现在也有。>亚斯康达回答。她大大地松了口气,心中顿感释然;他肯定也清晰地感受到了她的放松。<这是达吉·塔拉茨给我的密码,就在我上船来这儿之前。如果信是由他的密码写成,那么必然直接出自他的手笔。>

告诉我怎么解码。玛希特说。

亚斯康达照做。

活体记忆分享技能的过程,就像发现自己身上未曾预料的卓越才能;就像她坐下来打算学习空间站的轨道运算,突然发现自己早已无比熟练,仿佛已经做了几十年,所有正确的公式和使用的经验都整齐排列于指尖;或者说,就像受邀在零重力下跳舞,突然发现身体自动动了起来,对于肢体的感受以及如何在太空中移动一清二楚。达吉·塔拉茨用的是数学密码。数学肯定是他的偏好。玛希特很清楚,要学习这种以矩阵代数为基础的一次性密码生成方式,亚斯康达一定花了大力气。幸好需要学习的不是她。她只需要感受这种技能在她脑中缓缓展开,仿佛花朵绽放——

<用纸笔计算会简单些。>亚斯康达道。

玛希特小心翼翼地笑了几声——笑会牵扯着头疼,嗓子也疼。她伸手摸了摸后脖颈。脖颈上有块绷带,盖住了手术创口。由触觉判断,创口大约只有拇指长短。不知创口长什么样。接着,她带着同样的小心,撑着站了起来,蹒跚地走向可能找到书写工具的地方。看五柱廊反权威的样子,桌子里应该会有真正的钢笔,而不是全息的信息条操作器。

没有钢笔,但一沓机械草图上倒是放着一支绘图铅笔。玛希特没有翻动草图——五柱廊没有脱去她的衬衣,她也不会私自翻看五柱廊的文件——不过,哪怕只瞥了一眼最上面的草图,她也能认出:图上画的是义肢的设计图样。

为什么要跑这么大老远来装一只假手?

<这儿可是泰克斯迦兰。>亚斯康达回答,<被视为不正当身体改造的,不只是神经增强一项。>

她没法分辨这话是苦涩讽刺,还是认真的观点——不过,这也在预料之中。讽刺和认真在亚斯康达这儿天生就混在一起,不可分割。从在勒赛耳他第一次被植入她大脑开始,他的说话风格便是如此。

这儿有笔,她想道,教我怎么读信。让我看看面对指向我们空间站的兼并军队,塔拉茨希望我怎么做。

他们俩——她,借着涌入她脑海的亚斯康达积累的知识,打开了一扇未曾预料的窗户——开始一个字一个字地解码信息。二十六年前,在勒赛耳到泰克斯迦兰的漫长旅途中,他便是靠学习这种有序矩阵转换来打发时间。她瞥到了回忆的瞬间、一张旋转的残片——在大使套房度过的第一个夜晚,亚斯康达烧掉了塔拉茨给他的纸片,上面的东西他已经烂熟于心。

玛希特过于专注解码的过程,几乎没有真正关心信件的内容——直到整封信清清楚楚译解完成。信不长——早在这场可怕冒险开始前,她就知道信不可能长——字母不多,不可能是她想要的详细指令。没人会替她想办法解决目前困境,能给的只有建议。

这条建议把她吓住了。

要求兼并军队调转方向;宣称发现非人类的踪迹,有证据表明存在入侵企图,坐标如下;在帝国承诺转向前,不要给出坐标。

<你擅长记数字吗,玛希特·达兹梅尔?>

此刻,亚斯康达似乎成了支撑她站立的唯一支柱。她头疼得要命。擅长,她想道,我背下了伪十三河的所有作品,还记得住坐标值。

<那就背下来,然后毁掉解密后的文本。>

怎么做?

<吃了它。不过是纸而已。>

玛希特盯着坐标值整整一分钟——在脑中加上节奏和韵律背诵,就像背诵一首诗。接着,她把写有原始通讯解密文本的纸一条条撕碎,然后塞进嘴里。一边塞,她一边想道:我们吃掉死者身上最好的部分。我现在吃的是谁的骨灰?

她咀嚼口中的纸条,然后吞咽。用力咀嚼让她的手术创口疼痛。她忍痛继续。趁咀嚼的工夫,她可以思考接下来的计划。

我该向谁提出要求?皇帝?

<对。>

你偏心,亚斯康达。

<我确实偏心。但我说的没错。>

他说的或许真没错。或许,她接下来的打算,会跟亚斯康达一样——如果他没死的话。她会大踏步走进宫廷·地区,口中的坐标数据,就像一串拿来交换和平的珍珠。

她终于打起精神,推开手术室的门,来到五柱廊公寓的外间。三海草和十二杜鹃花肩并肩,坐在另一张青绿色沙发上,就像候诊室里的孩子。五柱廊不知去向。见玛希特出来,三海草立刻跳了起来,跑到她身边用双臂紧紧地搂住她,同时打破了勒赛耳和泰克斯迦兰两地所有的"私人空间"禁忌。玛希特的心跳陡然加速，几乎跳出肋骨的包围。

"你还活着！"三海草叫道，紧接着"——哎呀，该死，我有没有弄疼你？"又紧接着，她猛地放开玛希特，动作跟拥抱时一样猛，"你……还是你吗？"

"……你确实弄疼我了，不过没比刚才痛得更厉害。至于第二个问题，得取决于泰克斯迦兰语中'你'的定义，三海草。"玛希特回答。微笑时手术创口也会疼，不过没有咀嚼时疼得厉害。

"你还能说话。"三海草继续道。玛希特很想伸手抚摸她的头发，帮她理回耳后。从司法部官员手中逃脱后，三海草的头发就没有重新梳理过——甚至在玛希特动手术的这段时间里，她也没有趁机梳理——不知手术用了多久，玛希特心中没底。披散头发的三海草，看起来年轻得让人心疼。

"我想，我保留了大部分的高等官能。"玛希特用尽可能中性的泰克斯迦兰腔调回答。

三海草眨了几次眼睛，接着大笑起来。

"这真让人高兴。"十二杜鹃花坐在沙发里问道，"手术——成功了？"

<你交了两个非常迷人的朋友啊。>

"对。"玛希特同时在脑中和口中大声地回答，"至少足够我解密信件。"

"感觉怎么样？"十二杜鹃花问。与此同时，三海草说："很好。所以，**接下来你打算怎么办？**"

玛希特只想坐下来——如果她可以选择的话。或许再睡上一觉，等一切都结束，等新皇帝登基，等宇宙回归正常——要真睡到那个时候，那她的寿命也就一觉睡到头了。不过，至少坐下来歇息还是可以的,休息片刻总没关系。她慢慢地挪向沙发,三海草在她手肘边——此刻,保持了一英尺的礼貌距离,玛希特对此感到微微的遗憾——接着她坐了下来。

"接下来,"她说,"我得回宫廷·地区去。我有话要跟六方向陛下说。"

<谢谢。>亚斯康达轻声道,就像在她眼睛后面燃起火焰。

"解密后的消息一定非常惊人。"十二杜鹃花道。

玛希特小心翼翼地用双手垫着头,"一支意在兼并的帝国军队正驶向我的家乡,帝国本身则处于内战的边缘。我向我的上级政府请求紧急指示,在这种情况下,回复的消息难道还会不冷不热,只说确认收到?"

"我不傻,"十二杜鹃花说,"是我把你介绍到这儿来的,不是吗?"

"没错。"玛希特说,"抱歉,是我刚才用词不当了。我已经昏迷了——多久?现在几点?"

三海草轻轻地拍了一下她的背脊,"——十一个小时。现在大约凌晨一点。"

难怪玛希特感觉这么糟,她被麻醉的时间太久了,"手术动了几个小时?五柱廊在哪儿?我想——谢谢她。"

"她——出去了。"十二杜鹃花说,"大概一小时之前。你在手术室里只待了三四个小时。"

"我们完全不确定你会不会醒。"三海草努力说得轻描淡写。玛希特听得出她话音中残留的紧张不安。遭到唯一市电击住进医院以后,三海草遭受的痛苦会有多少?"五柱廊的话丝毫没法让人放心。"

"我自己也不敢放心。"玛希特接口道,"有没有——我能喝点儿水吗?"她的喉咙太干,一说话就痛。现在三海草和十二杜鹃花都醒着,谈话恐怕会一直持续。

"当然。"十二杜鹃花道,"公寓里总该有个厨房。"他从沙发上站起来——他坐着太久没动,站起来时很是费劲——消失在转角处。玛希特有点儿内疚——只有一点点。

此时,她跟三海草独处。跟餐馆里一样,两人间的沉默显得异样,仿佛带上了电。忽然,三海草轻声地问道:"——你还是你吗? 我——我能跟他说话吗? 有这个可能吗?"

"我还是我。"玛希特回答,"我的记忆和内分泌反应都没有断裂。所以,我还是百分之百的我。在我身体里的不是——第二个人。我还是我,只是有些修改和调整。"

<如果你愿意,我们可以跟她说话。>亚斯康达在颅内轻声回答。

我们正在跟她说话,亚斯康达。

"好吧。"三海草道,"我觉得这整个过程很吓人,玛希特,这一点你得知道。不过,我会像从前一样对待你,除非你的举止有异。"

玛希特猜三海草想说的是"我仍然信任你",但这几个字无法出口。尽管疼痛,她仍对三海草露出勒赛耳式的微笑。三海草用瞪大眼睛的泰克斯迦兰式微笑回应。

还没来得及说其他,十二杜鹃花消失的方向就传来一阵人声。是五柱廊回来了,还带了别人。

"他是谁? 五柱廊,你没说你还有客户在——"一个女人的声音,语气极为不满。

"他不是客户,二柠檬,他是客户的接头人。进来吧,里面还有人呢。"

"现在不是接待客户的时候。"二柠檬道,"亚奥特莱克的军队马上就要降落在天空港——"说话间,一行人涌进了玛希特所在的房间。一共五人,性别年龄不一,都没戴云钩(都想避开唯一市和算法核心的监视。)。十二杜鹃花握着一杯水,被夹带于其中。

"还有个野蛮人。"一个新来者说道。

"是异乡人。"另一个纠正道,口气像是已经纠正过了一百次。

"异乡人、野蛮人,都无所谓。"二柠檬道。她是个身材丰满的女人,脊背挺直,铁灰色头发编成完美的发辫。"她身边还坐着个间谍。五柱廊,信息部的人怎么会在这儿?"

三海草顿时停下了所有动作,全身僵硬,同时做好准备。玛希特考虑她们是不是需要逃跑。她觉得自己此刻恐怕没法跟着跑。

"她是跟野蛮人一起来的。"五柱廊道,没人纠正她的用词,"她们遇到了一个有趣的问题,也愿意为解决问题付出合理的代价。二柠檬,你很清楚,我想跟谁打交道,就跟谁打交道。"

"这件事,在我们来之前,你就该告诉我们。"二柠檬的同伴之一说道,正是他坚持使用"异乡人"来称呼玛希特,"我们来这儿,可是要召开明天行动的紧急策划会议——"

二柠檬瞪了他一眼,"别在间谍面前说这些。"

"我不是**间谍**。"三海草有些气愤,"而且我也不在乎你们策划什么,以及你们到底是谁。我在信息部的工作,跟你们任何人都没有关系。"

"哦,阿赛克莱塔,但你就是间谍。"五柱廊说,"不过,只要加以恰当的医治,我想你会比现在更好。"

"你在威胁我？"

玛希特把手放在三海草手臂上。"这位阿赛克莱塔是我的同伴。"她说，"她受到勒赛耳空间站的外交保护。我为她负责。"

<彻头彻尾的违法。令人惊讶。>亚斯康达赞叹不已。

对，但他们不知道。

二柠檬垂下眼帘，顺着鼻梁的角度瞥了一眼玛希特，"你是勒赛耳大使，对不对？"

"不错。"

"司法部的新闻通告对你可不友善。"二柠檬话中难得流露出几分赞赏。

"这我可不知道。"玛希特回答，"今天大部分时候我都处于昏迷状态。问五柱廊就知道。"三海草的身体在她手掌下微微颤抖。是肾上腺素的作用。

五柱廊偷偷笑了。当二柠檬转向她时，她耸了耸肩，"大使说得没错。"

"如果没有术后医疗照护，她会死吗？"二柠檬问道。

玛希特觉得这真是个好问题，她自己也想知道答案，同时努力克制想咯咯笑出声的冲动。

"她最后总要死的。"五柱廊说，"不过，跟我的手术无关。"

<你的机修工可真会安慰人。>亚斯康达评论道。

"我要她离开这儿，五柱廊，把信息部的同伴也带走。"二柠檬继续道。同伴中响起满意的低语，二柠檬扫视一圈，低语声立即停止。"我们有事要做。"

我也一样。玛希特心想，虽然我希望——希望能多了解你们正在做的事。餐馆和剧院的炸弹是你们放的吗？或者说，你们还有其他阴谋？唯一市的算法出问题，也是因为你们吗？

<泰克斯迦兰不止有宫廷和诗歌。>亚斯康达低声道,<就算是我,最后也认识到了这一点。如果我们能撑过这一关……>

如果我们撑过这一关,我会记住二柠檬——虽然她肯定希望我把她忘记。

"我们这就走。"玛希特抽离思绪,开口道,"衷心祝愿你们好运——无论你们策划何种**行动**。"说着,她站了起来,连晃都没晃一下——说不定,她能撑到火车站再晕倒。要是有人真能给她一杯水就好了,别像十二杜鹃花那样,只知道端着水,一脸无助地夹在那群人中间——他们是什么人?反抗军领导人?(反抗什么?反抗帝国,特别是皇帝六方向?在地铁站张贴支持欧迪尔星系独立暴动宣传海报的人是他们吗?或者他们只关心某些玛希特不理解、也永远没法理解的政策?目的是让一闪电或其他任何亚奥特莱克,降落在唯一市的土地上?)

"如果是我,会立马就走。"五柱廊道,"一闪电的军团已经到达街道了。"

三海草骂了一句——一个玛希特从没听她用过的词——然后说道:"行,谢谢你。我们走吧。"说罢,她站了起来,拉住玛希特的手臂就要往外走。

"给我五分钟,我要跟客户谈一谈。"五柱廊意味深长道,"我得检查一下自己的工作是否完成。上次看到她,她还在昏迷当中。"

玛希特点点头。"——私下谈。"她补充,"五分钟私下交谈时间。"她轻轻地抽出了由三海草拉着的手,努力保持身体平稳,不露出任何受头疼折磨的迹象,走回她醒来的里间。

五柱廊跟着她进来,随手关上门。"疼得这么厉害啊。"她说道,"而且还不想让朋友知道?"

"不算太糟。"玛希特回答,"大部分神经功能完好无损。我想知道——你发现了什么。那个旧机器,有没有损坏?"

"我看了一眼,有几条神经电路熔断了。"五柱廊说,"这东西本来就不牢固,看着非常脆弱。摸一摸电路也有可能造成短路。想要了解进一步情况,就得把它拆开。我非常期待。"

"这——很有趣。"玛希特好不容易回答道。这一发现能说明—— 一些事。或许是蓄意破坏,或许是机械故障。

"非常有趣。现在,让我看看你。"

玛希特站着不动,任由五柱廊看着手术创口思索,跟着她的指示,进行基本的神经系统检查。跟她在勒赛耳上的检查没区别,用时不到五分钟,大概只有三分钟。

"我本来会叮嘱你好好休息。但我知道,这话没意义。"检查结束后,五柱廊说道,"所以,你现在就离开吧。谢谢你为我带来这么有意思的经历。"

"给野蛮人动手术很少见?"

"野蛮人很少会给我留下他们的技术。"

<可真有你的,玛希特。>亚斯康达在她意识深处说道,听不出他是生气还是惊讶。他用来换取皇帝宠爱的珍贵之物,竟被她白白送人。

片刻后,三人再次遭到流放,挤在五柱廊家大楼的阴影当中,失去了仅有的安全之所。玛希特靠在三海草身上,心里只惦记着走之前没能喝到的水。她的喉咙干得发疼。凌晨的贝尔镇六区既安静又刺耳:远远传来尖声大笑,还有砸碎玻璃的响动。有人大喊,声音很快被压住,只留大楼间飘荡的回音。三人所在的街道空无一人,唯一的亮光来自大楼的霓虹门牌。门牌上的

图形文字,连玛希特都觉得过时。已经有了五十年历史,可还称不上古董。

"花瓣,"三海草的声音很轻,却如同绷紧的细线,"你打算等到什么时候才告诉我们,你的无执照普罗托斯帕萨涉足了反帝国活动?"

十二杜鹃花面无表情,故作茫然。他被三海草的话伤到了,"她可是贝尔镇六区的无执照普罗托斯帕萨。你竟然指望她跟反帝国活动无关? 你可是信息部的人,芦苇,拿出点儿信息部的样子来。"

"我现在正按照信息部的人该有的样子做事。"三海草啐道,"我正在审问我亲爱的朋友,审问他的社会关系,以及这些关系人对他施加的影响。这就是我正在做的——"

"别说了。"玛希特开口制止。说话很痛。每次说话都比上次更疼。真希望能安静一阵子,"你们俩换个时间、换个地方再掐架。现在,我们该怎么回宫廷?"

问题出口,一时沉默。她只听见身旁两人呼吸的声音,渐渐合在一起。

三海草道:"我们坐不了火车,头班车得等到早上。现在这时候,通勤线路关闭了。"

"如果一闪电的军队真的在天空港降落,那么等到早上也不会有班车。"十二杜鹃花补充。

玛希特点头,"这不就对了。看看你们俩现在,都能派上用场。"她发觉自己的语调跟亚斯康达一模一样。但此刻,她没有力气来思考此事,处理这个问题,"如果我们没法原路回去,还有别的办法吗? 能走路回去吗?"

"严格来说,我们可以走回去。"十二杜鹃花道,"但我估计,要走回中央省,得花上一整天。"

"我们俩或许还可以。"三海草纠正,"但玛希特走不了一个钟头就会晕倒。"

玛希特不得不承认这话有理。"鉴于我的健康状态,"她说,"一整天的路太长了。如果有办法的话,今晚——黎明之前——我就得面见皇帝。"她全身发抖。她自己也不知道颤抖是什么时候开始的。而且,并不是因为寒冷——她的外套就在身上。她伸出双臂,紧紧地抱住胸腔。

三海草从齿缝中慢慢吐出一口气。"我有个办法。"她说,"但花瓣肯定不喜欢。"

"别急着下结论,"十二杜鹃花道,"你先告诉我,才知道我到底喜不喜欢。"

"我可以跟信息部上级联系,报告说我们在追踪反帝国活动分子时受困,要求有人前来接应,送我们回去。"她说,"如果你愿意,我们可以走远些,换个地方联系,作为对五柱廊留下大使性命的回报。"

"你说得对。"十二杜鹃花道,"我不喜欢这主意。你这是要毁了我的人脉。"

<想想看,她会怎么解释你也**在场**?>亚斯康达在玛希特脑中多嘴道,很烦人。

我没有多少盟友,亚斯康达。

<你的联络人有多少盟友?>

也不多。但我是其中之一。

<好吧。>

"我们正流落街头,"玛希特说,"我宁可让信息部派车子来接,也好过被十二杜鹃花的司法部跟踪者发现,或者在军事政变

中还得想办法回中心省。"

三海草皱眉，"现在还不算政变。可能到早上就真成政变了。不知道事情为何发展得**这么快——**"

"好了，那我们就动身吧。"玛希特对二人说，"我们走回火车站，在那儿联系信息部。"

走路让她头疼得更厉害。哪怕在黑暗中，街上的人也越来越多，聚集在街角，低声交谈。玛希特觉得自己还在路上看到了出鞘的刀刃，一把丑陋的弯刀。持刀者站在一群年轻男子中间，身着丑化泰克斯迦兰战旗的涂鸦衬衣，嬉笑着。玛希特低着头，盯着三海草的脚后跟，一步一步地往前走。终于走到火车站时，玛希特的头疼已经厉害得像个黑洞，能吞下一艘飞近它质量中心的小型宇宙飞船。车站的大门上了锁，玛希特坐在门外长椅上，屈起双腿，抵着胸腔，把前额靠在膝盖上。膝盖的压力减轻了一点儿疼痛——分散了大脑的注意力。三海草在一旁联系信息部，对着云钩压低声音嘟哝着。

十二杜鹃花坐在她身边，没碰她。玛希特真希望——真希望在身边的是三海草，关心着她——虽然这是几小时、甚至这几天来最没用处的希望。

<呼吸。>亚斯康达说。她照做。平稳的呼吸。吸气时慢慢数五下，呼气时再慢慢数五下。

三海草联系完，说道："他们十五分钟后就会到。"说罢，她坐到玛希特身边，也没碰她。玛希特一直数着数呼吸。头疼缓和了一点点，她听到地面车引擎声越来越近，她能撑着抬起头；眼前的景物虽然还在旋转，但速度不算快。

开过来的是一辆极为普通的地面车：黑色，毫不花哨。车里出来一名身着信息部制服的年轻人,橙色袖口及其他信息部标志一应俱全。他用指尖触碰胸口,鞠躬致意,问道:"阿赛克莱塔?你的同伴都在这儿了?"

"对,"三海草回答,"都在这儿了。"

"请上车。一转眼的工夫,我们就能回到唯一市了。"

事情似乎太顺利了。玛希特觉得太顺利了,肯定有问题。但她也清楚,对此她无计可施。地面车的后座光线昏暗,让玛希特心生感激。后座散发着清洁剂和座椅套的味道。三人腿贴腿并排坐在后座里。车子开动时,三海草轻拍玛希特的膝盖,只一下,示意她们出发了。随着车轮的运动,那小小的善意举动帮助玛希特沉入了精疲力竭而又无可奈何的睡眠中。

第十八章

关闭一切民用星际交通——内省天空港关闭——南极天空港仅供紧急情况货运使用——更改出行计划——重复播报

——公共新闻推送,251.3.11-6D

……正如您所言,我一直忙于保持我们的空间站在那个庞大的、无情的帝国眼中的价值——这价值既不能太高,也不能太低。跟从前一样,请务必原谅我的缺席;等这儿的事态稳定,我自然会返回家园,好好享受一次应得的长长假期。但目前泰克斯迦兰宫廷的政治活动仍处于时刻变动当中。鉴于此,何时能够离开宫廷整整四个月(至少),恐怕现下仍无法想象。请原谅我一直驻守在外。如果需要联系,请别忘记您自己教给我的私人渠道……

——选自亚斯康达·阿格黑文大使给矿工议员达吉·塔拉茨的信

信件抵达勒赛耳时间:203.1.10-6D

贝尔镇六区到宫廷·东区信息部大楼之间的第一个检查站，让玛希特重新恢复了意识。醒来后，她一心只想重回眼皮后面那个安静的灰色世界。从开车到现在——整整十五到二十分钟的美妙时光，无论是三海草、司机，还是脑海中的亚斯康达，都没有来吵她。可惜车窗外检查站的声音和灯光，活生生地打断了这一切。

她眨了眨眼，坐了起来。地面车减慢了速度，停了下来。司机摇下一扇车窗。窗外，黎明将至，天边亮起一抹粉灰色。空气里传来刺鼻的烟味——

低语声。司机操作云钩，投射出身份序列码。外头的人说道："我们可以让你通过，但你最好别去。他们正从天空港向外进军，公民队伍也在前往和他们会合。说真的，你还是别去的好。"

说真的，我一定得去。玛希特心想。不知这念头是她的，还是亚斯康达的。

"说真的，"三海草说，"我们得去。我有至关重要的情报要上报信息部，先生。"

司机夸张地耸耸肩，仿佛在说：反正我只是来帮忙的。打开的车窗外传来一声低低的"嘭"，似乎不远处有谁引爆了一颗炸弹。

（——十五引擎，被弹片击中，鲜血从嘴里流出来，流过玛希特的脸，就像眼泪。还有那声响，空洞的爆炸声响——）

她用力咽了一口口水。车窗摇了上去，车子继续往前。地面车里很难看到周围的景象：车子是隔音的，而车窗都是保护隐私的暗色。玛希特总觉得自己还能听到更多爆炸声。炸弹引爆时，空气仿佛会坍塌。

"你们知道吗，"她发现自己不受控制地大声说道，又轻快又响亮，"在勒赛耳，最可怕的事情——没有之一——就是火。火会吞噬氧气，火还会升腾。从我们才两三岁、刚刚能拿动灭火器的时候开始，每隔一天就要进行一次灭火演习。火很可怕，**爆炸更可怕——**"

"我不明白他们为什么要使用炸弹。"十二杜鹃花说道，"这不是——没人想伤害唯一市，动乱的目的，难道不是争夺唯一市的所有权吗？"

地面车再次减速。这次不是检查站。车子缓慢前行，像是碰上了堵车。"降下遮光板，"玛希特说。司机没反应。

三海草牙关紧咬。玛希特看得出，她下巴紧绷。"花瓣，"三海草说，"是舰队。轰炸大规模平民暴动是舰队的杰作。这你清楚。"接着，她又对司机说道："降下遮光板，行吗？"

这次，司机照做了。

地面车车窗由雾灰色渐渐变为透明。透过车窗，玛希特看到了一些她一时无法理解的行为。在勒赛耳，人们不会故意**破坏**东西——不会破坏财物，更不会拿破坏不当回事。空间站的外壳很脆弱，任何一个系统故障——真空、极度寒冷或者水培系统关闭——都会要人命。勒赛耳上也有恶意破坏行为，但仅限于涂鸦、蓄意黑入电脑系统，用修补空间站外壳的延展泡沫喷罐堵塞通道。可是，此刻，她在唯一市的街道上，看见一名身着整洁制服外套和裤子的泰克斯迦兰妇女，挥舞着像是金属棍的东西，击中商店的橱窗，砸碎了玻璃。砸完后，她继续往前走，攻击下一扇橱窗。

街上的人们纷纷奔逃——窜上了马路，所以车子行驶缓慢。有些人衣服上戴着紫色的翠雀花领针，还有些没戴任何表明立场的标志。光照也混杂其中，带着金色面罩，十分吓人；他们三个一组行动，组成锐利的三角形，仿佛在零重力下沿着下降轨道速降的侦察舰。空中飘荡着烟雾。烟是从一幢非常漂亮的多尖塔建筑里飘出来的，让人看着心碎。地面车的司机面容严肃镇定，驾车一点点前进，不时刹车再启动。每次车子重新加速，玛希特都感觉自己胃里的东西猛地冲撞胃壁。

"我没看到军团。"十二杜鹃花闷声道。

三海草已经从后座爬到了副驾驶位，"我们离天空港还远。这里不过是——余波——"

他们听到有人叫喊。喊声是两个人发出的，一前一后呼应，带着诗歌的节律，就像心跳；但喊声既不合拍也不同步，像患了房颤的心跳。他们一时无法前进。又是一阵声浪传来，又一次爆炸突然响起，刺穿空气。这时，司机看到了玛希特没有发现的空隙，一脚踩下加速器，地面车箭一般转过某个角落——转弯的离心力让玛希特半躺到十二杜鹃花的膝头——紧接着，他们沿着一条小巷飞驰，巷子尽头是一条大街，空旷开阔，通向一座广场。广场上，有两群泰克斯迦兰人，正朝对方尖声叫喊。车子停了下来。遇到这样的人群，车子没法前进。

两群人交锋处，暴力举动犹如连绵阴雨下的春日蘑菇，到处疯长。一个胳膊上戴着翠雀花别针（就像戴着黑纱臂环）的妇女，脸上沾着鲜血——被打了一拳。打人的也是个妇女，离地面车很近，玛希特听到她喊道："为了一闪电皇帝！"然后把手上的鲜血抹在前额上，就像历史剧中献祭敌人的战士。

玛希特觉得，她们根本不像泰克斯迦兰人。荒唐的景象让她思绪断裂，飘忽。她们像人，只是人，恨不得把彼此撕成碎片的人。

又是一声可怕的、空气崩塌似的巨响,距上次近得多。光照队伍里响起回应似的"砰"一声,团团白色烟雾随即腾起,迅速扩散。附近打斗的人们开始咳嗽,无论哪一方的人,都慌忙奔逃,远离这团烟雾。人们从地面车旁擦身跑开,能看到他们的眼睛发红,泪水直淌。有些烟雾透过紧闭的车门和车窗飘了进来。

"该死,"三海草道,"用衬衣遮住口鼻——这是驱散人群用的气体——我们不能待在这儿——"

玛希特用衬衣遮住嘴巴,眼睛像被火烧灼着,喉咙像被火烧灼着。

<你们得从车子里出去。>亚斯康达说。突然,她冷静下来,头脑一片澄澈,做好了准备,身边一切都慢了下来——亚斯康达正在动用她的肾上腺。<你们得从车子里出去,绕过这场混乱。现在就行动。快跑,玛希特,我来指路。>

"我们不能待在这儿!"玛希特大声道,同时拉开车门,白烟涌了进来,"跟我来。"

她没法呼吸——刚吸一口气,她的肺就像着了火。亚斯康达说:<跑,先憋着气。>于是她拔腿就跑——她不知道自己是怎么跑出去的,也不知道这身体怎么可能跑得起来,也不知道身后是否有人跟着。亚斯康达好像知道某条秘密路线——她熟门熟路地穿过可怕的鲜血与白烟旋涡。蓦地,她头一次看到了军团士兵,他们身着灰金色相间的舰队制服,整整一个中队——亚斯康达驱动她的身体,以她胯部为轴心,让下半身不断摆动,朝某个特定方向前进。身后有急促的脚步声,配合着她的步子。她朝后张望:三海草、十二杜鹃花和司机都在。

几人绕过广场边缘,沿着一条玛希特确信自己从没见过的街道奔跑。你来过这儿多少次?她想道。她的心脏怦怦直跳;

亚斯康达只在她实在憋不住气的时候,才放她大口吸气。

<多到数不清。我住这儿。这儿是我的家——从前是我的家。>

两分钟后,他们放慢了速度,改为走路。玛希特确信,要不是亚斯康达撑着她往前走,她早就昏过去了。没人说话。暴乱的响动远去,褪成了隐约的咆哮。几人抵达宫廷区与唯一市其余区域的分界处。这是条小路,没有卫兵把守,无论光照、雾还是军团,都不见踪影。亚斯康达带着一行人一直往前,追随着多年来形成(现在已经死亡)的肌肉记忆。

接着,他们转过一个拐角,仿佛幕布拉向两边,玛希特突然发现自己就站在信息部大楼跟前。大楼看上去丝毫没有受到骚乱的影响,整洁有序,就像从前的世界。

<到了,>亚斯康达说,<进去吧。趁你摔倒之前,赶紧坐下。>

一切都那么熟悉。只需两分钟,就能走到她的大使公寓所在的大楼入口(只要光照不来干涉和调查)。广场地砖下,唯一市巨大 AI 的纹路全都亮了起来。整个广场仿佛一头缩紧身体的巨兽,随时准备出击。

"我真不知道你是怎么跑起来的,"三海草对玛希特说道,"我们上车的时候,你连路都快走不动了。"

"不是——我,"玛希特回答,"不只是我,准确来说。我们到底进不进去?"她的声音嘶哑。此时,亚斯康达不再控制她的呼吸,她觉得自己吸不够空气。每呼吸一次,她的胸口都剧烈起伏。

三海草看看司机,司机一脸震惊,回不过神:他熟悉的世界已经变得无法理解,他不知所措。"你进去吗?"三海草又问。

"……进去吧?"他说着,朝门口走去。

进门的时候,玛希特和三海草都没有把脚放到 AI 纹路上,哪怕避开 AI 会让走路变得既困难又滑稽。

大楼里一如既往整洁美观,是泰克斯迦兰政府部门清早该有的模样。没有愁云惨淡的迹象,一切井然有序。这一景象让玛希特险些落下泪来,连自己也说不清原因。三海草的司机带着众人进了一间平淡无奇的米色会议室,里面放着一张 U 形桌子,围绕着中间的信息条投影机。头顶上是日光灯,还有许多把看着就不太舒服的椅子。这是玛希特见过的最没有泰克斯迦兰风格的房间。不过,每天开着无休无止会议的会议室,恐怕全银河系哪儿都一样。这样的会议室,空间站里有,学校里有,政府部门也有。此刻,她坐在这间会议室里,隐约——信息部的厚墙隔绝了大部分的声响,只有极微弱的声音传进来——听到了另一声爆炸。接着便是一片寂静。或许,暴乱者已经被驱散。军团正在离天空港更近的其他地方集结。

有人送来了一瓶咖啡和一篮子面包卷。这倒不是会议室的标准操作,恐怕是三海草动用了某些关系。咖啡烫手,味道好得出奇:够热,但不烫嘴。玛希特掌中捧着装咖啡的纸杯,很暖和。这儿的咖啡味道浓郁,带着土壤气息,跟勒赛耳的速溶咖啡完全不同。要不是情势紧急,玛希特真想慢慢品尝这杯咖啡,琢磨其中到底有几层不同的风味……

<这儿的咖啡有好多种,>亚斯康达说,<而且味道都不一样。很神奇。不过,最神奇的部分还是咖啡因。>

他说得对。喝下咖啡才几分钟,玛希特就感觉回过神来,反应更敏锐,甚至能察觉到皮肤上的轻微震动。

<先缓一缓。刚才那一下,我可能把你的肾上腺素耗尽

了。>这话在亚斯康达口中说出来,就算是道歉了。

十二杜鹃花已经开始喝第二杯。"现在怎么办?"他没好气地问三海草,"等着人家来听报告? 我们不是要把大使立即带到皇帝那儿去吗? 看唯一市外面乱成那个样子,不知面见皇帝还有没有可能。"

我们。不久前,她才开口请十二杜鹃花帮忙,帮她偷来亚斯康达尸体里的活体记忆装置。短短几天后,至少在表面看来,他已经把自己当成了这个野蛮人的精神同盟。不过,话说回来,他知道五柱廊和她反帝国活动分子朋友的住址——精神同盟并不牢固。在压力之下也会变化。玛希特看了看三海草,发现三海草正处于她见过的最大压力之下:太阳穴发灰,嘴唇旁边破了一块皮,想必是被她自己咬破的。

"我们确实要带大使见皇帝。"三海草回答,"不过,我欠信息部一点儿人情,毕竟是他们把我们接回来的。"

他们把我们接回来。他们开车带我们穿越骚乱。他们还送来了咖啡和早餐。这世界仍像平常一样运转。只要我的举止跟往常相同,这世界就会一直正常下去,不出乱子。玛希特很清楚三海草的想法。她太清楚了,清楚得令人害怕,她对此感同身受(她太容易感同身受了,这是她的最大弱点,不是吗?)。可是,三海草这么想是错误的。

玛希特说:"我想,我们没时间了。整个唯一市,就像出故障的电路、冒火花的氧气室,很快就会爆炸。"

三海草发出的声响,跟蒸汽阀门放气的咝咝声异常相似。她用双手抱住脑袋,说道:"就一分钟,让我思考一下,行吗?"

玛希特琢磨了一下,觉得一分钟——可能,或许——处于可接受范围之内。一切都闪烁不定,仿佛超现实。不知道她欠下的睡眠究竟到了何种地步。在去到十二杜鹃花的公寓之前,她有三十六小时没有睡觉——对了,说不定脑部手术后昏迷的十一小时能算上——

<那个不算,>亚斯康达立即答道。说这话的是她的亚斯康达,轻松俏皮、带着挖苦的幽默风格,<尤其是经历了这么可怕的骚乱之后。>

"好吧,我决定了。"三海草说道。玛希特望向她,保持着完美的泰克斯迦兰式的不动声色,努力不让迫切需要联络员支持的情绪显露得太过明显。

三海草摊开双手,表示无奈,"我这就去要求直接向信息部部长汇报。此刻,她必定忙得不可开交——所以,上头肯定会跟我们约个时间。这样,我们先离开,等约好时间,我们再来吧。"说着,她站了起来,"你们就待在这儿别动。中心接待处就在这一层大厅里。我五分钟后就回来。"

这计策简单得不可思议,让人一眼就能看穿。不过,简单计策之前也成功过。在泰克斯迦兰过度重视叙述技巧的环境下,简单计策似乎有了特别的力量,能弯曲光线。玛希特朝三海草点点头,说:"去试试吧。"接着,她又补充:"别担心我们乱跑。我们还能上哪儿去?"

十二杜鹃花和亚斯康达同时大笑,像是古怪的回音。接着,三海草走出门去,就像种子艇从星际舰船侧面喷出。

他们在会议室等候。没有了三海草,玛希特感觉格外孤独,就像被剥除了保护层。三海草离开的时间越长,玛希特心中的不安就越强烈。时间一分一秒过去,两分钟,五分钟,十分钟。此刻,除了自己心脏低沉焦虑的颤动,她几乎什么都感觉不到。心跳声从胸膛传来,沉重地压迫着胸膛。周围神经病变症状绝大部分已经消失，只剩下指尖偶然传来微微刺麻。她怀疑这刺麻感永远不会消失。她不清楚自己会不会因此难受。目前，虽然感觉不到笔杆的压力，但她握笔暂时没问题。可万一继续恶化——

现在不能想这些。

会议室的门终于开了，三海草出现在门后。玛希特心中的沉重压力瞬间被卸下，感觉她就像被踢了一脚。接着，玛希特发觉，门后不止三海草一个，还有另一个人。此人身上没有穿白橙色相间的信息部制服，穿的是一件深蓝色短外套，领口别着紫色的花。花很新鲜，切下来的时间不超过一天。上回，在诗歌朗诵比赛上，三十翠雀花的支持者也都别着紫花。那时候，这种装饰像是——潮流，或者趣味，象征性地表达着泰克斯迦兰的政治信号。后来，街上的人也别着紫花游行，那是在战争中表明自己的立场。此刻，面前这个人别着紫花，就像别着权力徽章，或者显示党派忠诚。

"坐下。"新来者对三海草说道，同时推了她一把。玛希特气得立即起身，吸气准备说话——但三海草按他说的坐了下来，虽然她被气得满脸通红，但仍对着玛希特挥手，让她息怒。玛希特照做。

"大使，"新来者说道，"阿赛克莱提，我有义务告知：你们此刻不得离开信息部大楼。"

"我们被逮捕了吗？"十二杜鹃花问道。

"当然不是。让你们暂留此地，只是为了保证安全。"

"我，"十二杜鹃花强硬地继续（玛希特既为他揪心，又为他骄傲），"要跟二紫檀她本人讲话，就现在。你又是谁？"

"二紫檀已经不再是信息部部长。"此人回答，没有理会十二杜鹃花关于他姓名和所属部门的疑问。"鉴于目前的危机,她已经被三十翠雀花解除了信息部部长的职务。如果你愿意,我可以把你的谈话要求转达给三十翠雀花。我相信,一旦时间允许,他会接见你的。"

"你说什么?"玛希特难以置信。

"大使,您的听力有问题吗?"

"我是怕自己的理解有问题。"玛希特回答。

"无须过于担忧——"

"你刚刚才通知我们不准离开,还说部长被**免职**——"

"她存在忠诚问题。"三十翠雀花的手下耸了耸肩,"三十翠雀花希望帝国掌握在安全稳定的人手中。军队已经占领了街道,大使,现在出去非常危险。请安心地坐着等待。三十翠雀花会整顿好一切。一周之内,动乱就会平息。"

玛希特对此表示怀疑。她心中疑虑太多,不知怎么办才好。不确定性不断增殖,形成一股席卷而来的潮水:她肯定是**漏过了什么**。三十翠雀花正在实施——政变?抢在一闪电政变之前?想要改变朝向勒赛耳的兼并力量的方向,是不是已经太晚了?哪怕她手握交易筹码——逼近泰克斯迦兰的外部威胁的确切坐标,是不是也没用了?在诗歌朗诵会上,正是三十翠雀花本人——一身蓝紫色华服,面容无比平静地告诉她"交易取消"。如果他掌握了帝国大权,一旦勒赛耳失去利用价值,无疑会被他毫不犹豫地打发掉。

"这不可能,"十二杜鹃花说道。玛希特心下感激他能开口说话,让自己从胡思乱想中摆脱出来。"我们不可能在会议室里待上一周。而且,先生,我还是不知道你是谁。"

"我是六直升机。"男子回答——闻言,玛希特不由瞪着他,惊讶于他说出自己的名字时,不仅一脸严肃,竟然还带着一丝得意——真不知是怎么做到的。"还有,阿赛克莱提、大使,您几位当然不会在会议室里待上一周。一旦我们准备妥当,几位就会转移到设施齐全的安全地点。"

"那么什么时候你们才能准备妥当?"十二杜鹃花继续逼问。他用上了完美的刺耳高音,表示丝毫不信任对方的话。这是备感困扰、准备大闹一场的语调。玛希特暗暗佩服。不错的策略。她任由他演了下去。"什么叫安全?谁说了算?你刚刚还暗示说,我们说话的当口,外面有人打算**夺权篡位**!"

"亚奥特莱克的小小冒险很快会终结,不会升级到您所说的、令人不快的'夺权篡位'。"六直升机回答,"我还有很多工作要做——我会让人再送些咖啡来。请不要企图离开,我让人在门口看守着。目前,这儿真的是安全的处所。请各位不必担心。"

说罢,他走了出去。会议室的门在他身后不紧不慢地咔嗒一声关上。三海草立即爆发出大笑,让人听了心里发毛。

"我没眼花吧?"她问道,"刚刚,是不是有个不知哪儿冒出来的暴发户官僚,没受过一丁点儿交涉训练,却来这儿告诉我们信息部已经在伊祖阿祖阿卡的控制之下?我眼睛看到这些,脑袋却完全没法理解。请原谅,玛希特,我申请成为外国大使文化联络员的时候,根本没料到我的工作会涉及这种场合。"

"我申请成为驻外国大使的时候,也没有料到会涉及这种场合——希望这能让你好过些。"玛希特回答。

三海草用手掌捂住脸,深深地吐出一口气,指缝里漏出几声沉闷的笑声。"……对,"她说,"你肯定料不到。"

"如果我们走不了,"十二杜鹃花道,"怎么把大使送到皇帝那儿去？现在形势还算有利——宫廷就在对面，骚乱没有影响到这片区域。就算这样，我们也出不去啊。"

就算我们到了宫廷，皇帝又是否还在那里？这念头让玛希特不得不咬住口腔颊侧面，以此忍住心中突然涌起的悲伤——悲伤的几乎不是她，而是亚斯康达，他因为即将与皇帝永别而心碎——但也不全是他。她记得六方向的手指握住自己手腕的压力，心中希望——虽然是无用的希望，想及此她胸中传来一阵疼痛——希望陛下能奇迹般挺过这次动乱，哪怕他命不久矣。

可是如果没有了皇帝，她还能找谁谈判？

"如果我们不直接去找陛下，"她说，"而是去——想办法吸引某个皇帝身边人的注意力呢？"

"我们被困在会议室里，"十二杜鹃花冷嘲，指指咖啡杯，"你清楚他们会监视云钩，而且你自己连云钩都没有——"

"我知道！"玛希特火了，"我很清楚我自己不是泰克斯迦兰的公民，我一次都没有忘记过，你不必特意**提醒我**。"

"我不是这个意思——"

玛希狠狠吐出一口气，力量大到牵扯手术创口隐隐作痛，"我知道你是无心。可是，你说出口的话就是这个意思。"

三海草的手从脸上挪开，脸上的表情慢慢改变。玛希特从前见过的这个表情：它表示三海草正专注于自身，在别无选择的情形下，准备按照自己的意志折弯宇宙。闯进司法部之前，她们在公园草地上吃冰激凌的时候，三海草脸上就是这种表情；当三海草出现在十九扁斧的前会客室，决心将身体创伤置之不理的时候，也是这种表情。

"哪怕监视再严格，云钩能做的事还是有很多。"她开口道，"玛希特，你想吸引谁的注意？"

这问题的答案只有一个。"伊祖阿祖阿卡十九扁斧阁下，"玛希特说道，"她的地位跟三十翠雀花一样。也就是说，很有可能，她也跟三十翠雀花一样，有权力自由进出这个地方——我想，她对我的喜爱应该没变。"

<那时候她也喜欢我，>亚斯康达喃喃道，<她很喜欢我，却眼睁睁地看我死去。>

她很喜欢你，而且她救了我的命。玛希特想道，我们去弄清楚原因，怎么样？

"——好吧，十九扁斧。哪怕现在有这么多可怕的事情，最让我害怕的还是她。"三海草说。一旦有了主意——无论这主意是否能成——在宣布这主意时，三海草都会变得兴高采烈。这一点，玛希特现在也懂了——有了计划就有了动力，就算计划本身再荒诞，再不现实。再说，他们三人最近都情绪不稳，兴奋对他们有好处。"想要得到阁下的注意——玛希特，写一首**极具深意**的诗歌如何？发表在公开的新闻推送上。"

"你能想出这种主意，还说我读的政治言情小说太多了？"十二杜鹃花讽刺道。

"我可不会到宫廷·东区散发传单，公开宣告我对司法部第三副部长的无尽爱意。"三海草眼睛闪着光回道，"那才是政治言情小说。我不过是一个大家熟知的诗人，因时事创作了新诗发表，然后在诗中悄悄编织进只有特定对象能懂的密语。"

"你经常在公开新闻推送中发表诗歌？"玛希特颇有兴味地问道。

"这么做是有些不体面，"三海草回答，"不过目前情势紧急，加上上周还有个异常无聊的十四螺旋赢得了诗歌竞赛的大奖。这么看，谁都有权利不体面一次，听听公众的赞美声。"

"你不会觉得——只要我们在诗里向十九扁斧求助,她就会来接我们吧?"这办法太机灵了,完全是泰克斯迦兰式的象征逻辑,毫不实际。玛希特对这主意心存疑虑。

"我不清楚她会做何反应,"三海草回答,"但我知道她一定会读到。然后,她就会知道我们在哪儿,以及我们的需求。你也见过,她的手下会监视新闻推送——十九扁斧什么都不会放过。她部门简报的首要任务就是收集信息。"

玛希特迎着三海草的眼神,克制着伸手抚摸她的冲动——现在绝不是恰当的时机。她知道,这条路一旦走下去就没法回头。所以,现在就得弄清楚,三海草究竟愿意为她做到什么地步。于是,她郑重问道:"三海草,你说的'我们',在泰克斯迦兰语中的定义范围究竟有多广? 你连我打算对陛下说什么都不知道。我们到底能否被称为'我们'?"

"我是你的联络员,玛希特。"三海草答道,听起来有些受伤,"难道我说得还不够清楚吗?"

"现在要做的事,可不是'开门'这么简单。"玛希特继续,"现在你的打算是:把我的目的编织进你的诗歌中,放到公共推送上,**永远**留在泰克斯迦兰的公共记忆当中。"

"我发誓,有时候我真觉得你就是我们当中的一个。"三海草轻声回答,露出空间站式的微笑——虽然颤抖但足以辨识——她露出了全口牙齿,"好了,来帮我写诗吧,好吗? 我清楚你至少对诗歌的韵律有基本的判断分析能力。我们得趁三十翠雀花那个不知哪儿冒出来的手下想起我们有云钩之前,把这事儿做完。"接着,她真的伸出手,幽灵似的指尖轻抚过玛希特的颧骨。玛希特无助地颤抖着,一动不敢动,仿佛等着当头一棒。

"**芦苇!**"十二杜鹃花用上夸张的愤慨声调,"调情这事,放到你自己的休息时间再干!"

玛希特真希望自己皮肤别这么苍白,好掩饰双颊涌起的红晕。那两团绯红感觉滚烫,泄露了秘密。"我们没有——调情,"她说,"我们只是在讨论策略——"

<从你们见面的那天早晨开始,你一直在跟她调情。>亚斯康达插嘴道。玛希特真心希望他能闭嘴。他出故障的时候,可不会像现在这么—— 一针见血。

"我们是在'写诗'。"三海草一脸完美的平静表情,让"写诗"这一举动听起来极具亲密意味。

<而她也回应了你的调情,>亚斯康达继续道,<等你从这场政变骚乱中脱身,我建议你勇敢采取行动。>

玛希特从前也用泰克斯迦兰语写过诗。在她十七岁的时候,她躲在勒赛耳自己的胶囊房间里,在笔记本上涂涂写写,假装能模仿伪十三河、一天钩或其他伟大的诗人,用泰克斯迦兰语表述自己尚未成形的思想。这语言,当时并不属于她。这理由有二:一,她身为蛮族,地处实在太过偏远;二,她实在太年轻。如今,她坐在三海草身边,低头分析和调整诗歌的韵律,仔细挑选需要突出的典故,忽然心有所悟:诗歌是为绝望的人准备的。只有到了一定年纪、有话要说的人,才适合写诗。

到了一定年纪,或者经历过种种不可思议的事件。或许,她的年纪已经大到可以写诗了:她体内存了三个人的人生,还经历了一次死亡。若是不小心,她对死亡的记忆便会太过鲜明,呼吸越来越短,越来越急。那时,她就得提醒亚斯康达,他现在并没有濒临死亡,也没权力控制她的自主神经系统。

对三海草来说,写诗就像穿一件量身定制的外套——她很清楚如何让写诗这事显得非常优雅;而写诗也让三海草这个人看起来极为优雅。她脑中存有海量的文字和典故,让玛希特嫉妒得心痒痒:要是她当初生长在这里,一辈子都沉浸其中,她也能在一分钟之内把路人的闲话变成合韵的诗节。

她们写出的诗不长,也不能长——想在公开新闻推送中快速传播,诗就得朗朗上口,表意清晰:在无关的大众看来,毫无隐晦之意;但在十九扁斧和手下员工看来,却有另一层微妙的深意。诗歌的开头,玛希特描绘了一幅五玛瑙一眼就会认出的画面——当时,五玛瑙也在场。五玛瑙很聪明,对十九扁斧很忠诚,而且受过释义方面的训练,一眼便会看出玛希特的处境有多绝望——然后就会把一切转告她的伊祖阿祖阿卡女主人。

> 在孩子柔软的手中
> 连星图也能承受
> 力量的牵扯和敲击,重力持续
> 一致性持续:没有老茧的手指行走在行星轨道上,我却溺毙于
> 花朵的海洋中,紫色的泡沫中,战争的迷雾中——

清晨的图书馆,二制图仪跟他妈妈在一起,拿着星系图玩耍。诗中传递的第一个信号:五玛瑙,你知道我是谁。我是玛希特·达兹梅尔,我理解你对儿子和女主人的爱。第二个信号:我正受到威胁。威胁来自三十翠雀花:花朵,紫色的泡沫。

战争迷雾与其说是典故,不如说是眼下越来越清晰、不可避免的事实。另外,这个词也适合三海草的韵律编排。

诗歌的其余部分则很短:包括对信息部大楼外观的描绘,巨

细靡遗，同时想象将众多的翠雀花花环丢在这座大楼上，就像葬礼——这里引用了《建筑》这首诗中的典故——这是为了告诉十九扁斧她们所在的位置。诗歌最后是一个仅有两行的诗节，算是承诺：

若得自由，我将说出所见。
若得自由，我便是太阳手中的长矛。

来救我们，十九扁斧。来救我们，我们一同让太阳长矛宝座留在正确恰当的轨道上。

玛希特最后看了一遍诗歌。不坏。在她看来——她知道自己的诗歌训练远远不够——这首诗甚至可以说挺好，简洁达意，而且优雅。"发出去吧。"她对三海草说，"这么短的时间里，能写出这样的诗已经很好了。"

"——换作是我，我会现在就发出去。"十二杜鹃花补充，"你们写诗的时候，我一直在关注新闻推送。事态恶化很快，而且很严重—— 一闪电的军团正向天空港的官员开枪，声称唯一市中的人民需要他们前来平息暴乱。我不知道还有谁能阻止——我们难道能阻止一个**军团**？我们的军团可是所向披靡。"

"发出去了。"三海草说，"署名是我，发在所有能找到的公开的推送频道里，还发在几个私密的推送频道里——诗歌圈子，还有一个是信息部内部的备忘推送频道——"

"发到信息部的推送频道，合适吗？"玛希特问，"我几乎敢肯定，三十翠雀花的人此刻正在看。"

"但凡三十翠雀花的人有一点点称职，我们的云钩发送的所有信息，他们都会监视。"三海草回答，"换作是我，我会第一时间没收——"

"幸好你在我们这边。"玛希特插嘴道,发现自己竟然在微笑。

"你觉得我们还剩多少时间?"十二杜鹃花问道。

"你是问在军队冲进宫廷之前,还是在我们失去广播平台之前?"三海草又带上了兴高采烈的语气,"别看新闻了,花瓣,趁我们还能连上,赶紧看看这首诗传得有多快。"

她取下云钩(云钩通常置于她的右眼),放在会议桌上,调好设置,让云钩暂时变成微型信息屏投影仪。玛希特看着她们写的诗歌在泰克斯迦兰信息网中迅速传播——从一个云钩分享到另一个,变成新帖子发出,被人重新解读,就像墨水滴在清水中扩散。

"我们还有多少时间?"她轻声地问。

"我猜三分钟——这首诗传播速度很快——"三海草话音未落,会议室的门就被哐当一声推开。六直升机站在门口,身后还跟着两个人——这两个人倒是穿着信息部的奶油橘色制服。三海草用指尖轻触胸口,鞠躬致意。

"三灯光、八折刀,见到你们可真高兴。"她说,"被非信息部政客使唤的感觉还好吗?"

玛希特控制不住,大笑出声,眼睁睁看着三灯光和八折刀无言地取走三海草和十二杜鹃花的云钩,递给六直升机。

"你们到底明不明白,"六直升机道,"你们的所作所为——私自在公开推送频道传播未经审阅批准的政治诗歌——是可能会犯下叛国罪的。何况你们还是从贝尔镇六区被人接回来的,那地方今早挤满了反帝国的抗议者。更不用说唯一市目前四处的骚乱。"

"这事去跟司法部说。"十二杜鹃花回道。玛希特很为他骄傲。他们三个就快——死了,就算不是也不会好过——但他们之间的关系仍然是牢固团结的"我们"。无论在哪种语言里,含义都不会变。

"我只是根据目前的亲身经历,写了正合时宜的政治诗。"三海草补充,"如果这就是叛国,你不如去翻翻我们两千年的经典,那儿的叛国犯肯定更多。"

六直升机气急败坏,努力控制情绪,没成功。他手里拿满了云钩,没法做出恰当的手势,只有紧绷的肩膀和下巴表明他有多想挥手,或者摇晃三海草。三海草则安安静静地坐着,手掌托着下巴,手肘摆在桌上。

"我要逮捕你们,"最后,他终于说出话来,"作为信息部执行部长三十翠雀花的执行代表,我要——命令这些信息部官员拘留你们。"

"鲜血星辰啊,"十二杜鹃花没看六直升机,只盯着三灯光。三灯光在他目光注视下缩了缩身子。"你们俩真打算这么干?"

"要是你们想走,我们会阻止。"三灯光说,"这一点我可以保证。"

八折刀补充道:"还有,你们的阿赛克莱提特权将暂时收回,直到下一任部长审查后——"

"我对你非常失望,八折刀。"三海草故意轻轻地叹口气,"你一直是二紫檀的忠实拥护者——"

"够了。"六直升机怒道,"我们还有活儿要干,你们就好好待在这儿吧。回见,阿赛克莱提、大使。"他潇洒地原地转身,离开会议室,两个信息部忠诚派紧随其后。三人再次被隔绝于会议室中,什么都干不了,什么都看不到——没有了云钩和新闻推送,三人就像瞎了双眼,被困在荧光灯照射下没有窗户的房间里。连咖啡都喝干净了。

玛希特看着一左一右在她身侧的三海草和十二杜鹃花，"现在，"她开口道，声音中充满了比她实际感受到的更多的信心，"我们等着就行。"

等待的滋味不好受。玛希特觉得自己好像被装进了密封太空舱，虽然不受外界辐射和衰变的影响，却只能在零重力中翻滚，心中忐忑不安，不知等太空舱打开后，还会不会有一个可以回去的外部世界。信息部会议室没什么可看的：外界的声音传不进来，既听不见军靴踏步的整齐声响，也听不到军团士兵高呼的口号。外界的情形不得而知，既看不见拥挤的唯一市街道上光照金色面具的闪光，也看不见地毯般铺满街道的紫色鲜花海洋。

三海草双臂交叠放在桌上，头靠在手臂上，不知是在打盹，还是在放空大脑——无论哪一样都值得玛希特羡慕。放空大脑这项权利不属于她。她没法把乱纷纷的思绪从脑子里赶出去，焦虑得只想抓挠自己的皮肤。她不停设想种种可能性，比如十九扁斧尽管身为伊祖阿祖阿卡，却不愿意为了区区一个勒赛耳大使去挑战三十翠雀花。还有最坏的可能性：十九扁斧和三十翠雀花已经达成同盟，接受他对信息部所做的事。第二坏的可能性是：十九扁斧掂量过各方力量，认定挑战三十翠雀花毫无希望，宁可雌伏不动，等待政变过去，赢家产生。

不，这项不可能。第二坏的可能性不是十九扁斧的作风。这份确信在玛希特脑中浮现出来，就像温暖的潮水。这不完全是她的信心。这是根据她和亚斯康达两人共同的记忆做出的评估。

"我简直觉得被人砍掉了双手。"十二杜鹃花打破沉闷的空气，"我一直在搜索新闻推送，却什么也看不到。这儿只剩下我一个人，没有新闻，没有伸手可及的整个帝国。"

<这就是孤独。失去泰克斯迦兰帝国的泰克斯迦兰公民的孤独。>亚斯康达对玛希特轻声地说，<这是唯一一件我丝毫不羡慕泰克斯迦兰公民的事情，而且丝毫不后悔。>

我们永远不会孤独，玛希特想道，你和我，我们这辈子都不会分开。

<下辈子也不会。>

这得看我死后还有没有下一任泰克斯迦兰大使。

<对，除了得看你死后还有没有下一任泰克斯迦兰大使，还得看我们的活体记忆链值不值得保存。>

玛希特的心开始下沉，就像有一颗小小的滚烫铅球落在胃里。她真希望这条活体记忆链能传承下去。这一周惊心动魄的经历——她的经历以及她跟亚斯康达两人共同的经历，还有她掌握的消息——她记在脑中的泰克斯迦兰的外部威胁，大量外星飞船的坐标，仿佛她本人带来的毒花，足以平息任何兼并战争。她真希望这一切不会白费，不会随着她跟亚斯康达的死亡而逝去，就此沉寂。

总之，她憎恨无所事事的等待。她很清楚外面会发生什么，她能想出一百种不同的版本：史诗版、滥俗电影版，还有泰克斯迦兰在已知世界边缘行星上的兼并战争纪录片版（纪录片当然是走私品）。哪怕她身在帝国心脏，一旦枪战开始，场面跟纪录片中也必定如出一辙——麻烦就麻烦在这儿：帝国就是帝国，一边是诱惑，一边是镇压。镇压的部分会张开老虎钳似的大嘴，牢牢地咬住这颗行星，猛烈甩动，直到行星脖子断裂，就此死去。

漫长的等待,仿佛时间停滞,相伴的只有会议室不变的空洞灯光。玛希特终于听到了这可怕等待行将结束的第一个信号:走廊中传来了喊叫声,还有砰的关门声。短暂静止后,又是哗啦一声,像是某张办公桌上的东西被一股脑儿扫在地板上。

"——会不会是?"三海草站起身,说道。

"就算不是来救我们的,总也是种变化。"玛希特说,"变化总比等待好。我们出去看看。"

"我们不是被逮捕了吗?"十二杜鹃花漫不经心地提醒道,"咳,管他的,我们自己释放自己就行了。"

玛希特大笑。虽然手术创口一直疼痛,受伤的右手不停地搏动,受损的神经传来刺麻,胯部的酸痛也没减——她竟然觉得精神振奋了起来。

<肾上腺素是好东西,玛希特。>亚斯康达说,<趁着这口气,我们要好好利用。>

三人走出会议室——他们居然连门都没锁,这既让人冒火,又让人觉得微微内疚,仿佛他们是自愿被关在里头似的。门外的走廊通向出口,在半路上设了一张中央问询台,里面守着个人。从发型和高矮判断,像是三灯光。问询台上空无一物——方才的哗啦声,正是这张桌子上的东西落到了地下,现在满地都是信息条和办公用品。这场骚乱的制造者正是一身耀眼白色的五玛瑙,十九扁斧最得力的住手、最宠爱的学徒——啊,玛希特是多么喜爱泰克斯迦兰公民的行事方式,总带着象征性的配饰,虽然确实造作——白色是十九扁斧的个人标志。五玛瑙的面孔平静冷酷,手中握着细细的金属电击棍,噼啪闪着电火花。五玛瑙身后还跟着个玛希特从没见过的泰克斯迦兰人,同样一身白

色,带着电击棍。

这两人就像一支骑兵小队,穿着洁白的制服,没有夹杂一丝紫色。既然是五玛瑙亲自前来,便意味着十九扁斧已经看懂了玛希特和三海草藏在诗中的暗示——

"我看见他们三个了!"五玛瑙用洪亮的高音叫道,"到这儿来,大使。伊祖阿祖阿卡十九扁斧已经确认,你的庇护申请并未过期。"

"他们从没正式申请过庇护!"三灯光说,"在司法部面前,这套说辞根本不堪一击!"

"三十翠雀花的宫廷阴谋也一样。"五玛瑙反击道,"就当我们扯平了。我不想制造事端。放她们三个过来。"

玛希特沿着走廊往前,三海草和十二杜鹃花跟在她两侧。一时间,她以为她们成功了,十九扁斧看似柔和的力量如利刃出鞘,她们三个能走到五玛瑙身边,安全无虞——

就在这时,六直升机从身后的办公室中冲了出来,沿着走廊朝她们扑来。玛希特猛地停下,转身盯着他,恐惧冻住了她的心脏:他手中拿着一件枪弹武器(这东西会造成空间站外壳破裂,在勒赛耳上属于违禁品),口中大喊大叫。玛希特僵住了,困在六直升机和五玛瑙之间。获救的机会就在前方,她却进退不得。

"你们谁他妈敢——这帮不知哪儿冒出来的该死煽动家,你们别想为所欲为——现在军团已经上了街道,你们趁早绝了做梦的念头——你们得遵从法律和秩序!"

虽然处于恐惧之中,玛希特心下仍觉荒唐:这可怜的小个子,因为即将失去好不容易到手的一点点权力,竟然会愤怒到这种地步。

五玛瑙面不改色,举起电击棍,棍子末端闪着噼啪作响的蓝绿色电火花,走向六直升机。

枪弹武器发射的声音,比玛希特记忆中的任何声音都大。她的左边响起一声尖叫,锐利却短促,接着是几声连续的枪响。她发现身体自己动了起来,所有麻痹感瞬间消失,正沿着走廊朝五玛瑙奔跑。三灯光躲在办公桌后头,五玛瑙的帮手正越过桌子朝前走,手中的电击棍闪着电火花。

又是一声枪响,五玛瑙上臂绽出一朵血花,丝丝洇开,在白色外衣上一圈圈扩大。五玛瑙的脸霎时惨白如纸。电击棍从她手中落地,火花噼啪。玛希特不停地奔跑,跑到五玛瑙身边(她仍然一动不动地安静站着,像是没回过神),拉起她没受伤的手臂,拖着她一起跑。

那东西里头到底有多少发子弹?

<很多。>亚斯康达在她脑中紧张回道,<多到足够杀了你。继续跑。别回头——>

玛希特回头一看。

三海草紧跟着,像往常一样,就跟在她身后。但十二杜鹃花不在——他趴在走廊里,蜷成一团,一动不动,身边淌着一摊鲜亮的血。

五玛瑙一身白衣的助手把电击棍直接塞进了六直升机的嘴里。蓝色火花穿透了他的颅骨。枪弹武器又开了火。助手肚子上开了个洞,就像宇宙中的奇点,瞪大了眼——

"**快跑!**"三海草尖叫。玛希特照做。她飞奔着,一只手拖着五玛瑙的手臂,一直跑出信息部大楼,跑到大街上。

第十九章

安全源于安静与耐心，

"世界的珍宝"能保护自身。

花瓣撕碎，花朵死于生手，

茂盛于固执的园丁。

池塘枯竭方见园丁本色。

——诗歌，据传为五王冠所作

后通行于全帝国，作为公共安全消息使用

如果这些军团战舰摧毁我们，我会不遗余力，把你清除出战后政府——无论帝国将以何种形式取代我们传递了整整十五代人的议会。你和安娜芭，我都会清除掉。你们两个，一个绥靖主义者，一个孤立主义者。我会把你们俩清除出政府，然后摧毁你们的活体记忆链。

——传递给达吉·塔拉茨手下官员的便条

署名为德·温，251.3.11-6D

五玛瑙一把甩开玛希特的手。她肩膀处的血迹还在扩散，朝她白色的袖子延伸。"没时间了，"她说。玛希特没听懂。身边发生的一切她都没懂。

"——我得回去救他。"三海草说，"他在那儿，快死了——"

"没时间了，"五玛瑙重复道。这次，玛希特听懂了。十二杜鹃花，躺在一摊不断扩大的血泊中。十二杜鹃花，她的朋友，三海草的朋友。

她的胸口滚烫淤塞，仿佛被枪弹武器击中；就像她本人就是一件枪弹武器，随时会爆裂开来。

"我不在乎有没有时间。"三海草道。

"谁知道信息部里还有多少非法的枪弹武器！"五玛瑙气急（眼前的女人，跟玛希特认识的十九扁斧办公室中少言寡语、办事高效的副官，完全判若两人），"谁知道还有多少三十翠雀花的党羽，都巴不得有机会开枪打人呢！——该死，我肩膀很疼，你的朋友被枪击中，我很难过——我还为二十二石墨难过，星光啊，我真他妈的难过——可求救的是你们自己——他们都把那该死的诗唱到大街上去了——所以我们赶紧走吧，你们想要的不就是这个吗！"

"他们在唱这首诗？"玛希特不抱希望地问。

"那些没有撕心裂肺叫喊'一闪电'的人，对，他们在唱这首诗。"说罢，五玛瑙抬腿往广场走去。

玛希特拉住三海草的手。她的手里全是黏湿的汗水。两人跟着五玛瑙快步走着。五玛瑙挺直了肩膀，绷得很紧，丝毫没有打算隐藏流血的伤口。身后似乎没有追兵——或许六直升机也倒在十二杜鹃花身边，也快死了。啊，这一切光是想起来就令人痛苦——十二杜鹃花不该这么死掉——为了转移注意力,玛希特强迫自己观察行进的路线。她应该记得去十九扁斧办公室的路,但现在是大白天,路上的景物看起来跟深夜很不一样。而且,上次去的时候,她还坐着有光照押送的地面车。

天空又是不真实的蔚蓝色,无边无际,只在地平线上有些影影绰绰的建筑轮廓阻挡了视线。看着蓝天,玛希特觉得自己马上会从行星表面掉下去。她捏了捏三海草的手,对方没有反应。

三人转过街角,离开宫廷·东区的中央广场,朝一排大楼走去。玛希特觉得十九扁斧的办公室就在其中,肯定是那幢玫瑰色的大理石建筑。突然,她们险些撞上了一队光照。二十个戴着金色面具、看不见面庞的人,就像日食,突然出现,挡住了光芒。

"你们,停下。"其中一个光照说。玛希特不确定是哪一个,光照的声音都一样。五玛瑙停下脚步,胸膛剧烈起伏。

"你受伤了。"另一个光照说。从声音大小判断,这一个离她们距离近些。"在外面很危险。皇帝已经下令实施宵禁。你是打算去医院吗?"

"我——"五玛瑙答道,"我打算回家——我为伊祖阿祖阿卡十九扁斧工作——"

"你不能待在街上,这是强制命令。"第三个光照说。

"我们有权根据需要,实施宵禁。"第四个光照补充。话音一落,二十个光照同时朝前逼近三人,动作整齐划一,仿佛自动机器。

个人或制度化暴力会不会更具威胁性?

接着:我能不能骗过算法?

她跨前一步,用颤抖的声音介入道:"有人朝我们射击。"她用上歇斯底里的语气,同时依赖亚斯康达纯熟的语言技巧,让自己的语音变成毫无瑕疵的泰克斯迦兰口音。就这一次,别让她再当个一眼就能被识破的野蛮人。"我们刚才在信息部——信息部**被疯子占领了**——我们——太可怕了,我的朋友说不定已经**死了**——"

此言一出,三海草立刻落下泪来,看起来非常真实。玛希特觉得这就是真实的泪水,只不过一直忍着,忍到眼泪能派上用场的时候。

离她们最近的光照又说话了,语气稍微柔和了一些。"什么样的疯子?"他们问道,"公民们,请把详情告诉我们。"

"开枪击中我朋友的那一个,"三海草满脸挂着泪水回答,"为三十翠雀花工作。他说,他们已经占领了信息部,因为信息部危及了——"她擦了擦鼻子和眼睛,继续道,"抱歉,我一般不这样。真的。"

"危及了什么?"两名光照同时问道。接着第三个重复了这个问题,就像 AI 当中的回音涟漪,像是算法在自我修正:"危及了什么?"

"我不知道,"玛希特一句一句小心地编织谎言,"就是——危及——或许是因为部长喜欢亚奥特莱克的方针? 当时场面很乱——然后他们就**朝我们开枪**——"

整个光照小队似乎同时转向了她们,全神贯注,仿佛一块磁铁在移动,铁屑纷纷被吸引而去。光照们握紧手中的电击棍。玛希特做好了随时遭受棍击的心理准备,准备受到这些制度化暴力工具不可避免的重重电击。它们是会移动的唯一市,几天前袭击了三海草,现在也会袭击她。尽管如此,只要她的办法有效,只要这支小队被重新调度,不再关注她们,转而拦截从信息部出来的追兵，冒的风险就是值得的。

"我们能进去吗？"五玛瑙道，"我不想违反皇帝的宵禁。我儿子就在里面——我只是想回家——我家就在那儿。"她用没受伤的手臂指了指一幢大楼。玛希特猜那儿就是十九扁斧的办公室所在地，至少已经很近了。

这句话一出，局面终于有了变化。小队边上的一名光照从队伍中走出，跟其余人保持几步距离。"去吧，"他们说，"我们会去调查信息部的情况。我们其中一个会护送你们回去。"一旦脱离队伍，单个光照看起来更像是实实在在的人。玛希特真想知道，一个普通泰克斯迦兰人是如何变成光照的一员的。

<要是你能找到答案，>亚斯康达说，<那你就比我当初棋高一着。>

其余光照沿着三人从广场走来的路线走过去。玛希特脑中出现清晰的画面：他们正循着五玛瑙滴下的血迹前进，反方向追猎。

留在她们身边的光照挥了挥手，三人跟上前进。玛希特一直拉着三海草的手，三海草哭得停不下来。就这样，玛希特第二次在警察的护送下，来到了十九扁斧办公室的门前。

环套创作，她想，我们又回来了。接着，她又想起刚才听到的难以置信的消息：他们在大街上唱她写的诗？

<帝国染指一切，>亚斯康达喃喃道——说话的还是年轻的那个，她的亚斯康达，熟悉的、带着静电火花闪烁的愉快声音，<你所做的一切都会烙上泰克斯迦兰的印记。这一点，就连我也知道。>

十九扁斧把办公室变成了战争指挥室。跟从前一样，她站

在全息图投影组成的环形海洋当中。不过,当初有条不紊地收集信息的助手队伍,如今成了一个个精疲力竭的年轻男女,用手势指挥一幅幅图像来或去,书写——用手在纸上书写笔记,戴着云钩跟看不见的对象交谈。

在这一片混乱中,十九扁斧就像一根白色的顶梁柱,依然整洁无瑕。只有眼眶下的深色皮肤变成了灰色,眼睛里布满血丝。玛希特的第一反应是:她哭过了,而且根本没睡过觉。接着,她开始琢磨心中涌起的同情有多少是她自己的,又有多少是亚斯康达的。随即,她觉得这事无关紧要,决定抛开。正在此时,十九扁斧发现了她们,猛地一挥手,打发掉围绕在脑袋旁边的层层投影,朝五玛瑙走来。

"你受伤了。"她把五玛瑙的两只手都握在自己手中。

"只是轻伤。"五玛瑙回答。她脸上的表情说明:能受到伊祖阿祖阿卡如此对待,哪怕让她马上转身回到与六直升机的枪战现场,她也愿意。"没关系,真的。我失去了二十二石墨——"

"你们俩都是自愿前往。他跟你一样清楚将要面对的风险。你到里间去吧。"十九扁斧声音中带上了罕见的轻柔,就像毒花事件后,在卫生间里对待玛希特的态度,"你做得很好。你完成了我的要求。现在,去里间坐下休息,喝点儿水。我们会请一个普罗托斯帕萨来看看你的胳膊。"

你做得很好。哪怕失去了一名助手,十九扁斧仍然能安慰幸存者。玛希特喉咙中的疼痛肯定不是她一个人的。亚斯康达一定也想听人这样安慰,不是吗?尤其是听她——(十年前赤裸着身体的十九扁斧,闪现在玛希特眼前。这画面在玛希特心中唤起的不是欲望,而是渴望,渴望触摸,渴望跟她在一起——)

<不,>亚斯康达说,<我想要的是她**同意我的看法**。而你,想

要的是她把你当成正义的一方。>

"……玛希特·达兹梅尔,你可真是宝贵的奖赏。"十九扁斧在说话,"瞧瞧为了你,我都心甘情愿地付出了些什么代价。那首诗是你自己写的?"

"大部分是三海草写的。"玛希特仍然拉着三海草的手。这一次,她的联络员也回应似的捏了捏她的手指。

"我亲爱的阿赛克莱塔,一如既往的优雅。"

三海草发出哽咽的声音,说道:"阁下,我现在身上全是眼泪鼻涕,当不起'优雅'这个词。"

十九扁斧的反应像是想大笑,却忘记了如何露出笑容。欢笑似乎已经彻底离她而去。于是她耸了耸肩,带着古怪的似笑非笑的表情说道:"'若得自由,我便是太阳手中的长矛'。真是朗朗上口。去坐着吧,好吗?我得想一想,再决定该拿你怎么办。"

"……我要见陛下。"玛希特说,"这就是你现在应该让我做的事。之后,你可以想做什么就做什么。"

她走向沙发——她第一次来,被十九扁斧盘问时,坐的就是这张沙发。"环套创作"一词再度出现在她脑海。她的腿软得像水,身体一下子瘫进了沙发。三海草跟着她,就像同步轨道上的卫星,坐在她身旁,两人大腿贴着。玛希特希望自己能拿出一块手绢,给三海草擦擦脸,擦掉些眼泪,还给她少许尊严——尊严这东西,目前存量委实不足。

十九扁斧看着两人走向沙发坐下。一时间——这段时间既长又可怕——她看起来仿佛失去了方向,一切冲劲和目标都消失了。接着,她昂起头颅,挺起脊梁,大步穿过办公室,站在两人跟前。

"我不能就这么带你去。"她说,"皇帝那儿——守卫森严。他身体状况不太好。这你知道,玛希特。"

"他的身体状况一直不好。"玛希特回道,"这**你**知道。他自己知道,**亚斯康达**也知道。"

"亚斯康达也知道?"十九扁斧略略歪头。

"过去知道。这说来很——复杂,现在更加复杂了。我——十九扁斧阁下,上一回,我跟你说的是实话:当时,你没法跟他对话。那时,尽管他或勒赛耳政府有着种种打算,但他本人已经消失。但现在,我要跟你说的也是实话:事情已经起了变化。我已经——我们两个已经——说来话长——经历了外科手术,我经历了这辈子最可怕的头疼,以及——你好——我很想念你。"

玛希特暂时退后,让亚斯康达接管身体。脸上的肌肉形成亚斯康达式的灿烂微笑。原本,玛希特还太年轻,眼角的皮肤还没有形成微笑纹。但此时,她的眼角也微微皱了起来。

十九扁斧脸上红晕一闪而过,就像熔炉的火焰一亮一灭。

"我现在凭什么要相信你?"她说道,但玛希特清楚她已经相信了。

"你杀了我。"她说,亚斯康达说。两人一起说。"或者说,你任由十珍珠下手,没有阻止。这跟杀我没区别。但我仍然想念你。"

十九扁斧猛吸一口气,深长的呼吸充满双肺。这是震惊之下本能的急促呼吸,借此平复心情。她小心翼翼地坐到对面沙发上,缩着身体,仿佛随时会晕倒,"我想,你肯定想聊一聊——你一直很喜欢讨论已经做出的决定……"

"或许,"亚斯康达借着玛希特的嘴说道(玛希特没想到他还能用如此温柔的声音说话),"等这一切都结束以后。现在,我们没时间了，是不是，亲爱的？"

"确实没有。"十九扁斧又深深吸了一口气，"变回玛希特吧。我没料到会让人这么不好受。你的表情，你就像个幽灵。"

"说真的，幽灵，这个类比可不对——"玛希特开口道。

<嘘，>亚斯康达说，<现在别跟她说这个。>

你还说我跟人调情——

<玛希特，我们有一整个帝国要保护。>

啊，原来我们的目标是保护帝国？我还以为是保护勒赛耳不被吞并呢——

这种互相呛声的对话，对两人都没好处，玛希特清楚。她已经感到胃里翻腾，疼痛也在太阳穴处积聚。十九扁斧和三海草都盯着她看，就像她正轻轻滑出理智边缘，坠入巨大的非理性之潭。

"我手里掌握着一份情报。"玛希特努力振奋精神，扮演好"曾经是亚斯康达的玛希特"，不让她们的合并表现得太差劲，"为了得到这些信息，我个人付出了巨大的代价，而勒赛耳空间站的人民恐怕也付出了巨大代价。我需要现在就**亲口告知陛下**。我一直在想办法回到他身边。我们被人扣留，我的朋友还遭受枪击，或许已经死了。我还跟光照交涉——你是我唯一的希望，能够接近——"

十九扁斧轻声咒骂，"你朋友的事，我从心底里感到难过。我希望他的伤势没有你想的那么严重。"

玛希特记起十二杜鹃花身边那一摊逐渐漫延的鲜血，那巨大的出血量，是动脉血的鲜红色。她心想：你的希望并没什么用。

"我也一样。"她说，"他是——他一直对我很慷慨。作为野蛮人,我从没想过能受到如此友善的对待。"

三海草发出奇异的声响,既像笑声,又像抽泣。"他所做的一切,害他自己丢了性命。"三海草说,"玛希特,如果他不是我的朋友,就根本不会卷进这些事里头。"

十九扁斧一挥手,招来一名助手。一名年轻男子从沙发旁边突然现身,就像一幅突然出现的全息图。(不是七天平,不是那个帮她处理掉毒花的人——很有可能,把毒花拿来的也是他。玛希特得问问他,问清楚那天晚上发生的一切,问清楚**十九扁斧究竟为什么拼命救她**。)

"请给这位阿赛克莱塔拿一杯水,一块手帕。"十九扁斧吩咐道,"再给我们每人倒些白兰地。我想我们都需要。"

助手像来时一样迅速地消失。十九扁斧点点头,像是跟自己确认过什么事,接着说:"在目前这样极端动荡不安的情势下,如果——我是说如果,玛希特·达兹梅尔——我要带你去见陛下,我就要冒着失去地位、甚至生命的风险。所以,你最好告诉我,你打算对皇帝陛下说什么——把你打算对皇帝说的所有细节都告诉我。大使,你要说的话,最好**能匹配**我要冒的风险,光是一个造出我老朋友幽灵和双重人格的永生装置还不够。"

说罢,刚才的助手已经端着托盘回来,托盘上放着三杯深古铜色的烈酒和一杯水。玛希特从没想过自己看到酒会这么高兴。她马上拿起离她最近的一杯。杯中酒液黏稠,酒杯晃动的时候,会有残留的酒液挂在杯壁上,闪着油汪汪的光亮。

"三海草,我非常希望你能告诉我,这东西尝起来没有紫罗兰味。"

三海草大口地喝下那杯水,简直像脱水了好几个小时——玛希特这才意识到,三海草一边哭,一边奔跑,身体水分流失严重——随即把杯子放回托盘中,用品评的眼光盯着盘中的白兰地,不带任何感情地说道:"如果我没弄错的话,这东西尝起来就像火与血,带着春日暴雨后新翻开的泥土的气味。阁下,您是想把我们灌醉吗? 不瞒您说,我此时此刻不用烈酒就会醉。"

"我是想,"十九扁斧道,"至少在这一刻,做个文明人。"她端起酒杯,微微举起,仿佛在沉默地祝酒,"喝吧。"

玛希特一饮而尽。愿大家都能在接下来的十二小时中存活,酒液滑下喉咙时,她默默想到。酒液刺激、灼热、醇厚,像血浆火焰,像燃烧的土壤,带着奇异的雨后泥土气味。愿勒赛耳空间站一直是勒赛耳空间站。

<愿我们存活。>亚斯康达在无法触知的某处喃喃道,更像是涌起的情绪,而不是脑中的声音。<愿文明存活——如果劫后仍有文明的话。>

玛希特放下酒杯,全身暖洋洋的。烈酒几乎可以代替勇气。

"好吧,阁下,我可以告诉您。不过,首先,如果您能向我解释,为什么您选择让我存活,而不是我的前任,我会很感激。目前,我的确信任您,但这是因为我没有其他选择。我想弄清楚,我信任您,到底是因为逼不得已,还是因为真心觉得您可以信任。"

"是玛希特想知道,还是亚斯康达?"十九扁斧回道。她一仰脖,一口气喝干杯中的酒。

"这不是个好问题,十九扁斧。是我想知道。"玛希特没有多解释。

她叹了口气,双手交叠于膝头。骨白色的套装映衬出深色的皮肤。"有两个理由。"她开口道,"首先,你——当时并非——亚斯康达·阿格黑文。你想要的跟他不一样。我问了很多问题,做了很多调查研究,思索了很久,才能稍微理解:亚斯康达想给六方向的,是一台永生装置,能把我的朋友,我的主人,我的皇帝放进一个孩子的身体里,让他变成——几乎算不上人类的东西。这会给他造成无法挽回的伤害。让这样的孩子登上太阳长矛宝座,也会给每一个人造成不可挽回的伤害。"

玛希特点点头,"而我,并不想用活体记忆装置交换勒赛耳空间站的自由。确实不。"她忽然意识到,是她在主导这场盘问。没错,这就是一场盘问,或者谈判,只是十九扁斧跟她的角色互换了。

<盘问和谈判,都是同一类东西。>

"第二个理由呢?"玛希特继续问道。

"我没法再来一次。"十九扁斧说,"我没法——再一次袖手旁观。我不是个神经纤细的人,大使。我带领军队征服过不少行星。但你,虽然你不是他,跟他想要的东西也不一样,但你也称得上我的朋友。再说,你也没有犯下足以致死的罪过。看着你死去,会令我非常痛苦。"

虽然说话的是十九扁斧,玛希特却觉得暴露的是自己。她就像在五柱廊的手术台上一样,身体被人切了开来,敏感的神经暴露在空气中。

"送花的人是谁?"她问道。她模糊地感到,三海草的手放在自己后腰处——朋友的支持。

"花是别人送的礼物。"十九扁斧回答,"花朵来自我的伊祖阿祖阿卡同僚三十翠雀花,是他把花送到我的家中。当然,如何处理这些花,决定权在我。"

这就是说——这就是说,十九扁斧起先判了玛希特死刑,在一旁注视着她,眼看她就要吸入花朵的毒气。接着,在这一瞬间，又改了主意。也就是说，三十翠雀花故意激将十九扁斧，看她敢不敢除掉新来的勒赛耳大使，就像她默许人家除掉前任大使一样。

三十翠雀花并不想杀死亚斯康达。想杀亚斯康达的人是十珍珠，或许还有十九扁斧。三十翠雀花对亚斯康达不屑一顾，却对玛希特起了杀心。他认为，既然十九扁斧愿意帮忙除掉一位大使，或许也愿意再除掉一位。

三十翠雀花认为玛希特太危险，不能留下活口——或许，任何能够为六方向提供活体记忆装置的人，都太危险，不能留活口。活体记忆装置，在泰克斯迦兰人的理解当中，是不道德的机器，会让六方向永远留在宝座上。这样，政局就不会发生动荡，而三十翠雀花就永远无法趁机打破三名联合继承人共同执政的局面，永远无法大权独揽。没错，这就是他的目的。如果没有动荡，他绝不可能趁机占领信息部。如果六方向仍然高踞宝座，无论哪个亚奥特莱克跳出来宣称自己是受星辰眷顾的下一任统治者，都闹不出大动静。万一六方向得到活体记忆装置，三十翠雀花需要的时机就永远不会到来。

想到这儿，她愈发觉得：她们几个能逃出信息部简直是个奇迹。她们侥幸脱险，全因为六直升机是个只醉心于权力的政治家，从来没问过上头接下来怎么办。

"最后有一个问题。"玛希特说，"问完我们就能继续下一步。陛下的政府里，有多少人知道你默许亚斯康达被人谋杀？"

十九扁斧露出勒赛耳式的微笑，嘴角轻轻上扬。玛希特不由得也想露出亚斯康达的微笑作为回应。（他们两个真是深深喜爱着对方，哪怕她承认了谋杀，内分泌系统反应仍然会被她激活。）"所有重要的人物都知道。"十九扁斧说，"包括陛下本人。

我想，他到现在还在生我的气，但他能理解我这么做的原因。他总能理解我。"

玛希特记起自己在恍惚中看到的记忆：亚斯康达和十九扁斧一同躺在床上。亚斯康达说着"我爱他，我知道我不该，但我还是爱他"，十九扁斧答道"我也是"。

"我也是"，还有"希望等到他不再是他的时候，我还是爱他。"现在，这个危险已经消失，陛下不会变成其他人。存在于泰克斯迦兰的活体记忆装置只剩下玛希特脑中这一个——还有她送给反帝国活动分子医生的那一个。

这事以后再思考。她现在无能为力。

三海草盯着伊祖阿祖阿卡，仿佛她长了两个脑袋，四条胳膊似的。"我畏惧您，阁下。"她用的词是"畏惧"，在诗歌里，这个词也可以表达"敬畏"。这个形容词可以用来形容目睹暴行或神圣奇迹的感受，也可以用来形容面见皇帝时的感受。玛希特觉得，三海草的话中同时具有这几种含义。

"这就是，"十九扁斧怅然道，"了解一个人的风险。"她看着自己的白兰地酒杯，仿佛想喝下杯中的空气。接着，她闭了闭眼睛——眼皮是灰色的，能隐约看到里面的血管——很快又睁开，"好了，说够了。告诉我，你打算对我的皇帝说什么。"

玛希特在脑中整理了一下要说的内容，尽可能地简明直接，去掉任何虚饰和迂回。只说事实。(事实之后才是政治。政治通常总是在事实的基础上演变。)"勒赛耳的矿工议员给我发了一份——经过层层加密的——坐标。这一坐标标示的是日益频繁的外星人活动。这些外星人充满恶意，极具威胁，预示着一场征服战争的来临。勒赛耳所在的象限和另外两个象限中都发现了类似活动。我们对这种外星人一无所知，也无法交流。它们是敌人。无论是我们勒赛耳空间站，还是你们拥有广阔星域的泰克斯迦兰帝国，都处于极大的危险中。"

十九扁斧上下牙相叩，发出轻轻的、表示疑问的声音。"**为什么勒赛耳矿工议员想让你知道这消息？**"她问。

"我想，"玛希特小心地选择字词，"达吉·塔拉茨更喜欢我们了解的那头野兽，我们几代人与之谈判的帝国，而不是勒赛耳宇宙中无法控制的野兽。"

"这是他想让你告诉我们的原因。"十九扁斧追问，"我问的是，他为什么想让你知道。"

她的问题应该理解为：**为什么达吉·塔拉茨认为你能采用某种办法，利用这条消息来影响我们？** 玛希特往后一靠，靠在三海草的手掌上。她的眼皮沉重，白兰地的影响还没消退，舌头也有些发木，"如果不是前几天八圈环发表的报纸文章，我肯定想不出答案。"

"继续说。"十九扁斧道。

"八圈环发表社论，质问兼并战争的合法性。"三海草突然插嘴，声调愉快。她已经明白了。当然，她肯定能明白。

玛希特点点头。"文章中，她质疑兼并战争的正当性，因为泰克斯迦兰的边境并不安全。"她说，"她可能是指欧迪尔星系的事，就是你们一直在忙的事。我想，发表文章的时候，她指的应该就是这个。但我知道——外星人威胁比内部叛乱严重得多。如果帝国边境不稳，兼并战争就不合法。哪怕是正当壮年、权势遮天的皇帝，也能被议会、各部门部长和伊祖阿祖阿卡赶下台。有了这条消息，我就能证明泰克斯迦兰帝国边境存在现实的威胁，我们都在外星人的威胁之下。矿工议员希望我利用泰克斯迦兰法律中的这条漏洞，迫使皇帝放过我们的家乡。边境不安，就不能发动兼并战争，勒赛耳就能保持独立。伊祖阿祖阿卡，就这么简单。我对您已经知无不言，言无不尽。"

除了没告诉阿克奈尔·安娜芭有可能蓄意破坏一事，还有安娜芭这么做的原因。但这是勒赛耳的内部事务，与泰克斯迦兰无关。这事得由她和亚斯康达两人思考——如果他们能活过这一周。而且，虽然情势所迫，她已经坦白了一切，但这事万万不能说。这事只会毁掉她坦白的可信度。另外，安娜芭破坏活体记忆装置的时候，也不可能知道亚斯康达已经死了。原本这一切都应该由亚斯康达来完成，应该由亚斯康达把这条消息带给十九扁斧，作为拯救勒赛耳的最后努力。

<我真想问问她到底在想些什么，为什么要干这种事。>亚斯康达喃喃道。另一个亚斯康达的闪回如静电火花在玛希特的手臂一闪而过，这是他表达的唯一方式。

我们都想知道，玛希特想。当时，她对我说，我跟你完美匹配，我们俩都了解泰克斯迦兰。我还以为这是赞美——

<安娜芭？才不是，安娜芭**痛恨**帝国。>亚斯康达被这想法迷住，一路思考下去，接着——被打断了。

"这做法**实在高明**，也有些让人不安。"十九扁斧道，"无论真假。"

"让我把这话告诉六方向吧。"玛希特请求。破坏的事，她跟亚斯康达可以过后再谈。"看在我们的情谊份上，看在六方向和亚斯康达的情谊份上，也看在帝国和空间站人民的份上，请带我去见他。"

"你应该知道，我没法直接……像上次那样，在天黑之后直接带你进去。"十九扁斧道，"他甚至不在宫廷·地区——那地方对他来说**太危险**。"

"我确实知道。我知道这是不情之请。"玛希特开口道,却被方才端来白兰地的助手打断。他空着手,脸色比泰克斯迦兰人平素的面无表情更加沉重。

"阁下,"他说,"请原谅我的打扰。"

"四十五日落,难道我没有下过命令,任何事态发展的报告都不算打扰吗?"

四十五日落眼睛睁大,露出一丝转瞬即逝的微笑,随即恢复标准的面无表情,"您确实下过命令。阁下,很抱歉通知您,亚奥特莱克的军队已经进了市中心,正向宫廷进发。有报告说,已经出现了好几起平民死亡。如果您需要,我这儿有新闻推送。"

十九扁斧点点头,动作轻快利落,"几起冲突。他们是党派分子?"

"对,他们受了'戴花者'的挑衅。"

"四十五日落,我们非得用三十翠雀花的宣传语言吗?"

"抱歉,阁下。是三十翠雀花的煽动分子,戴着紫色翠雀花胸针的那拨人,是他们先挑衅亚奥特莱克的士兵,要负首要责任。"

"谢谢。"十九扁斧道,"闹事的是三十翠雀花,不是想唱你的诗歌的民众,三海草,我觉得这能给我们一丝希望。我们或许还能保住这部分人的忠诚,但我不敢确定。"

"'我们'指谁?"三海草问。玛希特发现自己的心底深处回荡着同样的问题:泰克斯迦兰的定义中,"我们"是什么?

"'我们'是希望看到六方向有生之年一直稳坐在太阳长矛宝座上的人。"十九扁斧回答道。

"我愿意就此发誓。"三海草道,"如果您同意,就在此地,用鲜血发誓。"

这是最古老的泰克斯迦兰传统之一。早在帝国扩张到群星之前，甚至早在帝国扩张到行星上的所有大陆板块之前，就有了血誓传统。既是为了求得好运，也是为了见证誓言。起誓忠诚，或者起誓必定完成任务。起誓众人的鲜血滴在同一个碗中混合，然后倒出去，作为献给太阳的祭品。

"真传统。"十九扁斧道，"玛希特——你愿意发誓吗？"

你发过血誓吗？玛希特在脑中悄悄问亚斯康达。

<就那一次。>亚斯康达回答。玛希特记起他掌中长长的弯曲疤痕，就在十珍珠毒针戳下的手腕下方。<六方向问过我，我是否愿意发血誓。我回答说，我不会受到他的束缚。我愿意为他效劳，但我是自由的，我会用自己的办法来效劳——但我不会对他说谎，我可以对此发誓。>

我会被誓言束缚吗？

<你做了才会知道，不是吗？>

"拿碗来。"玛希特回答。十九扁斧挥手之间，碗就拿了上来。一只小小的黄铜碗，一把短短的钢刀，十九扁斧用来肯定顺手。就像动物的爪子。三海草拿过钢刀，贴住食指边缘，切开一条深深的口子。血液迅速涌出，滴入碗中。玛希特做起来就没这么容易了，她的手指握着刀柄直抖。好在钢刀非常锋锐，没用什么力气就切开了她的手指，连痛感都几乎没有。十九扁斧是最后一个。三人的血液混在一起，都是一样的红色。

玛希特知道，如果按照最古老的传统形式，她们三人还要喝下碗中的血液——泰克斯迦兰人还看不起勒赛耳吃掉可敬之人骨灰的传统，他们自己连活人的血都吃。

"愿六方向陛下统治持续，直至他不再呼吸。"十九扁斧说道。玛希特和三海草重复了她的话。

　　什么都没发生。不知怎么,玛希特似乎期待会有某些不平常之事发生:毕竟,鲜血献祭是有魔力的,神圣的,或者——

　　<或者就像诗歌里描绘的那样。>亚斯康达接口道。玛希特不得不承认他说得对。

　　三人沉默片刻。接着,十九扁斧站了起来,让滴血的手指与雪白制服保持着安全的距离,说道:"我们先包扎一下。之后,大使,阿赛克莱塔,我们就去面见皇帝。"

第二十章

在心中，我一直将自己视作流放者。流放是我诗歌与政治主张的灵感源泉。在泰克斯迦兰国境以外生活多年后，我已无法摆脱"流放者"的定位。我总是在衡量我本人与"世界心脏"居民之间的距离，衡量"当初如果选择留下的我"与"现在经过边疆生活锤炼后的我"之间的距离。当第十七军团闪耀的摘星船穿过跃迁门，布满埃博拉科特的天空之时，这些熟悉的故乡事物，竟先是让我感到恐惧。深刻的断层。带来恐惧的竟是自身的面孔。

——选自《神秘边疆书简》，作者十一车床

亲爱的，什么才值得珍藏？是你工作中的愉悦，还是我发现秘密的愉悦？

——寄给伊祖阿祖阿卡十九扁斧的私人信件

亚斯康达·阿格黑文大使

未署日期

皇帝被安置在宫廷·北区的堡垒里。玛希特、三海草和十九扁斧，还有男助手四十五日落，花了四十五分钟才走到。他们沿着隧道前进，以避开实施宵禁的光照巡逻小队。整座宫廷中满是光照，连地底深处都有。三海草走在玛希特左手边，轻声道："听说，宫廷扎入地下的根系，跟它地面上的建筑——朝天空开放的花朵——一样多。我们这些日间工作的公务员只能看见地面上的花朵——司法部、科学部、信息部、战争部——却看不见为我们输送养分的、隐蔽却强壮的根。"玛希特喜欢听她说话。从一开始，她们的关系就是野蛮人和文化联络员，三海草就该为她解释她对泰克斯迦兰的疑惑之处。玛希特喜欢听三海草为她解释。同时，她也知道，三海草是在特意扯开话题，好帮她恢复镇定。

十九扁斧带着她们通过层层哨卡。最开始，哨卡是唯一市闪着微光的AI墙壁，靠十九扁斧的云钩就能打开；接着，越来越多的泰克斯迦兰人出现，身着式样极为简单的外衣和裤子，左臂上佩戴着皇家臂章。这些人的穿着让玛希特想起追踪十二杜鹃花的那些司法部特工，还有八圈环——六方向的育儿所胞妹。或许就是八圈环，让她经过司法部训练的私人秘密部队担任皇家护卫。护卫们都配着电击棍。还有一些——越往里走人数越多——带着枪弹武器。还有个女人，玛希特敢发誓她身边的武器是激光炮，原本应该装在小型战舰舰首。但没有人戴着光照的面罩式云钩。

最核心处的护卫连云钩都没有。他们摘下十九扁斧戴着的云钩。十九扁斧丝毫没有反抗。

一闪电已经渗透了唯一市的AI算法。利用战争，一闪电必定渗透到了极深处，才逼得皇帝只能由人来护卫，而且是杜绝了任何影响的人类:没有了云钩,这些人仿佛赤身裸体,被泰克斯迦兰庞大的文学、历史、文化以及当下新闻潮流所抛弃。就像跟活体记忆失去联系的玛希特。

一路上,十九扁斧跟一些人寒暄问候,跟其他人则只是点头示意。玛希特心想:不知她几次走过这条路?目前这种层次的灾难和威胁对她来说是否是头一次碰到?在她为六方向服务的漫长岁月中,六方向可曾如现在一般,被迫躲到地下,躲到帝国这奇异的心脏中?

<就算有,我也没听说过。>亚斯康达回答。

他跟你睡过觉,可你不是他的人。玛希特回答。

<我不想属于谁。我爱他。这不一样。>

亚斯康达,你怎么能像爱一个普通人一样,爱一个皇帝?她没出口的话是:我怎么能?我真的能?

她从没爱过皇帝。对皇帝的感情都属于亚斯康达。她见过皇帝**两次**,一次是公开的会面,一次是私下。皇帝给她留下了很深的印象,她全身的神经系统和大脑边缘系统都能感受到亚斯康达对皇帝亲近之情的回音。但那不是她的感情。

或许,这感情属于他们,属于她跟亚斯康达感情的合并。这倒可能是个问题。她希望自己尽可能保持客观立场。

穿过最后一道哨卡,一扇门开了。里面是一个小房间,按照皇家标准陈设,充溢着太阳灯的亮光。整个天花板上都挂着全光谱灯,很温暖,就像在观景沙发里沐浴着太阳辐射一样。房间的亮度足以让玛希特相信无人能够在这间房内入睡。房间角落里站着更多的灰色制服护卫,其中一人朝她们走来,拉住三海草的手肘,轻柔地把她从十九扁斧和玛希特身边拉开。三海草没有反抗。

六方向本人坐在房间正中央的长沙发椅上，穿着紫红色与金色相间的华丽衣袍。在宫廷·地区的宫殿里，他身边环绕着一圈太阳灯；在这儿，唯一市地底深处，他身边环绕着闪烁的信息全息图，就像一圈防御工事；堆叠的报告仿佛是偏头痛发生的预兆[1]。他的样子糟透了，皮肤满是灰褐色的皱纹，眼睛周围的皮肤底下透出半透明的紫色。他朝十九扁斧微笑——接着朝玛希特微笑——灿烂明朗的笑容，让玛希特的心脏在胸腔中怦怦直跳。她**害怕**他。打从心底里害怕。

<我死的时候，他的身体还没这么糟。>亚斯康达对她说。

我想过去这三个月谁都不容易，包括陛下。没时间休息，濒死的人只会死得更快。

<皇帝从不睡觉。>

"陛下，"十九扁斧道，"我又给你带来了麻烦。"

"确实如此。"皇帝说，"玛希特，再到我身边来坐下。看我们能不能比上次的谈话更进一步。"

玛希特朝前走去，像被看不见的绳索牵引着：有欲望（她自己的，以及不属于她的），对皇家权威的顺从，还有她为了这次会面所做的一切努力及牺牲。她坐了下来，变成信息防御圈的一部分，变成围绕着六方向的数据的一部分。从近处看，能清楚地看到皇帝手腕上血管附近的皮肤有着明显的瘀伤。发硬的皮肤，薄薄的血管壁，显然是无数次注射的结果。不知是什么药，支撑皇帝活到现在。

"我也给您带来了麻烦。"玛希特说。

"勒赛耳空间站带来的永远都是麻烦，这我有数。"六方向对

---

[1] Aura，既有光环也有预兆之意。

她露出勒赛耳式的微笑，嘴角咧开，露出牙齿。这笑容让玛希特心中涌起强烈的情感，一时不知如何是好。此时此刻，排除情绪的影响，对她会更有利。要是她能变成纯粹的政治工具，纯粹的武器，只为了阻止泰克斯迦兰对勒赛耳的兼并，心中冰冷清明，就会容易得多——

<说话，玛希特。你不说我说。>

这一刻，玛希特真的开始思考，要不要暂时退后，让亚斯康达占领这具身体，让亚斯康达再跟他的皇帝说一次话——紧接着，她感到毛骨悚然。赶紧从我的神经系统和大脑边缘系统中滚出去，亚斯康达。我不是你的再生。合并的我们不属你一个人。

嘶嘶声，仿佛电线中的静电。接着：<说话。>

"陛下，"玛希特开口，"我从勒赛耳政府处收到可靠情报，泰克斯迦兰正面临重大威胁。这威胁恐怕比此刻房间外令人不快的混乱更加严重。"

"请继续。"六方向道，"能有其他问题让我分分心挺好。无论多严重，这个问题最好只比我目前的处境棘手一点点。"

玛希特继续。她陈述了信件的全部内容——就像她对十九扁斧说的一样，包括信中不加掩饰的政治手段。说完，她闭口等待着，等待皇帝的反应。

皇帝沉默了几次呼吸的时间。她能听到他肺叶中轻微的杂音。接着，他看着十九扁斧，问道："你觉得我们现任的勒赛耳大使，跟前任一样可信吗？"

十九扁斧站在三海草身边，靠近门口。她点了点头，"如果我不信任她，不会带她来此。我认为，她汇报了勒赛耳政府告诉她的一切，而且同样坦承了自己的立场偏见。换成其他任何时刻,陛下,我会认为她是来我们这儿寻求帮助,寻求公平的外交利益交换的;通过为我们提供关键的信息,以期避免空间站正式并入泰克斯迦兰。"

"可现在并非其他时刻。"六方向回答。他转向玛希特,"对你带来的危险警告,我表示感激。但我以前问过你,玛希特·达兹梅尔,我现在要再问你一遍:你愿不愿意提供你的前任当初的允诺之物?如果不是我可爱的朋友十九扁斧,以及科学部、司法部的预谋,我早就得到了亚斯康达的允诺之物。你愿不愿意让我再次重生?如果你愿意,你甚至无须拿这份警告作为交换,就能保护勒赛耳的利益。"

"陛下,这话题我们能不能别再提了?"十九扁斧说道,声音中带着疲倦和极度的痛楚,"我希望您活下去,永远统治下去。如果您死了,我余生的每一天都会想念您。但是,太阳长矛宝座不是、也不该是野蛮人的医学试验场。**看看**玛希特,陛下。她脑中带着亚斯康达,可她并不是亚斯康达。"

皇帝定定地注视着玛希特的眼睛。在皇帝的注视下,玛希特仿佛溺水,无法呼吸。她以为血誓会引发超自然能力在此刻出现,她能感受到的只有大脑边缘系统的自主反应,像是神经玩的把戏。胸骨后面仿佛有个薄如蝉翼的钩子,钩得她心中疼痛。六方向抬起一只手——手没有颤抖,玛希特很惊讶他还有这样的力气——用手掌捧住她的面颊。

玛希特让亚斯康达——曾经属于亚斯康达的反应序列、连续记忆和情绪反应模式——靠在这只手掌上,允许他闭上她的眼睛,深深地、缓缓地颤动睫毛。

紧接着,她撤回这一切,坐直身体,睁大自己的眼睛,说道:"陛下,他爱您。可我只见过您三次。"

皇帝吃惊得一时无话。玛希特接着说道："另外，我手中也没有可以给您的活体记忆装置。哪怕情势好转，我也没法在您生命结束之前，给您找来活体记忆装置，保存您的记忆。抱歉，六方向。我的回答是'不'。"

皇帝用拇指抚过她颧骨的轮廓，"你脑中就有一个，不是吗？"

玛希特心中突然涌起强烈的恐惧。他是**皇帝**，只要他想要，一挥手，某个灰色制服警卫就会当场把玛希特按在地下，借着五柱廊手术留下的疤痕，把她脑中的活体记忆装置直接挖出来。她狠狠咽下口水，压住心中的恐惧，"如果您想要，您可以把我和亚斯康达——确切地说，是两个版本的亚斯康达，这事说来话长，这儿的一切都该死的说来话长——放进您的脑中，或者其他任何人的脑中。但陛下，您没法弄到只包含您一个人的记忆的制造器，用来放进其他人的身体。想要做到这一点，至少需要两个月的奔波。"

六方向叹了口气，放开了她。玛希特面颊上仍能感受到他手掌的热量，热得发烫，烫到仿佛在她脸上打下了烙印，让她的皮肤感到刺痛。"反正也没多大区别。"他说，"自从你的前任死后，我就已经放弃了重生的希望。我没指望你能带来希望。我只是——存着幻想。"他勾了勾手指，十九扁斧来到他身前，跪在地上。他一只手搭在她的脖颈上，她扬头贴住这只手掌。

玛希特一直觉得十九扁斧是只巨大的老虎，爪子锋利，异常危险。但现在——她竟然跪了下来，贴住了那只手掌。

<被帝国碰过的任何东西，都无法保持原样。>亚斯康达轻声道。

不过，也可能是她自己的声音，装成了亚斯康达的腔调，好

骗过自己。

"十九扁斧,那愚蠢的叛乱情况如何?"皇帝问道。

"照样很蠢,"十九扁斧回答,"但情况很糟。对谁来说都很糟。一闪电在杀害平民。三十翠雀花企图用明目张胆的内部政变拉您下台。我相信,这是因为他认定,一旦您去世,八圈环和八解毒剂就会把他排除在政府权力圈之外。所以,他借一闪电兵变的借口,把戴着可笑的花朵徽章的煽动分子送上街头,想在您尚未去世时就抢先夺权。我们失去了信息部的二紫檀。她大概死了,或者跟死也差不多了。至于战争部的九推进,我对她没什么可指望的。她可能已经倒向了一闪电,或者随时有这个可能——只要人家答应在将来的政府中给她安排一个伊祖阿祖阿卡的位置……"

"十九扁斧,反正你什么都知道,要不要索性做信息部部长?"

"……我说过很多次,我喜欢自己现在的头衔。"十九扁斧轻轻地叹气,"不过,如果这是您的要求,我会照做。"

"我对你的要求可不是做信息部部长。"六方向回答。这话的声调让玛希特心中发毛。从表情看,十九扁斧也一样。

"八解毒剂在哪儿?"十九扁斧问道,"如果您愿意告诉我的话。陛下,我很担心他的安危。"

这位皇帝百分之九十克隆体的安危极为重要。哪怕他只有十岁——亚斯康达,你跟六方向达成协议后才孕育了这孩子?或者他早就出生,以防不测?——凭着继承的基因,一旦六方向在他成年之前去世,他也很有可能是三位联合继承人当中登基的那一个。

"他就在地下,跟我们在一起。"六方向说,"十九扁斧,你会保护他,对不对?"

"当然会。陛下,我的行为,有哪一次不是全心为您着想?"

<她杀我那一次就不是。>亚斯康达轻声道。玛希特琢磨,不知皇帝心中所想是否跟亚斯康达一致。

"啊,有那么一两次吧。"六方向说道。闻言,十九扁斧既没有心虚,也没有害怕,而是大笑了起来。玛希特突然很想知道,这两人当初第一次见面是何情景。十九扁斧应该是个年轻的军事将领,而六方向正处于权势顶峰。两人一见如故,合作默契。

接着,皇帝转向玛希特。在皇帝的注视下,玛希特越发感觉到自身的渺小稚嫩,无法像亚斯康达一样亲近这两个泰克斯迦兰人。她绝不可能变成这个古怪三角组合中的一员。

<你确定?我坚持了十年才沦陷。你才来了一个礼拜。>

不,她不确定。她只是还没**准备好**。

"那么,玛希特·达兹梅尔,如果你无法解决稳固政府的最基本问题,无法给我带来永生和稳固的统治,你从达吉·塔拉茨那儿带来的消息又能给我什么呢?看我现在,躲在自己宫廷的心脏里,躲避死亡和废黜,我又能拿入侵帝国边境的外星人怎么办呢?"

这是皇帝对她的一次**测试**。当她第一次来到"唯一市"时,也有同样的感觉。当时,她突然意识到,自己必须始终用泰克斯迦兰语说话,不只是在脑中默默思索,或跟朋友练习口语。现在,她则必须用泰克斯迦兰人的方式思考和说话。她了解泰克斯迦兰的措辞和其中暗含的深意。她对亚斯康达和六方向长期交往的经历了如指掌,知晓他们之间的所有对话,无论是在正式场合、立法会议,还是床上——所有这些对话都给她当下提供了引导。一瞬间,她全身的疼痛消失了,手、胯部,还有永不停歇的头部疼痛都褪了下去。她下定决心：好吧，现在正是时候。

"您可以毁掉一闪电的声誉。"她说，"您还可以提拔八圈环，让她拥有凌驾于三十翠雀花的权力。"

"继续说。"

玛希特滔滔不绝地说道："一闪电打算篡位，自立为皇帝。他取得了重大胜利吗？没有。他连取得重大胜利的打算都没有。他擅自离开了泰克斯迦兰边境，让帝国在外星威胁面前敞开大门。外星入侵的消息，竟然得让一个野蛮人来通报。这是亚奥特莱克的耻辱。**他本该第一个知晓这种威胁**，却只顾自己，把虚荣的野心置于帝国安危之上。"她顿了顿，吸了口气。她能感觉到三海草在注视着她。她真希望她的联络员此刻能跟她站在一起，拉住她的手，"还有，八圈环警告过整个唯一市，鉴于边境可能有威胁，兼并战争是否合法值得怀疑。而三十翠雀花却在您上一次诗歌朗诵比赛上公开支持战争。八圈环忠实履行了司法部部长的职责，三十翠雀花却利用他的地位，对您施加影响，把您置于政治危险之中。"

她皱了皱眉，"——我得坦白，这里需要您承认自己被伊祖阿祖阿卡引入了歧途。"

"这代价不算大，"六方向说，"我是个老人，很容易受到外来利益诱惑，不是吗？"

<诱惑您可**不容易**，陛下。>亚斯康达说。玛希特闭紧嘴巴，才没把这句话说出来，而是耸了耸肩，双手一摊。还是不回答好。好好用泰克斯迦兰语，为勒赛耳争取利益。

六方向垂下眼帘，看着跪着的十九扁斧。两人之间用眼神默默交流。她点了点头。他的手从她后颈处抬起，她站了起来。考虑到她已经中年，而且很可能一天半没有睡过觉，动作算

得上是优雅流畅。

"我们得广播这则消息,"十九扁斧说,"发到每一个推送频道里。用皇家特权,发送紧急消息。发言人必须是**您**,陛下——此时此刻,没人会相信代理人。您来宣布这件事,同时找合适时机,插入大使事先录制好的影像。"

"跟从前一样,十九扁斧,我相信你的判断。"

十九扁斧的微笑显得有些心虚。玛希特猜测,她此刻想起了自己如何袖手旁观亚斯康达死去——这同时也给六方向下了死亡判决。这件事将永远是她心中的刺,可以加以利用的刺。六方向肯定喜欢这种刺,抓住把柄加以扭曲——

"达兹梅尔大使,"十九扁斧道,"玛希特。你是否愿意为我们录下你的政府让你带来的消息?"

既然计划如此,就实行吧。"好,"玛希特回答,"我愿意。我该去哪儿录?"

"哦,我们需要的设备这儿都有。"六方向说,"好几任皇帝都在这儿生活过,一住就是几个月。全息摄影机只是基本配置而已。"他挥了挥手,朝几个灰色制服助手示意,后者立即开始行动:几个人离开了房间,其他人则走向玛希特和沙发上的皇帝,神情谨慎。

"她看起来好像被人拖着经过暴乱现场,"其中一个说,"身上全是血——我们留着她现在的样子上镜。这模样跟她带来的可怕消息十分相称。"

"哪怕野蛮人都能做出牺牲。"六方向道,"我们一定要记住这一点。"

助手拉着玛希特从沙发上站起,领她进了一间屋子,里面的陈设跟玛希特在新闻推送里见过的帝国发布会现场一模一样。

那一次是在十九扁斧的早餐桌上，新闻里宣布了发动兼并战争的消息。她觉得自己肮脏、腐败。她告诉自己，她必须派上用场，借此摆脱那些罪恶感。但这些自我暗示都没有用。

虽然没有用，但罪恶感也没有能够阻止她对着录像机再一次说出自己的秘密，而且用上了最清晰的语句和最有说服力的口吻。

皇帝和十九扁斧为去何处广播起了短暂而激烈的争执——十九扁斧坚持大家应该继续躲在地底。六方向不动声色听着，等到十九扁斧列出能想到的所有理由，比如皇帝的安全必须保证、身体脆弱不宜移动等等，这才宣布说：他，堂堂全泰克斯迦兰的皇帝，必须在宫廷·北区的太阳神庙顶上，毫不畏惧地公布这则消息，而十九扁斧也要陪同前往，在广播时站在他身边。这话无可辩驳。玛希特感受到皇帝话中权威的分量。哪怕身体虚弱、受到威胁，他执政八十年来长期和平的影子还是向前延伸，笼罩着这一刻。

争执一结束，行政工作立马展开，在一片常见的混乱中，准备着任务繁杂的临时公开发布会。在忙乱的二十分钟里，皇家助手们匆匆彼此交谈，传递信息。皇帝和十九扁斧消失在重兵护卫之下。玛希特看到了那孩子，八解毒剂，他也被人送到护卫队伍中。像这样因着某个政治时刻的需要，从一地临时转移到另一地，这孩子恐怕已经经历过不知多少次。路过的时候，孩子看了看她——他虽然个头瘦小，但有着敏锐的眼睛和挺直的背脊。玛希特想起宫廷·地区花园中的鸟儿们。"他们甚至都不会碰到你，"八解毒剂当时说。那时候，玛希特以为他说的只是鸟儿。现在看来，这话用在这儿也一点儿没错。他们没碰他，连手掌都不放在他身上,他们只是带他转移。

玛希特本人被带进另一间房间,比方才的房间更小、更隐秘,里面满是信息条和印刷书本,全息屏幕上还留着未完全消失的投影。是一间工作室。房间中央有一张沙发,玛希特坐了上去。有人给她带来一条温暖的洗脸巾,让她擦去身上的血迹和脸上的灰尘。另一个人带来了三海草。三海草手里捧着一大杯茶,样子有点儿茫然失措。两人一起坐在沙发上,紧挨着彼此,看着身边来回忙碌的人们。玛希特忽然感觉自己像是一艘失去了锚和缆绳的船,跟世界完全隔开,飘飘荡荡。能牵引她的一切都消失了。就连脑中的亚斯康达也藏在深处一言不发。

沙发前的墙壁,有一半被巨大的全息投影屏占据。这是整个房间中唯一还有影像的全息屏。此刻,全息屏上出现的是皇家徽章和旗帜,还有倒计时叠加其上——四十八分钟后,皇帝将向他的人民发表公开讲话。还剩三十七分钟时,除了门口的一名守卫,所有的助手都消失了。为皇帝工作的巨大机器已经升到地面,落到了另一个地方。玛希特已经完成了自己的使命。她彻底交出了自己的秘密。现在,她能做的只有等待。

三海草把空茶杯放在地板上。三十五分钟。两人间的沉默仿佛质地柔软的天鹅绒。玛希特无法忍受,开口道:

"——你觉得他们正在干什么?"她没话找话,只为打破这片唯有呼吸声的沉默。她的呼吸,以及三海草的呼吸——比她更加轻飘和急促。

三海草咽了咽口水,用两根手指按住眉心,像是要把眼泪逼回去。"哦,我猜,他们正在寻找八圈环。"她回答。她的声音颤抖。玛希特转身,关切地看着她。"为了加强帝国的权威形象,得让他们几个都站在一起——"

"三海草,你没事吧?"

"噢,该死。"三海草说,"不,我有事,可我不希望被你发现。"

此时,两人独处。护卫守在门口,沉默地望着别处,一动不动。两人仿佛悬在时间之上,悬在不可阻挡、滚滚向前的历史潮流之上。玛希特伸出手(同时惊骇地意识到,这动作不属于她,甚至也不属于亚斯康达,而是属于**皇帝**),托着三海草的脸颊。

"我发现了。"她说道。

三海草哭了出来。玛希特并非没有心理准备,可三海草的眼泪还是让她心中难过。她很内疚,仿佛是她把三海草弄哭的,害她情绪崩溃。仿佛是她敲得太猛,蛋壳裂开,只留里层的薄膜保护蛋黄。"好啦,"她说,"好啦,没——"不会没事,她也不打算说没事。她凭着本能涌起的关切,就像神经受到专业手法的敲击、震动之下产生的条件反射,她把三海草拉进自己的怀里。三海草丝毫没有抵抗。轻盈的身体靠在玛希特的肩膀上,脸贴着玛希特的锁骨,热泪浸湿了玛希特的衬衣。

玛希特轻轻地抚摸三海草的头发。头发仍然散披着,没编成惯常的辫子。世界不停旋转,倒计时已经到了三十二分钟。玛希特没法想象这一切给三海草造成了多大痛苦;她只知道,从在十二杜鹃花公寓开始,一提及内战,三海草就泫然欲泣。

"我以为自己没事了,"三海草声音沉闷地说,"可我总忘不掉那些鲜血。该死。我太想念花瓣了。过去才三个小时,我已经想他想得要命,他死得那么不值——"

不是因为内战。是更深、更直接的痛苦。玛希特紧紧搂住三海草。三海草发出痛苦的抽噎声。"这真是——整个世界都在改变,可我只为朋友哭泣。"她说,"我算哪门子诗人。"

"等这一切都过去,"玛希特说,"你要为十二杜鹃花写一首悼词,让人们在街上传唱。他会成为泰克斯迦兰无端遭受的一切痛苦的提喻。因为你的诗,世人都会记住他。唉,真是对不起,这都是我的错——"说着,她也流下泪来。两人一起坐在地底的沙发上流泪,能有什么用处?

三海草从玛希特肩膀上抬起头,面庞通红,满脸泪痕。她看着玛希特。一瞬间,一切静止,空气紧张。玛希特发誓,她能听到自己毛细血管中血液的流动声。两人的呼吸变得同步。

三海草吻了玛希特。玛希特嘴唇微启,迎接三海草,仿佛唯一市花园中漂浮的莲花迎接早晨的到来——漫漫长夜终于过去,等候许久的花瓣缓缓张开,不可阻挡。三海草的嘴唇灼热,丰润柔软。她将手埋进玛希特的短发中,紧紧拉住,几乎扯疼了玛希特。玛希特的手则放在三海草的肩胛骨上——感受着手掌下突出的骨骼——拉她贴近自己,半靠在自己膝头,两人嘴唇一直没有分开。

不该有这个吻。这个吻,**很美好**。这是几小时、几天以来,玛希特经历的最美好的事情。三海草吻技娴熟,就像彻底研究过接吻技巧。而玛希特对此很高兴,她很高兴三海草吻了她,很高兴能——暂时忘掉一切。

两人终于分开。三海草的眼睛离玛希特只有几寸远,又大又黑,哭过的眼角发红。

"花瓣说的一点儿都没错。"三海草开口道。玛希特替她把一绺散落的头发拢到耳后,安静地听她继续。"我**确实**喜欢异乡人、野蛮人。只要不一样,只要新奇就好。但我也——哪怕我在宫廷里遇到你,玛希特,哪怕你是我们当中的一员,我也同样会想吻你。"

这番话含义微妙,既是纾解和抚慰,同时却也异常伤人。哪怕你是我们当中的一员,我也同样会想吻你。这话让玛希特既想马上吻住她的嘴唇,又想把她从自己膝头推开。她不是泰克斯迦兰人,她是——她已经不清楚自己到底是什么了。她只知道自己不是泰克斯迦兰人,也永远成不了泰克斯迦兰人,无论有多少可爱的阿赛克莱提满脸泪痕,抓着自己的手臂,想要被拥抱都一样。这位阿赛克莱塔,为了玛希特,牺牲了几乎所有的一切,现在只想要被拥抱。

"我很高兴你吻了我。"玛希特终于下定决心开口。因为她确实高兴,因为刚才的吻确实很美妙。"过来,让我——让我来。"她双手伸入三海草的头发里,放在三海草后颈,抱紧她。

两人没再接吻,只是同步地呼吸着,等待全息屏发出预告声响——还有十五分钟——接着画面一转,出现唯一市的航拍镜头,就像在宫廷·北区顶端的太阳神庙高处俯瞰的景象。皇帝睁开了眼睛。

第二十一章

唯一市奋起游行，
亮如千点繁星；
若得自由，我们将说出
完完整整的景象；
我便是太阳手中的长矛。

——唯一市抗议歌曲，作者匿名
（可能出自一等贵族三海草）

国家的皇权，哪怕受到削弱，哪怕受到多方力量的威胁，当其完整呈现时，仍然拥有着压倒性的象征力量。这一点，玛希特能从三个不同角度体会：首先是她本人长久以来的欣赏和期待，从孩提时代起，她就爱上了故事传说中的泰克斯迦兰，爱上了自己想象力花园中的那头征服一切、吞噬一切的野兽，那个歌唱一切的诗人帝国。其次，是双重亚斯康达在她脑中的回音；这两个版本的活体记忆，都来帝国住过许多年，他们在这儿生活，通过泰克斯迦兰语在这儿自如穿行，口中所说的是泰克斯迦兰语，眼中所见的是泰克斯迦兰公民，却仍然记得勒赛耳，记得遥远的亲爱家乡。最后，是玛希特怀抱中的泰克斯迦兰女子，两人一同注视着这幕平定叛乱大戏的开场，玛希特能感受到她急促的呼吸，整个身体的颤抖。

开场的第一幕是皇帝眼中的唯一市，缓缓变换的全景，花朵、长矛和金闪闪的太阳花瓣组成的帝国徽章和帝国旗帜，叠加于其上——不是战旗，而是和平的旗帜，是悬挂于太阳长矛宝座背后的旗帜。音乐声响起。不是军乐，而是古老的民歌，弦乐奏出，加上仿佛女子歌声的低音长笛。

"——这是什么曲子？"玛希特问三海草。三海草稍稍坐正身体，手臂搂着玛希特的腰。

"这是——这曲子改编自九洪水皇帝统治时期的歌曲。那时正值我们跨出太阳系的前夕——很古老的曲子，家喻户晓。这是——该死，他们真是擅长鼓动宣传，就算我知道他们的打算，这曲子还是唤起了我的怀旧心、神圣感和勇气。"

全息投影上的画面渐渐变为太阳神庙的内部。从前，玛希特在全息图和信息条里也见过太阳神庙，但眼前这个更大、更华丽。宽广的瓶状中央大厅，顶上敞开，镶嵌着透镜，在中央高台和祭台中的圆盘形黄铜碗上洒下明亮的光束。整个大厅明净如珠宝，众多切面熠熠闪光，映透着半透明的金色和石榴红色。音乐声渐弱，六方向出现在镜头里，站在祭台的正前方。在化妆师神奇的技术下，皇帝看起来几乎算得上健朗——除了因消瘦而极度凸出的颧骨。八圈环不见踪影，十九扁斧则立在皇帝左侧，一身耀眼的骨白色——玛希特认出，这套制服正是她们一行人出发见皇帝时，十九扁斧身上的那一套。衣服袖子上还沾着五玛瑙的血迹。伊祖阿祖阿卡用鲜血效忠。皇帝右边站着百分之九十克隆体八解毒剂,小小的肩膀挺得笔直,脸上的颧骨跟皇帝一样高耸,但孩子的脸上有着皇帝没有的健康红润。

皇帝、继承者和辅佐者,均处于权力核心。一幅安抚人心的图景,同时也是传递给全泰克斯迦兰人的可怕消息:三人如此齐聚在祭台前,本身就说明了事态的严重程度,以及进行公众演讲的必要程度。这是居于宫廷·北区顶端的太阳神庙。

<此刻,军团的飞船就停在行星的同步轨道上。>亚斯康达轻声告诉玛希特。这就是说——只要一闪电愿意,一个命令,就能连神庙带皇帝一起炸掉。

这一点,每一个泰克斯迦兰人也都知道。

六方向双手十指相对,放在胸前,鞠了一躬,向每位观看者致意。他没笑:事态严重,容不得一丝笑意。镜头停留在六方向的嘴唇上,仿佛轻柔的抚摸,等待嘴唇吐出字句。皇帝开口的时候,大家都松了口气。但放松只持续一时,随着皇帝演讲的进行,紧张气氛再次笼罩:我们完成了伟大的工作,精心照料着我们的文明,必要时修剪枝叶,让社会中最美丽的部分繁荣昌盛。我的手,领导着你们所有人的手,托起了这个帝国。但是,现在,在这脆弱的时刻,当新生花朵颤抖着面临星辰之光的威胁时,我们全都身陷危机。你们当中有些人心中感受到了危险,有些则亲身经历了危险,听到了士兵的脚步声,看到了加诸于我们文明的心脏——唯一市——之上的破坏,而且是由我们亲手带来的破坏。

玛希特感觉自己的心脏提到了嗓子眼,几乎落在舌头根上,正在怦怦直跳。这不是她期待中的演讲。她本以为,皇帝会抚慰民众,接着播放她录制的片段,好证明确实存在有危险,而且这危险来自外部,是在泰克斯迦兰空间边缘不断聚集的外星势力——可现在的演讲,词汇精心修饰,主题却更像是"复兴"。这个主题,对身处自身军队和官僚机构威胁的皇帝而言,异常危险。

"他到底在干什么?"玛希特倒吸一口气。

"继续看。"三海草回答,"继续看,等一等。我想我知道答案,但我不希望这答案成真。"

"你不希望——"

"嘘——"

玛希特住了口。皇帝还在演讲——要求冷静和反思。他说:在黎明到来前,会有平静的一刻。在那一刻,我们会看到遥远的威胁,以及温暖的希望。皇帝身边的十九扁斧,表情从冷静的中立,转变为——玛希特认出——顿悟的恐惧,以及听天由命的无奈,紧接着立即调整自己,抹去脸上的表情。事情不对劲,十九扁斧也注意到了。事情有变,可玛希特想不出原因。

此刻,六方向说到了勒赛耳,简单轻巧地一笔带过:泰克斯迦兰空间边缘的空间站,一只遥远的眼睛,告诉我们观察到了危险。屏幕上出现了玛希特自己的影像,叠加在十九扁斧、六方向和八解毒剂的形象之上:玛希特·达兹梅尔,一副十足的野蛮人模样,高个头,高额头,窄脸蛋,长长的鹰钩鼻,在帝国通报会房间内,向每一个人解释即将到来的外星入侵。她看起来——精疲力竭。她看起来,十分可信。

<你干得很好。>亚斯康达轻声说,<无论哪一方,都没法在法庭上定你的罪。你不偏不倚地站在中线上。>

屏幕上,玛希特的脸正好叠加在皇帝的脸上。玛希特的嘴唇在动,皇帝的嘴唇则纹丝不动。看起来就像皇帝用意志力指

挥着玛希特的动作。

整个画面——所有人,整个太阳神庙——都被熟悉的地图代替:是泰克斯迦兰宇宙,一张巨大的星图。玛希特记得,上一次,这幅星图在全息屏中出现,是为了标示出兼并战争的矢量,指向勒赛耳及其周边。此刻,那些矢量箭头已经消隐。达吉·塔拉茨给她的坐标,则在星图中慢慢亮起。那是外星威胁最严重的地方,有人在那儿亲眼看到了全副武装的外星飞船。图上的星辰变了:明亮的光芒渐渐熄灭,极具威胁的深红色缓缓扩大,仿佛一摊鲜血。

玛希特想起十二杜鹃花。地图消失了,十二杜鹃花却没从她脑海中消失。于是,她沉浸在往事和联想中长达几秒钟,错过了太阳神庙的画面。

回过神,皇帝手中已经握着出鞘的尖刀,刀身是某种亮晶晶的黑色物质,极为锋利的边缘是半透明的灰色。长袍已从他身上落下,在他膝盖附近堆叠。透过轻薄的衬衣和长裤,皇帝一身嶙峋瘦骨被看得一清二楚,疾病造成的消瘦与脆弱一五一十地暴露在摄像机镜头前。八解毒剂用手掌侧面堵住了嘴巴,这是孩子表达痛苦的姿态。十九扁斧口里说着什么,玛希特只听到最后几个词,像是"陛下,我——别——"

六方向继续说:泰克斯迦兰需要一只稳定公正的手—— 一只受到星辰眷顾的手,一条有准备的舌头,一只握住阳光的拳头。面对我们即将经历的苦难——我,从知晓效劳为何物起,一直为你们效劳至今的人——将我自己献祭给这座神庙,以及即将到来的战争。

"他真打算这么干!"三海草的声音突然响起。同坐在沙发上的玛希特,觉得这声音太响,太近,太真实。"没有皇帝会——

已经有**几百年**没有——"

我任命伊祖阿祖阿卡十九扁斧为我的直接继承人、帝国存续战争的执行者、继承我基因的孩子的摄政王,直至孩子成年。六方向说。

玛希特有了思考的时间,我到底引来了何等可怕的事情,也有了悲痛的时间。她心中突然涌起剧烈的痛苦:为自己,为三海草,也为亚斯康达——

皇帝退后两步,进入升起的祭台中心。凭着我为大家献出的鲜血,他说——无法阻挡的广播传遍全泰克斯迦兰宇宙,每个省、每个星球都倾听着——若得自由,我便是太阳手中的长矛。

是她的诗。是玛希特和三海草的诗,是她们用来求救的诗,是众人在大街上歌唱的诗——

六方向举起尖刀,利刃在阳光下闪闪发亮——接着迅速落下。刀在大腿根内侧迅速地砍了两下,股动脉血如喷泉涌出。人竟有这么多血。血泊中的皇帝,手中刀刃不知何时又落下两次:从手腕到手肘,然后换了一边,又是两刀。

当啷一声,尖刀落在太阳神庙的金属地板上。

没多久他就死了。

之后的死寂中,玛希特忽然发现自己正死死地捏住三海草的手掌,指甲都掐进了肉里。整个宇宙只剩下她跟三海草呼吸的声音。脑中的亚斯康达成了巨大的、胜利与悲伤交织的空洞。她不敢看他。她什么都不敢看。

屏幕上,十九扁斧全身浴血,制服已经看不出原本的白色。她拾起地上的尖刀。

泰克斯迦兰皇帝向各位致意。她说。她的脸是湿的。鲜血,眼泪,潮湿,严峻,钢铁般的决心。保持冷静。黎明时分,秩序之花将盛开。黎明即将到来。

四周沉寂片刻，随即是意料之中的混乱：留在地底的灰制服的帝国护卫拼命想着办法，思考接下来的打算，如何去往新皇帝身边，如何把她带到安全的地方。毕竟头顶的轨道上还有一艘军团的星舰，炮口正对着唯一市。玛希特和三海草在混乱当中兀自不动，没人留意她们：反正她们什么都没做，目前看起来也不像有任何威胁。

"她被陛下设计了。"三海草若有所思，"直到站到陛下身边，她才知道他的打算。女皇陛下，刀刃的寒光，倒是挺合适。"

两人的情感状态完全反了过来：玛希特哭得停不下来，虽然让她哭泣的内分泌反应不全来自她自己，但她的身体还是决定屈服于悲伤的重压。亚斯康达没有消失——她大概永远都不会再体会到那种错误空洞的存在——但两个版本的亚斯康达此刻都像没有空气的房间，像被流水冲刷的冰冷地貌，一片荒凉。玛希特不停地哭泣，根本无法开口说话。

她用手掌擦了擦鼻子。"当然合适。"她终于说出话来，"政府会在她面前弯腰，政府也会让她弯腰。这会是一个——精彩的故事。女皇陛下，刀刃寒光。就好像本该如此。"

这话是说来安慰三海草的。玛希特本人丝毫没感觉到安慰，她十分愤怒，像被人扯开了胸腔，暴露了一切，胸中空空荡荡。她总想起当时流的那么多的血，六方向还说"若得自由，我便是太阳手中的长矛"，就好像玛希特这诗是为他写的。

她写诗不是为他。她是为自己和勒赛耳。

被帝国碰过的任何东西，都无法保持原样，她心想。她努力说服自己，说这话的是亚斯康达。但她清楚根本不是。

平息暴乱用了三十六个小时。

玛希特躺在大使公寓里曾经属于亚斯康达的床上，借着三海草的信息部新闻推送，看到了大部分情况。她眼睛上罩着另一个女人的云钩，仿佛戴着永久性的皇冠。她一直起不了床，似乎也没必要起床。

一闪电的军团士兵并没有像一闪电期待的一般，心甘情愿地屠杀大街上唱歌游行的泰克斯迦兰公民。玛希特猜想一闪电肯定很失望。话说回来，他原本以为自己的对手是六方向——一个衰老、垂死的皇帝，一个军事胜利早已成过往，深受继承问题的困扰的老人。没曾想，对手变成了由鲜血祭祀新加冕的皇帝，简直就像一部老掉牙的史诗中的情节。十九扁斧加冕还不到一天，这位亚奥特莱克就召回了自己的军队，借口是"唯一市已无须军队的保护"。接着，他在某个新闻节目中与十九扁斧一同出现，跪倒在十九扁斧跟前，双手放在十九扁斧手中，宣誓效忠，换来"探险舰队指挥官"这一称号，朝玛希特给出的外星入侵坐标进发，前往调查。

没人再提征服战争一事。

"这么说，空间站算是保住了。"玛希特对着天花板自言自语。唯一听到她说话的，只有亚斯康达装饰在天花板上、从泰克斯迦兰望向全勒赛耳空间的彩绘星图。花哨可爱的星图沉默不语，像是在嘲笑。

亚斯康达本人只轻轻说了句<你比我干得好。我们的活体记忆链保存有望了。>

玛希特没理他。每当她将注意力放在亚斯康达身上时，她就会哭个不停，眼泪怎么都止不住，直到精疲力竭为止。这让她很恼火:让她哭泣的悲痛情绪甚至不属于她自己。她到现在都没弄明白,属于自己的悲痛情绪从何而来。

当夜,她梦见了六方向。六方向在梦里念出了她的诗,说出了她的想法。她觉得自己离崩溃不远了。

要是身在勒赛耳,恐怕治疗师们都会聚到她和亚斯康达身边,来一次不折不扣的大会诊,甚至还能基于这个案例发表一篇科研论文。第二天早晨,就连亚斯康达也觉得这情形有些好笑了——玛希特的神经中出现清晰的静电火花,带着真正的能量。玛希特坐了起来,吃了加辣椒油的面条,还有一块蛋白质能量块。蛋白块的味道跟勒赛耳的蛋白块很接近,但原料肯定不同。这儿的蛋白块八成是用植物制成的。吃饭耗尽了她的力气,于是她又躺到床上,看新闻推送。

二柠檬和其他反帝国活动分子的踪影消失了。没有餐馆爆炸,也没有抗议游行。玛希特估计他们再度转入了地下,暂时蛰伏。她琢磨着——就像一个无力抬起巨大石块的人,只能凭空猜测若是翻开石块,底下会有什么样的生物——五柱廊会对她留下的已经出现故障的活体记忆装置做些什么。

处理参与暴乱的三十翠雀花,则更费了一番功夫。双方似乎达成了和解协议,有几则简短的新闻报道说新任信息部部长已经指定——新部长是一个玛希特从没听说过的男人——而三十翠雀花则获得了某个贸易顾问的职位。

他没有成为女皇陛下十九扁斧的伊祖阿祖阿卡,但也没有被排除出政府。

反正跟玛希特无关。

但她放不下——这正是玛希特的问题。她很难**放下**,很难相信人们会完成自己的任务,很难相信事情会按照计划发展。

她不再相信有安全可言。

她不知十九扁斧心中作何想法。估计跟她一样。

六方向死后第三天，玛希特收到了一根骨白色的信息条（肯定是由某种动物制成），上面盖着皇家徽章。来信邀请她作为勒赛耳政府的最高代表，参加葬礼和加冕仪式。玛希特决定，她至少该起来回复信件。毕竟，有一些信件已经拖了三个月零两个礼拜。未回复的信息条还有整整一碗，里面有着各种颜色的信息条，从只讲究实用的灰色塑料信息条，到十九扁斧的骨白色和金色交织的信息条，还有——

还有，她来这儿是为勒赛耳空间站、为生活在泰克斯迦兰的勒赛耳公民服务的。这些公民刚刚从一场暴乱和皇权交接当中幸存，恐怕正焦急等待着申请和签证获批。

她拿了一根实用的灰色塑料信息条，给三海草发了一封信：你把你的备用云钩落这儿了。还有，我需要有人帮忙回信。其实她不需要帮忙。亚斯康达知道该怎么回，所以她也知道。但自从那起事件后，她跟亚斯康达就没交谈过。

四个小时后，当阳光斜射入窗户时，三海草出现了。她瘦得简直脱了形，太阳穴和眼眶周围皮肤发灰，但一身制服却照样一丝不苟：每个角落都平平整整，橘红色火焰爬上袖子，跟玛希特跨出种子艇、第一次见到三海草那天一样。这么说，她又成了信息部的一员，所受的惩罚全部取消了。

"——嗨，"三海草开口。

"嗨。"玛希特应道。她脑中一片空白，只记得怀中抱着三海草的感受。她的脸肯定红了，"——谢谢你能来。"

两人间的气氛变得微妙。三海草在她身边坐下，耸了耸肩，显然不知说什么好。于是气氛变得愈加微妙。

她们一同写诗，一同对付政治阴谋，该死，就连她们接吻的时候，都比现在好——虽然那个吻不过是寻求安慰的绝望姿态。玛希特还想吻她。想了想，决定还是放弃为妙。上次接吻时，是她们亲眼看见一个王朝的行将结束；现在，两人再次独处，面对的却是缓慢释出的灾后余波。玛希特实在无法想象在这样的时刻接吻。

"我还以为你已经当上了信息部部长，"玛希特开口道，语调轻快，像在开玩笑，"不会再有时间过来了呢。"

三海草紧绷的肩膀放松了一点儿。"女皇陛下提名我为信息部第二副部长。"她说，"不过，只要你愿意，我就还是你的文化联络员。"

玛希特思索着——一边思索，一边拉住三海草的手，十指相扣，说了声"谢谢"。她在"谢谢"一词后面加上了记忆中所有的句尾敬语词缀，让这话听起来极其真诚，同时又极为滑稽。她想象着在这间曾属于亚斯康达的公寓里，跟三海草一同工作，努力成为——成为什么？成为太阳长矛宝座上女皇陛下十九扁斧所需要的人？（听起来不坏，而且还能跟三海草在一起。）

<我坚持了二十年才死。>亚斯康达说，<你能坚持的时间或许比我长。>

或许是的。这时，她想起三海草曾经说过"如果你是我们当中的一员，我也一样会想吻你"，心中的怒气又一次涌了上来。她不可能成为泰克斯迦兰人。哪怕她留下、哪怕她完成亚斯康达做过的所有事情，她也不可能成为真正的泰克斯迦兰人——自如地运用语言和诗歌，只当轻松游戏，就像朗诵比赛上的三海草。她永远不会忘记这一点。

三海草在大笑。等她笑完,玛希特伸手碰了碰她的面颊。只一次,非常轻柔。"我想,"玛希特说,"你该去当信息部的第二副部长。你这么有趣,做我的联络员太可惜了。你应该抓住机会。这本来就是你的打算嘛:拿我当踏脚石,实现你'虚荣的个人野心'。而且,你还可以重新做回诗人。"

"没有我,你可怎么办呢?"三海草的抗议只限于这一句。

"我会有办法的。"玛希特回答。

余 波

原来,过于丰盛的美也会让人倒胃,特别是当中还掺杂了集体性的悲伤和深刻的媚外情绪时。在玛希特的记忆当中,十九扁斧皇帝——全泰克斯迦兰之主、女皇陛下,她的光芒有如刀刃寒光——的加冕仪式就像一系列画面过于饱满的快照。蜿蜒穿过整个唯一市的游行队伍,出现在每一张屏幕上,反复播放。十万光照朝前行进,齐刷刷地跪在皇帝穿着白色鞋子的脚边,接着起立,继续往前。算法重新调整,或者直接接受了十九扁斧作为正当的帝国统治者。唯一市亮起金色、红色和鲜亮的深紫色,仿佛花朵不断绽放。六方向失去全身血液的遗体下葬,埋在土里等待腐烂。一篇接一篇的颂词被写就,每个角落都有新的诗人冒出来。大批士兵入伍—— 一批又一批年轻的泰克斯迦兰人,志愿参加对抗外星人的战争。入伍的时候,有的还唱着歌。

有两首新歌的名字都叫《我是太阳手中的长矛》。一首是哀伤美丽的合唱曲目,在巨大的帝国冠冕戴到十九扁斧头上之时响起。另一首则粗俗下流,利用了泰克斯迦兰的双关语义。就算玛希特只学了一年的泰克斯迦兰语，也能轻易理解这一双关。谁都知道，"长矛"可以有多种不同的内涵。

玛希特学会了这首粗俗的歌。这歌听过就没法忘记。

无论在葬礼上，还是接受皇冠之时，十九扁斧脸上都平静无波——这一点玛希特也学会了。那表情看过就没法忘记。

足够多的庆典之后——唯一市就像精疲力竭的跑步选手，喘不上气，努力调整着肺部的深深痛楚——小型的私人葬礼就像雨后蘑菇一般冒了出来。葬礼通告一天比一天多，有些是信息条送来的，有些则在公共新闻推送中宣布。根据官方数字，暴乱导致的死亡人数是三百零四人。玛希特怀疑这数字少了一个零。

参加十二杜鹃花的葬礼时，她穿上了最好的黑色丧仪服，黑得就像群星间的虚空。这是勒赛耳的丧服。泰克斯迦兰丧服颜色是鲜血般的红色。葬礼上没有尸体。十二杜鹃花生前就把自己的遗体捐给了医学院，太像十二杜鹃花的风格，让玛希特心里发痛。只有一块纪念碑，上面刻着十二杜鹃花可爱的手写签名，嵌在信息部的一面墙上。这面墙嵌着几百块纪念碑，每一块都代表一位为信息部献身的阿赛克莱塔。

玛希特在葬礼上看到了三海草，听到了她为十二杜鹃花写的诗。这首诗在悲伤中写就，风格冷峻鲜明，毫不留情。它为不公呼喊，是从天空中被扯落的世界的墓志铭，是无端死去之人的墓志铭。诗很美，让玛希特感觉——**愧疚**。还有多少人会无端死去？那么多报名参军的、唱着歌的泰克斯迦兰人，他们会死。

还有那些即将被泰克斯迦兰军团触碰、吞噬的行星，也会死。

她烧掉了亚斯康达的尸体，过程格外简单：只需要写一封信，向司法部提出请求，签上名，封进信息条，寄给检验官普罗托斯帕萨四杠杆，就成了。当天傍晚，灰烬就送到了她的公寓，等她归来。骨灰装在手掌大小的盒子里。全身骨头和半木乃伊化的肉体，都化成了灰烬。

你要我尝一尝吗？她问自己的活体记忆，奇异的双重版本。

沉默许久。<我想我的骨灰对你没好处。加了这么多防腐剂。>这是年轻的亚斯康达，第一个版本，她的亚斯康达，接着是，<等到你不用问我的时候再决定。>

说话的是中年亚斯康达，记得自己死亡的那一个。玛希特心想：不知那会是哪一天。等到哪一天，她才不会怀疑自己，才能确定自己做的事情对活体记忆链有利？她收好了骨灰盒。

跟皇帝见面的地方，既不是宫廷·地区的皇家套房，也不是宫廷·东区的十九扁斧办公室套间。套间大概已经关闭了。

黎明前，她们在司法部大楼前的广场见了面。水池里浮满了深红色花朵。玛希特是被灰色制服皇家助手的敲门声惊醒的，助手传达了皇帝的召唤。玛希特的身体强烈渴望着咖啡和茶，哪怕一片咖啡因片剂也好。而十九扁斧的样子，仿佛睡眠已经不再属于她，只属于别人——那些没当皇帝的人。她的模样跟"皇帝"这一头衔开始相称；或者说，她的面孔渐渐带上了皇帝特有的神情：异于从前的空洞表情，凝视着远方的双眼。

"陛下。"玛希特致意。

两人同坐在一条长凳上。身旁站着一名助手兼护卫，护卫没戴云钩，手中握着枪弹武器。十九扁斧双手交叠于膝上。"听人叫我'陛下'还是有一点儿不习惯,"她说,"我想等我真正习惯了,就意味着他真正地死去。"

"只要生者记得,"玛希特字斟句酌,"逝者就不会真正死去。"

"这是勒赛耳宗教经典?"

"可能是哲学。实用哲学。"

"想必如此。毕竟你们如此执着于死者。"十九扁斧抬起一只手,又让手落下,"我想念他。我没法想象他在我脑袋里会是什么样。你怎么做决定?"

玛希特长长地吐了口气。脑中亚斯康达大笑起来,笑声中充满了喜悦和温暖。"我们会争执,"她说,"但不多。大多数时候我们的意见一致。我们——如果我们意见常常相左,我们就不会通过匹配度测试,我就不会成为他的继承者。"

"唔。"十九扁斧应道,接着沉默许久。微风拂过红花的花瓣,一浪接一浪,仿佛一片辽阔但又封闭的海洋。深灰色天空渐渐变浅,太阳即将破云而出的地方现出浅金色。

沉默太久,玛希特忍不住问道:"你为什么想见我?"她删去了所有的敬语,只留下最简单的句子:你,作为个体的你,为何想见作为个体的我?

"我想,我该问问你想要什么。"十九扁斧微笑。温柔得让人心惊的微笑,全部的注意力落在玛希特身上。"我觉得,你应该想从我这儿套出某些承诺。"

"您打算把我的空间站并入泰克斯迦兰吗?"玛希特问道。

十九扁斧爆发出一阵大笑,笑得肩膀颤抖,"不,不,星辰啊,我可没这个时间。我的事多到做不完,根本没时间。你们很安全,玛希特。你和勒赛耳空间站想当多久的独立共和国,就能当多久。但我问的不是这个,我问的是**你**想要什么。"

一只长腿的鸟儿落到水池中,白色的羽毛,长长的喙,脖子以下的高度至少两英尺。鸟儿慢慢踱步,没有惊扰池中花朵。大爪子从花朵缝隙中滑入,接着抬起,滴着水。玛希特不确定这种鸟的名字,可能是朱鹭,也可能是白鹭。泰克斯迦兰语中有各种各样鸟的名字,空间站语只有一个:鸟。曾经也有好些名字,但现在一个就够了。一个,代表一类动物。

她可以要求——嗯,在大学任职,参加诗歌沙龙,获得泰克斯迦兰头衔,顺带取个泰克斯迦兰名字。金钱,名声,赞美。她也可以什么都不要,继续作为勒赛耳大使为帝国服务,回回信,在泰克斯迦兰酒馆里唱唱歌——那首许久之前她参与作词的歌。

但凡被帝国碰过的东西,就不再属于她;而属于她的东西本就很少。

"陛下,"玛希特·达兹梅尔说,"请送我回家吧,趁我还想走的时候。"

"你行事总在我的意料之外。"十九扁斧道,"你确定?"

"不。所以我才请您送我回家。因为我不确定。"

<你在做什么? >

想看清楚我们是谁,我们还剩什么,以后我们能做什么。

勒赛耳星系由众多凹坑遍布的无大气层金属小行星组成。从其中最大的一颗底部望出去,空间站不偏不倚,悬浮在两颗恒星与四颗行星的重力井平衡点上。空间站很小,单调的金属圆球,不停自转以模拟重力。历经十四代的太阳辐射与微粒子冲击后,圆球的表面已经变得粗糙。三万左右的人口居住在黑暗里。如果算上活体记忆,人数更多。其中至少有一位居民,最近企图破坏某条记忆链。她肯定在期待破坏造成的结果。

玛希特看着空间站映入眼帘。

她想起在广场上皇帝的手——手指修长黝黑,感觉熟悉又亲密——伸出来,握住玛希特的下巴,转过她的脸。当时玛希特本该觉得害怕,或因吃惊而肾上腺素喷涌,但都没有。她只觉得整个人漂浮着,感觉遥远,自由。

"我们确实需要一位勒赛耳大使,"十九扁斧说,"不过此刻并不着急。如果我需要你,我会派人来接你。"

此刻,当勒赛耳出现在飞船舷窗正中央时,玛希特的感觉跟当时一样:非常遥远,又带着某种自由。

最后,她并没有到家。